Les personnages et les événements décrits dans ce livre sont fictifs. Toute similarité avec des personnes réelles, vivantes ou décédées, est une coïncidence et n'est pas délibérée de la part de l'auteure.

Maquettiste et couverture: Thibault Beneytou
Illustration de couverture : Alexis et Justine Chevrier
Correctrice : Faute Avouée (Romane Lopez)
Illustrateur de la première version : Victor Lahlou

Marque éditoriale : Independently published – Amazon KDP – Imprimé à la demande
2 Bis rue Dupont de l'Eure 75020 PARIS
Code ISBN : 9782958383367
Dépôt légal : février 2023

ANIMÆ

LYNN FOX

ANIMÆ

TOME 1 : LE RÉVEIL

DÉDICACE

À mon père, le phare dans la tempête,
Et illustre Capitaine de navire.
À mes frères, l'équipage le plus fiable,
Le plus solide, et le plus drôle du monde !
À ma sœur, le médecin des âmes,
Jumelle loyale et libératrice.
À Pomponette, le félin qui a ravi mon cœur,
À toutes les personnes qui ont traversé le flot de la vie à mes côtés,
Pour un temps ou depuis toujours,
Et ont participé à la construction de ce précieux vaisseau.

Je vous aime.

NOTE

Si vous aimez ce livre, n'hésitez pas à laisser un commentaire et une note sur la page Amazon.

Cela m'aide énormément à gagner en visibilité en tant qu'auteure auto-éditée. En plus, cela m'encourage à développer mon univers pour partager mes aventures à encore plus de lecteurs !

Vous pouvez me contacter via :

- Instagram : @lynnfoxauteur
- Facebook : Lynn Fox
- Courriel : lynnfoxauteur@gmail.com

Je vous souhaite une excellente journée.

Votre dévouée Lynn Fox.

REMERCIEMENTS

Merci à mon père Roland, ma sœur Mathilde, mes frères, Stéphane, Alexis, Robin, et Eliott, qui ont toujours cru en moi.

Merci à mes premiers lecteurs, Aloÿs et Florent, qui m'ont permis d'améliorer mon premier manuscrit.

Merci à Ludovic, qui m'a aidée quand l'inspiration se tarissait.

Merci à Serge pour sa relecture minutieuse et précise.

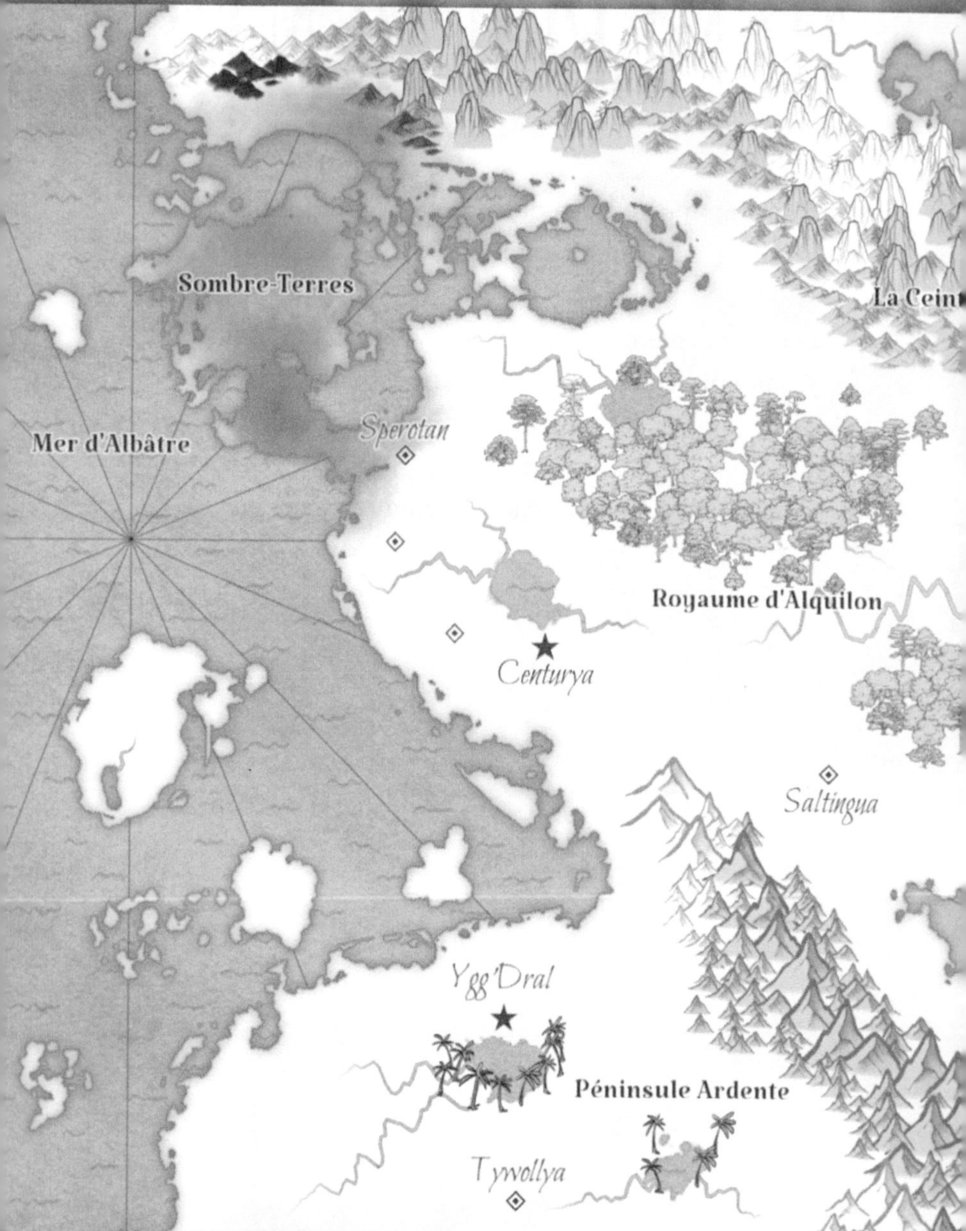

Sombre-Terres
La Ceint
Mer d'Albâtre
Sperotan
Royaume d'Alquilon
Centurya
Saltingua
Ygg'Dral
Péninsule Ardente
Tywollya

Thana'Taa
Belvaine
Mer aux Eckos
Uif-Air
Ourdes
Juvence
Océan aux tourments

1
LA LICE DES HÉROS

Roy sentit son épaule se déboîter sous la violence de la bourrade. Surpris et déséquilibré, il vacilla, avant de s'écrouler sur le flanc, sous les railleries de ses compagnons. Une douleur aiguë et familière commença à irradier dans le haut de son dos. Le jeune homme serra les dents et retint un cri de souffrance. Il ne voulait surtout pas se ridiculiser davantage dans cette situation déjà inconfortable.

Affalé sur le sol, il remit en place son épaule luxée, d'un coup sec. Cette blessure chronique l'incommodait depuis sa tendre enfance, mais il avait appris à vivre avec.

Un des Veilleurs, chargé d'escorter les nouvelles recrues jusqu'au camp d'entraînement, entendit les éclats de voix. Il aperçut Roy au loin, étalé de tout son long dans l'herbe. Il se dirigea vers lui, puis le saisit vigoureusement par le bras.

— Debout, mauviette ! On n'a pas de temps à perdre, retourne dans le rang ! ordonna-t-il, avec un regard mauvais.

Il le remit sur pied avec brutalité. Roy se rebiffa :

— Mais c'est Brion qui m'a…

— Je ne veux rien savoir.

Sans ambages, il le poussa dans la procession, puis retourna escorter les candidats en tête du cortège.

Quelle injustice ! Non seulement il se faisait agresser, mais en plus, les remontrances lui étaient adressées !

Ce n'était pas la première fois que Roy subissait ce genre d'humiliation depuis qu'il avait entamé les épreuves de sélection des Veilleurs. Comme il s'agissait du corps d'élite le plus réputé du royaume d'Alquilon, la compétition y était excessivement rude. Depuis l'enfance, Roy en avait toujours été admiratif. Seuls les meilleurs éléments du royaume pouvaient en faire partie. Leurs membres étaient réputés pour être de véritables bêtes de guerre, impitoyables, à l'esprit vif et aux réflexes surdéveloppés par un entraînement intensif et draconien. Mais l'élitisme qui y régnait exacerbait les rivalités.

Son parcours chez les Veilleurs n'était pas de tout repos. En tant que prince, Roy partait avec un désavantage. Il s'attirait les foudres de ses camarades, convaincus qu'il avait intégré les bancs des sélections grâce à un traitement de faveur dû à son sang royal. Les autres aspirants le voyaient comme un jeune homme faible et plaintif. Ses concurrents considéraient qu'il n'avait pas sa place parmi eux. Roy trouvait cela injuste, car il avait réussi haut la main les premiers examens mesurant leurs capacités intellectuelles et cognitives. Il méritait sa place tout autant que les autres.

Après avoir réintégré la file d'apprentis, Roy se mit sur ses gardes. Il sentit son estomac se nouer, sous le coup de l'anxiété créée par cette soudaine confrontation. Il massa son omoplate douloureuse et dévisagea avec hostilité l'autre candidat qui venait de lui asséner cette bousculade soudaine.

Son adversaire et rival, Brion, le lorgnait de haut : il le dépassait d'une dizaine de centimètres. Il bandait nonchalamment sa musculature développée pour le provoquer. Il était, comme lui, un prétendant au titre de Veilleur. Un air féroce animait ses yeux bruns. Ce dernier passa sa main dans ses cheveux hérissés châtains, le toisa, puis se moqua de lui avec un rictus de dégoût :

— Tu es mauvais, le prince. Tu es peut-être le fils du roi, mais ta place n'est pas ici. Espères-tu vraiment intégrer les rangs des plus grands guerriers du royaume ? Regarde-toi, tu es chétif, faible et lâche. Tu n'as aucune chance, tu n'es qu'un rat de bibliothèque.

Encore et toujours la même rengaine. Roy serra les poings.

— Tu aurais dû échouer dès les épreuves qui mesurent ton intellect, sale brute ! Tu es aussi intelligent qu'un pet de canasson.

Les autres recrues se tournèrent vers eux. Leur querelle était désormais le centre de toutes les attentions. Ils guettaient impatiemment la réaction de Brion, réputé pour être impulsif et violent. Le grand gaillard jeta un œil vers les gardes qui les escortaient.

— Tu as de la chance que les règles nous interdisent pour le moment de nous entretuer. *Pour le moment.*

Cette phrase sonna comme une menace. Brion reprit sa place dans la file des aspirants en lui adressant un sourire carnassier. Roy tremblait de rage et d'impuissance. Il ne pouvait rien faire contre cet imbécile. Il fronça les sourcils, et se jura de faire payer cette humiliation à cet arrogant de Brion. Mais plus tard.

Pour le moment, il devait économiser ses forces et se concentrer sur la tâche à venir ; les sélections n'étaient pas terminées. Alors, il ravala douloureusement sa fierté et se remit dans le convoi en tenant son épaule endolorie. Il entendit Brion et ses acolytes ricaner derrière lui. *Quelle bande d'idiots !*

Dans un joyeux brouhaha, la longue file de candidats reprit alors sa progression vers le camp de formation des Veilleurs. Les nouveaux aspirants étaient fébriles, surexcités. Ils allaient enfin se confronter à l'ultime épreuve de sélection : l'Arène.

Après plusieurs jours de voyage à travers les plaines verdoyantes, le groupe de recrues commençait enfin à apercevoir à l'horizon la silhouette de la fameuse arène. Colossale, cette dernière était construite sur plusieurs étages : il s'agissait de la célèbre Lice des Héros. Ils touchaient enfin au but.

Roy sentait l'excitation monter à mesure qu'ils se rapprochaient du bâtiment.

Bientôt, ils ne furent plus qu'à une dizaine de mètres. Le prince fut subjugué par la finesse de l'ouvrage. Un immense amphithéâtre elliptique leur faisait face, composé de blocs de pierre recouverts d'un enduit beige. La paroi extérieure de la façade monumentale s'étirait sur cinq niveaux d'arcades superposées, surmontés d'un attique gravé de visages guerriers, et percé de fenêtres ovoïdes à intervalles réguliers. Les clefs de voûte sculptées représentaient d'illustres combattants. Ces œuvres d'art avaient été ajoutées en l'honneur des Veilleurs les plus célèbres tombés au combat.

Roy avait lu, dans un des nombreux ouvrages de la Bibliothèque Royale, que le monument séculaire avait été construit il y avait bien longtemps. Autrefois utilisé pour les spectacles publics où bêtes et hommes s'affrontaient dans des luttes parfois mortelles, il avait été transformé en lieu d'entraînement pour l'armée d'élite. À première vue, il semblait avoir subi les assauts du temps, et la pierre n'avait pas été épargnée par l'érosion de la pluie. Mais la construction avait conservé sa majesté et son aspect solide grâce aux régulières rénovations.

L'exaltation gagnait Roy : cette illustre construction annonçait l'imminence de la dernière épreuve de leur long parcours de sélection. Son rêve d'enfance allait enfin prendre corps. Le groupe d'aspirants arriva au pied de l'enceinte.

Alors, les escortes royales firent entrer les candidats dans les rangées de gradins étagés, déjà partiellement occupés par les Veilleurs non mobilisés au front. Il y en avait beaucoup – beaucoup trop. Ces derniers ne pouvaient plus combattre en raison de leurs blessures de guerre. Le avait déclaré l'état d'urgence et réquisitionné toutes les ressources de l'armée sur la frontière ouest pour endiguer les attaques des Sombs.

Les bancs usés de marbre blanc de l'arène se remplirent, à mesure que le flot de candidats pénétrait dans le monument. Plus haut, au cinquième niveau, une plateforme avancée dominant la piste attira l'attention de Roy. Quatre personnes y étaient installées, dans des fauteuils de luxe. Au vu de leurs uniformes, il s'agissait très certainement de membres gradés de l'ordre des

Veilleurs, chargés du recrutement des nouveaux combattants. Ils formaient le jury qui allait les évaluer et présider cette dernière étape de sélection, là-haut, depuis leur perchoir.

Le jeune prince tenta de les reconnaître et les dévisagea tour à tour. Il n'avait cessé de lire les exploits des Veilleurs jusqu'à maintenant, et vivait à travers leurs récits. Ces officiers devaient sûrement être évoqués dans certaines des histoires qu'il avait lues.

Il n'y avait qu'une femme parmi eux, et c'était là une chose rare. Peu d'entre elles avaient réussi à intégrer les rangs des Veilleurs. Elles y avaient toujours été mal considérées. La plupart des Veilleurs jugeaient que le sexe féminin ne possédait pas les capacités physiques suffisantes pour prétendre à rejoindre un rang d'armée d'élite. Mais cette fière guerrière était une des exceptions qui confirmaient la règle.

Il la scruta plus en détail. Son armure portait l'emblème des Guérisseurs. En raison de sa morphologie, Roy pensait qu'elle aurait plutôt intégré la caste des Guerriers. Elle était en effet grande, musclée. Elle semblait robuste, malgré son âge que le prince estimait à une cinquantaine d'années. Il était impressionné par l'aura de noblesse qu'elle dégageait. Son teint hâlé faisait ressortir l'éclat de ses yeux verts scrutateurs. Son visage carré et sa large mâchoire étaient adoucis par des traits fins et symétriques qui respiraient le calme et la sérénité. Sa longue chevelure rousse bouclée, striée de filaments argentés, était nouée en une queue de cheval qui dégringolait sur son large dos.

Une beauté brute et sauvage, songea Roy avant de s'installer dans l'arène.

Un éclair de lucidité le traversa subitement. *Brisalys, la Maîtresse-Guérisseuse.* Il avait lu un texte sur elle. La description correspondait parfaitement à son portrait. Brisalys était connue pour avoir révolutionné la médecine militaire en créant des protocoles d'opérations particulièrement efficaces contre les plaies traumatiques.

Les derniers Veilleurs qui avaient escorté les candidats n'étaient pas encore placés dans les gradins. Roy profita de ce bref laps de temps restant pour examiner plus en détail les autres membres du jury. Au centre, il reconnut Uriel Thils, le Général de l'ordre des Veilleurs et dirigeant de la caste des Tacticiens, reconnaissable à son œil crevé. C'était un grand honneur de pouvoir être en sa présence : Uriel était reconnu partout dans le pays pour ses hauts faits exceptionnels et ses victoires.

Les récits racontaient qu'il avait défait des armées trois fois plus nombreuses, grâce à des manœuvres tactiques retournant à notre avantage des situations parfois désespérées. En plus d'être un fin stratège, il était reconnu comme un vaillant combattant. Toujours en première ligne, il avait été chaque fois au cœur de la bataille, comme pouvaient en témoigner les nombreuses cicatrices qui recouvraient son corps, et qu'il arborait comme des trophées. La mine sévère, son visage était fermé. Il scrutait de son unique œil bleu les recrues. Son front ridé se plissa lorsqu'il entraperçut Roy.

Intimidé, le jeune homme sentit son cœur se mettre à battre à tout rompre. Roy détourna rapidement les yeux du Maître-Tacticien, et examina les deux autres membres surplombant l'assemblée de novices.

Le premier était un homme au teint hâlé, musclé, les cheveux noirs noués en une queue de guerrier. Il caressait sa barbe hirsute, tandis que ses yeux noisette semblaient fixer un point précis au loin. *Celui-là, je le connais bien.*

Il s'agissait de Destos Omblèze, le dirigeant de la caste des Guerriers. Roy se crispa ; il savait que son oncle serait sans pitié.

Il avait la certitude qu'il serait d'autant plus exigeant envers lui qu'ils faisaient partie de la même famille. Mais cela ne fit que renforcer la volonté du jeune prince. Il se faisait un devoir de réussir ces épreuves de la façon la plus honorable possible. Il dévisagea en vitesse le dernier homme du jury, mais son visage était dissimulé sous une large capuche.

Roy ne put achever son inspection. Uriel se leva et s'avança au bord du garde-fou.

— Recrues ! clama-t-il de sa voix de stentor.

Un écho résonna dans tout l'amphithéâtre. Les candidats se redressèrent, subitement au garde-à-vous. Roy se tenait droit et maintenait la posture avec une immobilité stupéfiante. Leur discipline était remarquable. Un lourd silence régnait dans les rangs.

— Bienvenue dans la Lice des Héros.

Il marqua un silence de quelques secondes en parcourant du regard la partie des gradins où était installée la cohorte de jeunes aspirants. Leur excitation était presque palpable.

— Peut-être qu'aucun d'entre vous ne possède les capacités nécessaires à tout Veilleur digne de ce nom. Peut-être qu'aucun d'entre vous ne mérite de porter ce titre prestigieux. Je pourrais vous énumérer pendant des heures entières toutes les qualités que doit posséder un garde d'élite, mais elles peuvent se résumer en une seule et unique formulation : un Veilleur n'a pas de faiblesses. Il n'a que des forces. Que cet adage résonne en vous, car il sera le phare de votre existence de soldat, si vous intégrez nos rangs.

Roy buvait les paroles d'Uriel.

— En foulant le pied de cette arène, vous vous engagez au total don de votre être. Votre unique but sera de protéger les sujets du royaume d'Alquilon, au détriment de vos aspirations personnelles. Parfois même au détriment de votre vie. Et ce, durant vos quinze années de service. Votre détermination doit être inébranlable. En avez-vous bien conscience ?

Silence dans l'assemblée.

— Bien. Si vous avez le moindre doute, sentez-vous libre de quitter ce lieu dès maintenant.

Sur ces mots, le vieux guerrier retourna s'asseoir, l'air impassible. Il hocha la tête en direction de Destos. Ce dernier se leva, descendit l'escalier qui reliait le garde-corps à la piste. Lentement, ralenti par son armure de maille rouge et les haches pendant à sa taille, il se plaça au centre de l'arène. Sa voix rocailleuse retentit dans tout l'édifice :

— Bien. La dernière épreuve de sélection peut commencer.

Il se dirigea sur le côté de la piste où étaient installés des mannequins de cuir usés, bourrés de paille, ainsi que des râteliers dans lesquels reposait une multitude d'armes et d'équipements divers. Il y en avait de toutes sortes : des épées longues, des dagues, des arcs, des carquois remplis de flèches, des cottes de mailles, des boucliers de bois, des petites besaces bombées, des petites armes métalliques, des gourdins de bois, des haches aiguisées, mais aussi des objets de la vie courante comme des aiguilles à coudre, des flûtes, des casseroles, des couverts, des bâtons, des chandeliers, des cordes, et bien d'autres choses encore…

Destos sortit un petit ruban écarlate de sa poche et le noua autour du bras du mannequin de combat dont il s'était approché.

— Ce cordon rouge sera votre billet d'entrée chez les Veilleurs. Il vous en sera confié un exemplaire au début de chaque combat. Vous aurez ensuite à affronter trois autres aspirants, et l'objectif sera de se saisir du ruban adverse. Il vous faudra terminer les trois jours d'épreuve avec au moins trois rubans rouges. Plus vous en récolterez, plus vous aurez de chance d'intégrer la caste qui vous intéresse.

Roy calcula rapidement. *Cela signifie qu'il faut gagner au moins deux combats sur les trois.*

Le visage hermétique, Destos détacha le morceau de tissu du bras du mannequin et l'épingla au niveau de sa poitrine d'un geste sec.

— Vous pouvez placer et attacher votre ruban comme vous le souhaitez. Il n'y a qu'une règle à suivre : peu importe comment vous le positionnez, votre ruban doit être sur vous durant votre confrontation. Vous pouvez le nouer autour du bras, l'attacher à votre cheville, le mettre dans votre poche ou dans votre botte. Peu importe, c'est à vous de choisir la stratégie qui vous sied le mieux.

Il se rapprocha ensuite des bacs remplis d'armes et se saisit d'une épée dans une main et d'une bourse de cuir de l'autre. Il ajouta en montrant ses deux trouvailles à l'auditoire :

— Vous êtes libres de choisir la méthode que vous souhaitez pour récupérer le bandeau adverse. Vous pouvez prendre tout l'équipement et les armes que vous souhaitez.

Le Veilleur aguerri secoua sa main armée de l'épée émoussée et donna quelques coups dans le vide.

— Il y a cependant des règles à respecter. Il est interdit de tuer votre adversaire ou de mutiler gravement vos rivaux. Un Veilleur borgne ou cul-de-jatte nous est aussi inutile qu'un Veilleur incapable de contrôler ses mouvements ou de respecter les ordres.

Il marcha lourdement en claudiquant vers une boîte rehaussée, en bois précieux et ornée de fioritures dorées. Il caressa son couvercle bombé.

— Voici comment va se dérouler l'épreuve : nous allons tirer au sort deux numéros dans cette urne. Si c'est votre numéro qui est appelé, vous serez priés de descendre des gradins pour vous rendre sur la piste. Vous aurez ensuite quelques minutes pour choisir, vous équiper des armes de votre choix et positionner votre ruban sur vous, à l'endroit où vous le souhaitez. Quand le gong retentira, l'affrontement commencera. La joute se termine dès lors qu'un des deux aspirants perd son ruban rouge. L'examen se déroulera sur trois jours : vous aurez un duel aujourd'hui, un autre demain, et un dernier après-demain… si vous tenez toujours debout d'ici là, bien sûr.

Roy frotta doucement la peau encore irritée de son poignet droit, sur lequel était grossièrement tatoué un numéro à l'encre noire : il portait le numéro quarante-quatre. Il espérait ne pas tomber contre un adversaire comme Brion, qui aurait eu raison de lui en quelques minutes en combat singulier. Mais il n'avait pas d'alternative ; sur le champ de bataille, il ne choisirait pas ses adversaires. Il devait apprendre dès maintenant à affronter des guerriers plus puissants que lui. Il fallait seulement se montrer plus futé. De cela, il s'en sentait capable.

Destos frappa dans ses mains, ramenant Roy à l'instant présent.

— Bien, que l'épreuve commence !

L'annonce était si soudaine… Pétri d'appréhension, le cœur de Roy se mit à battre plus vite au moment où il vit son oncle s'approcher de l'urne et tirer deux numéros. Il annonça tout fort le résultat : les numéros cinq et douze étaient conviés à descendre dans l'arène. Deux grands gaillards rejoignirent la zone de combat de la Lice. Le premier était probablement originaire de la Péninsule Ardente. Sa peau tannée et ses cheveux noirs indiquaient une filiation des peuples du Sud. Sûr de lui, il saisit le ruban rouge que lui tendit Destos et le noua grossièrement, avec nonchalance, autour de son bras. Visiblement déterminé, il s'empara sans ambages d'une épée et vint se placer au centre de la piste de sable. Il attendait son adversaire en réalisant de grands moulinets impatients dans l'air avec la pointe de son arme.

Face à lui se présentait un immense guerrier athlétique, blond et au teint pâle. La démarche hésitante, il noua également son ruban rouge autour du bras. Sans grande conviction, il s'arma d'une hache. Roy pouvait deviner l'issue du combat rien qu'à l'attitude des deux adversaires. Comme pressenti, l'affrontement fut bref. Les deux jeunes hommes croisèrent le fer durant seulement quelques minutes, avant que le gaillard du Sud ne prenne l'avantage. Il désarma son adversaire grâce à ses talents de bretteur, puis le força à se mettre au sol de la pointe de son épée, avant de le maîtriser d'une clé de bras et de récupérer son bandeau rouge. Le combat s'était déroulé très vite. *Tout se joue en seulement quelques instants.*

L'affrontement suivant laissa Roy perplexe. Brion avait été appelé à rejoindre l'arène. Son adversaire, un certain Ezral, était un jeune homme fluet aux cheveux blonds mi-longs et aux yeux turquoise. Ce dernier s'était déjà fait remarquer au sein du groupe des aspirants pour sa malice et sa bonne humeur communicative.

D'un air désinvolte, il observait les gradins. Pendant ce

temps, Brion s'équipa méthodiquement d'une armure de cuir et d'un gourdin en bois d'aubépine. Il semblait déjà rôdé à l'exercice. Comment Ezral pouvait-il être si détendu face à ce redoutable concurrent ?

Le blondinet se saisit distraitement du ruban rouge que Destos lui tendit et le fourra dans son poing. Puis, il attendit patiemment que Brion terminât ses préparatifs en sifflotant, détendu et insouciant.

Lorsque le gong qui sonnait le début de la rencontre retentit, Ezral se contenta de tendre tranquillement son ruban à Brion.

Ce dernier hésita, surpris par ce dénouement prompt et inattendu. Il le regarda avec un air méfiant quelques instants, jaugeant probablement s'il s'agissait d'une ruse. Alors, il se mit en position de défense et approcha prudemment Ezral. Il tendit son bras et récupéra le morceau d'étoffe que son adversaire lui tendait, sans vraiment comprendre sa stratégie. Une fois son précieux tissu généreusement offert, Ezral repartit s'installer tranquillement dans les gradins, sous une vague de murmures interloqués provenant du public. Les candidats restaient ébahis devant son attitude indolente, tandis qu'une lueur d'intérêt brilla furtivement dans les yeux de Destos. Roy surprit l'un des membres du jury, l'homme encapuchonné, chuchoter quelque chose à l'oreille d'Uriel. Brion, perplexe mais victorieux, remonta les marches de l'arène avec ses deux rubans rouges en se grattant l'arrière du crâne.

✦ ✦ ✦

Les combats se succédèrent rapidement, ne dépassant jamais plus d'un quart d'heure. Chaque participant adoptait une stratégie propre à ses capacités personnelles. Mais la grande majorité opta toutefois pour un combat classique à l'épée, durant lequel étaient mis en avant leurs talents de bretteurs.

Au début des affrontements, Roy observait chaque enchaînement avec intérêt, essayant de relever les faiblesses et les points forts de ses collègues aspirants. Cela pourrait lui servir dans les jours qui viendraient, si jamais il venait à les combattre.

Mais au fil du temps, l'épreuve se fit lassante et répétitive pour les membres de l'assemblée. Les combats se suivaient et se ressemblaient. Certains commençaient à bâiller, d'autres à dormir.

Néanmoins, quelques candidats se démarquèrent. Ils firent preuve d'ingéniosité, sortirent momentanément le public de sa léthargie, et surprirent le jury. Malheureusement, ceux-là furent rares, et la monotonie reprit vite le dessus. Roy commença à s'ennuyer au bout d'une vingtaine de combats. Il se forçait cependant à rester attentif pour noter les failles de ses concurrents.

Avant de sombrer.

Soudain, le prince fut tiré de sa langueur lancinante lorsque deux numéros furent sélectionnés par Destos. Dont le numéro quarante-quatre.

Le prince vérifia son poignet tatoué pour s'assurer qu'il s'agissait bien de lui. Il connaissait déjà la réponse. C'était son tour. Son cœur se mit alors à battre à tout rompre dans sa poitrine. Il se leva et commença à descendre les marches qui le mèneraient sur le lieu de sa première victoire… ou défaite.

2
L'ÎLE TOMBEAU

L'embarcation se rapprochait de l'île à la végétation luxuriante, filant rapidement sur l'onde noire aux reflets irisés. Le ciel dégagé commençait à se parer de teintes dorées à mesure que le soleil déclinait : la nuit commençait à tomber. Deux silhouettes s'agitaient nerveusement dans l'esquif, visiblement pressées d'arriver au terme de leur voyage.

Le premier individu, d'une stature hors du commun, ramait avec vigueur. Une épaisse cape de velours noir, finement brodée et parsemée de motifs dorés, recouvrait ses épaules et son large dos. Seuls deux yeux rouges, flamboyants et sans prunelle, émergeaient de la capuche qui cachait sa tête. La créature féminine qui l'accompagnait n'avait quasiment rien d'humain. Son allure évoquait celle des succubes des légendes populaires, réputées pour être aussi belles que cruelles. Son teint gris pâle faisait ressortir ses grands yeux orange aux pupilles de félin. Elle enroulait fébrilement une de ses longues mèches de cheveux bleu nuit autour de son doigt griffu. Derrière elle, sa longue et fine queue fouettait l'air. Elle constata l'épanouissement du crépuscule avec une moue préoccupée. Étaient-ils arrivés au bon moment ?

Lorsque la barque entra en contact avec le sable du rivage, le géant descendit lourdement en s'enfonçant dans la bourbe. Il porta son regard en direction de la jungle qui habillait l'îlot. Puis, il se tourna impatiemment vers son acolyte.

— Dépêche-toi, Véra, lui intima-t-il. Le soleil se couche. Il va bientôt être trop tard. Suis-moi. Rapidement.

Sa compagne roula furieusement des yeux et siffla, tel un félin enragé. Elle détestait recevoir des ordres de son frère.

— Ne me dicte pas la conduite à tenir, Nox. J'ai parfaitement conscience du temps qui nous est imparti.

Elle sortit prestement de la barque en secouant ses ailes membraneuses pour les dégourdir. Elle sentit une onde d'énergie la parcourir à l'instant où sa botte se posa sur le sol. Ils touchaient au but. L'île était saturée d'Animæ. Avec avidité, elle s'empressa d'absorber cette décharge d'énergie délicieuse et bienvenue. Elle prit le temps de ressentir l'once de ce doux nectar pénétrer chaque fraction de son corps. L'Animæ était puissante en ce lieu. *Que c'est bon !*

Après s'être délectée suffisamment de ce festin inattendu, elle emboîta le pas à son compère. Pressé, Nox s'était déjà engagé à grandes enjambées dans la forêt tropicale.

Ils se frayèrent un chemin à travers la végétation foisonnante pendant de longues minutes, remontant la pente d'un sentier naturel. Partout autour d'eux se faisaient entendre les cris des bêtes nocturnes et le ronronnement des grillons exotiques qui annonçaient la fin de l'ère diurne. Véra avait un mauvais pressentiment. Il se dégageait de cette jungle une aura hostile. Son corps entier était en alerte. Son instinct la maintenait dans un état de vigilance extrême, sans qu'elle ne saisisse vraiment l'origine de ce malaise. C'était comme si un puissant maléfice pesait sur la forêt entière. *Oppressant.* Véra avait l'impression que l'île était le terrain d'une lutte de forces antagonistes. Autour d'eux, les arbres tropicaux combattaient l'étreinte étouffante de larges lianes. Les fougères arborescentes et les plantes carnivores se disputaient les parcelles du sol où les rares rayons de soleil filtraient à travers les épaisses ramures arboricoles. Ici, chaque être vivant semblait devoir mener un combat sans merci pour obtenir le droit de vivre. Aux aguets, elle vérifiait constamment si le protecteur de l'île ne se manifestait pas aux alentours.

Car ce soir, après cinq mille ans de guet, le féroce gardien devait être devenu un simple serviteur inoffensif, comme le voulait la malédiction millénaire. Mais il se pouvait que sa transformation n'ait pas encore été finalisée. Ils n'étaient pas à l'abri que ce dernier soit encore sous sa forme primaire. Véra fut soudainement saisie d'un doute. *Si cela s'avère être le cas, nous ne pourrons pas le vaincre. Nous serons incapables de l'affronter, même à deux.*

Tout était une question de tempo. S'ils étaient venus trop tôt, il les réduirait à néant.

Après un petit moment de marche silencieuse dans la forêt, ils débouchèrent finalement sur un grand plateau verdoyant, qui s'étendait jusqu'au bord d'une falaise rocheuse léchée par les vagues. Au milieu de ce vaste terrain herbeux, six gigantesques stèles rectangulaires étaient dressées en un cercle parfait. La finesse de l'ouvrage et sa constitution rappelaient à Véra que l'œuvre n'était ni naturelle ni issue de la main de l'Homme. Non, c'était une création divine, et la sensation de malaise qu'elle ressentait se fit plus forte que jamais à mesure qu'elle s'en approchait. Le fin duvet de poils gris qui recouvrait son corps se hérissa, des frissons parcoururent sa colonne vertébrale de façon désagréable. Elle devinait que ce lieu était le théâtre d'un affrontement de puissantes énergies. *Les Primordiaux et les Originels sont là...*

Véra et son frère s'arrêtèrent et entreprirent d'inspecter les dalles de roche. Elles ne présentaient pas la moindre aspérité. Immenses, leurs dimensions outrepassaient les canons humains. Leur surface noire avait été parfaitement polie par les mains d'un artiste doué d'un talent divin – ou par un dieu lui-même. De fines veinures dorées couraient dans le granite comme autant de petites rivières sauvages. Elle passa sa main le long de ce ruisseau coloré. Sous sa paume, elle sentait la griffure des hiéroglyphes ancrés dans la pierre.

— Viens voir, Nox, regarde ici.

Des milliers de symboles, formant des phrases, avaient été gravés profondément dans le matériau et peints à l'encre dorée. Les bords parfaitement arrondis étaient incrustés de pierres précieuses colorées et phosphorescentes. Les épigraphes avaient été empreintes avec minutie – la finition était parfaite. Cette œuvre divine avait dû demander une technique et un travail de titan. Véra avait beau tenter de fouiller dans sa mémoire ce que ces inscriptions pouvaient signifier, les souvenirs passés de cette époque s'apparentaient à un vague écran fumeux indicible. Sa mémoire lui échappait. *Après toutes ces années...* Mais peu importait le passé. Ce qui l'intéressait était désormais la libération imminente de son Maître.

La démone passa doucement sa main griffue sur l'assemblage à sa portée, et la surface sembla briller d'un effet irisé et mouvant, ondoyant sous les caresses de ses doigts. Elle ressentit un picotement à l'endroit où elle passait sa paume. *De l'Animæ. Les stèles sont chargées en Animæ !* Véra se tourna vers Nox, les yeux brillants d'excitation.

— À ton avis, quelle âme peut bien renfermer ce tombeau ?

Le colosse la contempla d'un air inquisiteur, avant de l'ignorer et de se plonger dans l'inspection du monument qui se présentait face à lui. Véra ne releva pas l'affront, fit calmement le tour de chaque stèle, et les examina de près. De la même façon que sur la première qu'elle avait sondée, des runes étaient finement sculptées à même la pierre en langage Primordial. Elle effleura les anfractuosités qui s'illuminaient à son contact. L'impatience commençait à la faire bouillir. Elle avait hâte d'accomplir le rite. Cela faisait maintenant cinq mille ans qu'ils attendaient ce moment. *Notre père va enfin revenir à la vie.*

Pendant ce temps, Nox ne cessait d'aller et venir entre les stèles, tout en surveillant la course du soleil dans le ciel. Il était bas, proche de la ligne d'horizon. L'obscurité commençait déjà à tomber. Fébriles, Nox et Véra piaffaient d'impatience. Lorsque le dernier rai de lumière se dissipa, le géant jeta un dernier regard au loin :

— Il est temps.

Les rayons du soleil mourant illuminèrent le ciel épuré de couleurs flamboyantes. La nuit venait de tomber, annonçant une nouvelle ère.

Les stèles colossales se mirent à émettre un faible halo de

lumière tremblante. Après quelques minutes, elles commencèrent à briller plus intensément. Chaque amas de roche se teinta d'une couleur différente, sous les yeux ébahis de Nox. Après tant d'années, les Dieux revenaient. Il passa rapidement en revue chacun des blocs, se focalisant sur son objectif. Une pulsation apparut autour de chaque stèle, les enveloppant d'une aura colorée. Celle de couleur ocre se mit à briller en premier. Les autres s'illuminèrent les unes après les autres : bleue, rouge, verte, violette, argentée, c'était un véritable spectacle de lumières colorées qui s'offrait à leurs yeux.

— Celle-là.

Il s'approcha de la stèle anthracite. Douce et régulière, l'irradiation luisante qui animait le roc palpitait comme le battement d'un cœur. À mesure que la lueur s'intensifiait, les parois de roche devenaient de plus en plus transparentes. Nox les scruta avec attention. À l'intérieur même de la structure graniteuse, une silhouette difforme se débattait, impatiente de briser son sarcophage rocailleux. L'ombre semblait furieuse et déployait des trésors d'énergie pour sortir de son tombeau. Mais il lui faudrait attendre encore quelques minutes avant de pouvoir goûter aux prémices de la liberté.

De son côté, Véra semblait hypnotisée par les vagues lumineuses qui parcouraient ces grands blocs. Elle fixait les embryons qui se formaient sous ses yeux dans les autres monolithes, la bouche à demi ouverte. Des formes aux contours imprécis remuaient à l'intérieur de leurs prisons minérales, qui devenaient de plus en plus translucides. On aurait dit des nouveau-nés dans le ventre de leur mère, prêts à s'éveiller à la vie.

Subitement, l'éclat phosphorescent s'intensifia davantage et la lumière des stèles devint aveuglante. La puissance du halo était telle que Nox dut se protéger les yeux. Sa sœur proféra des insultes et des menaces en sifflant comme un serpent, mais le démon ne releva pas son éclat de colère – elle s'agitait inutilement, comme à son habitude. Il se concentra sur la stèle noire et colla son large buste contre la gigantesque roche, la peau de son corps en contact avec la surface tiède du mystérieux granite. Nox posa sa tête contre le tombeau de son géniteur. Il se sentait bercé par le ronronnement crépitant qui émanait de la pierre. Un sentiment de sérénité s'empara de lui. Le calme absolu. *Après des années de torpeur, à errer sur ces terres sans but, la Renaissance.*

L'être à l'intérieur du bloc grandissait à vue d'œil et semblait de plus en plus nerveux et agité. Nox jubila lorsque la créature sombre et informe commença à s'extraire lentement de son tombeau de pierre. Elle fit d'abord passer de longs appendices tordus à travers la roche. Elle semblait frêle et chancelante, ses gestes étaient lents et confus comme au sortir d'une longue période de léthargie. Cette chose ne ressemblait pas à son créateur ; qu'elle semblait faible !

Le géant ailé demeura quelques minutes dans cette position, en communion avec la pierre. Puis l'obscurité plongea l'île dans le noir : le soleil venait de disparaître totalement, loin derrière l'horizon. Un crépitement se mit à tinter tout autour des stèles. En cet instant, elles commencèrent à vibrer avec force. L'attitude de l'effrayante abomination enfermée dans la roche noire devenait maintenant de plus en plus sûre ; les courbes de son corps se définissaient plus nettement, ses gestes devenaient plus précis. Comme si la nuit naissante l'avait subitement abreuvée d'une énergie nouvelle. L'ombre protéiforme devint soudainement hystérique et s'arracha de la pierre. Son bras griffu s'enfonça dans la poitrine de Nox. Un grand sourire s'épanouit sur le visage de Véra.

— Nous y sommes presque.

La douleur dans la poitrine de Nox était insupportable. Il sentait son corps brûler de l'intérieur. Le monstre rentrait en lui progressivement, le traversant comme s'il était un fantôme. Il sentit une vague gelée s'étendre dans sa chair à mesure que l'abomination le pénétrait. Elle était déjà enfoncée aux trois quarts dans son corps. C'était comme la morsure dévorante d'un venin mortel qui immobilisait chacun de ses membres. Le mal était tel que le géant ne put réprimer un cri bestial. Juste avant de perdre connaissance. La créature avait totalement disparu dans le poitrail de Nox. Le corps du démon l'avait absorbée.

Tout à coup, les monolithes explosèrent avec violence, libérant cinq ombres colorées aux contours incertains qui s'évanouirent dans le ciel nocturne. Véra s'accroupit et replia ses ailes sur elle-même pour se protéger des impacts tranchants de pierre sectionnée. Un éclat se planta entre ses omoplates et déchira sa chair. Une douleur sourde irradia dans son corps.

Quand elle releva la tête après la désagrégation des six tombeaux, elle hurlait de souffrance et de rage. Elle était immobilisée, clouée au sol par le morceau de granite qui la traversait de part en part. Elle tourna son regard vers la stèle noire en crachant du sang et vit Nox allongé, inconscient, sur le dos. Elle fut brièvement soulagée. Il semblait indemne. En tant qu'hôte, il fallait que son frère survive au rituel.

Véra tenta d'extraire la pique rocheuse qui traversait son buste, mais le fragment était enfoncé trop profondément – il lui faudrait de l'aide. Elle dirigea ses yeux flamboyants vers les autres dalles et découvrit alors avec horreur un convive indésirable qui s'était invité à la cérémonie. *Le Gardien.*

Au milieu des débris, un grand oiseau au plumage luisant et doré la regardait fixement de ses yeux violets sans pupille, d'un air neutre et impassible. Les longues plumes de sa queue flottaient légèrement derrière lui. *Firith.* Il fallait l'éliminer.

La démone était toujours clouée face contre terre et enragea de ne rien pouvoir faire pour l'attaquer. Le volatile détourna la tête vers Nox qui, haletant et très affaibli, reprenait lentement conscience. Véra cracha du sang indigo et siffla douloureusement en direction de l'aigle doré :

— Quelle est la raison de ta présence, Firith ? Ton serment de protection s'achève avec cette dernière course du soleil. Une nouvelle ère débute et tu n'y as pas ta place. L'essence même de ton existence prend fin ici. Disparais !

La créature la scruta de ses yeux perçants. Il passa sa langue sur son bec acéré avant de répondre d'une voix rauque et flottante :

— J'ai été modelé comme Gardien terrestre. Ma mission se termine à cet instant. À partir de ce jour, je redeviens Messager éthéré sur les terres des mortels. Le but de mon existence est celui de servir l'ordre des choses. Rien ne doit venir entraver le fonctionnement naturel des forces de la création. Enfants de Shazar, ce jour, je m'oppose à vos desseins. Demain, je serai votre allié. Je fais ce qui doit être fait. Je tire mes ordres des règles mêmes qui régissent notre univers.

Derrière Véra, Nox se retourna douloureusement sur ses coudes, rampa quelques centimètres vers l'oiseau et lança faiblement, sur un ton hostile :

— Ne te dresse pas sur notre chemin, tu n'es plus qu'un simple serviteur, désormais. Un larbin à la botte de créatures capricieuses et versatiles, voilà ce que tu es. Tu as le choix de ton maître. Tu possèdes ton propre libre arbitre, ne prétends pas dépendre de forces qui te surpassent.

Firith cligna des yeux.

— La pure neutralité est mon essence, ô Nox, premier né de Shazar. Le libre arbitre est le fruit de dissonances qui me sont étrangères.

L'oiseau cachait un objet brillant sous sa patte. *Gondria*. Il ne fallait pas le laisser repartir en possession de cette relique.

Le géant s'apprêta à se relever pour attaquer l'aigle aux plumes iridescentes, mais une onde douloureuse paralysa tous ses membres. Il se tordit de douleur au sol, avant de perdre à nouveau connaissance. Il était encore trop affaibli par la possession pour engager le combat. Firith saisit dans son bec l'artefact convoité et déclara à Véra :

— Nos chemins se recroiseront.

D'un battement d'ailes, l'oiseau doré disparut dans les ténèbres de la nuit, en laissant un sillage aux reflets platine dans le ciel derrière lui.

3
ESCAPADES INTERDITES

Le molosse s'enfuyait à travers les rues du marché. Lunya, essoufflée par la course, aperçut sa queue touffue disparaître derrière l'étal du poissonnier. Son amie poilue avait bifurqué dans une petite ruelle.

— Comète ! Reviens ici tout de suite ! cria la jeune fille, à la fois irritée et amusée. Elle s'engagea dans la petite allée pavée. Haletante, la jeune princesse s'appuya quelques instants sur le mur d'une masure pour reprendre son souffle. Après avoir retrouvé une respiration normale, elle se remit en route en marchant. Sa chienne l'attendait à l'angle, la queue frétillante d'excitation. Elle jappa joyeusement à la vue de sa maîtresse. Le cabot fut gratifié d'une caresse sur le haut du crâne.

Lunya se demanda comment son père, Ellyan, réagirait s'il apprenait qu'elle flânait dans les bas quartiers de Centurya. De surcroît seule, sans garde du corps, et ayant donc pour unique escorte sa chienne. Il serait probablement très inquiet et mécontent, comme n'importe quel autre père, mais le sien était roi, et ne pouvait pas se permettre de laisser sa jeune fille prendre de tels risques. Cependant, Lunya ne pouvait réfréner ce goût du danger qui la poussait à explorer la ville toujours plus loin. C'était plus fort qu'elle. Les sensations que lui procuraient l'exploration et la découverte l'enivraient. Elle y revenait sans cesse, comme on revenait vers une drogue dont on ne pouvait se détacher.

Pour son escapade du jour, et comme à son habitude, elle s'était grimée en ouvrière. Enveloppée dans une longue cape, elle était méconnaissable. Elle avait volontairement ébouriffé ses longs cheveux blonds et bouclés, et s'était sali le visage avec un peu de crasse. Elle enfilait son costume de Leona, la fille de la potière. La jeune demoiselle aimait se déguiser, et c'était avec grand plaisir qu'elle jouait ce rôle de roturière presque quotidiennement. Toujours dans la plus grande des discrétions, bien sûr. Il ne fallait surtout pas que ses parents en soient informés ! Sinon, elle serait condamnée à errer dans le château comme punition. Elle ne pouvait pas imaginer une telle existence. Ce serait d'un ennui total, voire mortel.

En outre, Lunya réfléchissait déjà à l'histoire qu'elle pourrait inventer pour justifier sa frasque, au cas où son absence serait révélée. Sa mère lui ferait probablement encore une fois la morale. Elle ne comprenait pas pourquoi elle s'inquiétait tant pour sa sécurité. Personne ne la reconnaissait dans les rues de Centurya, déguisée ainsi. Où était le problème ? Quoi qu'il advînt, Lunya ne laisserait personne l'empêcher d'explorer le monde. C'était injuste, elle n'avait pas demandé à mener une vie de château ni à naître de sang royal.

Convaincue du bien-fondé de sa démarche, la princesse reprit son vagabondage. Elle vadrouilla çà et là, à travers les ruelles sous le soleil de midi. Elle aimait errer au hasard des allées pour découvrir de nouveaux endroits. Retenir le chemin qu'elle empruntait était le cadet de ses soucis, car sa fidèle chienne finissait toujours par la ramener à bon port. Que le quotidien lui semblait si vivant, dans ces rues sales et poussiéreuses ! Au milieu de la place du marché, le monde affluait. Les camelots tentaient de remplir leurs étals tandis que les badauds négociaient le prix des marchandises avec insistance. Toute cette animation ! La princesse s'en délectait comme d'un nectar précieux. Elle se sentait *réellement* exister dans ce tumulte plein d'entrain. Lunya huma l'air avec délice : un mélange bigarré s'offrit à son odorat. Quelle étrange sensation de sentir le fumet appétissant du poulet grillé, les senteurs raffinées des épices exotiques se mêler aux relents de crottin de cheval ainsi qu'à l'odeur âcre du bétail !

La demoiselle abandonna le marché et laissa son festival d'effluves bariolés derrière elle. Elle s'aventura jusque devant l'échoppe de la Gigue Braillarde, souvent mal fréquentée. Des ouvriers imbibés d'alcool chantaient des refrains obscènes devant la taverne. Lunya tourna la tête et se fit toute petite pour ne pas attirer leur attention. Puis, elle pénétra dans le quartier des artisans du cuir et des forgerons.

Là, elle y retrouva ses amis, les enfants des rues : Naeth, Timmy, et les autres avec qui elle jouait régulièrement aux osselets. Un large sourire leur barra le visage lorsqu'ils la virent s'approcher, et l'un d'eux lança :

— Hey, Leona, viens donc nous dire qui a gagné cette

partie ! Timmy n'est pas d'accord. On doit refaire la manche parce qu'il demande à la rejouer !

Un des enfants, légèrement en surpoids, secoua la tête négativement en la regardant. Elle fit mine de réfléchir en fronçant les sourcils, avant de secouer ses boucles blondes emmêlées et d'affirmer sur un ton espiègle :

— Vous avez tous perdu ! Car…

Elle ramassa tous les osselets et les fourra dans sa poche.

— …c'est moi qui gagne !

Les garçons rirent et commencèrent à la poursuivre pour récupérer leurs petits dés d'os, insouciants et heureux. La princesse ne voyait pas le temps passer. Lunya joua ainsi une bonne demi-heure avec ses amis des rues. Elle aimait les retrouver. Tout était si simple avec eux. Elle se sentait bien, dans cette vie sobre mais factice. Elle s'y reconnaissait bien plus que dans les appartements sophistiqués du château. Avec eux, elle se sentait heureuse et libre d'être elle-même. Au bout d'un moment, elle s'aperçut que l'un de ses compagnons habituels de jeu manquait à l'appel. Elle s'enquit subitement de son absence auprès des autres orphelins.

— Où est passé Landro ?

Naeth, le chef du groupe, haussa les épaules.

— C'est une bonne question. Hier soir, il n'était pas là pour le souper. Les gardiens de l'orphelinat ont dit qu'il allait être sévèrement puni à son retour.

Lunya fronça les sourcils, alarmée.

— Et ça ne vous inquiète pas ?

Le grand rouquin lui répondit sur un ton égal.

— Ça fait déjà plusieurs mois qu'il nous disait qu'il allait quitter l'orphelinat. Il y a quelques jours, il nous a même dit qu'il avait trouvé un travail qui payait bien. Il a sûrement dû partir pour une vie meilleure. On ne peut pas lui en vouloir !

Les explications de Naeth n'apaisèrent pas l'inquiétude de la princesse. Elle avait un mauvais pressentiment. Landro avait beau être discret et très secret, il n'en restait pas moins leur ami. Il ne serait pas parti de la sorte sans prévenir.

— Et il vous a quittés sans vous dire au revoir ?

Timmy acquiesça et répondit maladroitement :

— Oui, parti, fini ! Pouf !

Il mima le signe d'un nuage de fumée qui s'évapore. Puis, il la fixa avec un grand sourire en attendant sa réponse. Naeth ébouriffa gentiment ses cheveux, avant de rétorquer à Lunya avec un clin d'œil :

— De toute façon, il finira bien par revenir ! Pour tes beaux yeux !

À moitié convaincue, la jeune fille relança les osselets, songeuse.

— Si vous le dites... On se fait une dernière partie ?

Naeth perçut sa perplexité.

— Si tu veux, on pourra aller le voir à son nouveau travail, demain soir. Il m'a parlé d'un fleuriste dans l'allée des Mimosas.

Soulagée que ses amis prennent enfin ses préoccupations en compte, elle acquiesça.

— Je veux bien, merci.

Ils reprirent leur partie d'osselets avec entrain. Comme d'habitude, ces moments-là, précieux et hors du temps, passaient à une vitesse folle. Quand Lunya réalisa qu'il était temps de rentrer, elle leur dit au revoir avec un air malicieux.

— Il est temps que je rentre, les amis. Je dois aider ma mère à fabriquer les pots de chambre pour nos nobles. Vous savez, ils ont de grandes exigences…

Ils se mirent à rire. Elle appela sa chienne qui semblait avoir de nouveau fugué à travers la ville.

— Comète ?

Où pouvait-elle bien être ?

Elle partit à sa recherche. Le temps commençait à presser, il était bientôt l'heure de son cours de bonnes manières. Et même si elle détestait ça, elle devait y être à temps afin que ses parents ne remarquent pas son absence. Elle marchait vite.

— Comète ?

De façon plus ou moins aléatoire, elle se dirigeait vers l'allée des Mimosas à la recherche de sa chienne. Qui sait, peut-être était-elle partie rejoindre Landro ? Comète lui faisait toujours beaucoup de léchouilles et semblait l'apprécier. Il jouait souvent avec elle à la balle. Elle l'avait peut-être retrouvé. Cela serait l'occasion de le saluer rapidement. Et de se rassurer par la même occasion. Malgré tout, Lunya était inquiète pour lui.

Se rapprochant de plus en plus de la ruelle évoquée par son ami Naeth, Lunya, intrépide, décida de s'y diriger une bonne fois pour toutes. Elle voulait s'assurer que Landro allait bien. De toute façon, elle ne réussirait pas à dormir correctement si elle n'en avait pas le cœur net.

Après quelques errances, elle arriva enfin dans la fameuse allée qu'elle recherchait, réputée mal famée, et étrangement déserte. Elle scruta les alentours. Au loin, une scène attira son attention. Deux individus avaient une attitude quelque peu louche. En alerte, mais curieuse, la jeune fille ralentit sa foulée. Elle se rapprocha, lentement, à pas de velours.

Un petit homme gras et dégarni discutait avec une femme à l'allure élancée. Ils se tenaient devant un étal recouvert de fleurs bigarrées. Était-ce là où Landro travaillait ? Il avait parlé d'un fleuriste. Le bonhomme courtaud était-il son nouveau patron ? La scène, en apparence anodine, attira d'autant plus son attention que le ton s'élevait entre les deux individus. Lunya s'avança prudemment pour mieux capter leur discussion, en prenant soin de ne pas se faire remarquer. Elle se dissimula derrière un grand tonneau et observa discrètement la scène avec beaucoup d'intérêt.

La femme arborait un drôle d'accoutrement – une tunique de cuir noir qui épousait ses formes athlétiques. Elle portait également une ceinture dorée où étaient accrochés des poignards. Et, clou du spectacle, son visage était recouvert d'un masque noir orné d'arabesques. Ces accessoires évoquaient une personnalité connue à la princesse, mais elle ne parvenait pas à y mettre un nom exact. Elle sollicita ses souvenirs, en vain. C'était frustrant. Fichue mémoire qui faillait dans les pires moments ! Elle mobilisa toute sa concentration.

Puis, elle fit soudainement le lien avec les racontars entendus sur le marché et rapportés par ses amis orphelins. Lunya n'en revenait pas : était-elle en présence de la Panthère Noire ? *La* Panthère Noire, la célèbre criminelle qui sévissait dans les rues de Centurya depuis des dizaines d'années ?

La femme semblait préoccupée et montrait des signes de nervosité. Elle regarda autour d'elle, ouvrit le parchemin qu'elle avait dans la main et le parcourut en silence, avant de froncer les sourcils, visiblement mécontente. Après quoi, elle saisit violemment le marchand râblé par le col de façon menaçante, et ordonna à voix basse :

— Seulement deux ? Ce n'est pas assez, il nous en faut bien plus ! Augmentez la cadence. La prochaine cérémonie a lieu dans deux semaines ! Vous vous souvenez des termes du contrat ou bien dois-je vous les rappeler ?

Les conjectures commençaient à se bousculer dans la tête de Lunya dans un tourbillon inarrêtable. *De quelle cadence parle-t-elle ? De la production de fleurs ? Mais pour quelle occasion ? Et pourquoi la Panthère Noire ferait-elle du trafic de fleurs ? Quelque chose cloche. J'espère que Landro ne s'est pas fourré dans un sale pétrin.*

La femme vêtue de noir reposa le marchand à terre, puis secoua la feuille sous le nez de son associé de façon insistante. Elle tira un de ses poignards de son fourreau et commença à le faire danser entre ses doigts. L'homme fit un pas en arrière, effrayé.

— Rassurez-vous, Dame Panthère, répondit le petit homme, la voix tremblante, nous avons une nouvelle recrue dont c'est la spécialité. C'est un exilé du royaume de Thana'Taa.

Le cerveau de Lunya était en ébullition. *Est-ce qu'il parle de Landro ? Il vient de Cinq-Épis. Cela n'est pas possible.*

Une lueur d'intérêt brilla brièvement dans les yeux d'ébène de la Panthère Noire.

— Un banni de Thana'Taa ? s'assura-t-elle.

L'homme joufflu acquiesça. La femme caressa son menton, pensive.

— Intéressant, déclara-t-elle, satisfaite. Je me demande ce qu'il a bien pu faire pour être rejeté par sa nation… Je veux des résultats la semaine prochaine. Il m'en faut au moins dix fois plus. Dites-lui que ce sera son test. S'il échoue, je l'exécuterai de mes propres mains.

Lunya resta interdite. *Dix fois plus de quoi ? Mais de quelle marchandise parle-t-elle donc ?* La jeune fille était certaine qu'elle ne parlait pas de fleurs ordinaires. On ne se mettait pas dans un tel courroux pour une simple livraison de végétaux ornementaux.

Après quoi, la guerrière habillée de noir fit un signe de tête au commerçant, puis disparut du champ de vision de la princesse. Leur entretien semblait terminé. Le camelot dodu sortit alors de la ruelle en passant devant le tonneau où Lunya se cachait. À cet instant, son cœur s'affola. Elle se recroquevilla derrière sa cachette de fortune en espérant que l'homme ne la démasquerait pas.

Par chance, il passa devant elle sans la voir, sortit un mouchoir de sa poche et essuya la transpiration qui dégoulinait le long de son front. Quand elle vit sa silhouette s'évanouir à l'angle de la ruelle, une vague de soulagement s'empara d'elle. Elle se releva doucement en époussetant ses frusques de servante. Elle jeta un coup d'œil furtif en direction de la rue qu'avait empruntée la Panthère Noire pour repartir. Il n'y avait plus personne.

Lunya avait encore le cœur qui battait la chamade : elle venait de croiser le plus grand bandit de Centurya ! La Panthère Noire était réputée pour être un personnage mystérieux, insaisissable et redoutable. Les rumeurs que Lunya avait pu entendre à son sujet étaient sordides et lui avaient donné la chair de poule. Visage difforme, bain de sang, cannibalisme, torture… de nombreux récits tous plus sanglants les uns que les autres contribuaient à sa légende. Landro servait-il désormais cette horrible mégère ? Dans quel trafic s'était-il embarqué ? Que se passait-il ? Elle devait enquêter, mais c'était risqué. *Je vais attraper cette criminelle quoi qu'il en coûte et la livrer aux juges du royaume. Elle ne peut pas profiter d'orphelins sans attaches de la sorte. Je deviendrai une justicière et serai reconnue comme telle. Je protégerai mes amis.*

Son amour pour le grimage la poussa à s'imaginer déjà dans un uniforme intégralement blanc, avec un masque, une canne-épée et sa chienne immaculée comme fidèle acolyte. Elles feraient un parfait duo pour poursuivre les malfrats. Elles seraient le Némésis de la Panthère Noire.

Brusquement, le fil de ses rêveries prit fin lorsqu'une main la saisit par la nuque. La poigne de fer la fit pivoter sur elle-même. Elle se retrouva nez à nez avec la hors-la-loi. Sa carrière de justicière commençait mal. En une fraction de seconde, la chasseuse devenait traquée. Lunya s'en voulait. *Elle est toujours là, elle n'était pas partie… Quelle idiote imprudente je fais !*

— Inutile de crier, conseilla la Panthère Noire d'une voix suave. Nous sommes seules dans cette petite rue déserte, personne ne viendra t'aider.

Elle ajouta sur un ton ironique :

— Et puis, qui risquerait sa vie pour aider une simple servante ?

La criminelle plaça sa lame sous la gorge de la jeune fille, qui déglutit avec peine en sentant le métal froid et menaçant contre sa peau. Une larme de sang coula doucement le long de son cou dans un sillon tiède. Elle tenta de se débattre, en vain. L'emprise de la Panthère Noire était trop forte pour qu'elle puisse s'en échapper, et elle risquait de se blesser avec le poignard maintenu sous la gorge.

Quand la princesse cessa de gigoter, la femme masquée planta son regard féroce dans les yeux bleus de Lunya. Elle lui demanda d'une voix sulfureuse :

— Sais-tu combien je peux demander en rançon pour une petite princesse imprudente ?

Surprise totale. *Comment m'a-t-elle reconnue malgré mon déguisement ?*

Lunya garda le silence et lui lança un regard mauvais en guise de réponse.

Son assaillante ricana et poursuivit :

— Je peux devenir plus riche que n'importe quel noble de ce pays. Quel beau butin j'ai trouvé là. C'est mon jour de chance !

Lunya lui cracha au visage :

— Vous êtes une criminelle, et vous allez finir sur l'échafaud pour vos méfaits. Vous venez de menacer la fille du roi, c'est passible de mort. Relâchez-moi et je demanderai à mon père d'être clément avec vous : il vous accordera une mort rapide et indolore.

L'autre essuya le glaviot calmement. De façon énigmatique, elle scruta le visage de Lunya, dont les traits étaient figés dans une expression mi-haineuse, mi-affolée.

— Petite sotte prétentieuse, tu es née dans l'or et la dentelle. Ton existence n'est qu'une illusion. Tu vis dans un monde d'artifices.

Elle s'approcha à quelques centimètres de son visage. L'iris de ses yeux était étrange, d'une couleur brun-orangé tirant vers l'argenté.

— Tu n'as aucune idée des règles qui régissent cette ville, ce royaume et les réseaux qui les font vivre. Crois-tu que ton père sache où te retrouver à l'heure qu'il est ? Il n'est même pas capable de m'attraper alors que je vis dans sa propre capitale. Si je le souhaite, je peux te faire disparaître ici et maintenant.

Elle s'humecta les lèvres et poursuivit :

— Ne remets plus jamais les pieds ici, c'est un univers qui ne t'appartient pas.

Lunya sentit l'étreinte se relâcher d'un coup, et retomba lourdement sur le sol pavé. La Panthère Noire la fixa avec dédain quelques secondes, de son regard félin orangé, puis lui tourna le dos et disparut furtivement au coin de la sombre ruelle.

La princesse était sous le choc. Son cœur battait la chamade.

Sa nuque était douloureuse. Elle resta quelques minutes sur le sol dur, se massant les cervicales. Ses pensées tournoyaient à une allure vertigineuse. Elle avait eu de la chance. Elle aurait pu la tuer ou la prendre en otage. Alors pourquoi la Panthère Noire l'avait-elle laissée partir ? Elle aurait aussi pu s'en servir de monnaie d'échange face au roi Ellyan. Et où était donc Landro ?

Un aboiement sonore interrompit ses tergiversations. Lunya reçut un coup de langue joyeux sur la joue. Comète venait de réapparaître et lui léchait le visage sans retenue. Lunya était contente de la retrouver. Elle gratta l'arrière de ses oreilles pointues. Sa présence était réconfortante. Toutefois, elle regretta qu'elle ne fût pas là lors de sa rencontre avec la truande. Elle aurait pu la protéger.

— Ne me laisse plus jamais tomber comme ça, Comète ! la sermonna faussement la princesse en apposant un baiser sur la truffe de son corniaud. Nous avons une nouvelle mission, ma fidèle Comète. Il faut que nous retrouvions Landro. Quelque chose me dit qu'il s'est embarqué dans une sale histoire !

Encore fébrile, la jeune fille reprit le chemin vers le château. Elle prit grand soin de recouvrir sa tête d'un châle, afin qu'on ne la reconnaisse pas. Elle avait déjà eu assez d'émotions pour la journée ! Mille et une questions à propos de cette Panthère Noire bouillonnaient dans son cerveau. Elle dégageait une telle aura, un tel mystère ! D'où venait-elle ? Comment avait-elle réussi à construire son empire ? Pourquoi était-elle si forte ? Lunya l'admirait et la détestait à la fois. Ce personnage atypique avait réussi à attiser son insatiable curiosité. La princesse se jura qu'une fois remise de ses émotions, elle irait enquêter de façon plus approfondie sur les agissements de la célèbre criminelle. Et sur ce qu'était devenu Landro. Est-ce que son ami était désormais à son service ? Était-ce là son nouveau *travail* ? Elle voyait cela comme un bras de fer engagé avec la Panthère

Noire. Lunya n'aimait pas perdre.

Mais pour le moment, le plus urgent pour elle était de rentrer avant son cours du soir, afin de ne pas s'attirer les foudres de sa mère.

Quand elle arriva devant le mur d'enceinte de la citadelle renforcée, le passage était bloqué par une dizaine de gardes en faction. On ne pénétrait pas si facilement le château royal. Elle voulut passer le barrage, mais une jeune sentinelle l'en empêcha en plaçant sa hallebarde au travers de la porte. Il l'alpagua sur un ton méprisant :

— Halte-là ! Que viens-tu faire par ici, la gueuse ?

Comète grogna en découvrant toute une rangée de crocs blancs face à l'attitude menaçante du soldat. Lunya avait oublié qu'elle était grimée en servante. Les gardes ne pouvaient pas la reconnaître. Elle bouillonna intérieurement face à l'insulte du jeune homme et se retint de lui mettre un coup de pied. Qui était-il pour oser l'insulter ? Et puis, elle était pressée ! Elle découvrit son visage dans un geste furieux et répondit sèchement :

Je suis la princesse Lunya, stupide garde ! Je suis outrée que vous ne reconnaissiez pas les membres de la famille royale et que vous osiez vous adresser à moi de la sorte. Laissez-moi passer et présentez-moi immédiatement vos excuses, ou mon père entendra parler de votre insubordination.

Le jeune homme resta perplexe et désorienté, ne sachant plus comment réagir. Pendant quelques secondes, il se contenta de la regarder d'un air hésitant, la bouche entrouverte sans qu'aucun son n'en sorte. Un autre garde plus âgé vint à sa rescousse :

— Toutes nos excuses, Dame Lunya. Il est nouveau dans

notre garnison. Excusez sa rudesse, il ne cherchait pas à vous contrarier, déclara-t-il en s'écartant pour laisser le passage libre.

Elle hocha la tête en signe d'assentiment, passa devant le nouveau et déclara à l'attention du jeune garde :

— Que cela ne se reproduise plus ou tu goûteras aux crocs de ma chienne et aux fers du cachot.

Elle savoura quelques secondes le pouvoir que lui conféraient les privilèges de son rang royal. Puis, elle tendit une pièce d'argent au vétéran. Ceux-ci ne posaient pas de questions sur ses escapades. Cela avait toujours fonctionné jusque-là. Elle espérait que le nouveau ne ferait pas de vagues. Il n'avait pas intérêt !

Elle poursuivit sa route, d'un pas fier et noble malgré ses vêtements salis, sa chienne sur les talons. La princesse se faufila discrètement vers l'arrière du palais. Elle escalada ensuite le mur de roches en marbre, sur quelques mètres au-dessus du sol, jusqu'à sa fenêtre. Elle rejoignit ainsi sa chambre sans passer par l'entrée principale du château, afin de ne pas être repérée par ses parents.

Mais ce fut sans compter sur la lucidité de sa mère. La Reine Ocana l'attendait, assise sur son lit à baldaquin, la mine renfrognée.

Aïe ! La jeune fille savait qu'elle allait avoir le droit à une semonce en bonne et due forme.

— Lunya, dit-elle dans un soupir, nous en avons déjà parlé. Il faut que tes escapades cessent.

Elle leva les yeux au ciel, exaspérée par les reproches de sa mère qui lui répétait sans cesse les mêmes choses.

— Mère, je vous l'ai déjà dit, je ne risque rien avec Comète ! répliqua Lunya, incorrigible.

— Tu ne peux pas te balader dans les rues de Centurya sans protection ! Il y a des gens malintentionnés partout ! Tu n'es pas en sécurité. Pourquoi tant d'imprudence ?

— Je ne supporte plus d'être enfermée dans ce château ! Je m'ennuie ! Je veux voir le monde.

La jeune fille tourna le dos à sa mère. Boudeuse, elle plongea son regard à l'horizon, à travers sa fenêtre grande ouverte. Le monde était là, à sa portée, mais elle ne pouvait pas y aller. C'était tellement frustrant !

— Tu sais que cela ne sera pas possible tant que nous serons en guerre. Nous devons redoubler de vigilance : nous avons des ennemis partout et ils pourraient se servir de toi.

Silence. Pas de réponse. Ocana perdit subitement patience devant l'attitude contrariée de sa fille. Elle mit les mains sur les hanches, puis les leva au ciel en signe d'agacement.

— C'est incroyable ! Nous en avons déjà parlé des dizaines de fois, et j'en ai plus qu'assez de devoir me répéter.

Lunya se retourna pour faire face à sa mère, en colère.

— Nous sommes en guerre depuis que je suis née ! s'emporta-t-elle en haussant le ton. Cela n'a pas de fin ! Quand pourrais-je réellement vivre ma vie ? Je suis prisonnière dans une maison dorée. Je veux découvrir le royaume !

Elle fit un grand geste arrondi avec ses bras pour montrer la chambre et illustrer ses propos. Puis, elle pointa son doigt en direction de la fenêtre.

— Tous mes frères sont dehors en train de vivre une vie d'aventurier ! s'indigna l'enfant. Et moi, je suis là, à apprendre à boire le thé ou tenir une fourchette correctement, pour ne pas offenser ces nobliaux sans intérêt !

La reine s'approcha de sa fille et lui posa la main sur l'épaule.

— Du calme, intima Ocana froidement. Tu es ma fille et tu

me dois obéissance. C'est le dernier rappel. Si tu prends encore le risque de partir sans escorte royale, je vais devoir te faire enfermer et te faire surveiller jour et nuit. As-tu conscience que tu nous mets tous en danger avec cette attitude ? Tu as onze ans, il est temps que tu prennes tes responsabilités. Ton rôle de princesse est d'aider à construire le royaume, pas de visiter le monde en prenant des risques inconsidérés.

— Eh bien, je trouve cela injuste.

Lunya savait qu'elle ne pouvait pas argumenter face à sa mère. Cela ne servait à rien : elle ne l'écoutait pas. Elle ne comprenait pas sa frustration d'être enfermée, surprotégée face à une menace qu'elle n'avait jamais vue. Elle s'ennuyait à mourir dans ce château. Pour Ocana, il s'agissait de simples caprices d'enfant. Pour Lunya, il s'agissait d'une soif de découverte viscérale.

Ocana prit congé de sa fille. Elle quitta les lieux, toujours accompagnée de son parfum fruité que Lunya aimait tant. Avant de refermer la porte derrière elle, la reine la fixa avec un regard perçant et secoua un doigt inquisiteur en l'air en signe d'avertissement.

— C'est la dernière fois, Lunya, je te préviens.

La jeune fille ne prêta pas d'importance à la menace. Il serait nécessaire qu'elle soit plus discrète la prochaine fois pour ne pas être repérée. Dans tous les cas, elle n'obéirait pas à sa mère. Il fallait qu'elle reparte pour savoir ce que manigançait cette Panthère Noire. Et retrouver Landro.

Elle se sentait soudainement pousser des ailes. *Je vais aider le royaume, comme mes frères le font. Je vais faire capturer la Panthère Noire. Cela sera toujours plus utile que rester enfermée à apprendre l'art de la rhétorique ou du crochet pour être une épouse parfaite.*

ARCHIVE

AVIS DE RECHERCHE

LA PANTHÈRE NOIRE

Morte ou vive.

Impliquée dans le trafic de drogue illégal de squamaïne et d'êtres humains, vols organisés, incendies, meurtres, torture, enlèvements.

Description :

Longs cheveux bruns, musclée, élancée.
Yeux brun-orangé.
Tenue de cuir noir.
Masque noir avec arabesques.

Armes utilisées : poignards, poison.

Attention, à vos risques et périls, personne dangereuse.

RÉCOMPENSE : 50 000 PIÈCES D'OR

Avis de recherche accompagnant un portrait de la Panthère Noire, à Centurya, commandité par le roi Ellyan.

4
LE CONSEIL ROYAL

Le soleil était déjà haut dans le ciel azur. Le clocher de la Cathédrale Sainte-Harmonie sonna les douze coups de midi. Par la fenêtre de la Salle du Conseil surplombant la capitale, Ellyan observait les rues de Centurya.

En contrebas, dans les quartiers populaires, la place du marché grouillait de vie. Des dizaines de marchands y exposaient leurs précieuses marchandises sur des étals de bois, vantant les mérites de leurs produits. Le vieux roi plissa les yeux pour mieux y voir – sa vue n'était plus ce qu'elle était.

Un éleveur menant son bœuf à l'abattoir s'arrêtait pour acheter des fruits et échanger quelques mots avec le vendeur de primeurs. Les rues fourmillaient d'artisans affairés, de paysans venus vendre en ville leurs récoltes ou leurs bêtes, d'enfants criant et jouant. Ellyan pouvait entendre les rumeurs du marché remonter jusqu'au château de pierre blanche, construit sur les hauteurs de la ville. Le ronronnement des voix et des cris mêlés à la douce chaleur des rayons du soleil plongeait le roi dans une agréable torpeur. Il inspira profondément et emplit ses poumons des odeurs de l'été. Ce sentiment de sérénité qui émanait de sa ville l'emplissait de fierté.

Mais cette apparente quiétude fut soudainement troublée par une troupe de soldats qui sortaient bruyamment de l'enceinte du château pour aller patrouiller en ville. Les armures astiquées miroitaient au soleil, et le roi ne put s'empêcher d'imaginer la chaleur écrasante qu'il pouvait faire sous cette cuirasse de fer.

Cela faisait déjà plus d'une dizaine d'années qu'Ellyan avait mis en place ces patrouilles de surveillance. La cité semblait paisible en apparence, sous le ciel bleu clair, mais la troupe de militaires était là pour lui rappeler qu'il fallait rester vigilant. La guerre contre les Sombs continuait de faire rage. Ces derniers ne cessaient d'assaillir la frontière ouest sans jamais réussir à franchir Moenia, le mur gigantesque que le roi avait fait construire pour endiguer la menace ennemie.

Jusqu'à maintenant, la muraille avait pu retenir les troupes ennemies et avait aidé à sauver de nombreuses vies. Ellyan était toutefois inquiet, car les forces adverses s'accroissaient de jour en jour, mettant à mal ses défenses et ses hommes. Il avait récemment reçu de mauvaises nouvelles des fortifications à l'ouest qui montraient des premiers signes de faiblesse.

« *Une brèche a été ouverte* », expliquait la missive qu'il avait reçue.

S'il ne faisait rien, si Moenia tombait, les Sombs auraient bientôt le dessus, et ces abominations ne tarderaient pas à envahir le royaume d'Alquilon. Plus rien ne pourrait alors se mettre en travers de leur chemin et de leur folie meurtrière. Il frémit en pensant aux atrocités que son peuple subirait si ces abjectes créatures réussissaient à franchir la frontière. Des souvenirs remontèrent. Sa première rencontre avec les Sombs. Il n'était alors encore qu'un jeune prince héritier sans expérience et combattait aux côtés de son père, Baldéal. Cette nuit-là resterait marquée au fer rouge dans sa mémoire…

Soudain, de puissants coups retentirent contre la porte d'ébène. La pause était finie. Il était temps pour le souverain de revenir à ses obligations régaliennes. Il devait présider la réunion exceptionnelle du Conseil Royal, exercice qu'il appréciait peu.

Il ordonna à ses invités d'entrer et s'assit dans son lourd fauteuil de bois massif, avant de faire signe aux arrivants de s'installer à la table.

Le premier homme qui prit place fut Lodam Oreel. Il tira le lourd siège à lui et s'installa à la droite du roi. Son regard azur plongea dans celui d'Ellyan. Ce dernier comprit immédiatement que quelque chose l'inquiétait. Ellyan connaissait Lodam depuis maintenant presque cinquante ans. Ils pouvaient se comprendre sans avoir à prononcer le moindre mot, et leur complicité était plus qu'apparente. Ellyan avait une confiance aveugle en lui, et c'était pourquoi il l'avait nommé Conseiller Royal. Il était non seulement responsable de la Garde Royale, mais aussi garant de la sécurité intérieure du royaume. Lodam était son meilleur ami et également son meilleur conseiller. Chaque fois que le roi avait des doutes, il aimait à le consulter pour connaître son point de vue. Il savait se montrer juste et mesuré en toutes circonstances.

Mais en cet instant, Lodam paraissait préoccupé. Il avait la mine sombre et un large sillon creusait son front. Ellyan aurait voulu l'interroger immédiatement sur le sujet qui le tracassait, mais ils allaient entrer en réunion officielle et ils ne devaient pas laisser transparaître la relation privilégiée qui les liait devant les autres membres du Conseil Royal. Il devrait patienter.

S'installèrent par la suite autour de la table du Conseil Royal, et un par un : le duc Kalos, le duc Gex, puis Gareth le Général des Armées accompagné d'un de ses colonels, Ocana la Reine, et Cassel le Haut-Prêtre de l'ordre de Nhymora. Il ne manquait plus que la dernière duchesse… qui n'était jamais à l'heure.

Lyra Ambonil, la duchesse de Cinq-Épis et Secrétaire d'État aux affaires étrangères, entra dans la salle peu après que les six autres membres du Conseil Royal se soient tous installés. Comme à son habitude, un air malicieux habitait ses grands yeux marron.

Peu importait, elle aimait se faire attendre. Elle avait mis du temps à faire natter ses longs cheveux bruns en une lourde tresse qui lui tombait jusqu'en bas des reins. Son opulente poitrine débordait volontairement de sa robe de satin bleue. Malgré son âge mûr, elle avait conscience de sa beauté et aimait jouer avec cette attraction qu'elle avait sur les hommes. De façon générale, elle aimait provoquer son auditoire.

Après avoir embrassé l'assemblée du regard avec grâce et facétie, elle s'assit à la dernière place libre d'un pas déterminé. Au passage, elle salua d'un signe de tête discret chaque membre, à mesure qu'elle les croisait. Ils lui répondirent de façon réservée et polie. Elle s'amusait toujours beaucoup des réactions pudiques de ses interlocuteurs.

En face d'elle trônait Gareth Omblèze, un des fils du roi et Général en chef des armées du royaume. L'homme était impassible et nulle expression n'éclairait son visage. Le cœur de Lyra palpita à la vue de celui-ci. Cela faisait très longtemps qu'elle ne l'avait pas croisé. Il était devenu très bel homme. Elle avait immédiatement reconnu les traits physiques propres à la famille Omblèze, nobles et sauvages. La ressemblance était frappante. L'adolescent timide et malingre qu'il avait été s'était transformé en un homme au charme sauvage. Ses épaules larges et sa mâchoire carrée lui donnaient un air viril auquel Lyra n'était pas insensible. Ses cheveux couleur de jais faisaient ressortir ses yeux noirs indéchiffrables, qui sondaient l'âme de la duchesse. Il ne ressemblait en rien à son frère aîné Baldrick, qu'elle avait épousé. Son mari était plus doux, moins farouche, et amputé de cet air féroce qui caractérisait Gareth. Lyra détourna le regard.

À sa gauche était assis Kalos Hurrican, le replet et cupide duc de Volanture et Gex Saladren, le très ingénieux duc d'Apremont. Ces deux roublards étaient toujours fourrés ensemble, à manigancer des plans tortueux. Lyra ne les aimait pas, mais leur adressa tout de même un sourire léché. *Jouer le jeu.* Tout cela n'était qu'une pièce de théâtre grandeur nature.

Elle jaugea rapidement le reste du Conseil Royal. Il y avait un homme en armure qu'elle ne connaissait pas, mais également Cassel, Haut-Prêtre nhymorien et Scribe Royal. Au bout de la table, sur le fauteuil royal de bois exotique incrusté de pierres précieuses, se trouvait Ellyan Omblèze, le roi d'Alquilon.

Excepté Gareth, inébranlable, Lyra nota que tous les membres du petit comité arboraient des mines préoccupées. Cassel semblait en proie à d'intenses réflexions, les sourcils froncés. Il triturait dans sa main la plume qui lui permettrait de rédiger son rapport à la fin de l'Assemblée. L'élégant Gex Saladren relisait un document en remuant silencieusement les lèvres. Ses cheveux blonds tirés en arrière en une parfaite queue de cheval brillaient sous le reflet des rayons du soleil qui entraient en cascade par la fenêtre. Lyra trouva qu'il avait mauvaise mine, lui qui d'habitude était si radieux. C'était un homme connu et reconnu comme un grand séducteur, qui savait user de ses charmes pour obtenir ce qu'il voulait. La duchesse avait d'ailleurs déjà succombé aux *talents* oratoires du duc d'Apremont. Bien qu'agréable, elle s'était juré de ne plus se fier à l'expérience de son charme éloquent. Mais pour le moment, Gex était absorbé par son texte et ne cessait de lire et relire une suite de chiffres qu'il scandait comme une incantation.

Lyra se remémora ce Conseil Royal durant lequel Ellyan l'avait fait nommer Grand Trésorier, cinq ans plus tôt, afin de calmer les ardeurs. D'après la Duchesse d'Ambonil, il s'agissait là certainement d'une des plus grandes erreurs stratégiques du roi.

Auparavant, la gestion des finances du pays revenait au roi et à son Conseiller Royal. Mais la guerre contre les Sombs, infinie, épuisait les ressources du royaume. Bien entendu, cela n'avait pas été du goût de tous les duchés. Certains ducs régents avaient estimé qu'ils étaient beaucoup trop sollicités sur le plan pécuniaire. Ils ne comprenaient pas pourquoi la quasi-totalité de leurs richesses était employée à former de nouveaux soldats et créer de nouvelles fortifications. Les peuples commençaient à se révolter face aux dîmes qui ne faisaient qu'augmenter. Pour cette raison, le duc Kalos Hurrican, en charge de Volanture, le plus fortuné de tous les duchés, avait exigé que l'on nomme une personne spécialement responsable des finances. L'objectif était de ne pas être lésé face aux trois autres duchés qui constituaient le royaume. Ellyan n'avait pas eu le choix : la contrée était déjà au bord de la guerre civile, et il ne pouvait pas se passer du soutien du duché de Volanture.

Ainsi, il avait été décidé d'élire un Grand Trésorier afin de gérer équitablement les flux de ressources du royaume. C'était ainsi que Gex avait été élu par le Conseil. Lyra le soupçonnait par ailleurs d'avoir laissé quelques pots-de-vin çà et là pour obtenir sa nomination. Ces deux-là formaient un odieux tandem.

Pendant que tous les membres finissaient de s'installer, le roi Ellyan manifestait des signes d'impatience. Il interrompit Gex dans sa litanie de chiffres en se raclant bruyamment la gorge. Il réclamait l'attention de son auditoire. Cassel tapa sur la table avec son petit marteau de bois pour appuyer le roi dans sa requête de silence. Il cria de sa voix nasillarde :

— Votre attention, s'il vous plaît, le Conseil va commencer !

Mais Ellyan n'avait pas besoin d'assistance. Il faisait partie de ces hommes qui inspiraient naturellement le respect. Lyra avait toujours été impressionnée par son allure imposante et son regard si bleu, si vif. Malgré sa soixantaine d'années bien entamée, il restait solide comme un roc. Il avait fait couper courts ses cheveux grisonnants et fait tailler sa barbe en pointe, ce qui accentuait la courbe sévère de ses pommettes. L'effet était-il voulu ? Il ne laissait jamais rien au hasard. Lyra avait toujours trouvé qu'Ellyan était un roi juste et mesuré – il était d'ailleurs apprécié dans tout le royaume pour ses prouesses politiques et militaires.

La duchesse avait encore en tête la façon dont il avait réussi à apaiser les tensions qui dégradaient les relations entre les quatre duchés qui composaient le royaume d'Alquilon. Il avait eu l'astucieuse idée de créer des décrets pour pondérer les échanges commerciaux en temps réel. Ses actes avaient réussi à ramener un équilibre économique au sein d'un royaume à la limite de la rébellion. Le roi régissait lui-même le duché de Rosebaie où se situait la capitale Centurya. Mais il se reposait entièrement sur ses trois ducs et duchesse pour gérer le reste du territoire. Parmi eux se trouvait Lyra, qui avait l'honneur de gérer le duché de Cinq-Épis. Elle était fière de la confiance qu'il lui accordait.

Quand le silence fut complet, le roi se leva en traînant bruyamment sa lourde chaise de bois massif sur le sol. Lorsqu'il prit la parole, au ton troublé de sa voix, Lyra comprit qu'il allait évoquer un sujet inquiétant. Ellyan était d'habitude si sûr de lui ; c'était un véritable lion, un donneur d'ordres qui ne doutait jamais. Mais cette fois-ci, son regard soucieux ne passa pas inaperçu aux yeux de la duchesse.

— Duchesse, Ducs, comme vous pouvez vous en douter, je ne vous aurais pas fait quitter vos terres et effectuer un si long voyage si la situation ne l'exigeait pas.

Il laissa planer un long silence qui sembla durer une éternité. Tous les membres du comité avaient le regard rivé sur lui. Lyra considéra Ellyan d'un air perplexe. L'incompréhension la gagnait. Que se passait-il de plus grave que la situation actuelle ?

C'était la première fois en quinze ans que la duchesse de Cinq-Épis était convoquée en urgence pour un Conseil Royal exceptionnel. D'ailleurs, le dernier était récent. Les assemblées royales étaient normalement organisées de façon trimestrielle, pour permettre aux ducs des quatre régions d'Alquilon d'échanger sur la façon de gérer le royaume, afin de régler des problématiques économiques, commerciales et militaires. S'il les avait convoqués à nouveau alors qu'ils s'étaient rencontrés quelques semaines plus tôt, c'était qu'un nouveau sujet allait être abordé. La duchesse essayait de comprendre ce qui pouvait provoquer une telle réunion de crise.

Une brusque révélation s'imposa soudainement à elle : la présence des deux officiers militaires était inédite ! C'était bien la première fois que des membres de l'armée, en dehors du général, étaient conviés à un Conseil Royal. Au fond de la salle, le fidèle garde du corps du roi, Lodam, veillait sur son suzerain, la main posée sur la garde de son épée, alerte et méfiant. *La situation doit être critique.*

Ellyan reprit la parole :

— Comme vous le savez, la guerre contre les Sombs dure depuis des années. À tel point qu'elle fait désormais partie de notre quotidien, et qu'elle régit en partie notre modèle économique.

Gex Saladren prit la parole – en tant que Trésorier Royal – en rebondissant sur sa remarque :

— Oui, cela nous coûte, mon roi. Le duché d'Apremont ne peut plus continuer à fournir au duché de Rosebaie autant d'hommes, d'armes et de machines de guerre. Nous courons à notre perte : la formation des guerriers, la création et l'entretien des armes ruinent notre économie. D'une façon générale, les comptes sont mauvais, nous…

— J'entends bien votre point de vue, duc d'Apremont, coupa Ellyan. Laissez-moi finir mon annonce et nous discuterons des problèmes économiques plus tard.

Il fit un geste vers son officier militaire, qui s'avança. Lyra fut impressionnée par sa stature. C'était un très grand homme de plus de deux mètres, au visage carré, marqué de nombreuses cicatrices. Son regard noir et profond, très dur, portait les stigmates des vétérans militaires. Lyra remarqua qu'il manquait un doigt à sa main gauche. Elle réprima un frisson de dégoût. Quand son père lui fit signe, Gareth prit la parole :

— Je vous présente Beolmas Lerit, l'officier militaire responsable de la base de Sperotan. Comme vous le savez, le nombre de Sombs qui nous attaquent à l'ouest sur le rempart de Moenia ne cesse d'augmenter chaque année. Nous avons dû faire fortifier la grande muraille afin d'empêcher l'invasion sur nos terres.

Le roi jaugeait les réactions des membres du Conseil Royal, et Lyra les observa à son tour. Pour le moment, aucun ne réagissait de façon significative. Ils écoutaient calmement, avec application, sans forcément avoir l'air impliqués par ces problématiques. Le Général Gareth reprit son explication :

— Jusque-là, le royaume était en relative sécurité car nous parvenions à les contenir au-delà de nos fortifications. Mais depuis quelques mois, les Sombs tentent de nouvelles stratégies. En coordonnant leurs efforts, ils ont réussi il y a quelques jours à percer un trou dans Moenia. Ils menacent plus que jamais d'envahir le duché de Rosebaie par le nord-ouest.

Lyra commençait à froncer les sourcils, signe qu'elle se concentrait sur ce que disait son interlocuteur. Cassel semblait écouter avec avidité les paroles du général. La duchesse fut gênée par des chuchotements derrière elle. Gex et Kalos discutaient discrètement à voix basse. Elle leur lança un regard mauvais. Ils firent alors mine de s'intéresser à ces histoires de guerre, et se mirent à tendre l'oreille. Gareth continua en désignant son officier :

— C'est la première fois que nous les voyons adopter un comportement d'attaque structuré et organisé. Ils ont évolué. Beolmas va vous expliquer ce qu'il se passe sur le terrain. C'est lui qui notifie toutes les stratégies que ces bêtes… ces monstres adoptent, ainsi que les mutations qu'elles subissent.

La nouvelle laissa un silence de mort planer sur l'assemblée. Le visage de Kalos Hurrican, le Duc de Volanture, s'empourpra. À chaque fois qu'un Conseil Royal avait lieu, il répétait sans cesse que le duché de Rosebaie était incapable de sécuriser ses frontières. Il ajoutait toujours à cette remarque que cela faisait des années et des années que les quatre autres duchés se ruinaient pour leur prodiguer finances, hommes, armes, vivres, matériaux, machines de guerre et montures pour endiguer la menace des Sombs, et ils étaient tout juste parvenus à contenir la menace sans jamais mettre un terme à cette guerre incessante. Toujours le même discours. En quelques secondes, la duchesse vit naître puis grandir les signes difficilement dissimulés de la colère sur le visage replet de Kalos. *Prévisible.*

Elle s'imagina ce que pouvait penser le duc pingre et imita mentalement sa voix irritante sur un ton risible. *Non seulement le Duché de Rosebaie accapare toutes nos ressources dans cette bataille interminable, mais l'armée n'est même pas capable de détruire ces satanés Sombs ! Vous avez mis en œuvre des moyens colossaux pour les réduire à néant et vous n'avez toujours pas remporté une seule victoire ! Tout ce que vous avez réussi à faire est de construire une immense muraille à l'Ouest entre les montagnes Vagnas et la mer Irisée afin d'empêcher les Sombs de pénétrer dans le royaume. Et cette muraille… Parlons-en de cette muraille ! Un vrai gouffre financier ! Elle est tellement coûteuse… Elle nécessite sans cesse de nouvelles réparations et nous y perdons de nombreux hommes !*

Lyra n'était pas très loin de la vérité car le bonhomme dodu et transpirant questionna le roi sur un ton véhément, ignorant complètement Gareth :

— Cela signifie-t-il donc que le royaume entier est en danger ?

Il faisait de son mieux pour cacher son irritation, mais il n'y arrivait pas. Lyra voyait sa mâchoire se crisper, ses poings se serrer, son visage devenir rouge écrevisse. Cela aurait pu en être presque risible s'il ne s'agissait pas là d'un Duc au pouvoir important. Mais Ellyan ne semblait pas se laisser impressionner par le colérique petit homme.

— Le royaume entier est en danger, en effet. Si la brèche créée dans Moenia n'est pas résorbée, nous courons à la catastrophe.

Cette fois-ci, Kalos ne réussit pas à garder bonne figure et s'emporta. Il se leva de sa chaise en tapant du poing sur la table.

— C'est une honte ! s'énerva-t-il. Cela fait plus d'un siècle que le duché de Rosebaie ruine le royaume entier dans cette guerre interminable, sans aucun résultat ! Vous êtes incapable d'assurer la sécurité de votre peuple !

Et voilà. Il faisait encore la même scène burlesque. Le roi fit signe au duc de se rasseoir. Lodam s'approcha également de façon menaçante. Kalos s'exécuta alors, de mauvais gré, et sans grande conviction. Mais il craignait le roi et son Conseiller Royal.

— Cette guerre ne concerne pas un seul duché, Duc de Volanture, elle concerne le royaume entier et de façon générale, l'avenir de notre espèce, répondit Ellyan d'un ton calme mais sec. Dois-je vous rappeler que si les frontières de Rosebaie cèdent, l'ensemble des duchés sera envahi par les Sombs ? Y compris le duché de Volanture ?

Lyra riait sous cape du ridicule de son attitude. Ce vieux

crapaud était complètement aveugle, il restait sans cesse focalisé sur les mêmes problèmes. Il se montrait incapable d'ouvrir les yeux sur les réelles menaces qui pesaient sur le royaume. La duchesse jugeait qu'une invasion des Sombs était bien plus importante que n'importe quel problème économique. Les Sombs étaient synonyme de mort et de destruction… Mais le duc de Volanture ne semblait pas l'avoir encore assimilé, malgré ses longues années d'expérience en tant que régent.

Kalos s'apprêta d'ailleurs à répondre au roi, visiblement bouillant de rage et de rancœur, mais il fut interrompu par un mouvement de la main de l'intéressé qui lui intima le silence. Lyra était aux anges. *Tu es bien plus agréable le caquet rabaissé.*

Ellyan jeta un regard à Beolmas, l'incitant à compléter le récit initié par Gareth. La voix du soldat était éteinte.

— Les Sombs sont de plus en plus nombreux chaque année, entama-t-il.

Une lueur de peur passa furtivement dans son regard.

— Ils se renforcent de plus en plus, ils deviennent plus gros, plus tenaces, plus puissants. De nouveaux spécimens de Hurleurs sont apparus depuis quelques mois, ils font des ravages parmi nos rangs. Ils sont capables de projeter des aiguillons empoisonnés avec leur corps. Nous n'avons pas encore trouvé la parade…

Son visage se ferma, l'émotion submergeant l'officier. Ses mains commencèrent à trembler de rage et de tristesse.

— Nous perdons près d'une douzaine d'hommes par mois à Sperotan, nous manquons de fortifications et de ressources. La situation est urgente, et si nous ne faisons rien, le royaume est perdu. Ces créatures sont façonnées pour la destruction. Je vous assure que si les Sombs percent nos défenses, nous allons vivre un véritable cauchemar auquel nous ne survivrons pas.

Le guerrier déglutit avec peine et se raidit soudainement. Il continua d'une voix fébrile :

— Vous ne pouvez pas imaginer ce que sont capables de faire ces monstres… J'ai beau en avoir tué des centaines… Personne ne sort indemne d'un combat contre un Somb. Rien que leur présence suffit à glacer votre âme. Leurs yeux sont des gouffres sans fond qui aspirent votre âme d'un regard. Leurs dents tranchantes broient votre chair, leur langue toxique paralyse votre esprit. Ce sont de véritables créatures de cauchemar.

Le discours de l'officier semblait faire son petit effet car Lyra et les deux autres ducs écoutaient sans sourciller, absorbés par son histoire. Même Kalos, si véhément quelques minutes plus tôt, semblait boire avidement les paroles du militaire.

Le géant continua de conter les anecdotes qu'il avait vécues ces derniers mois. Il était là pour faire comprendre à ces privilégiés la réalité du monde. La réalité de la menace. C'était probablement l'objectif d'Ellyan.

En s'imprégnant du compte-rendu du militaire aguerri, Lyra se rendait réellement compte des conséquences que pouvait avoir une invasion de Sombs sur les terres d'Alquilon. Il serait impossible de lutter contre ces créatures impitoyables. Elle n'en avait jamais vu en chair et en os, mais ces monstres étaient décrits comme des horreurs qui se nourrissaient de l'essence même de leurs victimes. En écoutant plus attentivement Beolmas raconter ses récits de guerre, elle sentait son estomac se tordre. Elle eut soudainement envie de rendre une partie du repas qu'elle avait ingurgité quelques heures auparavant. Il n'était plus simplement question de vivres, de ressources, d'hommes, d'accords commerciaux ou de pièces d'or… Ils étaient en train de mettre dans la balance des milliers de vies humaines, et même la survie de leur espèce.

Si les Sombs passaient la frontière, les humains se feraient exterminer jusqu'au dernier. Ces monstres étaient de véritables machines à tuer. Cette pensée lui donna le vertige.

Elle n'était pas la seule. Le visage de Kalos était passé du pourpre au blême. Lui aussi avait peut-être subitement compris les enjeux soulevés par cette invasion imminente. Un éclair de lucidité l'avait-il finalement traversé ?

ARCHIVE

Rapport de mission « Dressage de Hurleur »

[...]

Patient Numéro 10825-A :

Le patient de sexe masculin âgé de 26 ans présente une lésion de vingt centimètres le long du mollet gauche. Cette contusion peu profonde a probablement été occasionnée par un objet contondant.

Traitement : Onguents cicatrisants et antidouleurs. Rééducation du mollet sur deux semaines.

Conclusion : Blessure superficielle. Pronostic vital non engagé.

Patient Numéro 10826-A :

Le patient de sexe masculin âgé de 34 ans présente d'importantes difficultés respiratoires et de multiples brûlures à l'acide sur tout le corps. Les capacités pulmonaires sont gravement dégradées.

Traitement : Antidouleurs et soins palliatifs.

Conclusion : Pronostic vital engagé, le patient va probablement décéder dans les heures qui suivent.

Patient Numéro 10827-A :

Le patient de sexe masculin âgé de 21 ans présente une gangrène fulgurante au niveau de la cuisse droite. Cette dernière a été touchée par une projection d'acide qui a nécrosé les tissus. Le sujet a déjà perdu beaucoup de sang.

Traitement : Amputation, onguents cicatrisants et antidouleurs.

Suivi d'une rééducation de 3 mois avec prothèse.

Conclusion : Pronostic vital engagé, amputation à réaliser de toute urgence. Le patient sera handicapé à vie. Nous préconisons un rapatriement vers la Lice des Héros avec une nouvelle affectation comme officier-formateur.

Extraits des archives de l'infirmerie de Sperotan.

5
LE RENOUVEAU

Constatant que l'histoire de Beolmas avait fait son effet sur les trois ducs, Ellyan s'apprêtait à reprendre la parole. Il ouvrit la bouche, mais fut stoppé net.

Boum, boum.

Le sol se mit soudainement à vaciller sous ses pieds. L'incompréhension s'empara du roi. Il se crispa soudainement. De toute sa vie, jamais il n'avait vécu de tremblement de terre à Centurya. La même surprise était lisible sur les visages de ses invités. Les lourds tableaux accrochés aux murs, représentant les anciens régents, commencèrent à vibrer furieusement. Une des toiles tomba dans un fracas assourdissant. Le cadre de bois précieux se brisa en mille morceaux sur le sol de marbre immaculé. Puis les secousses se firent de plus en plus violentes. Les murs de roche blanche du château, pourtant si épais, se mirent à tressaillir au rythme d'un battement régulier. *Un battement ?*

Boum, boum.

Ellyan sentait résonner dans tout son corps une puissante vibration rythmée. Comme un remous sourd et profond qui le submergeait. Irréel. Ses muscles s'immobilisèrent, soudainement paralysés. Étrangement, et contre toute logique, il se sentait serein. *Calme*. Il n'avait pas peur. Il percevait une énergie prodigieuse s'emparer de lui à mesure que tout le bâtiment tremblait. Malgré le désordre ambiant, il se sentait enveloppé d'une douce aura de plénitude et de paix. Cette palpitation l'hypnotisait.

Lodam se précipita vers lui en dégainant son épée, l'arrachant à sa torpeur. Il brandit son bouclier au-dessus de sa tête pour abriter le roi d'éventuels débris. Les officiers militaires s'étaient précipités également vers les ducs apeurés. Ils les protégeaient de la menace invisible du tremblement de terre, en faisant barrage de leurs corps. Le vieux prêtre Cassel était accroupi sous la grande table de chêne massive, la tête entre les mains, une expression de peur panique mêlée à l'incompréhension inscrite sur son visage.

Des cris d'épouvante se faisaient entendre depuis la place du village. Les vaches beuglaient, les ânes brayaient, les chiens aboyaient. On entendait même les chats feuler contre ce péril soudain et insaisissable. L'affolement prenait possession des rues de la Ville-Lumière Centurya, proportionnel à l'intensification des secousses.

Ellyan ne réagissait pas, immobile. Des débris sablonneux du plafond tombaient tout autour de lui. Il *sentait* une force immense, ancienne et supérieure à mille armées s'approcher à toute vitesse. Incapable de résister, il se laissa de nouveau posséder par la pulsation profonde. *Harmonie. Calme. Douceur.*

Boum, boum.

Devant son inaction, Lodam fit réagir le roi en lui tirant sèchement le bras et l'obligea à sortir du château. Ellyan semblait dans un autre monde. De son côté, Gareth et Beolmas aidaient les ducs à se frayer un chemin vers la sortie du château au milieu de ce tumulte effrayant.

Boum, boum.

Sur le passage vers la sortie, Lodam eut le temps de donner des ordres à quelques soldats de la Garde Royale afin de garantir la sécurité de tous les membres du Conseil Royal. Puis il mena le roi hors du château, hors de portée de tout danger.

Ce ne fut qu'une fois arrivés dehors, devant la barbacane du palais, que les membres du Conseil Royal se rendirent réellement compte de ce qu'il était en train de se passer.

Boum, boum.

La nuit était tombée subitement. Une nuit noire comme l'encre, uniquement possible lors de la phase de Recul simultané des deux Lunes. Une obscurité telle qu'elle absorbait tout signe de vie. Un silence de mort, lourd et surnaturel, s'était soudainement imposé à la ville entière. Plus aucun animal ne hurlait, plus aucun habitant ne criait. Le temps semblait s'être arrêté, suspendu devant cet événement fantastique. Chacun retenait son souffle sans mot dire, fixant le ciel avec appréhension. Le spectacle qui était en train de se dérouler sous leurs yeux était surréaliste.

Les cieux commençaient à se parer de lueurs dorées et magenta, mouvantes, semblables à des vagues dans le ciel. Une série d'étoiles filantes dorées et pourpres commença à traverser la voûte céleste dans un sifflement doux et tamisé. Les astres striaient par centaines l'azur devenu nocturne. Et alors, au beau milieu de ce ballet de novas rutilantes, surgirent les deux créatures à l'origine des profondes vibrations. Elles firent irruption au sein des ondulations cristallines et violacées qui serpentaient mollement en apesanteur. Grandioses, nobles, célestes.

Ellyan n'en revenait pas. Il restait bouche bée, subjugué par cette scène à la fois irréelle, poétique et cosmique. Des larmes commencèrent à couler le long de ses joues devant ce spectacle astral.

Deux gigantesques oiseaux étincelants émergèrent au loin, dans le ciel. Leurs corps éthérés brillaient d'une lueur phosphorescente et pulsante. Leur plumage offrait un spectacle de flammes liquides, translucides et dansantes, qui paraient le ciel d'une marée de flamboiements colorés. Leurs plumes rayonnaient d'une aura vacillante fantasmagorique.

Le premier rapace, d'une taille incommensurable, se répandait en ondes parme. Il survola très vite la cité, filant sans autre bruit que le souffle sourd de ses ailes à travers les airs. Il laissa un sillage lie-de-vin hyalin oscillant derrière lui. Une fine ligne violette zébrait désormais le ciel, comme une faille ouverte à travers les entrailles du firmament. Il disparut très vite dans le lointain. Tellement vite qu'Ellyan se demandait s'il l'avait réellement *vu* passer. Mais il avait *senti* sa présence, jusqu'au plus profond de son être.

Cependant, le second oiseau doré ne déguerpit pas aussi rapidement que son prédécesseur. Il était encore plus immense que le volatile violet. Son envergure était telle qu'il était difficile de l'observer dans son entièreté depuis le sol. Il possédait une parure de plumes en collerette derrière la tête, qui voletait noblement au gré des vents. *Un seigneur.*

Ellyan eut l'intime conviction que celui-ci était un monarque. Un long panache vermeil virevoltait derrière lui comme une traîne délicate. Il volait doucement, aveugle, se dirigeant vers Centurya.

Boum, boum.

Une série de frissons s'empara du roi. Il était subjugué par la beauté de cet être, ô combien magnifique mais effrayant. Il sentait son âme et son corps entrer en communion avec la force surnaturelle qui venait à leur rencontre. À mesure que l'oiseau approchait, le roi sentait des vrombissements de plus en plus intenses faire tressaillir ses membres. Il entrait entièrement *en résonance* avec l'animal. Ajustant son rythme au sien. S'harmonisant à son existence comme deux instruments musicaux appartenant à une même ode. Cela dépassait son entendement.

L'immense volatile arriva au-dessus de la ville, glissant avec grâce dans les airs. Il crevait les vagues fluorescentes et dorées que son corps vaporeux exhalait, comme s'il traversait une mer magique et désincarnée. La bête s'arrêta finalement juste au-dessus de Centurya. Elle continua de voler de façon stationnaire pendant de longues minutes. Ses quatre ailes immatérielles laissaient derrière elles un halo de lumière, projetant des ombres lancinantes et colorées au-dessus de la capitale. À chaque battement, une onde invisible venait noyer Ellyan dans cette pulsation incroyable.

Boum, boum.

Puis, tous *l'entendirent.* La voix de l'être féérique s'imposa à eux dans un murmure chimérique. Le son résonna dans la cage thoracique de chaque être vivant à des kilomètres à la ronde, marquant à jamais leur existence de cette expérience ineffable. Ellyan entendit un cri tout-puissant, céleste, doux et aigu à la fois, mais ô combien intense ! Cet appel dura quelques secondes et résonna dans le cœur du roi et de tous ses sujets, les touchant au plus profond de leurs âmes. Touchés par la voix d'un ange. Dans les rues, les gens s'asseyaient sur le sol, se mettaient à pleurer, subjugués et assommés par cette voix cosmique. Trop puissante et complexe pour être déchiffrée par de simples mortels. Le roi lui-même se mit à genoux et sentit les larmes couler sans fin devant tant de force, de beauté, de perfection.

Alors, l'oiseau commença subitement à se ramasser sur lui-même dans des gerbes de plasma luisantes et stridulantes. Son corps d'éther commença à fondre. Il se disloqua, pour s'assembler en une chose bien plus petite et régulière. Quand la métamorphose fut achevée, il ne restait à la place de l'oiseau qu'une seule petite sphère dorée luminescente, voletant au-dessus de leurs têtes. La boule d'énergie pure émit soudainement un éclair. L'éclat fut si puissant qu'Ellyan dut fermer les yeux quelques instants pour ne pas être aveuglé.

Puis, petit à petit, la lumière du globe perdit en intensité. Il se mit ensuite à pulser de façon régulière, au rythme d'un cœur qui bat. Il éclairait l'obscurité de cette étrange nuit diurne d'une émanation brillante. Tout doucement, Ellyan vit la forme ronde luminescente descendre du ciel en flottant mollement. Elle disparut ensuite, plus loin, au milieu de la ville.

Durant quelques minutes, Ellyan resta hébété. Qu'est-ce que tout cela signifiait ? Qu'était-ce donc ? D'où venait cette magie, et quelles étaient ses intentions ?

Lorsque l'orbe disparut derrière le toit d'une des chaumières de la ville, il sentit son cœur s'accélérer. Le souverain reprit très vite ses esprits et s'alarma. *Nous devons intercepter cette chose !*

Ni une ni deux, il se releva brusquement, bien décidé à aller voir où l'orbe s'était échoué. Il chancela, encore sous le choc de l'émotion. La rencontre l'avait ébranlé. Une main se posa sur son épaule – Lodam lui faisait signe de ralentir. À sa mine, Ellyan devina qu'il avait été lui aussi remué par le face-à-face séraphin.

— Mon roi, cela peut être dangereux. Nous ignorons ce que c'est.

Mais Ellyan sentait au plus profond de son cœur que Lodam se trompait. Il était habité par un sentiment étrange d'extrême clairvoyance. Son intuition lui indiquait que cette sphère allait jouer un rôle important pour l'avenir de son royaume. Il ne pouvait pas laisser passer cette occasion. C'était plus grand que lui.

— Allons voir, mon vieil ami. Le monde est peut-être à l'aube d'un changement magistral. Nous ne pouvons pas ignorer cela.

Lodam hocha la tête. Il donna quelques ordres à la Garde

Royale afin qu'ils mettent les ducs et la duchesse en lieu sûr dans le château. Il demanda également à Gareth de les escorter jusqu'au lieu où les restes de l'apparition s'étaient volatilisés. Ils se mirent en route immédiatement.

Après quelques centaines de mètres en direction de l'endroit où ils estimaient l'avoir vue se poser, ils arrivèrent sur le lieu-dit. Hélas, il n'y avait déjà plus rien. Aucune trace d'oiseau ou de sphère magique. Pas même l'ombre d'une plume ! Quelle désillusion pour Ellyan. Les choses se compliquaient. Avait-elle disparu ou quelqu'un s'en était-il déjà emparé ? Les trois acolytes se concertèrent rapidement.

Ils conclurent d'abord qu'ils avaient mal évalué la distance et que ce n'était pas à cet endroit que la boule était tombée. Elle était si petite, et la ville si vaste !

Alors, ils essayèrent d'autres rues, d'autres ruelles. Ils vagabondèrent longuement ainsi, à la recherche de l'orbe doré. Ils croisèrent sur leur chemin les villageois encore abasourdis par cette rencontre surnaturelle. La plupart des centuryens continuaient à observer le ciel, les yeux rivés vers l'infini sur les rares ondes luminescentes restantes. Ils semblaient sonnés. À tel point qu'aucun d'entre eux ne se demanda pourquoi le roi en personne était en train d'errer dans les rues des quartiers populaires de Centurya.

Au bout d'une heure de recherches infructueuses, Gareth s'impatienta et demanda à son père d'abandonner l'enquête.

— On ne la retrouvera pas. Il y a sûrement un des villageois qui l'a ramassée et emportée avec lui. Peut-être qu'elle a disparu, ou bien même qu'il s'agissait d'une illusion liée à un effet d'optique…

Le regard d'Ellyan s'assombrit sous l'effet de la déception. Il se rendit à l'évidence et se résigna :

— L'orbe n'est peut-être pas ou plus là, en effet…

Il resta songeur quelques instants, caressant sa barbe poivre et sel. La boule avait peut-être disparu, mais il n'était pas complètement d'accord avec Gareth : il l'avait bel et bien vue. Ce n'était pas une illusion. Il décida de ne pas abandonner les recherches. Ils opéreraient autrement : la sphère viendrait à eux, et non l'inverse.

— Bien, nous procéderons différemment. Nous allons émettre une annonce avec une récompense considérable en pièces d'or à la clé pour qui ramènera cette sphère dorée.

Lodam et Gareth acquiescèrent : ils étaient d'accord pour dire que c'était la chose la plus sage à faire. Ils perdaient leur temps. Puis, qu'est-ce qui assurait que la sphère avait bien atterri là, au milieu de Centurya ? Qu'elle n'avait pas été emportée par un coup de vent ? Une foule de questions venaient se percuter dans l'esprit d'Ellyan à mesure qu'il rebroussait chemin pour rentrer au château. *Cet oiseau… Était-ce quelque chose de réel ? Était-ce une hallucination collective ? Avons-nous vraiment vécu cet événement ?* Était-il hostile ? *S'agissait-il d'un sort jeté par les Sombs, ces sauvages sanguinaires ?*

Non…

Il ne s'agissait là certainement pas d'un subterfuge des Sombs. Ils étaient beaucoup trop barbares et violents : cela ne leur ressemblait pas. Ils auraient opté pour une attaque frontale plutôt qu'un piège. Mais alors, d'où venait-il et pourquoi sa venue ? Et qu'en était-il du second volatile ? Jusqu'où était-il allé ? D'où venaient-ils ? Qu'étaient-ils ?

Toujours accompagné de Lodam, Gareth et quelques gardes royaux, Ellyan retourna voir les ducs pour faire le point avec eux sur cette péripétie. Il était d'une importance capitale de statuer sur l'épisode *magique* qui venait de se dérouler sous leurs yeux. Il craignait que la panique ne les pousse à prendre des décisions déraisonnables. Et plus que jamais, il avait besoin d'un front uni.

Ils se mirent donc en route vers le château, passèrent le pont-levis, pénétrèrent dans le hall d'entrée, puis firent irruption dans la Grande Salle, entièrement constituée de marbre blanc. Au milieu de cette pièce gisaient uniquement les deux trônes royaux. Immaculée, elle était dépouillée de tout autre meuble, décorations ou fioritures.

Ellyan s'attarda quelques secondes sur cette partie du bâtiment, si familière. Son port d'attache, si rassurant. Les ornements du palais étaient à l'image du couple royal : peu chargés, sobres et efficaces. On aurait pu penser que, comme beaucoup de souverains, la famille Omblèze aurait agrémenté les lieux avec de nombreux tapis en fibres de soie précieuse, d'innombrables tableaux peints par des artistes renommés, ou des bibelots de pierres précieuses. Mais ils en avaient décidé autrement. Et pour cause : l'édifice en lui-même était une véritable œuvre d'art ! Le château était construit à partir d'un savant mélange entre des pierres de différents types, d'un blanc immaculé, striées de petites veines de roche bleue, et des structures solides en troncs de chêne millénaire. La charpente de bois précieux se mêlait de façon harmonieuse et naturelle à la structure de pierre. Le bâtiment impérial ressemblait à ce que serait le fruit des amours d'une forêt et d'une montagne.

Par ailleurs, Ellyan avait fait façonner de nombreuses sculptures narrant l'histoire de la famille Omblèze. Elles avaient été minutieusement gravées dans l'ébène des murs, donnant vie aux hauts faits et légendes du passé au sein même de la chair de la construction. Ellyan aimait vadrouiller et revivre ces histoires en errant dans les couloirs.

Le roi s'arracha à ces souvenirs ancrés dans les murs de la citadelle, et revint subitement à l'urgence de la situation.

ARCHIVE

Frolano Omblèze était connu pour ses crises de colère épiques.

Si cela fut parfois handicapant lors des prises de décisions communes, d'aucuns se souviendront de la scène de l'Emportement.

Après des années de négociations ardues, les diplomates qui avaient survécu aux pourparlers avaient enfin réussi à faire venir Vaky'ya Lokma'ra, la reine des ygg'draliens, à Centurya.

Le roi voulait mettre fin à la guerre qui les opposait dans la possession de la frontière séparant les deux royaumes.

Bien sûr, la sauvage Reine ygg'dralienne ne lâcha rien. La réputation de pugnacité de son peuple la précédait.

De son côté, aussi têtu qu'elle, Frolano Omblèze ne voulut pas non plus faire de concessions, au grand dam de ses conseillers.

La Reine ygg'dralienne s'irritait de plus en plus lors de l'entretien, et Frolano aussi.

La Reine du Sud finit par s'emporter violemment, jeta la carte au sol et la piétina avec fureur.

Frolano en fit de même, hurlant comme une bête enragée, encore plus fort qu'elle et déchirant le précieux papier en un millier de petits morceaux.

Devant ce courroux hors du commun, la Reine ygg'dralienne s'inclina. Elle trouva ce comportement hargneux digne de respect.

Ils conclurent ainsi un pacte de non-agression, mais ne statuèrent pas sur la limite de la frontière. Depuis, les ygg'draliens considèrent toujours que la montagne leur appartient, ainsi que les membres du royaume d'Alquilon.

À la différence, désormais, qu'ils se saluent au lieu de s'étriper.

Texte descriptif associé au buste de Frolano le Grand Courroux, XI$^{e \text{ roi}}$ Omblèze.

6
ETAT D'URGENCE

Dans la Grande Salle, toute une petite troupe l'attendait. Sa femme Ocana et sa fille Lunya étaient également présentes, au milieu de la foule. Il lança un regard interrogateur à son épouse. Comment se portait-elle ? D'un calme olympien, Ocana comprit et hocha la tête. Tout allait bien. Elle était toujours prête à soutenir inconditionnellement son mari. Le roi prit le temps de voir comment Lunya se portait. Cette dernière semblait étrangement calme et apaisée. Elle était dans un état second. Ses yeux regardaient fixement dans le vague, l'air absent. Ellyan avait déjà vu ce regard-là, sur les champs de bataille. Ce n'était pas bon. Les médecins doivent ausculter Lunya. Elle semble en état de choc.

Il fit se réunir autour de lui les ducs et annonça sans ambages :

— Je déclare l'état d'urgence. Tant que nous ignorons la teneur et la nature de ce phénomène, nous devons rester sur le pied de guerre et déployer tous nos efforts, ensemble, afin de prendre les bonnes décisions. Il se pourrait que nous soyons en train de subir une attaque des Sombs.

Stupeur, frayeur et incompréhension sur les visages. Peu importait, Ellyan voulait garder le contrôle, coûte que coûte. Ses ducs devaient rester ici. Il ne pouvait pas leur laisser d'amplitude pour prendre des décisions à l'encontre de sa vision. Le roi écarta les bras en désignant la grande galerie.

— Le Conseil d'Urgence se tiendra ici même, dans la salle du trône. Nous resterons ici jusqu'à ce que nous ayons plus d'informations et soyons capables de prendre les résolutions nécessaires. Vous serez installés dans les suites du donjon.

À cette annonce, un murmure de protestations à peine audibles se fit entendre au sein du groupe des ducs. Kalos, le duc de Volanture, fit part de son désaccord.

— Nous ne pouvons pas rester bloqués ici, à Centurya ! Imaginez que cette chose soit allée attaquer nos Duchés ! Le volatile violet est parti vers Volanture. Nous devons y retourner pour constater que tout va bien. Nous nous devons de protéger nos terres respectives !

Le visage d'Ellyan s'assombrit face à la rébellion malvenue de son duc. Irrité, il répondit de façon abrupte :

— Vous ne bougerez pas d'ici tant que nous n'en saurons pas plus. Si une décision doit être prise, nous devons être unanimes. Vous êtes serviteurs du royaume avant d'être ducs.

La duchesse de Cinq-Épis s'avança vers Kalos, avec un air sérieux qu'elle adoptait rarement.

— Ellyan a raison, renchérit-elle sur un ton sévère, nous devons prendre des décisions tous ensemble. Il semblerait que nous soyons devant un événement de nature inconnue, probablement de grande ampleur, auquel nous n'avons jamais fait face. Nous devons orienter nos efforts tous ensemble vers un même objectif.

Personne d'autre ne fit de remarque : quand Ellyan s'exprimait de cette manière, il ne laissait pas de place à la négociation. Il remarqua cependant, avec irritation, que Gex murmurait discrètement quelques phrases au creux de l'oreille de Kalos. Il ne put s'empêcher de les imaginer comploter. *Encore en train de manigancer…*

Il donna ensuite des ordres à Lodam, à Gareth et au personnel du château afin qu'ils organisent l'espace pour l'état d'urgence : il fallait aménager la salle des Trônes comme Conseil d'Urgence. Désormais, les Ducs, les officiers militaires ainsi que la famille royale devaient maintenir une permanence dans cette salle afin de pouvoir réunir les informations nécessaires, et prendre les bonnes décisions en temps réel.

En quelques minutes, la table du Conseil Royal fut déplacée dans la salle des Trônes, accompagnée de vivres, de bureaux d'appoint et des fournitures nécessaires pour rédiger d'éventuels ordres à envoyer par corbeaux. Ils firent poster des gardes additionnels, qui vinrent grossir les rangs de la Garde Royale tout autour de la pièce, afin de renforcer la sécurité en cas d'attaque imminente.

Quand les lieux furent complètement aménagés, le roi, accompagné de sa femme, les trois ducs, Gareth, Beolmas, Lodam et Cassel s'installèrent autour de la table de l'Assemblée Royale et discutèrent des dispositions qu'il fallait prendre.

Attablée avec les autres aux côtés de son mari, Ocana écoutait avec attention les propositions des ducs. Ils ne cessaient de débattre chaque point abordé, parfois seulement par esprit de contradiction. Dans ces moments, la reine admirait la patience de son époux face à ces démonstrations de force qui pouvaient sembler bien enfantines. Kalos, en particulier, semblait prendre un malin plaisir à contre-argumenter chaque idée lancée par Ellyan ou Lyra. Ocana le percevait comme un adolescent en rébellion contre l'autorité. Par ailleurs, elle le soupçonnait de s'être accordé en amont avec Gex : il se rangeait systématiquement de son côté à chacun de ses propos. Elle se demanda un instant ce qu'il se passait entre les deux hommes. *Une alliance secrète ? Dans quel but ?* Vigilance.

Ils mirent des heures à s'accorder sur la première mesure : envoyer des éclaireurs sur-le-champ et partout dans le royaume, afin de récolter les informations liées à l'apparition des volatiles géants et de la sphère dorée. La seconde, qui fut longtemps débattue parmi les ducs, fut de bloquer les accès à Centurya et d'y confiner les personnes qui s'y trouvaient : plus personne n'avait le droit de sortir de la Ville-Lumière. L'objectif était de garder l'orbe au sein de la ville, si il y était. La troisième décision qu'ils prirent ensemble fut d'envoyer toutes les troupes régulières patrouiller au sein de Centurya pour rassurer la population. Après un tel événement, il valait mieux anticiper et étouffer de potentielles vagues de panique avant qu'il ne soit trop tard. La présence militaire avait toujours rasséréné le peuple.

Ils fixèrent une récompense de plusieurs milliers de pièces d'or pour qui rapporterait l'orbe. Pour un simple paysan, cela signifiait le confort d'une vie sereine pour lui et sa famille jusqu'à la fin de ses jours. Cette dernière résolution ne semblait pas du goût de Kalos, qui se mit en colère car l'argent de la récompense allait encore être ponctionné sur la trésorerie du royaume. Le plus gros des finances venait du Duché de Volanture, aussi le duc se sentait mis à mal. La reine ne disait rien, mais elle trouvait sa vision étriquée et potentiellement dangereuse pour l'avenir du royaume. Kalos manquait clairement de recul sur la façon de gérer les affaires de l'alliance des Hommes. Elle posa sa main sur l'avant-bras d'Ellyan pour le soutenir. *Mon pauvre époux !*

Lorsque les discussions s'orientèrent à nouveau vers le sujet de la gestion des finances par le royaume, une vague de lassitude envahit Ellyan. Il prit temporairement congé et exigea un temps d'arrêt.

Le roi avait besoin de réfléchir à tête reposée. Il s'isola donc en s'asseyant à une petite table dans un coin de la salle afin d'être au calme. Sa femme et son fils aîné Gareth, l'air contrarié, le rejoignirent. Ellyan soupira intérieurement.

— Père, je suis d'accord pour renforcer la sécurité à Centurya et enquêter sur… cet événement, mais nous ne devons pas mobiliser trop de forces militaires qui devraient être attribuées à la lutte contre les Sombs. Il est vital de nous concentrer sur ce sujet, car Moenia risque de céder dans les mois qui viennent.

Ellyan baissa les yeux. Son fils ne lâchait rien. Mais il avait raison : les défenses devaient être renforcées à Moenia, pas à Centurya qui – pour le moment – restait sûre. Même s'ils ne comprenaient toujours pas la nature de l'apparition qui s'était manifestée quelques heures auparavant, le risque au sein de la capitale était dérisoire en comparaison de celui encouru à la frontière nord-ouest.

— Tu as raison, Gareth, cela reste notre priorité.

Ocana posa doucement la main sur l'épaule d'Ellyan sans dire un mot. Elle dégageait cette aura de calme et de sérénité qui l'apaisait. Sa présence seule suffisait à le soutenir dans les moments les plus difficiles.

Le roi était en accord avec son fils : ils ne devaient pas négliger la menace des Sombs. C'était une évidence. Si le royaume d'Alquilon ne renforçait pas ses fortifications, Moenia tomberait. Mais Ellyan, d'expérience, savait qu'il ne fallait pas brusquer les autres membres du Conseil Royal. Sa femme le prit de vitesse.

— Laissons d'abord les ducs et la population assimiler l'apparition de l'oiseau, suggéra Ocana. La meilleure solution est de parler de Moenia dans les jours qui viennent, lorsqu'ils auront retrouvé leurs esprits.

Ocana se montrait toujours clairvoyante. Une vague de tendresse s'empara d'Ellyan. Avec douceur, il posa la main sur celle de sa femme. Sa peau était douce. Ce contact familier le rassura.

— Tu as raison, acquiesça-t-il. Ils ne sont pas en état d'accepter une telle discussion à ce jour.

Mais le Général ne semblait pas du même avis. Gareth fronça les sourcils devant la prudence de ses parents. Visiblement mécontent, il leva les bras en signe d'exaspération.

— Vous ne comprenez pas, c'est de notre survie qu'il s'agit !

C'est une question de vie ou de mort. Vous ne pouvez pas reporter cela sous des prétextes d'ordre politique pour ménager des idiots dont le cul est vissé sur un siège toute la journée, et dont le seul intérêt est le nombre de pièces d'or dans leur coffre !

Il se tourna vers son père et pointa du doigt les ducs.

— Père, vous êtes le roi ! Ils doivent vous obéir, quelle que soit votre décision ! Il m'est impossible de concevoir pourquoi vous ne la leur imposez pas ! Nous n'avons pas de temps à perdre. Il faut faire quelque chose, et maintenant ! Chaque heure passée sans agir nous rapproche d'un destin funeste.

Ellyan comprenait Gareth, mais son fils ne maîtrisait pas assez les arcanes de la politique pour appréhender toute la complexité de la situation.

— C'est plus compliqué que tu ne peux le penser, répliqua Ellyan calmement. Je pourrais effectivement leur imposer mes décisions, mais j'ai besoin de leur soutien et de leur plein consentement. Sans cela, je risquerais de perdre l'appui du peuple. Malheureusement, il faut épargner les égos malgré l'urgence de la situation. N'oublie pas que nous avons risqué la guerre civile il y a quelques années, et j'ai besoin de l'assistance des ducs pour maintenir cette paix durement acquise.

Le visage de Gareth se ferma. Il croisa ses bras sur son torse et secoua la tête en signe de désapprobation.

— La politique est aveugle. Nous allons tous mourir à cause de gratte-papiers couards et irresponsables.

Ellyan était mitigé entre la honte et la colère. Il ne tolérait pas que son fils lui parle ainsi. C'était là un manque de respect envers son père et son roi. Mais, d'un autre côté, il se sentait penaud car Gareth avait raison sur un point : il avait perdu de son autorité au fil des années, les ducs négociaient toujours plus, parlementant chaque décision. Ils avaient commencé à prendre plus de pouvoir qu'ils ne l'auraient dû. Ils jouaient désormais un rôle prédominant dans chacun de leur duché. Tant et si bien qu'Ellyan avait du mal à maîtriser l'influence qu'ils pouvaient avoir au sein de leurs territoires.

Gareth et ses parents ne purent terminer leur discussion. Le vieux Cassel les interrompit. Visiblement troublé, il avait accouru pour les rejoindre en criant. Sa toge l'empêchait de se mouvoir correctement. Il claudiquait comme un estropié. Sa grande capuche rebondissait dans son dos à chaque pas.

— Mon roi ! Mon roi !

Le Grand Prêtre avait du mal à reprendre son souffle. Courbé et haletant, il se tenait la hanche pour respirer.

— Mon roi, reprit-il. La venue de l'oiseau céleste vous a amené un visiteur. Il faut que vous veniez voir. Il demande une audience.

Le roi fut très intéressé par ce que venait de déclarer le Grand Prêtre. Était-ce une piste vers l'orbe ?

— Explique-moi donc, s'enquit Ellyan.

Le vénérable homme de Nhymora ouvrit la bouche mais se ravisa. Il haussa les épaules, désemparé.

— J'aurais du mal à vous expliquer… balbutia le prêtre. Je pense qu'il vaut mieux que vous voyiez cela de vos propres yeux.

Pourquoi tant de mystère ?

— Comment ça, vous ne pouvez pas m'expliquer ?

Cassel secoua la tête.

— Bien, mène-moi donc au visiteur.

Le prêtre s'élança à travers la pièce, excité.

— Il est installé dans la crypte de Nhymora, répondit-il de façon presque inaudible.

— Dans la crypte de Nhymora ? s'exclama Gareth, qui avait entendu. Pourquoi le cacher dans cet endroit ?

Cassel lui lança un regard outré. Évoquer en public ce lieu sacré tenu caché était intolérable. L'endroit de formation des prêtres de Nhymora était tenu secret aux yeux du peuple et il tenait à ce que cette tradition soit perpétuée.

— C'est que, le visiteur est un peu… particulier… et s'y est installé de lui-même, répondit le Haut-Prêtre sur un ton sec.

Puis il se tourna vers Gareth en lui lançant un regard accusateur.

— Il ne faudrait surtout pas que sa présence soit connue de nos sujets ! Cela risquerait de soulever beaucoup de questions et la violence qui va avec l'incompréhension. Veuillez rester discret, je vous prie, Prince héritier.

Le cœur d'Ellyan commençait à s'accélérer. Il ne savait pas se l'expliquer, mais il avait la certitude que quelque chose de singulier était en train de se réaliser. Avant d'emboîter le pas de Cassel, le roi vérifia que les ducs étaient occupés. Ils étaient toujours en pleine conversation sur les finances du royaume. Parfait. C'était le bon moment. Il en profita pour s'éclipser discrètement avec Gareth et Ocana pour rencontrer ce visiteur inconnu.

Ils traversèrent ensemble les nombreuses salles du château avant d'arriver devant un petit vestibule qui menait à l'aile droite de la citadelle : les cuisines, le salon, la salle de réception, la salle des chasses. Arrivés dans la salle de bal, le Haut-Prêtre leur fit signe de s'arrêter devant une gigantesque statue d'aigle courroucé en marbre. Il enfonça une clé sphérique dans l'orbite de la statue. Cela déverrouilla un mécanisme automatique. La sculpture pivota lentement sur elle-même dans un grincement rauque. Un passage de pierre noire s'enfonçant dans les entrailles ténébreuses du château apparut dans le sol, à l'endroit où l'aigle se tenait quelques secondes auparavant.

Cassel se saisit d'une torche déjà allumée, suspendue au mur. Il fit signe à ses acolytes de le suivre à travers l'escalier escarpé et humide. Cela faisait une éternité qu'Ellyan n'avait pas mis les pieds dans ce corridor pour rejoindre la crypte. Il n'y était pas très à l'aise : cet endroit dégageait une aura étrange et malaisante. De façon irrationnelle, il s'en était toujours méfié malgré sa grande foi en Nhymora. Les marches étaient escarpées, et l'odeur désagréable de moiteur régnante prenait les narines.

Après une descente interminable dans le boyau sombre et humide, ils débouchèrent au beau milieu d'une gigantesque cavité naturelle. La grotte souterraine était aménagée, éclairée par de nombreuses bougies de toutes tailles, et ornementée de statues de la déesse Nhymora. La divinité était représentée sous la forme d'une femme aux très longs cheveux, entièrement vêtue de blanc. Elle était souvent mise en scène dans des situations où elle créait la vie, entourée d'animaux nouveau-nés. La déesse de l'harmonie, l'essence de toute chose. Synonyme de vie et de renaissance.

Des sièges étaient disposés au centre de la pièce, tournés vers une estrade en bois massif et décorés de représentations religieuses. C'était l'endroit consacré où étaient formés les prêtres de Nhymora de tout le royaume. Au fond de la salle principale, on pouvait voir une grosse porte en bois massif à double battant. Celle-ci donnait accès à un dédale et à d'innombrables autres salles. Ellyan s'y était déjà aventuré à plusieurs reprises, mais le labyrinthe était quasiment abandonné. Autrefois utilisés pour loger les étudiants prêtres, les lieux avaient été désertés. Les jeunes religieux étaient désormais envoyés dans des temples disséminés à travers tout le royaume, afin de prêcher la parole de Nhymora le plus loin possible. Ces quartiers du caveau n'avaient donc plus aucune utilité. Sur le côté droit de la crypte, un renfoncement situé sous une arche de colonnes donnait sur trois portes, dont une dissimulée par un rideau de velours bordeaux.

Gareth était comme son père. Il n'aimait pas cette ambiance. Il faisait sombre et humide, le sanctuaire souterrain sentait le renfermé. Il se sentait oppressé et mal à l'aise. *Un vrai trou à rats où se terrent des nuisibles.*

Il n'avait jamais porté l'Ordre de Nhymora dans son cœur. Il trouvait ces prêtres vêtus d'un blanc d'ivoire et prônant le culte de la Déesse immaculée trop impeccables pour être droits dans leurs bottes. Gareth n'était pas croyant, malgré son éducation religieuse. Cela désespérait son père. Il considérait que son fils, en tant qu'héritier de la couronne, se devait d'être pieux. Les prières des religieux résonnaient à ses oreilles comme autant de plaintes inutiles et inefficaces. Cela l'énervait d'autant plus qu'une partie du budget du royaume était allouée au culte de la déesse et à la restauration des temples. Alors que la priorité, selon lui, aurait dû être essentiellement focalisée sur l'armée et la lutte contre les Sombs. Sur ce point, Gareth et Ellyan avaient tous deux des points de vue divergents, et les deux hommes s'étaient déjà violemment disputés à ce propos. Gareth s'irritait en observant à travers une des portes entrebâillées les fidèles en formation en train de réciter des diatribes. *Pourquoi continuer de financer ces vermines religieuses inutiles ? Leur culte n'est qu'un ramassis d'inepties et de mensonges.*

Cassel leur indiqua la porte derrière la draperie de soie précieuse.

— Suivez-moi, ordonna le Haut-Prêtre en les guidant jusqu'à la salle dissimulée.

Ils entrèrent. Gareth tomba des nues en voyant ce qui se présentait devant lui.

7
DÉFIER LES RÈGLES

Roy était sur le point de combattre face à l'aspirant qui portait le numéro quatre. Chose rassurante : il était de son gabarit. Brun avec les cheveux en pagaille, le nez cassé – sûrement un bagarreur – des yeux noirs comme la nuit. Son adversaire fronça les sourcils lorsque leurs regards se croisèrent. *Il a l'air teigneux.* Son pouls commença à s'accélérer. *Il ne va pas être commode.*

Une insidieuse et indélogeable boule de stress malmenait ses tripes. Le prince s'approcha du râtelier. Son premier réflexe fut de se détourner des cuirasses. *Je ne vais pas m'encombrer d'une armure, cela me ralentirait.*

Rapières, fléaux, masses, arbalètes, haches, arcs, lances… Roy ne savait plus où donner de la tête. Malgré ses nombreux entraînements au château, il n'avait rien d'une fine lame, mais l'épée était la seule arme qu'il avait déjà manipulée.

— On n'a pas toute la journée, lui fit remarquer son oncle Destos sur un ton sévère.

Sous le coup de la pression, Roy se saisit alors d'une vieille épée émoussée, à la garde à moitié fendue. Il fit quelques moulinets avec, jaugeant l'équilibre de l'arme. Elle était horriblement lourde et peu maniable, ce qui ne fit qu'alimenter le trac niché au creux de ses entrailles. Il décida de ne pas s'embarrasser d'équipement supplémentaire. Il ne se sentirait pas à l'aise avec plus de pièces.

D'un pas peu assuré, il se dirigea vers son oncle qui l'attendait, quelques mètres plus loin. Avant toute chose, il devait récupérer son ruban rouge. Ce dernier lui tendit l'étoffe de lin écarlate. Roy s'en saisit et se l'attacha solidement autour du bras droit. Si son adversaire voulait son bandeau, il devrait le désarmer. Et le prince ne comptait pas se laisser battre si facilement.

Visiblement agacé par la lenteur de son neveu, Destos le poussa dans le dos pour qu'il se dirige vers son adversaire. Ce dernier l'attendait depuis déjà quelques minutes, trépignant sur place. Numéro quatre était bien campé sur ses deux jambes. Il le guettait avec un air de défi. Il s'était également doté d'une épée, mais avait ajouté un bouclier à son équipement. Il les tapait l'un contre l'autre pour l'intimider. Fracas métallique insupportable. Roy s'encourageait mentalement, déterminé. *Tu ne me fais pas peur !*

L'adrénaline commençait à s'emparer du prince, son cœur s'accélérait et battait à tout rompre. La cloche retentit. Le combat s'engagea. Une première passe. Esquive. Une seconde. Les lames s'entrechoquèrent. La collision réveilla Roy. Il eut un déclic animal et se sentit pousser des ailes. Soudainement galvanisé, il lança une offensive rapide, brutale, et précise. Son cerveau n'analysait plus de la façon méthodique et consciencieuse qui lui était propre. Ses instincts primaires prenaient le dessus. Il s'était laissé entièrement submergé par l'animal primitif logé au creux de ses entrailles. Il n'était plus qu'à l'écoute de ses cinq sens. Le bruit métallique des armes s'entrechoquant lui donnait le tempo. *Violence.* Geste de l'adversaire agressif et rapide. *Parade.* Il sentit tous ses muscles se tendre instantanément dans un élan de survie. Il plia ses genoux et se mit en position défensive. Les deux lames se heurtèrent avec fracas. Le choc fut absorbé par ses jambes solidement campées. *Match nul. Quel est son point faible ?*

Les deux ennemis entamèrent alors une danse circulaire et se tournèrent l'un autour de l'autre, s'observant et s'analysant mutuellement. L'autre semblait aussi déterminé que le prince à remporter son ruban. Il avait de bons appuis, ses jambes semblaient solides. Roy n'attaquerait pas là. La garde de son bouclier, en revanche, semblait trop haute et incertaine. Cela devait être probablement la première fois qu'il maniait un écu. Contrairement à ses habitudes, Roy n'attendit pas avant d'exploiter le point faible repéré.

Il agit avec rapidité, écoutant sa voix intérieure. *Attaquer.* En quelques pas, il surprit son adversaire en lui assénant un violent coup d'épée sur son bouclier. Ce dernier ploya un genou, et émit un râle énervé. Mécontent d'avoir été surpris, il riposta, fit un moulinet rapide avec son épée pour atteindre Roy. Mais celui-ci, prompt et agile, avait déjà esquivé l'attaque et reculé de quelques mètres. Le bagarreur commença à perdre patience face aux pirouettes fuyantes du prince.

— Je vais te faire la peau, petite vermine royale !

Il lui fonça dessus à toute vitesse, la pointe de l'épée en direction du ventre. Roy esquiva en effectuant un pas sur le côté.

Il eut à peine le temps de se remettre en position de défense que l'autre vint l'assaillir plusieurs fois de coups brutaux avec le plat de la lame. Le jeune homme n'eut pas d'autre choix que de parer les offensives les unes après les autres en subissant l'attaque frénétique de son ennemi. Il sentait son bras se fatiguer sous les assauts. *Danger. Pas bouger.*

Alors, patiemment, il attendit le bon moment. Cela dura quelques instants, intenses, à encaisser les chocs. Mais quand son adversaire eut de nouveau sa garde trop haute, Roy frappa. *Allez ! Point faible exposé !* Il para le revers de rapière ennemie, et donna en même temps un fort coup de garde dans le bouclier. Le jeune homme se retrouva soudainement dans une posture instable. *Brèche !* Roy revint à la charge plusieurs fois en tapant dans le bouclier avec force et précision.

Déséquilibré, son adversaire chuta finalement et lâcha sa lame. Il se retrouva au sol sur le dos, exposé. Il n'eut pas le temps de remonter son écu en position défensive que Roy se pencha au-dessus de lui. Il plaça la lame de son épée de façon menaçante, à quelques centimètres seulement de sa gorge. Avec prudence, et toujours en pointant son gosier du bout de son arme, il défit de son autre main le ruban rouge de son adversaire. L'autre se laissa faire, non sans dépit. Il avait perdu, cela ne faisait aucun doute. Roy était électrisé par cette victoire. Pour la première fois depuis longtemps, il se sentit fort.

— Je crois que tu as perdu.

L'autre le regarda d'un air mauvais et cracha au sol. Murmures dans les gradins, suivis de quelques applaudissements timides. Le prince fut déclaré vainqueur par Destos. Roy remonta ensuite dans les tribunes avec ses deux rubans qu'il plaça bien précieusement dans la poche intérieure de son veston de cuir. Il se sentait léger. *Encore un ruban et j'aurai gagné ma place chez les Veilleurs. J'ai du mal à y croire.*

Les combats se succédèrent toute la matinée, apportant leur lot de joie et de déception aux participants. Ainsi qu'une collection de contusions pour les moins adroits d'entre eux. Certains duels se déroulaient avec une brutalité non feinte. Roy était soulagé d'être passé assez tôt dans la journée.

Aussi, ce fut avec beaucoup de sérénité et d'intérêt qu'il observa les rixes en contrebas. Il se remémorait la règle édictée par Destos. *Au moins trois bracelets.* Il en avait deux. Il lui fallait gagner encore un combat a minima et il obtiendrait sa place au sein des Veilleurs. Il touchait au but. Mais à moins d'une blessure grave, leur sort ne serait pas scellé avant la fin de la session. Il restait deux jours et le prince piaffait déjà d'impatience. Il voulait en découdre maintenant, afin d'être fixé une bonne fois pour toutes. Mais il allait devoir souffrir cette attente.

À midi, tous les aspirants se retrouvèrent dans le réfectoire, autour d'une longue table en chêne massif. Roy était seul, isolé du reste du groupe. Il se sentait traité comme un paria. Sûrement à cause de son statut de prince. Il avait l'impression que sa condition lui attirait l'hostilité de ses pairs. Il sentait des regards lourds de jugement dans son sillage. Parfois, il aurait simplement voulu être né sans ce sang royal qui coulait dans ses veines. Vivre une vie normale. Tout aurait été beaucoup plus simple.

Il repensa à ses frères et sœurs. Pour la énième fois, il fit le triste constat qu'il était le plus ordinaire de sa fratrie. Il n'avait aucun don. Il n'excellait dans aucun domaine. Baldrick, l'aîné de la famille, était le Duc de Cinq-Épis. Il était également un chasseur hors pair et avait un véritable don avec les animaux. Il détenait notamment le plus grand élevage de chevaux de guerre du royaume d'Alquilon. C'était lui qui fournissait en montures les armées du royaume. Son second frère, Gareth, était un véritable héros de guerre – il était devenu Général des Armées d'Alquilon grâce à ses nombreux hauts faits. Il avait combattu aux côtés des Veilleurs sur Moenia durant les dix dernières années et aurait tué plus d'une centaine de Sombs à lui seul. Sa petite sœur, Lunya, quant à elle, était une jeune fille très intelligente, qui maniait l'art oratoire comme personne, et parmi les plus brillantes de sa génération. Et elle était d'une beauté à couper le souffle.

Au milieu de cette fratrie, Roy, sans aptitudes particulières, se sentait banal et inutile. Il avait toujours voulu devenir quelqu'un aux yeux de ses parents, de ses frères et sœurs. Obtenir leur reconnaissance aurait été la plus belle des récompenses. Mais il était toujours hanté par ce sentiment tenace d'être un fantôme insipide et sans importance.

C'est pourquoi réussir cette épreuve pour intégrer les Veilleurs était un véritable défi pour Roy. Par-là, il voulait prouver sa véritable valeur à sa famille, leur montrer qu'il n'était pas qu'ordinaire et médiocre. Il voulait se persuader qu'il valait mieux que ce qu'il avait pu montrer dix ans plus tôt. Il ne représenterait plus jamais une honte pour sa famille. Il avait le fol espoir que sa nomination en tant que Veilleur laverait ses actes manqués du passé.

Perdu dans ses pensées, le prince donnait des coups de cuillère dans ses lentilles sans vraiment en manger. Il n'avait pas d'appétit, malgré la victoire de son premier combat. Il était anxieux pour les deux suivants. Il se remémorait la règle édictée par Destos. Au moins trois bracelets. Il en avait deux : le sien et celui qu'il venait de remporter. Il lui fallait gagner encore un combat a minima et il obtiendrait sa place au sein des Veilleurs. Il touchait au but. Mais, à moins d'une blessure grave, leur sort ne serait pas scellé avant la fin de la session. Il restait deux jours et le prince piaffait déjà d'impatience. Les yeux rivés dans son assiette, il ne vit pas Ezral arriver.

— Bonsoir, moi, c'est Ezral Halle !

Roy leva la tête. C'était le grand blond aux cheveux ondulés qui avait donné son ruban rouge. Son visage rieur était parsemé de taches de rousseur. Le prince l'avait déjà remarqué auparavant : il était constamment en train de sourire et de blaguer avec tout le monde. Toujours de bonne humeur. Il semblait faire l'unanimité chez les recrues.

— Eh bien alors, tu manges tout seul ? demanda le jeune homme.

Il lui décocha un sourire malicieux et vint s'asseoir face à lui. Le prince était amer. Pourquoi venait-il le déranger ? Voulait-il se moquer de lui ?

Il faut croire que le sang royal a un effet repoussant naturel. J'ai plus d'ennemis que d'amis autour de cette table, fit remarquer Roy.

Le prince étaya ses propos en montrant les places alentour, vides. Tout le monde le fuyait.

— Peut-être que si tu souriais plus souvent, le ratio s'inverserait ? suggéra Ezral d'un ton espiègle. Je ne suis pas certain que les autres te fuient parce que tu es prince…

Roy n'apprécia pas la remarque de l'autre aspirant Veilleur. Si les gens l'évitaient, c'était parce qu'il était fils du roi, pas parce qu'il était désagréable ! Irrité, il coupa net l'échange. Il plongea son regard dans le contenu de son plat et se mit à contempler les lentilles en silence. Cela n'échappa pas à son invité surprise.

— Allez, ne sois pas fâché. Comment s'est passé ton combat ?

Le prince se demanda ce que lui voulait le jeune homme. Pourquoi venait-il discuter avec lui sans le connaître ? Que lui voulait-il ? Méfiant, Roy répondit par une question.

— Et le tien ? Pourquoi as-tu donné ton ruban rouge ?

Ezral secoua la tête de droite à gauche et haussa les épaules avec un grand sourire qui se voulait énigmatique.

— Tu sais, parfois, la meilleure stratégie est de se battre contre des ennemis que nous sommes certains de vaincre, n'est-ce pas ?

Sur ce point, il n'avait pas tort. Mais c'était une épreuve de force et il fallait gagner à tout prix pour remporter sa place parmi les Veilleurs. Le prince ne comprenait pas où son interlocuteur voulait en venir.

— Nous n'avons pas vraiment le choix, répliqua Roy. Si tu veux ton bandeau, il va bien falloir que tu affrontes des ennemis.

— En effet ! Mais je préférais terminer le combat sans blessure : imagine ce que cette brute de Brion aurait pu me faire. Il doit faire trois fois mon poids, et deux fois ma taille ! Crois-moi, je ne serais pas sorti de ce combat-là indemne.

Roy regarda par-dessus son épaule. Derrière eux, son ennemi juré engloutissait goulûment son repas, entre deux plaisanteries grasses adressées à ses amis, d'apparence tout aussi rustres que lui. *Il n'a pas vraiment tort sur ce point-là. Je n'aimerais pas me retrouver face à Brion.*

Ezral continua de se justifier, sans aucune honte ni jugement. Il restait terre à terre, en exposant le côté pragmatique de sa réflexion.

— Je ne suis pas vraiment doué au combat au corps-à-corps, alors j'ai préféré abandonner tout de suite plutôt que de perdre toutes mes chances face aux autres adversaires.

— Oui, mais pour être sélectionné, tu dois quand même gagner tes deux prochains combats, répliqua Roy, entêté.

Il regarda autour de lui et chuchota au prince :

— Cela n'a pas d'importance.

L'attitude désinvolte d'Ezral choquait Roy : comment pouvait-il rester aussi détaché face au défi qui les attendait ? Face à cette unique chance de rentrer dans l'élite de l'armée, de devenir un Veilleur, le dernier rempart face à l'invasion des Sombs ? Il sentait des bribes d'indignation naître en lui.

— Tu te fiches d'intégrer les Veilleurs ?

Pour la première fois, le visage d'Ezral abandonna son expression bienveillante. Il fronça les sourcils, déterminé.

— Non, pas du tout, je me suis battu comme un lion pour arriver jusqu'ici ! Devenir un Veilleur est le but de mon existence. Je n'envisage pas l'échec comme une option.

Il venait d'avaler sa dernière saucisse et léchait son assiette avec gourmandise. Roy ne comprenait pas sa stratégie.

— Et toi, alors, pourquoi tu fais ça ? Tu es un prince, tu n'as pas besoin de risquer ta vie comme Veilleur.

— Je veux être utile au royaume, répondit simplement Roy.

Ezral tapota le bord de l'assiette du prince à l'aide de sa fourchette.

— Eh bien, tu devrais manger tes lentilles si tu veux être utile au royaume. Car ce n'est pas avec un ventre vide qu'on remporte des combats. Mais si tu ne veux pas de tes saucisses, je me ferai grand plaisir de t'aider !

Il a raison. Il faut que je prenne des forces et que je mange. Ezral avait déjà englouti son déjeuner. Il se leva et le salua.

— À la prochaine, Roy ! Content d'avoir fait ta connaissance.

Roy, il m'a appelé Roy. Le prince se réjouit. C'était bien la première fois qu'on l'appelait par son prénom et non par son rang de prince. Il sourit.

Quelques heures après le déjeuner, les deux jeunes hommes se retrouvèrent côte à côte dans les gradins. Roy se demanda si c'était le fruit du hasard, ou bien si Ezral avait quelque chose derrière la tête. Ce dernier lui paraissait trop amical. C'était louche.

— C'est quoi, ton numéro à toi ? demanda Ezral. Moi, je suis le numéro treize. Beaucoup de monde considère que cela porte malheur, mais je suis certain que ce chiffre m'aidera.

Roy lui montra le tatouage sur son poignet affichant son numéro. *Double quatre.*

— Tu penses tomber contre qui pour le prochain combat ?

Ils firent le tour des aspirants assis dans l'arène. Beaucoup d'entre eux avaient des carrures impressionnantes, tandis que certains étaient d'un gabarit moins imposant, comme Roy et Ezral. Mais le prince se rassura. S'ils étaient ici, c'est qu'ils avaient des compétences physiques et intellectuelles qui pouvaient contrecarrer la force brute. Il ne fallait pas sous-estimer la ruse ou l'agilité.

— Le hasard nous le dira, cette épreuve n'est que probabilité.

— Probabilité ? Peut-être, peut-être pas, rétorqua Ezral d'un air mystérieux. Mais il n'y a pas que des inconnues dans l'équation.

Pourquoi prenait-il soudainement cet air secret ? Bien qu'intrigué, Roy lui fit signe de se taire, car tout le monde était de nouveau installé dans les gradins. Les membres du jury avaient repris leur place sur la balustrade et attendaient les prochains combats patiemment. L'épreuve était sur le point de reprendre. Destos intima le silence à l'assemblée en tapant sur son bouclier avec son épée.

— Bien, chers aspirants. Le bilan de la matinée est de quatre éliminés pour blessures graves : deux blessés et les deux qui ont infligé les coups sans réfléchir. Un Veilleur doit savoir éviter les attaques mortelles, mais il doit également rester maître de son arme, ne l'oubliez pas. La force sans l'intelligence du combat ne sert à rien, la dextérité sans stratégie est inutile.

Roy avait en effet constaté que deux apprentis avaient été évacués sur des brancards durant leur combat. Le premier s'était pris un coup de lame dans la cuisse. Il avait perdu beaucoup de sang. Le sol de l'arène d'ailleurs avait été souillé et le sable était désormais gorgé de rouge. Le second avait pris un coup de fléau dans le ventre. Il était tombé net au sol, raide comme un bâton. Dans les deux cas, le combat avait été interrompu. Des Guérisseurs avaient pris en charge les deux aspirants mal en point. Les duellistes adverses avaient été pris à part par Destos.

— Nous allons sans plus tarder continuer les sélections.

Il plongea sa main dans le seau et en sortit deux morceaux de papier.

— Le numéro dix et le numéro cinquante-quatre !

Un premier adversaire descendit des gradins. C'était un grand type musclé, un peu du même acabit que Brion. Il avait le front avancé et la mâchoire du bas prédominante, lui donnant l'air d'un animal préhistorique et sauvage. Il n'attendit même pas que son adversaire soit descendu à son tour pour se saisir d'un fléau dans la main droite et d'un bouclier de la main gauche, avant d'aller récupérer le bandeau rouge auprès de Destos. Il n'y avait pas l'ombre d'une hésitation dans ses mouvements. Roy admirait sa confiance en lui.

— Mais que fait-il ? demanda subitement Ezral.

— Comment ça ?

Roy fixait le combattant dans l'arène : il se contentait d'attendre son adversaire en faisant virevolter sa masse dans les airs comme un barbare. Pour Roy, il n'y avait pas de quoi s'exclamer.

Alors, Ezral lui donna un coup de coude. Il pointa son doigt en direction des râteliers, où se trouvait le second guerrier. Il ne regardait pas dans la bonne direction.

— Là, regarde, il prend un balai.

Roy n'avait pas vu le deuxième adversaire, le numéro dix, descendre dans l'arène. C'était un gars tout maigre, et pas très grand. Un vrai criquet. Son visage et sa tête étaient partiellement recouverts d'un foulard. *Peut-être un ancien lépreux ?*

Il n'était pas rare d'en voir tenter l'aventure des Veilleurs : pour la plupart, ils avaient souvent tout perdu. Intégrer ce corps d'armée donnait un nouveau sens à leur existence. Malheureusement, la maladie les laissait souvent affaiblis. Ils arrivaient rarement à passer cette épreuve, même si on en avait déjà vu intégrer les Veilleurs. C'est pourquoi Roy n'aurait certainement pas misé sur le numéro dix.

— Non seulement il n'a aucune chance vu sa carrure, souffla Ezral en donnant une tape dans le dos du prince, mais en plus, il prend un balai pour se battre. Roy, dis, tu entends, un balai ?

Il se mit à rire doucement. Mais le prince n'était pas du même avis que son acolyte.

— Ce n'est pas si bête, rétorqua Roy. En prenant une arme sans lame, il a moins de chance de taillader son adversaire : il y a déjà eu deux personnes éliminées car elles ont blessé leur ennemi.

Ezral donna un coup de menton de l'autre côté pour désigner son adversaire qui piaffait d'impatience. Une vraie bête de guerre.

— Oui, mais pour cela, il faudra tout d'abord qu'il ne se fasse pas réduire en charpie par la brute épaisse qui se trouve en face de lui. Je ne donne pas cher de sa peau.

Ezral ne semblait pas être le seul dérouté par le comportement du numéro dix. Autour de lui, les autres aspirants riaient en voyant le jeune homme frêle s'emparer du balai.

— Qu'est-ce que tu vas faire avec ça ? lui cria Brion depuis les gradins. Tu vas te transformer en bonne femme et nettoyer l'arène ?

Lui et sa bande d'acolytes émirent un rire gras et tonitruant, apparemment satisfaits de sa plaisanterie. Le numéro dix ne répondit pas et s'empara de son ruban rouge qu'il fourra au fond de sa botte droite, puis se plaça à quelques mètres en face de son adversaire. *Dans la botte.* Roy retint l'astuce. Rendre l'étoffe inaccessible. C'était pratique et malin. Cela empêchait le ruban de se détacher par mégarde et le rendait plus difficile à récupérer par la même occasion. Dans un des précédents combats, un des aspirants avait fait tomber son morceau de tissu et son ennemi en avait profité pour le ramasser au sol. Triste façon de perdre un combat. *Idiote, aussi.*

Il donna ensuite un violent coup de pied dans la tête de son balai afin de l'arracher. Il ne lui restait que le manche en bois entre les mains, qu'il fit tournoyer plusieurs fois dans les airs, comme s'il testait son équilibre. Puis il se mit en position défensive. Il semblait habile et prêt à en découdre ! Son rival se mit à rire à gorge déployée.

— Tu n'as aucune chance, la crevette ! Que comptes-tu faire avec ton bout de bois ?

Sûr de lui, le numéro dix ne broncha pas et lui fit signe d'approcher d'un geste de la main. Le barbare ne se fit pas prier et le chargea sans détour. Son adversaire esquiva l'attaque avec une vitesse incroyable. Il virevolta sur lui-même, donna un premier et puissant coup de manche à balai derrière les mollets du géant, qui le fit tomber à terre à genoux.

Puis, toujours avec une rapidité et une agilité hors du commun, il lui asséna un second coup rapide et précis derrière la tête. Le numéro cinquante-quatre s'effondra, assommé. Il n'eut pas le temps de se rendre compte de ce qu'il lui était arrivé. L'action s'était passée en une fraction de seconde. Roy avait à peine eu l'occasion de voir les enchaînements du numéro dix. On aurait dit qu'il savait à l'avance tout ce qu'il allait se passer.

Le gringalet au visage masqué récupéra calmement le ruban rouge attaché autour du bras de son adversaire. Après l'avoir recueilli, il remonta tranquillement dans les gradins, au milieu d'un silence stupéfait. L'assemblée resta bouche bée. Le visage de Brion se ferma. Il ne semblait pas apprécier l'issue de ce combat.

Les combats continuèrent toute la journée. Roy et Ezral en profitèrent pour analyser ensemble les affrontements de façon méticuleuse. Dans l'hypothèse où un de leurs futurs adversaires fût l'un des combattants actuels, il valait mieux mettre toutes les chances de leur côté. Plus ils avançaient, plus les stratégies se dessinaient en fonction des profils. Chacun y allait de ses petits stratagèmes secrets. Parfois surprenants, parfois fourbes, parfois brutaux et efficaces. Roy était bien déterminé à percer au grand jour l'approche de tous ses potentiels ennemis.

Parmi les aspirants, quelques-uns sortaient du lot, notamment Brion dont la technique et la condition physique dépassaient largement celles de tous les autres. Il était impressionnant. Il avait par ailleurs demandé à faire exceptionnellement son second combat dans la journée. Cela lui fut accordé car il restait un peu de temps. Sans surprise, il le remporta haut la main. Il avait beau avoir l'air d'une arrogante brute épaisse, il était néanmoins loin d'être bête et se révéla un bon stratège dans les combats au corps-à-corps.

Durant cette première journée, il y eut également de nouveaux blessés, et par là même, d'autres éliminations. Le soir arriva. Avec la tombée de la nuit, les combats prirent fin. Chaque aspirant avait pu mener au moins son premier combat. Certains des plus téméraires – prenant exemple sur Brion – en avaient conduit deux à leur demande. Cela avait déconcerté le jury qui n'avait jamais encore eu ce genre de requête. Finalement, ils décidèrent de faire combattre entre eux les volontaires pour un second combat. Mais rien n'était encore joué.

À la fin de la journée, les aspirants se retrouvèrent dans le bâtiment annexe, à côté du colisée, couramment appelé « La Caverne ». Une fois le rang des Veilleurs intégré, les aspirants habitaient dans cet édifice sombre et inhospitalier durant les longs mois d'entraînement imposés par leur formation. Ils s'y restauraient, y dormaient et s'y lavaient. Bref, quand ils n'étaient pas en train de s'entraîner, c'était ici qu'ils passaient le reste de leur temps.

La Caverne était une grande construction constituée de bois rustique, découpée en quatre grands dortoirs, une salle de réfectoire et des sanitaires à l'hygiène douteuse. Pour le moment, tant qu'ils ne savaient pas à quelle caste ils allaient appartenir, chacun dormait et mangeait où il le souhaitait. En revanche, dès la cérémonie du Choix des castes terminée, chacun aurait ses propres zones de vie définies.

Secrètement, Roy souhaitait devenir Guerrier : c'était la caste la plus prestigieuse, et souvent considérée comme la fine fleur de l'élite. Les Guerriers étaient spécialisés dans l'art du corps-à-corps. Ils incarnaient la force brute, le courage, la bravoure et combattaient toujours en première ligne. Le prince se reconnaissait dans ces valeurs. Il souhaitait plus que tout pouvoir arborer cette bannière sur les champs de bataille. Il y avait ensuite les Tacticiens et les Assassins : les premiers étaient des spécialistes du champ de bataille et savaient manier les pièges et les armes pyrotechniques comme personne, tandis que les seconds étaient des éclaireurs experts, capables de ramener des informations précieuses et stratégiques à leur corps d'armée. Enfin, la caste des Guérisseurs, dont le rôle était de soigner les camarades tombés au combat et de venir en soutien aux blessés. Le Prince voulait se battre et être reconnu comme un grand combattant, pas comme un médecin. C'était la caste qui l'intéressait le moins.

Le prince se retrouva seul à table et avala rapidement sa soupe au poulet. Il était éreinté. Il lui fallait trouver un endroit où se reposer. Il se dirigea vers un des dortoirs les moins peuplés, et choisit un lit au hasard. Son corps entier n'était qu'épuisement. Un bon sommeil réparateur lui serait salvateur.

Méfiant, Roy essayait de se faire le plus discret possible pour ne pas s'attirer les foudres de ses détracteurs. Il ne voulait surtout pas voir Brion débarquer et le railler. C'était bien la dernière chose dont il avait envie à ce moment.

En revanche, s'il venait à intégrer les rangs des Veilleurs, il devrait apprendre à gérer ces personnes qui lui étaient hostiles, sans avoir à se cacher. La fuite n'était pas une attitude saine, il en avait bien conscience. Il allait devoir un jour ou l'autre prendre le taureau par les cornes et affronter cette situation embarrassante.

Dans la chambrée qu'il avait choisie, il y avait une vingtaine de lits superposés. À travers la pénombre naissante, Roy découvrit une énorme fresque sur un des murs. Il s'agissait d'un visage de femme, encapuchonnée, soufflant des étoiles à travers les mains. Entièrement peint en vert foncé. L'emblème des Guérisseurs. *C'est peut-être pour cela que peu de personnes ont choisi ce dortoir : personne ne veut être Guérisseur. Au moins, je serai tranquille cette nuit.*

Il jeta un coup d'œil rapide aux alentours et détecta quelques aspirants déjà enveloppés dans des couvertures. Quelques lits plus loin, et à sa grande surprise, il reconnut la frêle silhouette du numéro dix qui s'affairait. Il rangeait ses affaires méticuleusement sous son lit. Il avait ôté le foulard qui lui cachait le visage. Roy n'arrivait toujours pas à distinguer les traits de son visage dans la presque obscurité. Il aurait voulu aller le féliciter pour sa prouesse. Puis, il s'avoua qu'il voulait le rencontrer également par curiosité : il aurait voulu comprendre comment un ancien lépreux avait acquis de telles capacités au combat. Cependant, il se ravisa, jugeant cela inapproprié et indiscret.

Le prince s'enroula alors dans sa couverture, puante et sale, puis s'endormit comme une pierre presque aussitôt.

ARCHIVE

La Grande Veillée

La Grande Veillée est la nuit durant laquelle l'escouade des quatre Veilleurs prête serment pour unir leurs destinées. La Grande Veillée est la première pierre dans la construction d'une harmonie parfaite entre quatre individus dont les existences seront liées à jamais.

Durant cette initiation, il est important que chaque membre joue son rôle à la perfection.

Le Guerrier : leader et pareur du groupe. Il est exposé à la menace directe en y faisant face. Il protège les autres membres de son groupe grâce à son bouclier et tente de contrôler les attaques qui viseraient les autres Veilleurs. C'est lui qui donne le rythme, qui fait danser le quatuor face aux menaces à combattre.

Le Tacticien : il est là pour contrôler le champ de bataille, en amont ou en aval. Spécialiste du terrain et des armes pyrotechniques, il sait se servir de l'environnement à son avantage. Sur le champ de bataille, son objectif est de protéger le flanc droit du Guerrier, distraire les adversaires et semer le chaos dans leurs rangs.

L'Assassin : c'est la fine lame qui tue. Il est capable de sonder ses adversaires et définir rapidement leurs points faibles, là où il faut mortellement frapper. Discret, agile et rapide. Il est expert dans l'art du camouflage et peut être détaché pour des missions d'espionnage. Sur le champ de bataille, son objectif est de protéger le flanc gauche du Guerrier, achever ou blesser mortellement les adversaires, au corps-à-corps ou à distance.

Le Guérisseur : il est le soutien des trois autres. Il fait fuir les Hurleurs en utilisant ses outils symphoniques, guérit les blessures, et renforce ses acolytes avec des potions spécifiques. Il prend soin de leurs corps et de leurs esprits entre deux combats. Sur le champ de bataille, son objectif est de protéger les arrières du groupe en contenant la menace.

Si chacun des membres joue son rôle, alors, le quatuor survivra à la Grande Veillée et chacun sera honoré du titre de Veilleur.

Petit Traité pour devenir un bon Veilleur, Destos Omblèze.

8
AFFRONTEMENTS

Roy fut réveillé subitement par un rayon de douleur intense qui lui traversa la hanche et toute la jambe droite. Son cerveau embrumé par le sommeil mit quelques minutes avant de réaliser la situation. Il venait d'être jeté au sol depuis son lit superposé par deux mystérieux assaillants.

— Alors, le prince, comme ça, on a gagné un combat ? On est tout fier ?

Roy reconnut immédiatement le timbre de voix de Brion. Celui-ci se tenait au-dessus de lui de façon menaçante.

— Qu'est-ce que tu veux ? répliqua Roy, endolori par la violente chute.

Brion lui asséna un violent coup dans les côtes qui lui fit cracher un peu de sang.

— J'ai mon ami, ici, Joyce, à qui tu as pris quelque chose qui lui appartenait. N'est-ce pas, Joyce ?

À côté de lui, la brute épaisse, le numéro quatre, qu'il avait combattu et vaincu lors du premier jour, acquiesçait en dodelinant de la tête.

— Tu vas lui rendre son bracelet, n'est-ce pas ? Tu ne le mérites pas. Joyce était dans un de ses mauvais jours. Tu n'as pas ta place chez les Veilleurs, tu n'es qu'un raté.

Roy tenta de se relever, et se redressa sur ses coudes, révolté.

— Non. Jamais !

Brion ne le laissa pas se remettre debout, posa son pied sur son torse et le repoussa au sol. Les omoplates du prince vinrent heurter le sol violemment.

— Tu l'auras voulu, dit-il d'un ton sinistre.

Tandis que Roy était toujours à terre, Brion et Joyce le rouèrent de coups en l'incitant à dévoiler la cachette de ses rubans rouges. Sous la volée d'attaques, Roy se protégea tant bien que mal. Il se mit en boule et entoura sa nuque de ses bras. Le prince ne comprenait pas ce qu'il lui arrivait, la douleur l'assaillait de toutes parts. Il sentait qu'il avait des côtes fêlées.

Mais Brion et Joyce ne s'arrêtaient pas.

— Où est le ruban de Joyce ? rugit Brion.

S'ils continuaient à le frapper ainsi, il ne pourrait jamais combattre le lendemain. Il ne serait pas en état. Il fallait se rendre à l'évidence : il fallait leur donner son bracelet. Il se résigna alors à contrecœur, écoutant sa raison.

— Arrêtez. Je vais vous donner mon ruban.

Des larmes de rage lui montèrent aux yeux. Furieux devant sa propre impuissance, Roy sortit de la poche intérieure de sa chemise en cuir un de ses deux bracelets. Ses deux assaillants arrêtèrent de le battre à ce moment-là. L'acolyte de Brion arracha le bracelet des mains de Roy, le sourire jusqu'aux oreilles.

Mais Brion n'en resta pas là. Il souleva Roy par le col, encore affaibli, et fourra la main dans son veston. Il en retira le second et dernier bracelet rouge en sa possession. Roy riposta :

— Non, laissez-m'en au moins un !

— C'est pour les taxes que tu ne paies pas en tant que vermine royale. Pour la première fois de ta vie, tu paies la dîme ! C'est mon ticket gagnant pour le grade de Veilleur, ricana-t-il.

Le prince serra ses poings. Ses ongles s'enfoncèrent profondément dans sa paume. Il approcha son visage de celui de Brion. Rempli de haine, il aurait voulu le réduire en charpie sur place. Mais il était bien incapable de riposter.

— Tu ne mérites pas ta place au sein des Veilleurs, souffla Roy d'une voix affaiblie.

L'autre ne se laissa pas impressionner. Un sourire narquois naquit sur ses lèvres. Il semblait prendre plaisir à lui faire du mal.

— Bien plus que toi, bouffon royal. Tu es une imposture, un lâche. Je me suis battu pour être là où j'en suis aujourd'hui. Et toi, qu'as-tu fait ?

C'en était trop pour Roy.

— Je me suis battu aussi ! Comme n'importe lequel d'entre vous.

Brion fronça les sourcils.

— Ne va pas nous faire croire que tu n'as pas obtenu de passe-droit !

Il le repoussa violemment pour lui signifier sa haine.

— Ne te prends pas pour ce que tu n'es pas, Roy. Tu ne seras jamais un vrai Veilleur, même si tu réussis toutes tes épreuves.

Il lui montra les deux bracelets qu'il venait de lui dérober.

— De toute façon, c'est mal engagé pour toi.

Après quoi, les deux brutes quittèrent le dortoir en ricanant. *Humiliation.* Roy resta prostré en boule dans son lit durant de longues heures. Il pleurait d'impuissance et de douleur. Il se sentait honteux et faible. *Lui, une imposture ?*

Après tout, ils avaient peut-être raison. Peut-être que sa place n'était pas au sein des Veilleurs. Peut-être qu'il n'était pas fait pour être ici, qu'il s'agissait pour lui juste d'une lubie pour lui permettre de se sentir exister. Mais pourquoi Brion et ses acolytes lui en voulaient-ils autant ? Roy ne comprenait pas d'où leur venait cette animosité extrême. Certes, il était prince, mais il n'avait jamais rien fait de spécifique à l'encontre de Brion pour mériter une telle haine. Et ce, même s'il avait triché pour les épreuves. On ne pouvait pas autant détester quelqu'un juste pour ce motif, c'était insensé.

L'altercation lui avait laissé les côtes endolories, et il avait du mal à bouger la hanche droite. *Tout est perdu. Je n'arriverai jamais à récupérer mes bracelets...*

Il pensa un instant dénoncer Brion et Joyce à Destos, mais se ravisa très vite. *Tu n'as pas su te défendre, c'est indigne d'un guerrier d'élite.*

La honte était plus forte que le désir de justice. Alors, brutalement, il se résigna. Tant pis, la situation était perdue. Il n'aurait jamais les trois rubans rouges nécessaires à la victoire. *Désillusion.* Son univers entier s'effondrait. Tous les efforts de ces dernières années, vains. Ses espoirs, envolés. Ce pour quoi il s'était battu toute sa vie, réduit à néant, en à peine quelques minutes. À cause de l'animosité que lui vouait un autre homme. Roy n'en comprenait pas la logique. La déception laissa place ensuite à un vide immense.

Puis la tristesse l'envahit comme un voile opaque. Il n'était plus capable de rien. Un intense abattement s'empara de lui. Pendant de longues heures, il oscilla entre la détresse – se persuadant que son histoire chez les Veilleurs se terminait ici –

et l'espoir. L'espoir de remporter ses deux derniers combats et d'intégrer les Veilleurs, contre toute attente. Il fut longtemps tiraillé entre défaitisme et combativité.

Toute la nuit, des forces antagonistes se livrèrent bataille dans son esprit et dans son cœur. Il avait tout d'abord envie de s'abandonner au désespoir. Puis, l'instant d'après, l'envie de se battre férocement reprenait le dessus. Concrétiser ce rêve, fil principal de son existence.

Mais finalement, malgré toutes ses préoccupations, et après avoir passé en revue dans sa tête une centaine de scénarios possibles, Roy finit par s'endormir, épuisé. La fatigue l'emporta sur la tourmente dans ce tragique face-à-face.

Lorsqu'il se réveilla le lendemain, de grosses ecchymoses douloureuses marquaient ses côtes, ses jambes et ses hanches. L'esprit encore engourdi, Roy mit quelques minutes avant de se remémorer les événements de cette nuit. Lorsqu'il émergea enfin, il plongea au cœur d'un accablement sans fin. *Fichu Brion ! Que lui et ses sbires aillent au diable !* Il avala son petit-déjeuner avec lassitude.

Quand l'heure fut venue des combats, il s'installa dans les gradins pour cette seconde matinée d'épreuve de sélection. Seul. Les affrontements débutèrent. Comme la veille, ils se suivirent les uns après les autres toute la matinée, sans que Roy n'y prête réellement attention. Il avait déjà abandonné tout espoir. À quoi bon ?

Il fut appelé dans l'après-midi à se battre contre le numéro seize. Il s'agissait d'un jeune homme aux cheveux roux, grand et malingre. Il semblait stressé, et s'arma à la va-vite d'une arme d'hast abîmée. Il observait tout ce qui se trouvait autour de lui avec intensité, analysant tout dans le moindre détail.

Roy, lui, pour la première fois, ne sentait pas ses entrailles se nouer. Étonnamment, le prince se sentait parfaitement calme et maître de lui-même. Pour cause : il avait délaissé l'idée de réussir son épreuve. Il allait perdre. *Pas de pression.* Le prince s'arma sans grande conviction de la même épée avec laquelle il avait vaincu Joyce. Il fit quelques moulinets nonchalants. Le numéro seize le regarda agiter sa lame avec inquiétude.

Roy rit intérieurement. *Lui faisait-il peur ?* Destos leur confia à chacun un bracelet rouge et les deux adversaires se postèrent alors, prêts au combat.

Roy ne pensait plus à rien. Il attaqua en premier en effectuant une feinte rapide pour le désarmer. Mais une douleur vive irradia soudainement dans sa hanche droite, et le mouvement du prince mourut avant d'avoir eu l'effet escompté. Son adversaire esquiva sans peine l'attaque, para le coup de Roy et riposta en donnant un grand coup de hampe dans la jambe déjà affaiblie du prince. Il chuta au sol de tout son long. Il ne tenta même pas de se relever. Le combat se termina à cet instant : la lame d'hast de son adversaire était placée sous sa glotte.

Roy déclara forfait, sans même essayer de s'évader de la menace ennemie. Les dernières espérances de titre de Veilleur s'envolèrent avec ce bracelet. Sa chance était passée, et il n'avait pas su la saisir. La phrase de Brion résonna dans sa tête. *Tu n'es qu'un raté. Un imposteur.*

Il n'aurait donc jamais les trois bracelets nécessaires pour obtenir sa place. Même s'il gagnait son dernier combat, il lui manquerait un ruban.

Néanmoins, il devait rester jusqu'au bout du classement final, même éliminé. Il devait attendre l'annonce des résultats finaux par Destos. *Le supplice.* En théorie, il n'était pas censé être éliminé dès le second jour après une victoire lors du premier. Mais Brion et Joyce en avaient décidé autrement et avaient rebattu les cartes selon leurs propres règles.

Roy rumina son malheur durant de longues heures dans l'amphithéâtre. Désormais, il s'en voulait de ne pas avoir été plus combatif face au numéro seize. Il regrettait d'avoir baissé les bras si vite. *Quel idiot ! Et où est ta persévérance ? Tu abandonnes à la moindre difficulté ? Brion n'a peut-être pas tort.*

Il ressassa de sombres pensées, jusqu'au moment où Ezral fut appelé pour son second combat. Il cessa quelques minutes de repenser à son infortune et se concentra sur le combat en cours. Son « ami » à la crinière blonde allait combattre contre Joyce. *J'espère qu'il va remporter la victoire… Et qu'il ne va pas déclarer forfait avant même d'avoir combattu, cette fois-ci.*

Joyce s'arma de la même façon que pour son propre combat, avec une épée et un écu. Toujours la même garde trop haute. Roy se renfrogna. *Il n'a même pas retenu la leçon de sa défaite face à moi, quel idiot…*

Il attacha sans attendre son ruban rouge en haut de son

bras gauche. Ezral prit quelques minutes pour observer Joyce et s'équipa, à la grande surprise de tous, d'une petite bourse noire, de deux petites pierres, d'une bouteille de verre, d'un chiffon, ainsi que d'une petite dague. Roy était pantois. Une foule de questions lui vinrent en tête. *Que va-t-il faire avec une bouteille et des pierres ? Comment va-t-il faire pour combattre avec ces armes ? Il va le lapider ? Cela ne l'arrêtera pas…*

Le jeune homme blond rangea son ruban rouge dans sa poche. Il se campa en position défensive, ses jambes bien profondément enfoncées dans le sable de l'arène, la petite bourse noire dans la main gauche et les petites pierres dans la main droite.

Joyce n'attendit pas, et, au coup de gong, chargea instantanément Ezral, sans se soucier de l'embrocher. Ce dernier évita l'attaque de justesse par un bond sur le côté. À plusieurs reprises, la brute épaisse fonça tout droit. Ezral se soustrayait à chaque fois à l'assaut ennemi, prenant soin de toujours instituer quelques mètres de distance entre lui et son adversaire. Au fur et à mesure qu'il esquivait les attaques, et à chaque seconde de répit entre deux d'entre elles, Roy le voyait mélanger des ingrédients avec dextérité. Ezral enfonça un chiffon dans la bouteille. *Où est-ce qu'il veut en venir ?*

Au bout d'un moment, las d'attaquer sans succès, Joyce commença à s'énerver et provoqua Ezral.

— Qu'est-ce que tu as, insecte dégénéré, t'as peur ? Tu ne vas pas pouvoir éviter mes attaques indéfiniment. Tu ferais mieux d'abandonner maintenant, t'as aucune chance avec tes petites pierres de pacotille !

Ezral lança alors sa dague en direction de Joyce dans un jet lent. Le lancer était mou et peu dangereux. Joyce leva tout de même son bouclier par réflexe pour protéger son visage du projectile. Il se mit à se moquer d'Ezral. Roy sentait la tension monter. *Il ne va pas s'en sortir.*

Ezral profita de ce bref instant de distraction adverse et s'engouffra dans la brèche qu'il venait de créer. En un éclair, il frotta ses deux petites pierres l'une contre l'autre. Ces dernières émirent une étincelle, puis enflammèrent le chiffon qui entourait le goulot de sa bouteille. Il lança ensuite la flasque sur l'écu encore levé de Joyce.

Une explosion retentit et la brute épaisse se jeta au sol. Abasourdi, il émit un cri de stupeur colérique. Il resta plusieurs secondes au sol, prostré, le bouclier devant sa tête pour se protéger. Hébété, il ne bougeait plus.

Ezral profita de la paralysie temporaire de son adversaire. Avec agilité, il courut sur Joyce, la dague brandie dans sa main gauche. Avec une dextérité hors du commun, il coupa d'un coup de lame le ruban attaché au bras de son adversaire et le lui arracha. Le gong retentit. *Le match est terminé.*

Ezral sortit de l'arène, triomphant, les deux morceaux de soie dans la main. Derrière lui, Joyce fulminait de rage et l'insultait de tous les noms. Il accusait son rival de techniques déloyales et lâches.

Avec sa nonchalance naturelle, Ezral rejoignit Roy dans les gradins. Lorsqu'il prit place à côté du prince, il était encore tout essoufflé de son combat. Cependant, il arborait un grand sourire espiègle qui lui barrait le visage.

— Alors, pas mal, ce combat, n'est-ce pas ?

Roy était amer. Il n'arrivait pas à partager l'enthousiasme d'Ezral car il avait toujours sa propre défaite en tête. Il se contenta de hocher la tête sans même le regarder. Il voulait être tranquille. Être dérangé par quelqu'un qui savourait sa victoire l'irritait au plus haut point. Ezral le dévisagea, interdit. Quand Roy constata que l'autre ne bougeait pas, il s'énerva :

— Ezral, laisse-moi tranquille.

L'expression joviale sur son visage s'effaça pour laisser place à une expression de surprise.

— Eh bien, tu es de mauvaise humeur ?

C'en était trop pour Roy. La colère explosa violemment en lui, comme une bête sauvage soudainement libérée de ses entraves. Ezral se fichait-il de lui ? Ne l'avait-il pas vu perdre ce matin ? Il venait avec son air béat comme si tout allait bien. Quel culot ! Quel manque d'empathie et de tact ! Devait-il vraiment lui expliquer la situation et les règles de bienséance qu'il devrait observer ?

— Ezral, ce n'est pas le moment.

L'intéressé sembla réfléchir pendant quelques minutes, visiblement surpris par l'attitude de Roy. Puis il ouvrit grand les yeux, illuminé par une révélation.

— Tu es en colère car tu as perdu ce matin ?

L'irritation que ressentait Roy envers Ezral se transforma tout à coup en découragement mêlé de honte. Son compagnon n'avait tout simplement pas conscience du désespoir qui l'habitait. Il ne pouvait pas lui en vouloir.

— Oui, et c'est fini pour moi.

— Que racontes-tu ? Si tu gagnes ton combat demain, tu seras pris chez les Veilleurs.

Roy retourna la poche de son veston, vide.

— Non. J'ai perdu mes deux bracelets du premier jour.

Étrangement, Ezral ne sembla pas surpris. Il se contenta de le regarder de haut en bas durant quelques minutes. Il ne lui demanda aucune explication. Puis, il lui fit alors une offre de but en blanc :

— Si tu as des pièces d'or, je peux t'en obtenir.

Choc. Le prince tombait de haut. Ezral faisait du trafic de bracelets ? Voilà donc pourquoi le jeune blond était si avenant à son encontre ! Et cela expliquait également son attitude aussi détendue ! Il se fichait pas mal de perdre, étant donné qu'il pouvait frauder. À ce moment-là, Roy se révolta face à cette transaction. Ezral lui proposait d'acheter des bracelets. Cela revenait à tricher. Roy voulait gagner sa place de façon honorable, pas la payer. D'autant plus qu'en tant que prince, il fallait qu'il prouve qu'il avait sa place au sein des Veilleurs plus que n'importe qui.

Il eut du mal à conserver son calme face à la proposition qu'il venait de lui faire.

— Non merci. Je voulais mériter ma place.

Ezral lui montra ses deux bracelets.

— Tu devrais mettre tes beaux principes de côté l'espace d'un instant. Si tu gagnes ton combat de demain, tu mérites ta place même en ayant acheté deux bracelets. En pratique, tu auras gagné deux combats sur les trois, personne ne remarquera quoi que ce soit.

C'en était trop pour le prince. Même si son raisonnement était logique, il ne supportait pas qu'Ezral lui propose de resquiller avec une telle légèreté. N'avait-il pas de morale, ni de principes ? Il ne pouvait cacher plus longtemps son mécontentement.

— Cela ne te dérange pas de *tricher* ? lui demanda-t-il sur un ton moralisateur.

Déconcerté par l'attitude soudainement agressive du prince, Ezral tenta de lever le malentendu.

— Tricher ? Qui a dit que c'était tricher ? Destos a seulement dit que nous devions terminer l'épreuve avec trois bracelets en notre possession. Il a suggéré de récupérer le bracelet lors des combats, mais il n'a jamais dit qu'il fallait les obtenir *uniquement* de cette façon-là.

Roy campa sur ses positions. Il tenait à remporter sa place avec honneur, pas par des procédés détournés. Il voulait coller aux valeurs qu'il tenait tant à respecter et à incarner. La droiture, l'honnêteté, le courage.

— Ce n'est pas loyal, c'est malhonnête, et ce n'est pas digne d'un Veilleur. Désolé, mais je désapprouve cette démarche.

Ezral prit soudain un air sérieux, et lui fit une remarque cinglante.

— Crois-tu réellement que la loyauté est la première valeur d'un Veilleur ? As-tu *perdu* ces bracelets de façon *loyale* ?

Il avait tapé juste. Les mots étaient douloureux. Ils résonnaient en lui comme l'écho de son échec nocturne. Roy resta silencieux. Une immense vague de honte mêlée à de la colère s'empara de lui. Décidément, son acolyte aux cheveux ocre était bien plus intelligent qu'il n'y paraissait. Il semblait avoir compris ce qu'il s'était passé. Ezral continua son argumentaire.

— J'appelle cela de la survie, de l'adaptation. Et c'est ce dont il faut faire preuve sur le champ de bataille. En temps de guerre, ce sont les plus malins qui survivent, pas les plus loyaux.

Il lui montra du doigt un rapace qui dessinait des arcs dans le ciel.

— Est-ce que tu as déjà observé les animaux dans la nature ? Ce sont souvent les créatures qui élaborent des techniques de chasse sophistiquées qui sont en haut de la chaîne alimentaire. Pas forcément les plus forts.

Roy baissa le bras d'Ezral qui désignait le volatile.

— Nous ne sommes pas des animaux, Ezral. Je ne cautionne pas ce point de vue.

Ce dernier prit un air pincé, visiblement froissé par son attitude.

— Très bien, mon cher prince. Reste donc sur tes positions. C'est dommage que tu ne sois pas capable d'ouvrir ton esprit un peu plus. Je te souhaite un bon dernier combat. Si tu changes d'avis, je reste disponible.

Il se leva prestement, alla s'abreuver et se nettoyer le visage à une des fontaines dans les gradins, puis disparut au milieu de la foule, laissant Roy seul avec son amertume.

Le prince était perturbé. Ce que venait de lui proposer Ezral réveillait en lui des espoirs de rejoindre les rangs des Veilleurs. Mais cela aurait été indigne de sa part d'acheter des bracelets. Surtout si cela s'apprenait. Ces histoires viendraient alimenter les rumeurs qui l'accusaient déjà d'avoir joué de privilèges. Qu'allait-il pouvoir faire ?

D'une certaine façon, Ezral avait raison : s'il gagnait son combat le lendemain, il aurait mérité sa place. Le doute l'assaillit. La proposition n'était pas si illégitime que cela. Roy était fatigué d'être ainsi tiraillé entre sa morale et la réalité de la vie. Il lui semblait si difficile de vivre quotidiennement sans faire d'entorse à ses principes.

Finalement, au bout de longues minutes à peser le pour et le contre, il se décida. *Et puis qu'importe !* Si on lui demandait, il répondrait simplement la vérité. Devait-il avoir honte de s'être fait attaquer de façon déloyale dans son sommeil par Brion ? Non. Et il méritait bien plus sa place comme Veilleur que cette brute sans vergogne.

Déterminé et de nouveau motivé, Roy se décida à demander de l'aide auprès d'Ezral. Il se promit qu'il gagnerait son combat du lendemain. Cependant, l'affrontement risquait d'être compliqué : sa hanche le lançait régulièrement et le faisait énormément souffrir. Adapter sa stratégie de combat serait indispensable. Il repensa à la phrase d'Ezral : *En temps de guerre, ce sont les plus malins qui survivent, pas les plus loyaux.* Il allait lui falloir mettre cela en pratique. Le prince espérait du fond du cœur que son compagnon avait raison.

Le soir, lors du repas, Roy rejoignit Ezral à table. La salle du réfectoire était bruyante. Les tables étaient remplies et animées, les récits de combat occupaient tous les centres de discussions. Le prince lui murmura en se penchant :

— J'ai cinq pièces d'or pour ta proposition. J'aimerais t'acheter les bracelets dont tu m'avais parlé.

Il lui glissa discrètement les pièces dans la poche.

— Cinq pièces d'or, cela semble suffisant.

Il tâta la monnaie, avant de lui donner une petite tape sur l'épaule.

— Très bien, Roy, dit-il. Je suis content que tu aies changé d'avis.

Le prince ne tenait pas à se faire voler son argent. Il avait travaillé dur pour l'obtenir. Ezral avait beau lui inspirer confiance, il restait cependant méfiant : il souhaitait comprendre comment il allait obtenir les rubans.

— Comment comptes-tu t'y prendre ?

Ezral désigna les aspirants alentour d'un geste discret, puis chuchota :

— Simplement en les achetant à ceux qui en ont trop.

L'idée sembla idiote aux yeux de Roy. Les participants voulaient tout autant que lui une place comme Veilleur. Il voyait mal quelqu'un abandonner cette chance pour seulement quelques pièces d'or.

— Personne n'acceptera cela !

Ezral secoua la tête, sûr de lui.

— Crois-moi, certains aspirants sûrs d'avoir six bracelets ne seraient pas contre quelques pièces d'or. Il n'en faut que trois pour être sélectionné.

— C'est risqué.

Le jeune homme blond se mit à rire. Malgré le scepticisme qu'il éprouvait à son égard, Roy ne pouvait s'empêcher d'apprécier la compagnie d'Ezral. Qu'il était ambivalent et déroutant ! Avec lui, tout semblait léger, simple.

— C'est comme parier sur soi-même. Certains sont assez arrogants pour le faire. Brion, par exemple.

Roy se ferma subitement. Pourquoi lui parlait-il de celui qui venait de le passer à tabac ?

— Tu ne vas quand même pas acheter de bracelets à Brion ? demanda Roy, irrité

— Ne t'en fais pas. J'ai repéré ceux qui ont toutes leurs chances de gagner leurs trois combats, et il n'y a pas que Brion. Même si mes pratiques ne sont pas aussi droites que tu le souhaiterais, je suis tout de même certaines règles d'éthique qui me sont chères.

Il lui fit un clin d'œil.

Quand le repas fut terminé, les gardes Veilleurs intimèrent à tous les aspirants de rejoindre les dortoirs. Roy rejoignit son lit et se demanda si Ezral allait tenir parole. Il était sa dernière chance.

9
Le Messager céleste

Gareth était stupéfait. Dans une des petites salles abandonnées de la crypte, un superbe et immense oiseau au plumage doré se tenait devant eux. Il était installé sur une colonne antique. Ses yeux étaient clos et ses ailes repliées. La bête était comme plongée dans un sommeil profond. Une de ses serres cuivrées était refermée sur un objet, mais Gareth n'arrivait pas à définir de quoi il s'agissait. *Qu'est-ce que c'est ? Serait-ce l'oiseau qui a traversé le ciel ? On dirait une réplique, mais en miniature.*

Le Général jeta un rapide coup d'œil en direction de ses parents. Ellyan et Ocana semblaient également sous le choc. Ils observaient la créature avec un air mi-fasciné, mi-horrifié. Le prêtre s'approcha de l'oiseau et posa sa main précautionneusement sur l'une de ses ailes. Il le caressa avec beaucoup de douceur, et autant de circonspection que s'il manipulait un nouveau-né fragile.

— Nous l'avons trouvé là, comme ça. Il semble en transe ou dans un profond sommeil.

Le roi s'approcha de la bête endormie. Son plumage émettait une faible nitescence ambrée. La créature ressemblait beaucoup au volatile qui avait survolé la ville. C'était troublant.

— Depuis quand est-il là ? demanda Ellyan.

— Nous ne savons pas exactement. Cette salle n'est jamais utilisée. Personne ne vient jamais ici. L'oiseau pourrait être là depuis une heure comme depuis des jours… voire des années. Nous l'avons repéré en raison de la lumière qu'il émet.

Le vieux prêtre se gratta le menton, et après un court instant de réflexion, ajouta :

— Nous ne savons pas non plus comment il a réussi à pénétrer dans la crypte, c'est un mystère. Personne ne l'a vu entrer. Pourtant, avec la taille qu'il fait, il ne passe pas inaperçu.

Soudain, les paupières de l'oiseau commencèrent à s'agiter, et celui-ci ouvrit les yeux. Son regard violet sans pupille se fixa sur Ellyan. Son torse se souleva doucement. Une voix gutturale et désincarnée commença à résonner dans la tête des visiteurs.

— Mon roi.

Gareth sursauta de surprise. Il fit un tour sur lui-même pour comprendre d'où venaient les paroles. *Est-ce que l'oiseau est actuellement en train de parler dans ma tête ? Quelle est cette magie ?*

L'oiseau scrutait le roi de ses prunelles pourpres.

— Je me nomme Firith, et j'ai un message pour vous.

Gareth fut impressionné par l'assurance de son père. Ce dernier ne semblait pas décontenancé par l'expérience. D'un calme olympien, il hocha la tête avec confiance, pour inciter le volatile à poursuivre.

— Le temps est venu : une nouvelle ère débute pour les

Hommes. L'équilibre de ce monde a été rompu il y a des milliers d'années et doit être maintenant rétabli.

Le rapace battit faiblement des ailes pour les dégourdir, laissant derrière lui un sillon flavescent brillant. Gareth nota avec intérêt qu'il possédait deux paires d'ailes. Quelle était donc cette créature ? Aucun animal de cette sorte n'était recensé dans l'Encyclopédie Universelle et Naturelle.

— Je dois vous remettre ce présent qui permettra de restaurer l'harmonie ici-bas et mettre fin à ce cycle de déliquescence. Il vous aidera à lutter contre le Fléau qui vous assaille. Remettez cet objet au détenteur spirituel originel, mais agissez avec précaution : entre de mauvaises mains, cet artefact peut œuvrer pour le chaos. Prenez-en grand soin.

La créature posa l'objet enfermé dans sa serre au sol. C'était un disque de métal en or, relié à une chaînette. Interpellé, le roi avait subitement une foule de questions à poser à leur visiteur. Elles déferlaient dans son esprit comme une marée envahissante, à mesure que le volatile déroulait son message.

— Qui est le détenteur dont vous parlez, noble Messager ? Qui êtes-vous ? Quelle est la magie dont vous usez ? demanda Ellyan, sous l'emprise d'une soudaine exaltation.

L'oiseau cligna des yeux, et commença à battre des ailes. Gareth prit une bourrasque de vent en pleine face et recula, surpris par la puissance du souffle.

— L'artefact trouvera son propriétaire, laissez-vous guider. Je ne suis que leur messager, je ne peux pas répondre à vos questions. Cela ne fait pas partie de ma mission.

Firith s'apprêtait à partir, mais Ellyan avait encore beaucoup d'interrogations. Il n'était pas question qu'il s'en aille sans trouver de réponses.

— De qui êtes-vous le messager ? Êtes-vous un de ces oiseaux qui ont traversé le ciel ?

— Ce sont mes maîtres. Je ne suis qu'une infime partie de ce qu'ils représentent. Je suis ici pour satisfaire leur volonté.

Le mystère s'épaississait. *Ses maîtres ? Quel genre de maîtres ?* Le roi continua de le questionner :

— Quels sont leurs noms ? À quel royaume appartiennent-ils ?

L'oiseau sembla soudainement fatigué de l'interrogatoire et s'ébroua en secouant la tête. Il allait prendre son envol et s'enfuir – il fallait que quelqu'un l'arrête.

— Ma mission est terminée ici. Prenez-soin de l'artefact. Son nom est Gondria.

Puis, la créature prit son élan et traversa la salle de la crypte à toute vitesse. Sans bousculer ses interlocuteurs, malgré son envergure. Étrange. Gareth tenta de l'attraper avant qu'il ne sorte de la pièce, mais à sa grande surprise, ses mains passèrent à travers le corps de l'oiseau comme s'il s'agissait d'un être désincarné. *Il ne faut pas le laisser partir !* Il savait probablement beaucoup de choses. Peut-être même comment lutter efficacement contre les Sombs ?

Gareth courut après l'oiseau qui glissa dans les airs à toute allure à travers la crypte. Puis il s'enfonça dans le labyrinthe abandonné, le guerrier sur les talons. Il disparut avec une vélocité incroyable sous les yeux de Gareth qui ne parvint pas à le poursuivre. Le Général poussa un cri de rage en constatant que le volatile lui avait filé entre les doigts. *Impossible !* Ses parents et Cassel l'avaient précédé pour voir où ce visiteur imprévu s'enfuyait.

Mais il avait subitement disparu, évaporé dans les ombres

de la crypte. *Aucune trace de son passage.* Ils abandonnèrent la poursuite à contrecœur. Mais tout n'était pas perdu. Il leur restait l'artefact que le messager leur avait transmis.

Alors, ils décidèrent d'examiner le legs de l'oiseau sur-le-champ et retournèrent dans la première salle de la crypte où ils avaient trouvé le messager. Ellyan tendit la main et montra l'objet qu'il avait récupéré. Gareth scruta la pièce avec minutie. Il s'agissait d'une sorte de minuscule horloge dorée, à gousset, reliée à une chaînette de métal. *Quel étrange objet.*

Une silhouette d'oiseau, similaire à celui qui venait de leur délivrer le message, était gravée sur le capot du bijou-horloge. Derrière la structure se tenait une complexe élaboration de rouages finement ouvragés. Le cadran n'avait qu'une seule flèche, noire, qui semblait immobile. Tout autour du corps circulaire, situées à intervalles réguliers et ancrées dans le métal, brillaient six minuscules sphères de cristal. L'une d'elles pulsait d'une couleur dorée.

— Qu'est-ce que cela peut bien être ? demanda la reine, songeuse.

Le prêtre s'approcha et pencha la tête au-dessus de la main du roi. Sa vue n'était plus très bonne.

Cela ressemble à une horloge, mais portative, tenta-t-il.

Le roi, interdit, retourna l'objet dans tous les sens. Puis, après l'avoir examiné sous toutes les coutures, il exprima son point de vue, les yeux rivés sur le disque de métal.

— Ce n'est pas un simple bijou.

Il leva la tête et regarda tour à tour sa femme, son fils et le prêtre, et compléta sur un ton grave :

— Comme l'a annoncé ce… Firith, il s'agit peut-être de quelque chose qui peut mettre fin à notre guerre contre les Sombs. Possiblement une arme.

Il inspira profondément et prit un air sinistre. Il ne voulait plus avoir à recourir à ce procédé. Mais il n'avait pas le choix s'il voulait confirmer sa théorie. Il se tourna vers le Haut-Prêtre.

— Cassel, le sujet test est-il toujours entre nos murs ?

Ce dernier devint livide. Ellyan poursuivit :

— Je voudrais voir s'il réagit à l'artefact.

Gareth était interloqué. *Quel est ce sujet test ?* Son père n'était pas du genre à faire des cachotteries. Cela lui mit la puce à l'oreille. Quelque chose n'allait pas.

Le prêtre acquiesça mollement, puis leur fit signe de lui emboîter le pas. Mais le roi le retint par l'épaule et précisa au groupe :

— Très bien. Avant d'y aller, je souhaite que ce que nous avons vu là reste confidentiel. Pas un mot à quiconque. Nous avons peut-être en notre possession une arme surpuissante potentiellement capable de combattre les Sombs. Mais si elle tombe entre les mauvaises mains, ce sera la fin pour nous.

Les manières grandiloquentes et solennelles de son père commençaient à irriter Gareth. Il n'était pas sûr de ce qu'était cet objet. Pourquoi exagérait-il autant ?

— Ce n'est pas sûr que cela soit une arme, répliqua le guerrier.

En tant que soldat, le pragmatisme était prédominant chez lui. Il avait du mal à comprendre comment une breloque pouvait combattre quoi que ce soit. Il lui était également difficile de croire à la magie, malgré l'apparition des oiseaux géants et sa rencontre avec Firith. Pour lui, rien ne valait une épée ou une hache bien affûtée pour vaincre son ennemi. Voir son père, le roi en personne, s'enthousiasmer autant pour un objet aussi anodin l'énervait.

Cela faisait des années qu'Ellyan ne parvenait pas à faire de la lutte contre les Sombs sa priorité. Il prenait toujours trop de temps pour se décider à envoyer les renforts, justifiant ses longues réflexions par le maintien de l'équilibre du royaume. Et en cet instant, il s'emballait pour une simple horloge miniature amenée par un oiseau translucide, comme si c'était la solution à tous leurs maux ? Certes, le volatile semblait surnaturel, mais comment un simple animal pourrait-il sauver leur royaume ? Comment une simple babiole allait-elle pouvoir sauver des milliers de personnes d'un fléau mortel et grandissant ?

Peu convaincu, Gareth suivit Cassel et ses parents à travers le labyrinthe pour déterminer les effets du bijou sur le fameux *sujet test*. Ils parcoururent un long dédale de corridors désertiques qui s'enfonçaient toujours plus profondément dans les entrailles de la crypte. Les couloirs sentaient l'humidité. Certains étaient recouverts d'une mousse de lichen. Il devait y avoir des années que personne n'avait visité les lieux.

Cependant, Cassel semblait savoir exactement où il se dirigeait. Il parvenait à les guider au milieu de ces enchevêtrements de galeries, qui se ressemblaient toutes aux yeux de Gareth, pour les mener finalement à leur destination. Ils se retrouvèrent devant une porte renforcée.

Gareth n'avait pas exploré le labyrinthe depuis son adolescence, car cela ne l'amusait plus. Il s'y était déjà perdu plusieurs fois. Un spasme d'angoisse incontrôlable lui saisit les tripes. Une fois, il y était resté bloqué une journée entière, seul, dans le noir. Dans la pénombre, il avait entendu des hurlements atroces et une créature éructer. Fruit de son imagination ou réalité ? Victime d'hallucinations, son esprit embrumé par les ténèbres avait commencé à divaguer. Non sans difficulté, il avait finalement réussi à trouver le chemin du retour. Mais il avait éprouvé la plus grosse frayeur de sa vie d'adolescent et n'y avait plus jamais remis les pieds. Il en était ressorti traumatisé par l'obscurité.

Cependant, dans ses souvenirs, cette porte de métal n'existait pas. Elle avait été ajoutée là *après* cette péripétie de son enfance. Étrange.

Cassel déverrouilla le système de cadenas et de codes complexes. L'entrée était extrêmement sécurisée. Un visiteur imprudent n'aurait aucune chance de pouvoir pénétrer dans cette salle. Gareth était méfiant. *Que peut-il y avoir ici qui nécessite un tel système de sécurité ? Cherchent-ils à cacher ce fameux sujet test ?*

Un frisson glacial parcourut son échine quand il s'imagina subitement ce qu'il pouvait bien s'y trouver. Il s'attendait au pire. *Ils n'auraient pas fait ça…*

Le lourd portail de métal bascula. Ils pénétrèrent dans un vestibule. On y voyait très peu, il faisait très sombre et humide. Seule une torche à la lueur faiblarde éclairait la pièce. Gareth remarqua une seconde porte renforcée en métal, verrouillée par un système de protection élaboré du même acabit que le premier. *Ils étaient dans un sas ? Ce qui se trouvait de l'autre côté était soit très dangereux, soit en lien avec des secrets d'État.*

Non sans raffut, Cassel fureta avec son trousseau de clés au milieu des verrous. Au bout de quelques secondes, la porte pivota sur elle-même dans un grincement bruyant. Cassel se tourna vers le petit groupe. Son visage inquiet et émacié éclairé par la lumière de la torche était effrayant. Il leur fit signe d'avancer doucement. Gareth sentit tous ses muscles se tendre. *Danger.*

Quand ils pénétrèrent dans la salle, l'odeur de la mort frappa Gareth immédiatement, comme un coup de poing dans les tripes. Il régnait ici une puanteur effroyable. Par réflexe, il dégaina son épée et se mit sur ses gardes. Il ne trouva pas tout de suite ce qui dégageait ces relents pestilentiels. Il sonda les lieux du regard. Choc. *Ils ont osé.*

La salle était sépulcrale. Cela ressemblait à un tombeau. La faible lumière qui éclairait les lieux provenait de quatre torches accrochées à chaque mur de la salle. Leur flamme semblait vaciller au moindre courant d'air. La petite pièce était complètement vide.

Seul un grand pavé caché sous un drap trônait en son centre. *Il est là.*

Les effluves nauséabonds provenaient de ce qui se cachait sous le linceul, le prince en était sûr. L'odeur immonde raviva soudainement des souvenirs douloureux dans la mémoire de Gareth. Il devina alors avec certitude et horreur ce qui se tenait là, à quelques mètres d'eux. Son cœur fit un bond dans sa poitrine.

Cassel retira le tissu qui recouvrait le bloc central. Il s'agissait d'une cage aux épais barreaux de fer forgé. Et dans cette cage, un Somb était allongé, recroquevillé. *L'horreur en personne.* À l'approche des humains, il se redressa sur ses pattes maigres et commença à pousser des grognements.

Gareth reconnut tout de suite la race à laquelle il appartenait. Il s'agissait d'un Hurleur – il en avait combattu des centaines sur les champs de bataille. Certainement la pire de toutes les catégories de Sombs. Les plus meurtriers et les plus sadiques.

La bête avait un aspect rachitique. Son corps était décharné, recouvert d'une peau de cuir noire et luisante, doté de six pattes squelettiques, pourvues de griffes aiguisées à chacun de ses trois doigts. Son énorme tête possédait une mâchoire ronde, ornée de centaines de fines et très longues dents acérées comme des poignards. Ses petits yeux en fente, complètement blancs et l'air vicieux, semblaient sonder son âme, tandis que sa queue émaciée se terminant en pointe battait furieusement contre les barreaux derrière lui. *Un cauchemar incarné. Il est sur le point d'attaquer.*

Gareth était déjà prêt à riposter. La cage thoracique du Hurleur se gonfla. Son instinct de survie prit soudainement le dessus. Tous ses sens se mirent en alerte. L'expérience du combat lui dicta la bonne attitude.

— Il va attaquer ! hurla Gareth.

Ellyan, Ocana et Cassel semblaient déjà prêts à recevoir la première décharge et se campèrent solidement sur leurs appuis. *Ils s'y attendaient. Ils savent ce que ça fait. Ils connaissent ce Hurleur.*

Comme Gareth l'avait prédit, le Somb commença à s'agiter comme un forcené dans sa cage. Il émit un terrible hurlement suraigu. Cette modulation monstrueuse et stridulante frappa de plein fouet le petit groupe. Gareth sentit toute force l'abandonner et le désespoir l'envahir. Des images violentes de mort et de destruction hantèrent soudainement son esprit. Il n'avait plus qu'une envie : mourir. *Désespoir. Désolation. Souffrance. Angoisse. Vide.*

C'était la décharge du Hurleur. Il le savait, il devait lutter contre cet abattement macabre qui l'enveloppait de façon funeste. Alors, pour combattre ce soudain anéantissement, il se remémora des moments heureux. Le guerrier était rompu à l'exercice : il fallait repousser l'assaut mental, sinon, c'était la folie qui l'attendait. Il pensa à des choses positives. Il imagina un monde sans Sombs où les prochaines générations pourraient enfin vivre en paix. Il modelait imaginairement ce pour quoi il se battait chaque jour qui passait. Il ferma les yeux et se mit à se concentrer sur sa respiration pour faire abstraction des hallucinations macabres que lui projetait le Somb.

Inspirer, expirer. Doucement. Inspirer, expirer. Recommencer. Le spectre mortel perdait du terrain. *Le souffle. La vie. L'instant présent. Le sol sous mes pieds.* Petit à petit, il reprit possession de ses sens et de ses émotions. Il redevenait maître de son esprit à mesure qu'il chassait les sombres pensées injectées violemment en son sein.

Quand il refit surface, le Somb avait stoppé son attaque. *Trop faible.* Heureusement qu'il n'était pas à pleine puissance. La colère assaillit soudainement Gareth comme un diable sorti de sa boîte. Comment son père autorisait-il la captivité de cette créature ô combien meurtrière au sein même de la capitale ? L'idée lui semblait folle et irresponsable. C'était indigne d'un homme comme son père.

— Avez-vous donc tous perdu la tête ? Vous êtes complètement inconscients de garder un Somb à Centurya ! Vous imaginez-vous seulement les ravages dont il serait capable s'il s'échappait dans les rues de la ville ?

Ellyan s'apprêta à répondre. Il ouvrit la bouche, mais n'eut pas le temps de se justifier. Un hurlement déchirant et soudain provenant du sas les surprit. La porte avait été laissée entrouverte. Gareth se précipita pour voir qui émettait un tel cri de souffrance. Ils avaient été suivis.

À sa grande stupeur, il trouva Lunya allongée sur le sol. Ses yeux étaient écarquillés de terreur. Il n'avait jamais vu le visage de sa sœur prendre une telle expression d'horreur. Son cœur se serra. Elle avait été, elle aussi, frappée par la décharge auditive du Somb : la magie de la bête avait été puissante. *Mais que fait-elle ici ?*

N'écoutant que son expérience, Gareth prit sa petite sœur, si frêle et sans défense, dans ses bras.

— Respire. Là, respire. Un, deux. Un, deux. Prends une

grande inspiration. Souffle doucement. Pense à un endroit agréable. Pense à Comète.

Pendant quelques minutes, il la serra contre lui en répétant les instructions qu'on lui avait transmises lors de son apprentissage de Veilleur. Lentement, il la guidait pour qu'elle se concentre sur sa respiration, sur les bruits alentour, et l'aider à se focaliser sur des pensées positives. Son âme de grand frère souffrait de la voir dans un tel état d'apathie.

La jeune fille se calma au bout de longues minutes. Mais ses traits restaient déformés par l'épouvante. Elle était encore sous le choc. C'était la première fois qu'elle expérimentait une décharge d'un Somb et elle n'avait pas été formée à lutter contre. *Aucun enfant ne devrait avoir à ressentir cette vague d'affliction. C'est inhumain.*

Gareth serra le petit corps encore haletant contre son torse. Il lança un regard lourd de reproches à ses parents, ainsi qu'à Cassel. La reine semblait horrifiée.

— Que fais-tu ici ? s'exclama Ocana.

Le sang de Gareth ne fit qu'un tour.

— C'est insensé ! s'emporta-t-il en étreignant encore plus fort Lunya contre son torse. C'est de la folie pure !

Ocana, devenue blême, se précipita pour réconforter la jeune fille encore hébétée. Gareth laissa la reine la prendre dans ses bras. Il se releva, les sourcils froncés, les poings et la mâchoire serrés. Il bouillonnait. Il avait du mal à se contenir.

— Je vais accompagner Lunya dans sa chambre, déclara Ocana, inquiète.

La reine aida sa fille à se relever en la soutenant par les aisselles. Elle la serra contre elle avec un bras protecteur et fit demi-tour.

Gareth fut tout de même soulagé que sa sœur et sa mère ne soient plus exposées au Somb. Il essayait tant bien que mal de contenir sa fureur à l'encontre de son père et du prêtre Cassel. Comment osaient-ils ? C'était délirant. L'attitude de son père était d'autant plus déconcertante qu'Ellyan demeurait imperturbable.

Il avait à peine réagi en voyant sa fille terrorisée, l'esprit trop préoccupé par l'artefact. Plus que tout, il était déterminé à voir quel effet pouvait avoir le bijou sur la bête. Impassible, il restait concentré sur son objectif. Il semblait obnubilé. Gareth reconnaissait cette expression dans les yeux bleus de son père. Il l'avait déjà vue auparavant. *C'est obsessionnel.* Plus rien d'autre que cet artefact ne comptait désormais pour le roi, au détriment même du bien-être de sa famille. Il détestait voir son père ainsi. Il perdait pied avec la réalité. Gareth le savait : il aurait beau tenter de le raisonner, il n'écouterait pas. Par dépit et sachant que cela serait inutile, il conserva le silence, malgré la rage qui grandissait en lui à l'égard de son père.

Quand Ellyan estima qu'Ocana et Lunya furent assez éloignées, il approcha de la cage où le Somb rongeait sans succès les barreaux de ses crocs élimés. Le raclement de ses dents sur le métal retentissait de façon insupportable. Il approcha le bijou à une dizaine de centimètres de la tête du Somb. Puis, il attendit une hypothétique réaction. La créature renifla l'objet en faisant frétiller ses naseaux, puis recula en plissant les yeux. Mais rien ne se passa.

Gareth était sidéré. Comment pouvaient-ils continuer leurs sinistres expériences après ce qu'il s'était passé avec Lunya ? Il croisa les bras sur son torse, en retrait.

Toutefois, malgré son désaccord, la situation attisait sa curiosité, car la créature ne semblait pas complètement insensible à cette exposition.

— Il faut peut-être attendre un peu, suggéra Cassel.

Le roi acquiesça à son conseil, les yeux rivés tour à tour sur la créature puis sur le bijou. Il maintenait l'artefact tout près du Hurleur. À la longue, l'objet paraissait avoir un effet répulsif sur le Somb, qui reculait quand on l'approchait trop près de lui. La créature avait par ailleurs cessé de s'agiter dans la cage et se terrait dans le coin opposé à l'artefact.

— Il semble en avoir peur, constata Ellyan.

— Le bijou le repousse, compléta Cassel.

Gareth changea alors complètement d'attitude. L'objet *apeurait* la créature ? Il n'avait jamais vu de Sombs avoir peur… Ces monstres étaient dénués de tout sentiment. Seules la mort et la destruction les animaient. Alors, il s'intéressa subitement à l'expérience. Lui, qui, au début, trouvait cette idée complètement folle, commençait à y trouver un intérêt. Il observa attentivement les réactions de la créature. Elle ne faisait que se blottir dans un coin de sa geôle. C'était nouveau, mais décevant. Pas assez puissant pour lutter contre les Sombs sur les champs de bataille.

— Cela ne semble ni la blesser ni l'affaiblir, constata-t-il sur un ton cinglant, impatient et déçu par les résultats de l'expérience. Cela lui fait seulement légèrement peur. Cet artefact n'a aucune utilité au combat.

— Nous ne pouvons pas le savoir, fit remarquer Ellyan à son fils. La bête semble s'être calmée. J'ignore si le médaillon a drainé ses dernières forces, mais son agressivité s'est largement calmée.

Il avait raison. Jamais il n'avait vu un Somb si passif sous ses yeux. La bête semblait matée. Avec regret, il devait l'avouer : ils avaient peut-être un début de nouvelle piste pour tacler les

Sombs. *Les dresser ?* Impossible. Cela n'avait jamais fonctionné. Et Gareth n'imaginait pas combattre aux côtés de ces abjectes créatures qui avaient emporté tant de ses guerriers dans les entrailles de la mort.

Durant des heures entières, Cassel, Ellyan et Gareth restèrent tous les trois face au Somb, l'exposant au bijou à tour de rôle. En dehors de l'effet repoussant, ils notèrent un autre détail : à l'endroit le plus exposé de la bête à l'artefact, la peau noire était devenue légèrement vert foncé. Mais ils ne comprenaient pas ce qui provoquait cela.

Gareth commençait à perdre patience, malgré le début d'intérêt qu'il pouvait trouver dans cet objet. Il avait du mal à imaginer l'étendue que pouvait avoir son effet répulsif, même s'il s'avérait être puissant. Peut-être que le bijou pouvait servir à ralentir les Sombs à l'endroit où ils avaient établi une brèche dans la muraille Moenia ? À les forcer à emprunter des passages déterminés ?

Lassé malgré l'effet de nouveauté, il estima cependant qu'ils avaient assez perdu de temps à tester le bijou sur un Somb en cage – il était maintenant temps d'agir. Il joua la carte de la politique, qui ferait réagir son père à coup sûr. Il n'aimait pas manipuler les gens, mais le roi semblait bien décidé à rester encore de longues heures dans les catacombes.

— Père, il faut que nous remontions, ou les ducs vont avoir des soupçons du fait de notre absence.

Ellyan releva la tête, hébété, après être resté concentré sur sa tâche. Il secoua la tête.

— Tu as raison, Gareth.

Il se tourna vers Cassel.

— Faites prêter serment à vos fidèles qui ont vu l'oiseau de ne pas ébruiter son passage chez nous. Personne ne doit apprendre l'existence de cet objet mécanique.

— Votre volonté sera respectée, mon roi, acquiesça Cassel en hochant la tête.

Ellyan et son fils laissèrent Cassel avec ses fidèles et quittèrent la crypte de Nhymora. Gareth était toujours préoccupé par la brèche. Il ne perdait pas son objectif initial de vue. Son père devait impérativement convaincre ses vassaux de mettre plus de moyens pour renforcer Moenia. Il ravala sa colère et l'implora :

— Père, il faut que vous demandiez aux ducs des renforts pour tenir la brèche. Je sais que cet événement vient perturber nos plans, mais n'oublions pas notre priorité. C'était l'objectif de notre Conseil Royal extraordinaire.

Un éclair de résolution passa dans le regard du souverain. La remarque de son fils le rappelait à ses devoirs.

— Soit, répondit Ellyan fermement. Tu as raison, nous ne devons pas négliger la défense immédiate du royaume. Je fais valider la mobilisation des forces demain matin. Ocana a raison, il faut que les ducs assimilent et digèrent cette… apparition, pour être plus à même de discuter des renforts. Laissons-leur la nuit.

Gareth fut déçu et irrité que son père invoque encore un délai malgré l'urgence de la situation. Il fallait prendre une décision rapidement. Selon lui, dès ce soir. Ils n'avaient pas besoin d'attendre une nuit de plus… À quoi bon, cela ne changera pas leur opinion.

Mais le guerrier décida de mettre de l'eau dans son vin et accepta la proposition de son père. En réalité, il n'avait pas vraiment le choix. Son père savait se montrer intraitable quand il avait un plan en tête. Mieux valait ne pas le braquer. S'il appuyait sa cause, c'était déjà un premier pas. Il montra patte blanche.

— Très bien, nous attendrons demain matin, répliqua-t-il. Il faudra également décider de ce que nous faisons de ce médaillon. J'aimerais l'amener à la brèche afin de voir s'il repousse les Sombs.

Ellyan resta silencieux quelques minutes, réfléchissant de façon intense. Il caressa le bijou du bout des doigts comme s'il s'agissait d'un animal de compagnie, pensif.

— Reparlons-en demain. Il faut nous reposer, il se fait tard et nous avons eu beaucoup d'informations dont il a fallu s'imprégner aujourd'hui. Faisons cela avec les idées au clair.

Gareth ne répondit pas, las des réponses politiques de son père. Il n'était jamais capable de décider dans l'instant et cela le décevait terriblement. Il aurait souhaité des décisions plus rapides, des actes plus forts.

Il le suivit jusqu'à la salle du trône. Les ducs étaient déjà partis se coucher. Il était tard et la fatigue avait gagné les rangs. Malgré tout, Gareth se demandait comment ils pouvaient dormir malgré les événements. *Attendre, encore et toujours.*

Lorsque Ellyan pénétra dans la suite royale, Ocana était en train de brosser sa longue chevelure blonde. Le roi prit sa femme par la taille et lui déposa un baiser dans le cou. Sa peau était douce et dégageait de discrets effluves de jasmin et de bergamote. Elle frissonna légèrement au contact humide de ses lèvres, se retourna et l'embrassa avec tendresse. Il vit dans ses yeux une légère lueur d'inquiétude.

Sa femme intériorisait beaucoup ses émotions, mais avec les années, il avait appris à lire ce qu'elle ne disait pas. Il devina immédiatement que l'état de leur fille la tracassait. Ocana était une mère protectrice. Il demanda de ses nouvelles.

— Comment va Lunya ?

— Elle est en état de choc mais ne semble pas souffrir de blessures physiques. J'espère qu'elle ira mieux après une nuit de repos…

La lassitude prit soudainement possession du visage de porcelaine de sa femme.

— Que faisait-elle là ? Ne peut-elle pas simplement obéir et arrêter de se balader partout dans les endroits qui lui sont interdits ?

Pris d'un élan de tendresse, Ellyan serra sa femme dans ses bras. Il aurait voulu porter ses fardeaux à sa place. Il secoua la tête.

— Tu la connais, elle a soif d'aventure.

Ocana soupira.

— Cependant, il est vrai que le risque auquel nous l'avons exposée tout à l'heure est grave. Cela aurait pu très mal se finir. Nous devons faire plus attention à elle. Je vais demander que ce Somb soit abattu, c'est trop dangereux.

— Je suis d'accord, il doit être éliminé, répondit la reine avec détermination. Mais au-delà de cette épouvantable expérience… Mon aimé, Lunya est malheureuse. Sa condition actuelle la fait souffrir. Elle ne cesse de s'enfuir. Que pouvons-nous faire pour qu'elle soit enfin épanouie ? Ne peut-on pas trouver un rôle qui l'intéresse un peu plus au sein du château pour qu'elle cesse ses escalades et assurer sa sécurité ?

L'avenir de Lunya avait toujours été un terrain de discorde entre eux.

— Elle doit apprendre à maîtriser ses aspirations. Devenir une dame de la cour n'est pas une option : c'est un devoir. Notre fils aîné Baldrick a déjà bafoué les traditions monarchiques séculaires en rejetant son lien de filiation. Nous ne pouvons pas nous permettre qu'un autre de nos enfants s'éloigne de la voie qui lui incombe. Le sang royal impose des responsabilités que nos descendants et leur progéniture doivent embrasser.

Ocana baissa les yeux. Il n'y avait rien à faire. Le roi était intransigeant sur le sujet et camperait sur ses positions. Lunya devrait donc continuer à s'employer à devenir une dame de la cour. Devenir une référence dans le milieu des nobles. Cela lui brisait le cœur de voir sa fille si bridée. Si triste.

Ellyan considéra le sujet clos. Il recula légèrement en prenant sa femme par les épaules. Puis, il sortit l'artefact de sa poche.

— Je ne sais pas quoi faire de cet objet, remarqua-t-il doucement.

Ocana y jeta un coup d'œil rapide. Puis, elle retourna à sa coiffeuse et commença à ranger ses accessoires de brosserie dans un calme apaisant.

— L'oiseau semblait suggérer qu'il fallait trouver le bon utilisateur. Un genre d'élu qui irait de pair avec ce bibelot. La meilleure chose à faire est de trouver cette personne et de le lui donner.

— Oui, mais comment le trouver ?

Ocana s'approcha de son mari et lui posa les mains sur les épaules.

— « *Laissez-vous guider* », ce sont les mots du messager, répondit-elle. N'est-ce pas ?

Elle tendit sa main.

— Puis-je inspecter le bijou ?

Ellyan posa l'objet dans la paume délicate tendue de sa femme. Elle le soupesa avant d'étudier ses mécanismes de ses longues mains gracieuses. Elle souleva le couvercle et s'attarda sur le cadran. L'unique flèche noire restait immobile. Elle tenta de toucher l'aiguille du bout du doigt, mais celle-ci était protégée par une fine couche de verre. Alors, elle tourna le bijou sur lui-même, sous plusieurs angles différents.

— Ce n'est pas un simple chronographe, annonça calmement Ocana à son mari, en lui rendant l'objet. Il s'agit d'une boussole. Si vous regardez de plus près, l'aiguille indique toujours la même direction, quel que soit le sens dans laquelle on l'oriente. J'ignore vers quoi elle pointe, mais sûrement vers quelque chose qui permettra de combattre les Sombs, comme nous l'a annoncé Firith.

Intrigué, Ellyan reprit la boussole et l'inspecta à son tour. Il lui fit faire quelques rotations en prenant soin de la tenir à plat, et remarqua, comme le lui avait indiqué sa femme, que l'aiguille ne bougeait pas. Comment n'y avait-il pas pensé plus tôt ? Ocana avait raison. Il déclara sur un ton solennel :

— C'est donc cet artefact qui sera notre guide.

Encore une fois, la reine avait vu juste : c'était une femme sage et intelligente. Ellyan l'aimait plus que tout. Elle était son sanctuaire, son havre de paix. Avec elle, il se savait en sécurité. Il pouvait être autre chose que simplement roi. Il pouvait lui montrer ses doutes et ses faiblesses d'homme. Avec cette pudeur qui lui était propre, elle savait toujours comment accueillir ses fragilités. Ocana avait toujours été bienveillante et avisée. Elle posa sa main sur celle de son mari.

— Je vous suggère de ne pas tenir les ducs informés à propos de cette boussole, conseilla Ocana sur un ton soucieux. Gex et Kalos ne me semblent pas dignes de confiance, j'ai le sentiment qu'ils conspirent contre l'ordre établi.

Ellyan accrocha la boussole autour de son cou et la cacha sous sa chemise de soie.

— Je ne comptais pas leur en parler, confia-t-il. Personne ne doit être au courant de l'existence de ce cadeau. Il semblerait qu'il soit beaucoup trop important dans notre lutte contre les Sombs pour tomber entre de mauvaises mains.

Ocana acquiesça.

Sur ces dernières paroles, elle se dirigea vers le lit à baldaquin et s'allongea. Ellyan la rejoignit et la prit dans ses bras. Il posa son visage dans le creux de sa nuque, et huma cette odeur familière et rassurante qu'était celle de sa femme.

— Je t'aime, Ocana.

Épuisés par cette journée riche en émotion, ils s'endormirent presque aussitôt.

Le lendemain, dès les premières lueurs du jour, le Conseil Royal se retrouva autour de l'immense table en bois massif. Beolmas, Lodam, Cassel, et Gareth participaient aux discussions, aux côtés des ducs et du roi.

La plupart d'entre eux semblaient encore endormis, en cette heure bien trop matinale. Résolu et ignorant le manque de sommeil de son auditoire, Ellyan était bien décidé à évoquer les conséquences que pouvait avoir la brèche dans Moenia. Agir pour arrêter les forces adverses était vital. Hélas, il savait aussi que les ducs seraient focalisés sur l'événement miraculeux. Il initia alors les échanges en ce sens :

— Nous devons finaliser notre discussion à propos du sujet que nous avons entamé hier avec Gareth et Beolmas, avant d'être interrompus par l'apparition des oiseaux célestes. L'attaque Sombs semble s'intensi…

Kalos le coupa immédiatement. Les mystérieux volatiles semblaient l'intéresser bien plus que la menace des Sombs qui les guettait à l'ouest du territoire.

— À propos de cette apparition, avons-nous eu plus d'informations ? Qu'était-ce ? D'où cela vient-il ? Et où se sont-ils arrêtés ?

Irrité d'être interrompu, Ellyan savait pertinemment qu'il n'avait pas d'autre choix que de répondre à sa question, car les autres ducs exigeraient également des explications quant à l'événement qui s'était déroulé la veille. De mauvais gré, il lui fit un bref récapitulatif de la situation.

— Non, pas encore, répondit Ellyan. Personne encore ne sait ce qu'étaient ces visions. Lodam a missionné la Garde royale pour mener des recherches. Nous serons les premiers informés de l'avancement de leur enquête. Mais pour le moment, la bonne nouvelle, c'est qu'il n'y a aucun dommage à constater, en dehors de quelques dégâts matériels très légers générés par la panique de certains habitants. Il n'y a ni morts, ni disparus, ni blessés.

— Bien, très bien, murmura Gex en se caressant le menton.

Nerveux et agacé, Ellyan se leva pour imposer son autorité. Il décida d'aborder d'une traite les problématiques liées à la guerre contre les Sombs, même si celles-ci étaient sensibles. Il comptait prendre des décisions concrètes dès ce jour. Gareth avait raison. Il était temps.

— Maintenant, je sollicite toute votre attention sur le sujet de la brèche, qui est une urgence. Nous évoquerons l'événement d'hier quand le moment sera venu, mais ce n'est pas la priorité de ces échanges.

Gex ouvrit la bouche avec un air scandalisé, mais Ellyan lui fit signe de se taire sur-le-champ.

— Pas maintenant, Gex. Nous avons besoin de plus d'hommes, d'armes et d'instruments de combat. Il nous faut également des ouvriers, des poutres ainsi que des blocs de roche pour combler la brèche. Si nous ne faisons pas cela, Sperotan tombera dans quelques mois. Et si Sperotan tombe, le royaume tout entier suivra dans sa chute. Une fois les Sombs au sein de notre territoire, rien ne pourra plus les arrêter. Nous n'avons pas encore trouvé le moyen de les contenir. Moenia est notre dernier rempart.

Le visage de Kalos s'assombrit, visiblement en colère, tandis que Gex pinça ses lèvres en signe de désaccord.

— Quelle est la solution que vous envisagez sur le long terme, roi Ellyan ? demanda sournoisement Gex sur un ton courroucé, à peine contenu. Quand allons-nous sortir de cette situation qui épuise les populations ?

Ellyan hésitait à parler de la boussole sans entrer dans les détails pour calmer les ducs et leur offrir une solution définitive. Mais il était plus sage de ne pas l'évoquer pour le moment. Les arguments stratégiques devaient suffire à les convaincre.

— Nous devons d'abord renforcer nos défenses, avant de pouvoir attaquer, répondit Ellyan, vague.

Le duc d'Apremont fit mine de soupirer, manquant par la même de respect au roi de façon ostentatoire.

— Sera-t-on un jour assez puissants pour assaillir les Sombs ? demanda Gex sur un ton mondain. Cela fait désormais plus d'une vingtaine d'années que nous peinons à nous défendre contre eux. Comment comptez-vous attaquer alors que nous avons déjà du mal à les empêcher de pénétrer sur notre territoire ?

Gex poussait Ellyan dans ses retranchements. Un sourire fourbe se dessinait sur son visage maniéré. Le roi ne se laissa pas démonter et déroula son raisonnement :

— Nous allons améliorer nos armes pyrotechniques. C'est à ce jour ce qu'il y a de plus efficace contre ces créatures. Uriel travaille dessus avec ses Veilleurs Tacticiens.

— Qu'avez-vous de concret à nous montrer ? s'enquit de façon faussement innocente Gex. Avez-vous des plans, des prototypes ? Nous avons besoin de voir dans quoi nous investissons la trésorerie que nous avons tant de mal à obtenir. Nos peuples souffrent des taxes et du rythme de vie qui devient de plus en plus difficile à supporter : nous avons besoin de leur expliquer les raisons pour lesquelles ils se privent. Ils ne comprennent pas et nous perdons leur soutien de jour en jour.

Ellyan planta sévèrement son regard azur dans celui de Gex. Ne pas rentrer dans son jeu. Il fallait rester pragmatique. Juste. Rationnel.

— Nous parlons de la survie de notre royaume, voire de notre espèce. Je pense que n'importe quel sujet du royaume doté de bon sens est capable de comprendre cela. N'est-ce pas ?

Gex soutint le regard d'Ellyan, calmement, avec un air de défi.

— Le peuple ne comprend pas, insista Gex. Pour eux, cette guerre leur semble trop lointaine, ils n'ont jamais été directement soumis à la menace des Sombs. Dans leur imaginaire, tout cela n'est qu'un fantasme irréel. Ils ne ressentent pas le danger que vous décrivez de façon si oppressante. Certains se demandent même si ces créatures existent bel et bien. En outre, il existe des rumeurs selon lesquelles les Sombs ne sont qu'un prétexte pour hausser les taxes.

Beolmas, qui observait les échanges en retrait jusqu'à ce moment, se leva et quitta le Conseil Royal. Il déclara sur un ton usé et dégoûté :

— C'est insensé. Vous insultez la mémoire de tous les hommes morts au combat.

Lodam l'accompagna. Il jeta un regard noir aux membres du Conseil. Le fidèle compère de Gex ignora totalement le départ du commandant. Il haussa les épaules. Puis, il en rajouta une couche :

— Il a raison, renchérit Kalos sur un ton plaintif, notre peuple va se révolter si rien ne change et que nous continuons à leur imposer des privations sans rien leur offrir en échange !

— C'est votre rôle en tant que ducs de gérer vos sujets et les finances ! s'énerva Ellyan. Mon rôle est de protéger le royaume d'Alquilon. Envoyez des experts, des anciens combattants délivrer leurs témoignages !

Gex, aux réactions habituellement toujours faussement guindées, commençait à s'emporter. Sa voix montait dans les aigus.

— Peu importe les récits, ce qui importe à nos paysans sont les denrées qu'ils peuvent mettre dans les assiettes de leur famille ! Et les réserves s'amenuisent mois après mois. Nous sommes à l'aube d'une révolte intestine si on continue en ce sens.

— SILENCE !

Pour Gareth, c'en était trop. Comment les dirigeants du

royaume pouvaient-ils encore se chamailler comme des enfants ? Il donna un énorme coup de poing sur la table, qui fit sursauter les ducs et arracha un cri de surprise à Lyra, restée silencieuse depuis le début de l'entretien. Son visage était complètement fermé, il avait les sourcils froncés et pointait Gex d'un doigt accusateur, hors de lui.

— Nous avons une arme ! Nous avons une arme pour défaire les Sombs. Maintenant, obéissez aux ordres du roi. Il est mieux placé que vous pour définir les priorités du royaume ! La sécurité de notre peuple est la première chose qui doit être prise en compte dans nos décisions. Envoyez-nous vos renforts et le matériel nécessaire, nous allons renforcer la brèche dans Moenia. Ensuite, nous vaincrons les Sombs avec notre nouvelle arme. Mais cessez ces discussions politiques stériles, inutiles et sans fin ! Agissez ! Avertissez et informez correctement vos sujets de ce qu'il se trame réellement, et arrêtez de vous cacher derrière de fausses excuses pour vous adonner à ces jeux de force perfides qui ne nous feront pas avancer. Attendez-vous d'avoir les Sombs à vos portes pour enfin accepter la terrible menace qui plane au-dessus de nos têtes et celles de nos familles ?

Ellyan fut déstabilisé par l'intervention soudaine de son fils. Il détestait certes les discussions politiques, mais il ne le pensait pas capable de perdre son calme de la sorte. Pour qu'il en soit ainsi, c'est que le sujet était réellement important à ses yeux. La menace devait être imminente. En temps normal, il aurait sévèrement sanctionné n'importe quel membre intervenant ainsi lors d'un Conseil Royal. Mais cette fois-ci, le roi ne lui en tint pas rigueur. Même s'il n'approuvait pas la forme, sur le fond, son fils avait raison : ces conversations interminables étaient bien souvent inefficaces et ne servaient qu'à alimenter les luttes de pouvoir entre les différents duchés. Il était son principal allié, et le raisonnement de ce dernier était plus que légitime. Il venait de donner un peu de cohérence à un débat trop émotionnel.

Il décida alors de rebondir sur la diatribe de son fils. Il joua cartes sur table, malgré son intention première de ne pas évoquer la boussole aux ducs.

— Très bien, calmons-nous. Cela ne sert à rien de nous emporter.

Les ducs croisèrent leurs bras et se mirent en retrait.

— Gareth a raison, clama Ellyan sur un ton posé et solennel qui appelait toutes les parties prenantes à l'apaisement. Il n'est plus temps de discuter, mais d'agir pour sauver notre peuple et notre race du fléau meurtrier qui se tient à nos portes. Je vous demanderai donc à chacun de participer à l'effort de guerre, comme vous l'avez toujours fait. Cassel vous donnera la liste des ressources nécessaires établie par Gareth, triées par duché. Il n'y a pas à discuter. C'est un ordre.

Puis, il embrassa l'assemblée du regard, sortit la boussole de sa poche et la posa sur la table. Il ne laissa pas le temps aux ducs d'émettre des remarques et enchaîna :

— Nous avons en effet une nouvelle arme, déclara-t-il en la montrant de la main.

Les ducs se penchèrent pour regarder la boussole plus en détail.

— Nous ne savons pas encore comment il fonctionne, mais cet objet nous permettra de combattre les Sombs.

Lyra voulut toucher l'artefact et tendit sa main.

— Qu'est-ce donc ? interrogea-t-elle, les yeux grands ouverts, surprise et intriguée.

Ellyan reprit l'objet avant que la duchesse ne l'atteigne et l'attacha autour de son cou.

— Un ingénieux système d'horloge miniature, ou plutôt une boussole, répondit Ellyan. Il nous faudrait l'expertise d'un joaillier pour en savoir plus.

Kalos se mit à pouffer de rire. Il se tourna vers Gex, qui se mit à faire de même. Ils se moquaient ouvertement du roi.

— Nous allons combattre nos pires ennemis avec un compas ? demanda Kalos sur un ton dédaigneux. Est-ce une plaisanterie ?

Que ce petit être replet était insupportable ! À quel point encore pouvait-il être médisant ? Et comment osait-il manquer de respect à ce point à son roi ? Gareth intervint pour le remettre à sa place. Il rapprocha d'un air menaçant son visage de celui du duc de Volanture et montra la boussole du doigt.

— Cet objet a un effet répulsif sur les Sombs, précisa froidement Gareth. Et peut-être qu'il possède d'autres attributs dont nous ignorons encore l'existence !

Il caressa le pommeau de son épée.

— Par ailleurs, j'ai d'autres types de répulsifs en ma possession qui sont très efficaces pour faire taire les mauvaises langues. Souhaitez-vous que je vous initie ?

L'empâté devint blême. Il se tut immédiatement. Le duc de Volanture n'était pas réputé pour sa bravoure. Son acolyte Gex, quant à lui, sembla soudainement intéressé par les propriétés de l'objet.

— Où avez-vous obtenu ce… bibelot ? s'enquit le duc d'Apremont.

Une pluie de questions s'abattit alors sur le roi en cascade les unes après les autres. Tout le monde voulait en apprendre plus sur la boussole. Ellyan leur expliqua alors la venue de Firith dans la crypte de Nhymora, dans les grandes lignes, mais sans entrer dans le détail non plus. Il jugea plus sûr de leur révéler la vérité afin que les ducs adhèrent enfin complètement à leur décision. Il leur décrivit l'oiseau, la remise du bijou, et l'effet sur le sujet test. Une lueur d'intérêt brilla dans les yeux de Gex lorsque Ellyan évoqua le Somb enchaîné dans le sous-sol.

Après que le roi eut terminé son récit, un instant de silence flotta au sein de l'assemblée. Les ducs observaient avec intensité la boussole accrochée autour du cou du monarque. Ils s'imprégnaient de ces informations qui changeaient la donne. Lyra brisa ce bref moment de quiétude en annonçant avec un grand sourire :

— Mon roi, vous pouvez compter sur le soutien sans condition du duché de Cinq-Épis. Je suis ravie d'apprendre que nous avons peut-être enfin un moyen de mettre fin à cette guerre qui dure depuis bien trop longtemps.

Ellyan n'en attendait pas moins de la seule personne sensée autour de cette table. Il se tourna ensuite vers Gex et Kalos, guettant leur approbation. Le duc d'Apremont fit un signe de la tête à Kalos, puis déclara avec un fallacieux sourire :

— Le duché d'Apremont réalisera vos requêtes, mon roi. La sécurité du royaume a toujours été et sera toujours notre principale priorité.

— Le duché de Volanture subviendra également à vos demandes, bougonna Kalos d'un air boudeur.

Ils avaient quelque chose en tête, tous les deux. Un tel retournement de situation ne pouvait rien présager de bon. Bien que méfiant, mais en partie soulagé, Ellyan clôtura l'assemblée.

— Parfait. Merci à tous. Je vous demanderai encore de rester quelques jours ici en état d'urgence pour constater si de nouveaux événements survenaient, ou si les éclaireurs venaient à nous divulguer des informations capitales. À la suite de quoi, vous pourrez regagner vos duchés respectifs. Cassel vous communiquera dans quelques heures les besoins en ressources que je vous invite à transmettre à votre duché dans la journée.

Il fit une brève pause, mais somma ses interlocuteurs de rester assis.

— Ce n'est pas terminé.

Une idée venait de surgir dans son esprit. Il voulait garder l'existence de la boussole secrète aux yeux du grand public pour ne pas attirer l'attention de personnes malveillantes. Il fallait également désigner quelqu'un qui serait responsable de l'objet. Une personne de confiance, capable de découvrir le secret qu'elle abritait. Il pensa immédiatement à Gareth. Il le fixa quelques instants du regard pour jauger son état d'esprit. Son fils semblait calmé. *Bien.*

Ellyan tenta donc un coup d'esbroufe, pour couper l'herbe sous le pied des ducs, au cas où ces derniers voudraient faire main basse sur la boussole à travers un stratagème tortueux. Il n'avait nul doute que les ducs chercheraient à s'emparer du précieux artefact. Le roi chercha du regard l'approbation de Gareth et Lodam, en même temps qu'il faisait sa dernière annonce :

— À partir de ce jour, Lodam prendra le poste de Général en chef des armées à la place de Gareth. Et Gareth sera responsable de cette nouvelle arme : il sera détaché avec une délégation spéciale afin d'exploiter au mieux son pouvoir pour affronter les

Sombs. Cela restera valable le temps que la mission de Gareth arrive à sa fin.

Gex fronça les sourcils. Apparemment, il avait déjà quelque chose en tête et Ellyan venait de contrecarrer ses plans.

— Et pourquoi serait-ce Gareth qui conduirait cette délégation ? De qui sera-t-elle constituée ? Je veux qu'un représentant du duché d'Apremont en fasse partie.

Gareth, surpris par l'annonce, comprit soudainement les intentions de son père. Le roi avait été plus malin que Gex en décelant ses desseins cachés. Malgré lui, Gareth dut bien admettre que son père avait réussi à développer des talents politiques dont il n'arrivait pas lui-même à faire preuve. Il adressa un sourire fugace à ce dernier.

— Car Gareth est le spécialiste du combat contre les Sombs. Cela fait vingt ans qu'il dévoue sa vie à cette cause. Il n'y a pas plus expert et motivé que notre général. De plus, en tant que chef des armées, il saura parfaitement s'entourer pour mener cette mission à bien. Mission, qui, je le rappelle, est d'une importance capitale, car elle pourrait faire pencher la balance en notre faveur dans cette guerre interminable. Il choisira lui-même ses acolytes, qu'ils viennent du duché d'Apremont ou d'ailleurs.

Le roi fit le tour du conseil et désigna Lodam du doigt.

— Et Lodam ayant déjà occupé le poste de général, il sait parfaitement prendre les bonnes décisions en ce qui concerne les stratégies de bataille. C'est pourquoi il récupérera ce poste le temps que Gareth mène à bien sa mission.

Lodam ne laissa pas paraître sa surprise, et acquiesça comme s'il était déjà au courant.

Dépité, Gex n'eut pas d'autres objections à faire. Bien que les décisions se prenaient de façon majoritairement commune à cause des forces politiques en jeu, le roi les surprenait parfois à imposer des décisions spontanées qu'ils ne pouvaient contester. Il s'agissait de bon sens. Il n'y avait rien à objecter de plus. Et dans tous les cas, la décision finale appartenait toujours au roi.

Tandis que s'activaient Cassel et les ducs à la rédaction de missives à envoyer par corbeau pour réclamer les renforts et les matériels nécessaires, Gareth, Lodam et Ellyan échangeaient en aparté sur l'annonce que venait de faire le roi. Ils devaient s'organiser. Gareth avait été surpris par la déclaration de son père – il ne s'était pas préparé à abandonner temporairement son poste de général. Il était toutefois satisfait que celui-ci ait pris cette décision et qu'il ait enfin choisi de tenir tête aux ducs d'Apremont et de Volanture.

Il se sentait compétent pour mener à bien la recherche de cette arme anti-Sombs. Mieux que cela même : il se sentait galvanisé. Les doutes qui l'avaient assailli lorsqu'il avait découvert l'artefact s'étaient envolés au moment où il avait appris qu'il s'agissait en réalité d'une boussole. Désormais, il voulait à tout prix percer le mystère de cet outil divin.

Il était tout de même inquiet de ne plus pouvoir superviser directement les armées pour combattre les Sombs, car cela faisait des années qu'il les affrontait. Il connaissait mieux que personne les tactiques pour les défaire. Cependant, Lodam pourrait compter sur le soutien de ses officiers. Ces derniers accompagnaient Gareth dans cette guerre depuis belle lurette. Tous ensemble, ils sauraient prendre les bonnes décisions. La priorité était simple : renforcer la brèche et repousser les assaillants.

— Lodam, commença Ellyan sur un ton décidé, je sais que tu es parfaitement capable de commander les armées. Tu as déjà géré les troupes des Veilleurs pendant dix années, tu sauras comment mener nos guerriers au combat.

Lodam sourit fièrement, ravi de la confiance que son roi plaçait en lui. Il savait qu'il était l'homme de la situation. Il pourrait tout à fait remplacer Gareth, mieux que quiconque, puisqu'il avait occupé ce poste avant de devenir le bras droit du roi.

— Il ne fait aucun doute là-dessus, répondit l'intéressé, confiant. Le champ de bataille n'a plus aucun secret pour moi, mais je prendrai tout de même le soin d'échanger avec Gareth sur la situation actuelle. Vous avez pris la bonne décision, mon cher ami.

Il se tourna vers Gareth, et lui décocha un sourire bienveillant.

— Gareth doit apprendre à manier cet objet béni des dieux, et il n'y a pas de personne plus déterminée et qualifiée que votre fils pour mener cette quête à bien.

Ellyan acquiesça, une lueur de reconnaissance mêlée à de la tendresse brillant dans son regard. Il posa une main sur l'épaule de Gareth et l'autre sur celle de Lodam, avant de leur dire avec émotion :

— Le destin de notre royaume est désormais entre vos mains.

Gareth sentit son cœur s'accélérer. Il se sentait à la fois excité et fier de cette nouvelle mission. Effrayé aussi par les enjeux concernés et les conséquences dramatiques s'il échouait.

Lodam partit dès le lendemain, escorté de Beolmas. Ils prirent la direction de Sperotan pour constater les dégâts occasionnés sur Moenia.

Quand Lodam eut déserté les lieux, Gareth s'enquit soudainement de la santé de sa sœur. Comment allait-elle après la décharge du Somb ?

Il se rendit dans ses appartements, la boule au ventre. Il appréhendait son état. Les cris des Hurleurs pouvaient générer des dommages irréversibles sur l'esprit. Ils avaient vu de nombreux soldats devenir fous, même certains des plus aguerris.

Dans sa chambre, il la trouva, pensive, en train de regarder par la fenêtre. Il s'installa à côté d'elle, et observa l'extérieur également. La vue donnait sur la roseraie du château. Des dizaines de fleurs s'épanouissaient en taches colorées, au milieu des abeilles butinant çà et là. L'odeur suave des bourgeons remontait jusque dans la chambre. Gareth inspira une bouffée de cet air parfumé à pleins poumons. *Nostalgie. Les odeurs de la jeunesse insouciante.*

Il dévisageait sa sœur qui restait murée dans le silence. Lunya demeurait étrangement calme, les yeux perdus dans le vague, absente. Elle semblait encore en état de choc.

Alors, son cœur de grand frère se serra de voir cet être cher en détresse. L'impuissance de ne rien pouvoir y changer le mina. Il déposa un baiser sur le front de sa cadette en caressant doucement ses boucles dorées.

— Tout va bien se passer, petite sœur. Ton grand frère veille.

Je ne laisserai aucun de ces monstres te faire à nouveau du mal, lui souffla-t-il à l'oreille.

Mais la jeune enfant ne réagit pas. Elle continuait de fixer le ballet des bourdons et autres insectes vrombissants avec cette expression horriblement vide. Gareth craignait que son esprit ne soit troublé sur le long terme. Seul le temps pourrait le dire. Des larmes lui montèrent aux yeux ; immédiatement, il les retint et essuya la seule et unique goutte qui avait perlé au coin de son œil. Il prit sa petite main dans sa paume. Elle était froide. Il resta à côté d'elle à admirer la danse aérienne des insectes dans le jardin royal durant de longues minutes.

Lorsqu'il quitta sa chambre, sa détermination était plus forte que jamais. Il devait faire fonctionner les pouvoirs du bijou pour défaire ces abominations. Plus aucun enfant ne vivrait ça tant qu'il serait en vie.

Il s'investit de sa mission sur-le-champ et rejoignit son père pour récupérer l'artefact. Celui-ci était en pleine discussion avec la duchesse de Cinq-Épis mais Gareth les interrompit.

— Pardonnez-moi, Dame Lyra Ambonil. Je dois vous emprunter notre souverain quelques instants afin de pouvoir débuter ma mission au plus tôt.

— Mais faites donc, mon cher prince, répondit-elle avec un sourire enjôleur.

Elle lui fit signe de prendre sa place et se retira pour rejoindre les deux autres ducs en train de parlementer avec Cassel, qui hochait négativement la tête. Le Haut-Prêtre semblait intransigeant face aux demandes de négociation de ses deux interlocuteurs.

— Père, pouvez-vous me donner le bijou ? demanda Gareth en tendant sa main.

— Il s'agit en réalité d'une boussole, corrigea Ellyan, bienveillant.

Il enleva la chaînette autour de son cou et déposa l'objet dans la main de son fils. Gareth examina le disque d'or et le fit tourner sur lui-même dans la paume de sa main.

— Vous pensez que cet instrument nous mènera vers un moyen de vaincre les Sombs ?

Ellyan haussa les épaules, dubitatif.

— C'est possible, mais je ne peux l'assurer, il s'agit d'une conviction personnelle, lui confia-t-il sur un ton hésitant. Je fais confiance à ce messager, Firith. L'oiseau doré.

Convaincu qu'il avait un rôle à jouer dans cette mission, Gareth serra l'objet dans sa main et déclara sur un ton empreint de détermination :

— Très bien, je pars dès demain à la poursuite de cette arme. Mettons fin à cette ère de ruine et de destruction.

Le lendemain, Gareth tint parole. À l'aube, il était déjà en train d'équiper son cheval, quand son père fit irruption dans les écuries. Il était accompagné d'une femme habillée tout en blanc, le visage dissimulé sous un voile immaculé. Seuls ses deux grands yeux verts étaient visibles à travers une ouverture dans le tissu. Il avait reconnu ses atours. *Une prêtresse de Nhymora.* Gareth sentit l'exaspération poindre en lui.

— Gareth, commença Ellyan. Je te présente Callysta, prêtresse de Nhymora. Je souhaite qu'elle t'accompagne dans ta quête.

Le roi avait annoncé cela de but en blanc, si bien que Gareth resta dubitatif, hésitant sur la réaction à adopter face à la demande de son père. Il ne comprenait pas pourquoi il tenait à ce qu'il soit accompagné par une prêtresse. Cette idée lui semblait vraiment soudaine et saugrenue.

— Je ne comprends pas, répondit-il simplement.

— Eh bien, commenta Ellyan sur un ton précautionneux, je pense que Firith n'est pas apparu dans la crypte de Nhymora par hasard. C'est un lieu de culte sacré séculaire. Il m'est d'avis que la sensibilité d'un serviteur de Nhymora pourra t'aider dans ta mission.

Gareth sentit la colère monter en lui. Son père voulait une fois de plus lui imposer la religion. Cela devait être une requête de Cassel.

— Je ne vois pas ce que la foi pourrait apporter à ma quête, nous cherchons une arme pour lutter contre un fléau. Les prières ne nous aideront pas à nous battre, répondit Gareth sèchement.

— Callysta n'est pas qu'une prêtresse, elle sait également combattre. Elle peut servir à tes côtés et t'aider à voir des possibilités dont tu n'as pas conscience. Il faut que tu sois capable de lire les signes de Nhymora lorsqu'ils se présenteront à toi, Callysta sera là pour t'aider à les décrypter.

C'en était trop. Gareth ne saisissait pas où son père voulait en venir ni la logique qui motivait sa demande. Le roi avait toujours été très religieux et un fervent défenseur du culte de Nhymora. Mais pour son fils, il était inconcevable que la religion soit d'une quelconque aide dans sa quête. Il jaugea son père quelques instants. Ce dernier ne changerait pas d'avis. Le roi pouvait se montrer très déterminé, voire buté, lorsqu'il était convaincu de quelque chose. Et il n'en démordrait pas sur ce sujet.

Ainsi donc, Gareth céda pour éviter une énième dispute avec

son père liée à la religion. Le combat était perdu d'avance. De toute façon, il trouverait bien un moyen d'écarter la prêtresse durant le voyage.

Toutefois, il imposa ses conditions à sa venue.

— Soit ! Cette prêtresse m'accompagnera, dit-il en la pointant du bout de la main sans daigner la regarder, mais si elle est un frein à ma quête, je la renvoie immédiatement dans la crypte d'où elle vient.

C'est d'ailleurs ce qu'il avait décidé de faire le plus tôt possible. Ellyan fixa son fils dans les yeux quelques instants pour s'assurer qu'ils s'étaient bien compris. Même s'il se doutait des intentions de son fils, il acquiesça.

Il lui souhaita bonne chance et disposa. Quand le roi eut quitté les lieux, Gareth se retourna vers la prêtresse qui était dans son dos et lui ordonna mauvaisement :

— Prépare ton cheval et tes affaires. Nous partons incessamment. Rendez-vous aux écuries dans une heure. Si tu n'es pas là pour le départ, je pars sans toi.

ARCHIVE

Prière aux Dieux Originels

Que Nhymora t'offre l'équilibre pour guider le souffle de ta vie,

Que Nhymora t'offre la stabilité pour fonder un foyer serein,

Que Nhymora t'offre l'harmonie pour vivre heureux et sans heurt,

Que Nhymora t'offre le parfait accord entre le corps et l'esprit.

Que la lumière de Nhymora allège tes pas chaque jour qui passe.

Qu'à chaque aube naissante, la lueur de Nhymora éclipse l'ombre de Shazar.

Que Shazar t'inflige l'abîme pour accompagner ton âme vers la mort,

Que Shazar t'inflige la confusion pour te corriger,

Que Shazar t'inflige le chaos pour te fortifier et te rappeler à l'essentiel,

Que Shazar inflige la maladie à ton corps pour le parfaire,

Que l'ombre de Shazar appesantisse tes pensées chaque nuit qui passe.

Qu'à chaque crépuscule mourant, l'obscurité de Shazar chasse la clarté de Nhymora.

Extrait d'un recueil de prières de la crypte de Nhymora.

10
LA SÉLECTION DES CASTES

Lorsque Destos tira son numéro ainsi que le numéro dix, Roy paniqua. C'était son dernier combat. Il jeta un bref coup d'œil à Ezral, qui lui adressa un signe d'encouragement de la main, accompagné d'un grand sourire. Mais ce n'était qu'un maigre réconfort face à l'épreuve qui l'attendait. Roy craignait une défaite face au numéro dix. Malgré son petit gabarit et sa potentielle maladie, ce dernier avait démontré des talents de combattant aguerri, aussi surprenant que cela pouvait paraître. Roy redoutait donc cette confrontation et l'attendait avec anxiété. *C'est ma dernière chance. Il me faut à tout prix remporter cet affrontement.*

Son stress était d'autant plus intense qu'il ne se sentait pas en pleine capacité de combattre. Sa hanche continuait à le faire souffrir, l'hématome ne s'était pas encore résorbé. Face à cet adversaire, et après l'avoir vu à l'œuvre, il savait qu'il allait devoir se montrer agile, rapide et réactif.

Le numéro dix s'arma d'une épée similaire à celle de Roy. Il cacha subrepticement son ruban rouge dans sa botte droite : il allait être difficile de le lui dérober. Le prince réfléchissait à la façon de le lui prendre. Il fallait l'immobiliser pour ensuite lui retirer ses chausses. La manœuvre s'annonçait compliquée car il était très rapide. Mais Roy avait l'avantage du poids : s'il arrivait à l'immobiliser, il prendrait le dessus. Il fallait donc dominer par la force brute pour contrecarrer sa vitesse.

Quand les deux concurrents furent prêts, le gong retentit et ils commencèrent à croiser le fer prudemment, chacun observant avec attention les gestes de son adversaire. Malgré sa hanche douloureuse, Roy tenait bon. À sa grande surprise, son adversaire ne semblait pas un fin bretteur. Les feintes ennemies étaient lentes et maladroites, et le prince arrivait facilement à esquiver les attaques. Il dominait le combat et commença à le mettre en déroute face à ses assauts.

Roy était surpris : où était donc passé l'adversaire rapide aux réflexes vifs qu'il s'était imaginé et qu'il avait vu œuvrer sous ses yeux ? Était-ce le même ? Était-ce une stratégie pour le distraire ? Roy redoubla de concentration.

À un moment, son maigre adversaire sembla chanceler sous une de ses estocades et Roy en profita pour abattre un coup violent du plat de l'épée sur son torse. Le cœur du prince commença à s'accélérer. Il y avait une ouverture dans sa défense. Le numéro dix chuta au sol, déséquilibré, le souffle coupé. Roy positionna sa lame sous la gorge de son ennemi et se jeta sur lui en l'écrasant de tout son poids. Il ne pouvait plus rien faire sans se blesser.

Ce dernier tapa plusieurs fois sur le sol avec la paume de sa main, signe qu'il se rendait. Mais Roy n'abandonna pas le combat pour autant, par peur d'être dupé. Il avait vu des subterfuges plus vicieux que ça, la journée précédente. Il valait mieux ne pas faire confiance à l'ennemi. Roy continua de menacer son adversaire du revers de sa lame. Il lui retira ensuite sa botte et se leva d'un bond. Il fourra sa main tout au fond tandis que l'autre était toujours au sol et s'empara de son ruban. J'ai gagné ?

Roy était stupéfait, il venait de remporter son dernier combat avec une facilité déconcertante. Il trouvait étrange de gagner face au numéro dix, qui s'était avéré très bon combattant lors de ses deux précédents matchs. Peut-être était-il blessé lui aussi ? Fatigué ?

En remontant dans les gradins, Roy sentit des courbatures naissantes dans tout le corps. Mais pour la première fois depuis son second combat, il se sentait serein et heureux. Grâce à l'aide de son nouvel ami, il allait enfin intégrer les Veilleurs ! Sa seule et unique aspiration ! *Victoire !*

Il lui manquait cependant toujours un bracelet pour valider sa place au sein de l'armée d'élite. Il chercha Ezral du regard dans les gradins tandis que son cœur battait la chamade. Son acolyte allait-il respecter sa parole ? *Oui.* Il le repéra dans la tribune supérieure, ce dernier lui fit un signe discrètement de la main pour l'inciter à le rejoindre. Il semblait ravi. Roy le retrouva.

— Bravo ! s'exclama-t-il, sincèrement enjoué par la victoire du prince. Tu as terrassé le petit numéro dix avec une telle facilité ! C'était dingue !

Puis, sans même attendre que le prince ne le lui réclame, Ezral tendit une étoffe de lin rouge à Roy. *On y est !* Une vague de soulagement s'empara du prince et chassa tous ses doutes à propos d'Ezral. Son instinct ne lui avait pas menti à propos du jeune homme : il était digne de confiance.

— Bienvenue chez les Veilleurs ! lui lança-t-il d'un air allègre.

Il lui donna un petit coup de coude, en lui faisant un clin d'œil.

— Merci ! s'exclama Roy, fou de joie.

En début d'après-midi, Ezral fut lui aussi appelé à combattre. Il gagna son dernier duel haut la main en utilisant de nouveau des outils de pyrotechnie qui firent paniquer l'ennemi. Il semblait rôdé à l'usage de ces techniques. Ezral avait-il déjà suivi une formation de pointe ?

La pyrotechnie était un art que maîtrisaient parfaitement certains Veilleurs, mais il était rare que d'autres personnes en dehors de ce corps de l'armée sachent s'en servir. Curieux, il nota de lui demander où il avait appris tout cela. Il aurait aimé apprendre également les arcanes de cette arme si particulière.

Ezral finissait donc avec quatre bracelets a minima. Ce petit malin n'allait-il pas en vendre un pour se faire quelques sous ?

Quand tous les combats du jour et de l'épreuve furent terminés, Destos fit débarrasser l'arène.

Après quoi, il prit place en son centre pour être bien entendu de tous et expliqua la suite du processus de sélection.

— La dernière épreuve de sélection est terminée. Je voudrais que tous les aspirants possédant moins de trois bracelets se lèvent des gradins.

Une quarantaine d'aspirants se redressèrent, la plupart le visage fermé, déçus. Ils savaient d'avance qu'ils n'auraient pas leur place dans l'armée des Veilleurs. Ils avaient laissé passer leur seule et unique chance. Une fois la sélection échouée, il leur était impossible de postuler à nouveau au sein de la brigade des Veilleurs. L'aventure se terminerait définitivement là pour eux.

— Vous pouvez récupérer vos affaires, vous ne méritez pas votre place au sein des Veilleurs. Une escouade vous raccompagnera jusqu'à Centurya, le départ est prévu demain au lever du soleil. Ne soyez pas en retard, il n'y aura pas de seconde escorte.

Les aspirants non retenus descendirent les gradins pour sortir de l'arène. Ceux qui avaient été sélectionnés les observèrent se retirer, à moitié gênés pour eux, à moitié heureux de faire partie des chanceux élus.

Quand ils eurent quitté les lieux, Destos embrassa l'assemblée du regard et poursuivit son explication :

— Pour les autres, à mon signal uniquement, vous allez, un par un et par ordre croissant de numéro, descendre de l'arène, annoncer et rendre les bracelets gagnés à Brisalys. Vous lui donnerez vos vœux de castes par ordre de préférence qu'elle notera. Je vous demanderai de la discipline. Tout aspirant qui en manquerait se verrait immédiatement démobilisé et renvoyé chez lui.

Il pointa du doigt la dirigeante des Guérisseurs dans un coin de l'arène, assise à un bureau, déjà affairée à gratter une feuille de papier avec une plume. Elle fit un signe de la main avec un grand sourire en direction des nouveaux aspirants.

— Nous établirons ensuite un classement. Vous serez classés en fonction de deux critères : le nombre de bracelets et la note qui vous a été attribuée par le jury. Sachez que la teneur de vos prestations est aussi importante que le nombre de vos bracelets.

Destos laissa un silence planer quelques instants avec un sourire narquois, ravi de son effet de surprise. Cette règle n'était pas connue des aspirants, ils la tenaient secrète volontairement jusqu'au dernier jour.

Ezral consulta Roy du regard avec un air interloqué. Le prince était surpris également – il ignorait qu'un tel classement allait être établi. Les autres aspirants qualifiés semblaient tout aussi décontenancés, se dévisageant les uns les autres comme pour trouver une réponse chez leur voisin. L'oncle de Roy continua son explication :

— Demain, vous serez affilié à une des castes en fonction de votre classement. C'est-à-dire que les premiers pourront rejoindre leur caste en vœu numéro un, tandis que les derniers iront dans la caste où il restera de la place. Tant mieux pour eux si c'est la caste qu'ils voulaient. Sinon, ils devront apprendre à composer avec et se lier avec leur discipline.

Une vague de murmures révoltés parcourut le groupe des aspirants. Dans l'esprit de Roy, il fallait seulement récupérer trois bracelets pour être sélectionné. Il était convaincu que l'affiliation à une caste était faite sur la base du volontariat. À l'expression outrée des autres aspirants, Roy en déduisit qu'il n'était certainement pas le seul à s'être fourvoyé sur le processus de choix des castes.

Destos leur fit signe de se calmer et poursuivit son explication, inflexible.

— Nous avons besoin d'équilibrer les forces. Un Tacticien est aussi important qu'un Guerrier. Nous avons besoin de Guérisseurs tout autant que d'Assassins. C'est pourquoi nous avons décidé d'instaurer des quotas à partir de cette année, car certaines castes... ont moins de succès que d'autres et peinent à trouver des candidats.

Il laissa les jeunes recrues ingérer cette information durant quelques minutes. Un brouhaha monta des gradins.

Le chef des Guerriers siffla pour ramener le silence et leur rappela que la discipline était de mise. Dernier rappel ! Quand l'assemblée des jeunes Veilleurs fut calmée, il leva les bras en direction des gradins.

— Et dernière chose...

Qu'allait-il encore leur annoncer ?

— Bravo à vous, vous intégrez les rangs des Veilleurs en tant que novices ! rugit-il avec un sourire fier.

Les murmures discrets de revendication laissèrent soudainement place à une vague d'applaudissements accompagnée de cris de joie et de huées joviales, qui résonnèrent de longues minutes dans l'arène de combat. Malgré la déception du choix des castes, les aspirants devenaient tout de même officiellement des Veilleurs. Cela n'avait pas de prix.

Pour Roy, c'était l'avènement de tout son entraînement, de toutes ses années de sacrifice. Il avait du mal à croire à la réalité de ce moment. Il avait enfin réussi à intégrer l'armée des Veilleurs. Son cœur était empli de fierté. *J'ai réussi. Je suis un Veilleur.*

Un sentiment de soulagement mêlé de joie s'empara alors de lui face à cette prise de conscience. Il ne put réprimer un immense sourire. Même s'il appréhendait le classement, il ne pouvait que savourer cet instant victorieux qui venait poser la première pierre d'un rêve qu'il poursuivait depuis très longtemps. Cet objectif était le phare de sa vie, et voilà qu'il venait de l'atteindre.

Le chef des Guerriers invita par la suite les aspirants à se présenter par ordre de numéro croissant auprès de Brisalys. De façon spontanée et méthodique, les nouvelles recrues formèrent une ligne ordonnée. Roy remonta la file pour trouver sa place, où il s'inséra entre les numéros trente-huit et quarante-six. Il resta longtemps à attendre que les aspirants devant lui se présentent à la Maîtresse-Guérisseuse.

Il commençait à angoisser. Allait-il être haut dans le classement ? Aurait-il le choix ? Pourrait-il rejoindre les Guerriers ?

Puis son tour arriva. Il salua Brisalys qui le dévisagea de ses yeux verts, puis saisit son poignet pour noter son numéro.

— Très bien, Numéro quarante-quatre. Combien m'apportes-tu de bracelets ?

Roy sortit ses morceaux d'étoffe rouge de la poche intérieure de son veston et les posa sur la table.

— Trois, répondit-il.

Elle griffonna un « 3 » à côté de son numéro et jeta négligemment les bandeaux dans un panier en osier.

— C'est noté, annonça-t-elle simplement.

Le prince fut déçu de la simplicité de la manœuvre. Cela n'avait rien d'officiel ou de grandiloquent. Il aurait espéré un événement un peu plus sophistiqué. Elle releva sa tête et planta ses prunelles émeraude dans son regard.

— Quels sont tes vœux ? demanda-t-elle sur un ton sobre, comme si elle lui demandait le repas qu'il voulait manger ce soir.

Roy n'hésita pas un instant. Il rêvait de ce moment depuis des années maintenant. Même s'il n'était pas à la hauteur de ses attentes, sans une once de doute, il lui énuméra ses préférences :

— Guerrier, Assassin, Tacticien, Guérisseur.

Elle annota sa liste et lui fit un clin d'œil.

— Je viens de le mentionner sur ton profil, lui répondit-elle. Va donc te reposer, tu l'as bien mérité

Les aspirants eurent quartier libre jusqu'à la fin de la journée. Roy et Ezral en profitèrent pour s'installer à la lisière de la forêt et passer un moment ensemble. Roy voulait mieux comprendre les motivations d'Ezral et d'où il tenait son expertise des arts pyrotechniques.

— Du coup, pourquoi as-tu décidé d'intégrer les Tacticiens, toi ?

— Eh bien, cela me semblait plus que logique. Mes parents sont forgerons et experts artificiers. Ce sont des genres de scientifiques. Ils possèdent un laboratoire à Centurya et ils revendent leurs trouvailles aux Veilleurs.

— Ah, c'est donc pour cela que tu connais si bien cette discipline.

Ezral secoua ses mèches blondes.

— Oui, et j'adore ça. On dirait un peu de la magie. Pour moi, c'était une évidence d'intégrer les Veilleurs, et particulièrement les Tacticiens. J'ai toujours été fasciné par les recherches de mes parents. Mon père m'a aussi beaucoup parlé d'Uriel Thils, le Maître-Tacticien. Il l'admire beaucoup. Uriel a réussi à renouveler entièrement la Caste des Tacticiens et à lui donner un nouveau souffle. En fait, je viens de réaliser que je baigne dans cet univers depuis ma plus tendre enfance… Cela me semble tellement naturel d'avoir suivi ce parcours que j'ai du mal à te le justifier.

Roy écoutait attentivement. Ezral fit une pause, puis ajouta d'un ton espiègle :

— Mais surtout, ce qui me motive avant d'être Tacticien, c'est être Veilleur ! Il n'y a pas à dire, la rente à vie, la propriété et les terres qui nous seront attribuées après notre service de quinze ans, c'est quelque chose de plus qu'intéressant !

Ezral se mit à rire.

— Si on y survit, bien sûr ! Nous ne sommes pas à l'abri de nous faire mettre en pièces par un Somb affamé !

Roy n'avait pas vu le legs de fin de carrière comme une motivation.

— Et qu'est-ce que tu vas faire de tes terres et de ta propriété ?

Ezral sourit, et lui répondit comme si c'était la chose la plus évidente du monde.

— Je pourrai fonder une famille et la mettre à l'abri de la pauvreté ! Avec cette rente, je serai capable de subvenir à tous leurs besoins et tous leurs désirs. Tu n'as jamais rêvé d'avoir les moyens de…

Ezral s'arrêta. Il s'adressait à un prince. Roy se sentit soudainement mal à l'aise. En tant que noble, c'était une question qu'il ne s'était même pas posée. Il n'avait jamais eu à s'inquiéter pour son avenir en ce qui concernait les ressources matérielles. Le vœu simple d'Ezral le ramena à la réalité et à un peu d'humilité. Roy ne savait pas quoi lui répondre.

Mais Ezral rebondit et brisa l'embarras.

— Et toi alors, pourquoi tu tiens tant à intégrer les Veilleurs ? Tu n'y es même pas obligé.

Roy lui exprima alors son vœu d'intégrer les guerriers et l'origine de cette flamme passionnelle qui le consumait.

— Pour moi, intégrer cette caste est un symbole de réussite ultime et de puissance.

Ezral ne semblait pas convaincu.

— Mais *toi*, au-delà du symbole, qu'est-ce que cela t'apporte à *toi ?* Je te parle de l'individu, de Roy, de ce que tu as dans les tripes.

Roy se sentit désarçonné, acculé.

— C'est surtout briller aux yeux des gens qui m'importe, en réalité. J'aimerais être considéré comme quelqu'un de valeur, sur qui on peut compter.

— Intégrer les Veilleurs fera donc de toi une personne de qualité ? demanda Ezral dubitatif. Et pourquoi c'est si important pour toi ?

Roy était troublé. On ne l'avait jamais confronté ainsi.

— J'aimerais être reconnu. Que l'on voit la force en moi.

— Ainsi donc, tu fais ça uniquement pour influencer le jugement que portent les autres sur ta personne ? C'est donc le regard des autres qui te motive ?

Ezral venait de toucher un point sensible.

— Non ! Pas seulement ! rétorqua Roy du tac au tac. Je veux aussi devenir puissant, pour pouvoir protéger les autres.

— Ah, voilà, on y arrive. Qui veux-tu protéger ?

— Les gens que j'aime. En devenant Guerrier, j'aurai suffisamment de force pour les préserver des menaces.

— Hum, tu sais que tu peux aussi les protéger en étant Assassin, Tacticien ou Guérisseur.

— Oui, mais les Guerriers sont les plus forts des Veilleurs.

— Je ne suis pas d'accord avec toi, je pense que chacun est compétent dans son domaine et que les quatre disciplines sont complémentaires. Un Guerrier sans son Tacticien n'est rien, un Assassin sans son Guérisseur est inutile, et vice-versa. En dehors de la force brute, si j'ai bien compris, qu'est-ce qui t'attire chez les Guerriers ?

Roy prit une mine sombre.

— Si j'avais été Guerrier, j'aurais pu protéger ma sœur.

Sentant qu'il touchait un sujet sensible, Ezral observa un silence pour laisser Roy développer. Mais le prince n'expliqua pas plus en détail l'épisode auquel il venait de faire référence. Alors, Ezral bâilla et lui proposa :

— Il se fait tard. Et si on allait dormir ?

— Oui, tu as raison. Je tombe de fatigue. Allons passer une bonne nuit de sommeil bien méritée !

Le lendemain matin, ils furent brutalement réveillés aux aurores par Destos qui entra en trombe dans les dortoirs. Il tapa sa hache de façon énergique contre son bouclier flamboyant. Le vacarme métallique tira immédiatement tous les aspirants de leur sommeil. Roy était encore complètement ensuqué. *Quelle sensation désagréable ! Se faire agresser ainsi de bon matin !*

— Allez, on se réveille ! C'est l'heure de l'attribution des castes ! criait-il.

Puis il lança sur un ton enjoué :

— Les derniers levés finiront chez les Guérisseurs !

Roy émergea subitement de sa somnolence. L'excitation

l'avait gagné lorsqu'il entendit Destos évoquer la cérémonie d'attribution. Il appréhendait les résultats. Ces résultats qui allaient enfin ouvrir la page sur un nouveau chapitre de sa vie. Il avait hâte de savoir dans quelle caste il allait être intégré. Il n'envisageait pas que cela puisse être une autre spécialité que celle des Guerriers.

Les aspirants s'installèrent dans les tribunes, théâtre des sélections qu'ils commençaient à bien connaître. Quatre estrades avaient été installées dans le cirque de l'arène. Les responsables correspondants à chaque caste étaient positionnés dans leur zone attribuée. Et derrière chacun d'entre eux, un fanion exposant le symbole de leur garnison flottait mollement sous le vent.

Roy fixait le drapeau des Guerriers avec avidité, rempli d'espoir. Une épée et une hache croisées au-dessus d'un bouclier, peintes en rouge sur fond noir, voilà un beau symbole de puissance. Il serait tellement fier de porter ces armoiries sur son poitrail. Il s'imaginait déjà avec son armure écarlate, arborant avec gloire le sceau des Guerriers.

Uriel Thils, Maître-Tacticien et Général des Veilleurs, présidait l'assemblée. Il tenait une liste dans la main – probablement le classement de Brisalys. Il intima à l'assemblée le silence de sa voix de stentor.

— Vos castes vont vous être désormais attribuées. Pour rappel, elles vous sont décernées en fonction de vos souhaits, du nombre de bracelets ramenés, des aptitudes que vous avez démontrées lors des combats et des quotas nécessaires. Il n'existe pas de bonne ou mauvaise caste, elles sont complémentaires et toutes aussi importantes les unes que les autres. Je vais vous parler sans détour : je sais que nombre d'entre vous convoitent la caste des Guerriers.

Oui !

— Mais sachez que malgré la renommée qu'on lui attribue, cette discipline n'est pas meilleure que les autres. Elle mobilise avant tout la force physique et les talents de combat rapproché. Mais il s'agit là de capacités brutes. On oublie trop souvent de valoriser les aptitudes moins apparentes comme l'intelligence, l'adaptabilité, la rapidité, la résilience, la capacité à guérir. N'oubliez pas que pour vaincre les Sombs, il nous faudra bien plus que des bras. Il nous faut des cerveaux, de la ruse, des outils, des soins, les informations au bon moment, la connaissance du terrain.

Roy n'était pas convaincu. On aurait dit qu'il tentait de faire l'apanage des autres classes pour faire oublier la caste des Guerriers. Comme pour réconforter ceux qui n'auraient qu'un lot de consolation.

— Quoi qu'il en soit, je compte sur vous pour vous investir pleinement dans votre mission ! Les quinze années à venir seront liées à la cause de votre caste. Soyez-en donc fiers ! Soyez fiers de qui vous êtes !

Puis, il commença à annoncer les résultats. Il citait les numéros par ordre croissant en brandissant le classement :

— Numéro un, Brion Valorant, intègre la caste des Guerriers.

Roy ne fut pas étonné de ce résultat. C'était évident. *Personne d'autre ne peut mieux représenter les Guerriers, il faut l'admettre.* Il ressentit toutefois une pointe de jalousie mêlée de colère, envers son rival.

Brion descendit lentement les gradins en bandant fièrement ses muscles pour se faire admirer, sous la clameur encourageante de ses amis. Une fois arrivé devant l'estrade des Guerriers, Destos lui glissa autour du cou une plaque gravée de l'insigne des Guerriers. Après quoi, il le félicita en lui serrant la main, et le renvoya dans les gradins. L'énumération se poursuivit.

— Numéro deux, Elis Jensen, intègre la caste des Tacticiens.

Les aspirants furent appelés ainsi, les uns après les autres. Ils récupérèrent chacun leur médaillon et durent rester par la suite sur leur estrade, derrière leur chef de caste. Au bout d'un moment, vint le tour du combattant numéro dix, qui avait marqué l'assemblée par sa frêle carrure.

— Numéro dix, Sharwynn Ju'ka, intègre la caste des Assassins.

Sharwynn ? Roy tomba des nues, choqué par cette révélation. *Mais comment ai-je pu ne pas y penser plus tôt ?* Le numéro dix était donc une femme ? Tout était soudain plus clair... Il s'était complètement trompé. Le prince était admiratif. Elle s'était battue comme une lionne pour obtenir sa place.

À l'appel de son numéro, elle descendit des gradins, le visage dégagé de son foulard. C'était une jeune fille à la peau bronzée, aux grandes pupilles sombres et aux cheveux mi-longs bouclés, noirs comme la nuit. Une expression déterminée était dessinée sur son visage. Elle échangea quelques mots avec Uriel, récupéra sa plaque militaire et se dirigea vers le drapeau des Assassins.

Roy était content pour elle. Il était dur d'obtenir des informations sur l'histoire des Veilleurs, mais d'après ce que le prince avait lu à leur propos, il n'y avait jusque-là eu qu'une dizaine de femmes qui avaient intégré les rangs de l'armée d'élite. À chaque fois, elles avaient rejoint la caste des Guérisseurs. Il était donc doublement exceptionnel qu'une femme rejoigne les Assassins – il se demanda même si ce n'était pas la toute première fois. Curieux, Roy nota mentalement de se renseigner. Cela l'intriguait. *Sharwynn. Retiens son prénom.*

Les appels continuèrent. Roy ne se souvint pas du temps que cela prit, mais cela lui sembla durer une éternité. Après une attente insoutenable, le numéro trente-huit fut enfin appelé. *On y arrive bientôt !* Il venait juste après.

Son cœur commença à s'accélérer. Il était prêt à exploser, en ébullition. Il ne tenait plus en place sur son siège. Quand, enfin, fut venu son tour, Uriel annonça la décision finale sans ambages. Ce qu'il pensait vivre comme une délivrance se révéla être un vrai coup de massue.

— Numéro quarante-quatre, Roy Omblèze, intègre la case des Guérisseurs.

Une déception immense envahit Roy à mesure qu'il descendait les marches pour récupérer son médaillon. *Guérisseur ? C'est la dernière caste que je voulais intégrer…*

Qu'allait-il bien faire en tant que Guérisseur ? Il n'y connaissait rien et ce qu'il voulait, lui, c'était combattre. En aucun cas il ne s'imaginait soigner les blessés sur le champ de bataille. La désillusion était grande. Son rêve venait de se briser, lui laissant un goût amer. Il récupéra sans grande conviction son médaillon gravé de l'emblème à la femme aux étoiles. Uriel le lui attacha autour du cou. Puis, il rejoignit l'estrade des Guérisseurs. Brisalys l'accueillit avec un grand sourire bienveillant, lui serra la main, le félicita et l'incita à se joindre au reste du groupe.

Roy fut frappé par la bonne humeur communicative de la Maîtresse-Guérisseuse. Elle irradiait de positivité. Autour de lui, il y avait déjà quelques Guérisseurs : pour la plupart de jeunes hommes un peu malingres, sauf un grand brun ténébreux qui dénotait au milieu des autres recrues. Le prince était amer. *Les perdants des sélections. Ceux qui se montrent incapables de se défendre, de se battre, de protéger.*

Après que la cérémonie des castes fut terminée, tous les aspirants furent conviés à un repas de fête dans la Caverne. Pour l'occasion, les Veilleurs avaient décoré richement la salle du mess et y avaient disposé de nombreuses bougies colorées pour illuminer l'espace. Des pichets de vin étaient posés sur des nappes brodées de l'emblème des castes, disposées sur les quatre grandes tables à manger.

Cette fois-ci, les aspirants étaient installés par caste. À table, Roy se retrouva donc avec ses acolytes Guérisseurs et fit rapidement leur connaissance : Lloyd, le grand brun ténébreux au visage d'ange, et Jen, un jeune homme châtain clair, au nez cassé et dont le visage était barré par une cicatrice boursouflée.

Il n'échangea avec eux que de façon superficielle – il n'avait pas la tête à fêter cette demi-victoire. Roy pensait aux possibilités qui s'offraient à lui : avait-il encore un moyen de passer dans la Caste des Guerriers ou était-il condamné à rester Guérisseur jusqu'à la fin de sa carrière ? Il n'était pas encore prêt à faire le deuil de son rêve d'enfance.

— Eh bien, Roy, tu n'as pas l'air dans ton assiette ! Profite donc de la fête !

Ezral avait quitté sa table et était venu le saluer. Il lui servit du vin dans son verre à pied. *Décidément, il sait mieux me lire que personne.*

ARCHIVE

Le 3e Jour du Cycle d'Alba, Année du 571e Rayon

Mon très cher roi Omblèze,

Nous manquons cruellement de ressources. Nous devons former toujours plus et plus vite de nouveaux Veilleurs pour endiguer le fléau des Sombs, qui se fait de plus en plus menaçant à mesure que les jours passent.

Comme évoqué ensemble, est-il possible de renforcer le don accordé aux Veilleurs vétérans le plus rapidement possible ? Nous avons besoin de plus de candidats et nous constatons un désintérêt de la population pour la carrière de Guerrier d'Élite, malgré nos campagnes de sensibilisation.

Soyons honnêtes, le prestige et la protection de la Nation à eux seuls ne sont plus des arguments assez motivants pour inciter les nouveaux potentiels à rejoindre nos rangs. La peur a un prix, il faut la mesurer, ajuster et payer en fonction.

Votre fidèle et dévoué serviteur Uriel Thils, Général de l'Armée de Veilleurs.

Lettre d'Uriel Thils au roi d'Alquilon, Ellyan Omblèze.

11

PAS DE REPOS POUR LES GUÉRISSEURS

Lorsque les festivités prirent fin, l'après-midi était déjà bien entamée. Roy et ses comparses installèrent leurs affaires dans le dortoir des Guérisseurs. Roy s'assit sur son lit. Son regard s'arrêta sur l'immense symbole vert de sa caste peint sur le mur. Il était désormais un Veilleur, un Guérisseur. Pourquoi n'arrivait-il pas à se réjouir de cette bonne nouvelle ? Certes, ce choix de caste ne correspondait pas à ses aspirations, mais il avait tout de même intégré l'armée d'élite du royaume d'Alquilon.

Il se sentait las. À côté de lui, ses camarades discutaient de leur ressenti sur la journée. Ils étaient ravis de leur affectation respective et s'imaginaient déjà venir à la rescousse de leurs amis sur le champ de bataille. Ils se voyaient déjà panser des blessures, soigner des maladies, améliorer la condition physique de leurs alliés. Roy ne partageait pas leur enthousiasme. Il tentait de rester en retrait, volontairement seul sur son couchage, le regard dans le vide et l'expression fermée, mais il fut interpellé par un des aspirants.

— Et toi, alors, Roy, lui demanda Jen, qu'est-ce que tu penses de ton attribution ?

Il ne savait pas quoi répondre. Il détestait mentir. Bien heureusement et à son grand soulagement, il n'eut pas besoin d'inventer une histoire. Ils furent interrompus par Brisalys au beau milieu de leur discussion. Elle leur annonça avec un grand sourire :

— Pas si vite ! Ne vous installez pas ! Nous ne restons pas ici !

— Comment ça, on ne *reste* pas ? demanda Lloyd.

Elle arbora un sourire malicieux.

— Emballez vos affaires. Prenez chacun un paquetage qui vous attend dans le hall d'entrée. Nous partons sur le champ. L'entraînement commence !

Surprises, les recrues Guérisseurs se regardèrent les unes les autres, se demandant si c'était une plaisanterie ou si l'annonce était sérieuse. L'imposante Guérisseuse rousse se tenait fixe dans l'entrée du dortoir, les mains sur les hanches.

Quand elle constata l'indécision de ses aspirants, elle tapa dans ses mains.

— Vous comptiez vraiment vous entraîner dans une arène ? C'est bien trop simple. Je vous rappelle que vous êtes des combattants d'élite ! Allez, on se dépêche ! Ceux qui veulent leur titre de Veilleur, suivez-moi. Les autres, rentrez chez vous.

Elle quitta le dortoir sur cette injonction plus que sérieuse. Le prince pensa que le début de la formation était drôlement soudain. Ils venaient à peine de terminer les épreuves de sélection qu'ils devaient déjà partir en formation ?

Pensif et obéissant, Roy rassembla alors ses affaires avant de les mettre dans son sac, puis rejoignit dans le hall les autres Guérisseurs déjà prêts. Le jeune homme savait l'entraînement des Veilleurs draconien, mais il n'imaginait pas que ce fût à ce point. La même expression incrédule se lisait sur le visage de ses confrères. *Où allait-elle les amener ?*

Roy réalisa que Brisalys ne plaisantait pas lorsqu'il découvrit une dizaine de sacs en toile épaisse qui les attendaient le long du mur de la Caverne. Il en récupéra un au hasard en le portant difficilement, surpris par son poids important.

En attendant que tout le monde récupère son trousseau, Roy ouvrit le sien et fit l'inventaire de ce qu'il contenait : il y trouva une tente, un couteau, un gros livre, une couverture, une cape, des pierres à silex, une gourde en étain, des ustensiles et d'autres accessoires de survie aussi divers que variés. Le prince s'interrogeait. *On part camper ? Pourquoi avec un livre aussi lourd ?*

Il n'attendit pas longtemps avant d'avoir une réponse car Brisalys ordonna sur un ton jovial :

– En route ! Votre formation commence dans les bois. Dès cet instant ! Nous avons une longue route à parcourir avant d'arriver à notre lieu d'entraînement. Alors formez les rangs, marchez au pas, et suivez-moi ! Je ne veux entendre personne râler !

Le groupe des Guérisseurs partit donc en emboîtant le pas à la vieille guerrière à la crinière de fauve. Roy jeta un dernier coup d'œil vers les recrues des autres castes pour voir s'ils allaient, eux aussi, s'entraîner dans la forêt.

Mais cela ne semblait pas être le cas : au loin, Brion mimait un combat entouré de ses amis, hilares. De l'autre côté, sur une souche coupée, Ezral était en train de discuter avec un jeune homme trapu. *Toujours en train de parler, celui-là !*

Tous les aspirants des autres castes flânaient aux alentours du camp, se détendant et profitant jusqu'au bout de la soirée pour fêter leur victoire. Roy conclut que seuls les Guérisseurs allaient s'entraîner en dehors du site.

Sur le moment, il trouva cela injuste. Il aurait voulu rester sur le camp pour profiter de ce moment de décontraction comme les autres aspirants. Mais Brisalys ne leur laissait pas vraiment le choix.

Les Guérisseurs débutants marchèrent pendant de longues minutes dans la forêt, avant que le ciel, pourtant si dégagé à midi, ne s'obscurcisse inopinément. Roy sentit tout d'abord un peu de crachin gifler timidement son visage. Il aimait le contact léger et humide de l'eau sur sa peau, cela le rafraîchissait. Il commençait à avoir chaud avec tout ce poids à porter.

Toutefois, ce moment agréable et suspendu dans le temps ne dura pas et se transforma rapidement en un épisode diluvien. Quelques minutes plus tard après les premières gouttelettes, la légère averse s'était transformée en une pluie torrentielle qui commença à s'abattre violemment sur la petite troupe dans un vacarme assourdissant.

Tout autour de Roy, les gouttes d'eau résonnaient, s'écrasant au sol ou sur le tapis végétal que formaient les feuilles des arbres. En l'espace de quelques instants, le prince eut le sentiment que la mer Enclavée entière se déversait en trombe sur leurs têtes.

Suivant l'exemple de Lloyd qui sortait sa houppelande, les recrues enfilèrent leur cape en hâte pour se protéger tant bien que mal. Roy l'imita mais il était déjà trempé avant même de l'avoir posée sur ses épaules. *Il ne manquait plus que ça.* Roy était dépité.

Brisalys allait-elle leur laisser faire une pause le temps qu'une accalmie survienne ? Elle ne bronchait pas. Elle continuait de progresser, le pas sûr, les cheveux dégoulinants. Le déluge ne s'arrêtait pas, assommant les jeunes de sa furie aqueuse. Certaines recrues commencèrent à ralentir la cadence, fatiguées par la pluie incessante, harassées par le poids du sac et endolories par les ampoules. Le prince avait froid, lui aussi. Ses vêtements lui collaient à la peau, ses chaussures rigides et inconfortables le faisaient atrocement souffrir. Il commençait à en avoir assez de marcher sans voir la fin de cette escapade. Mais ce n'était pas le moment de lâcher. L'entraînement commençait et il voulait prouver qu'il était digne de son titre.

Derrière lui, Jen commençait à râler en se plaignant de ses pieds en sang et de ses chausses qui restaient collées au sol devenu boue. L'orage était tellement violent que Roy l'entendit à peine parler. Il se retourna vers lui, lui fit un signe d'encouragement et reprit la marche. *Allez, ne lâche pas maintenant ! Ce n'est que le début !*

Brisalys, quant à elle, maintenait le cap, et continuait à imposer un rythme soutenu à ses aspirants, sans même se retourner. Elle ne cherchait pas à voir si tout le monde suivait. *L'entraînement a déjà commencé.*

Après presque quatre heures de marche qui leur semblèrent interminables, ils débouchèrent enfin dans une clairière verdoyante, complètement dégagée, au beau milieu de la forêt. Le soleil se couchait, et on devinait ses derniers rayons se perdre derrière la densité de la végétation. De sinistres nuages noirs continuaient de planer au-dessus de leurs têtes, menaçant de charrier à nouveau un impétueux torrent sur leurs corps meurtris. La commandante des Guérisseurs ne semblait pas s'en inquiéter le moins du monde. Elle indiqua à ses recrues que ce lieu était l'endroit où ils allaient s'arrêter et monter leur camp.

— Bien, nous sommes arrivés. Je vous laisse monter vos tentes, manger vos rations et vous reposer, vous avez quartier libre jusqu'à l'aube. Demain sera une journée intense pour vous. Je vais faire de vous la fine fleur des Veilleurs.

Elle les regarda avec un petit sourire.

— Mais bon, on a du boulot !

Roy n'était pas mécontent de lâcher son paquetage au sol. Il se sentit soudainement plus léger et poussa un soupir de soulagement. Il déballa ses affaires et monta sa tente rapidement. Une fois qu'il fut installé, il s'assit devant son auvent et entama sa ration de pain, dur comme de la pierre et sans goût. L'entreprise n'était pas des plus agréable. Mais, malgré tout, il appréciait ce morceau de nourriture après avoir fourni tant d'efforts lors de cette marche éreintante. C'était reconstituant.

À côté de lui, Lloyd semblait éprouver des difficultés à monter sa toile. Il mélangeait les différents piquets et ne savait pas se servir des cordelettes pour faire tenir la structure. Le géant avançait en tâtonnant. Le prince posa sa miche et entreprit de l'aider.

— Tu t'y prends mal, observa le prince. Donne-moi ton mât, je vais te montrer comment le positionner.

— Merci, Roy. Je ne m'en sors pas. Je suis tellement fatigué ! Je n'arrive plus à me concentrer.

En unissant leurs forces, ils réussirent finalement à monter la tente du grand gaillard. Après quoi, Lloyd le remercia chaleureusement puis ils mangèrent leurs rations en silence, chacun de leur côté. Ils étaient tous les deux épuisés par la longue marche et aucun d'eux n'avait envie d'entamer une discussion. Roy était soulagé que Lloyd comprenne.

Après ce maigre repas, il s'endormit aussitôt, éreinté par les événements de la journée, bercé par l'impact des gouttelettes qui continuaient de ruisseler le long de la toile. *Sauvage, belle mélopée.*

Après une nuit sans rêve, Roy fut réveillé en sursaut à l'aube par un son grave retentissant dans toute la clairière. On aurait dit qu'un immense animal rugissait de façon rauque, en faisant résonner profondément sa cage thoracique. En hâte, sur le qui-vive, le prince sortit la tête de son abri de fortune, encore engourdi par le sommeil. Brisalys soufflait dans un cor de guerre.

Quel réveil violent ! On dirait bien qu'il s'agit d'une règle commune à toutes les castes chez les Veilleurs…

La Maîtresse-Guérisseuse, déterminée, avait décidé de les former sans plus attendre. Elle les attendait, debout au milieu du camp, revêtue de son armure verte de Guérisseuse. Elle semblait fraîche comme les roses, dans une forme olympique. Roy admirait la vivacité dont elle faisait preuve si tôt au lever du jour. Il ne serait jamais capable d'une telle motivation de si bon matin.

Brisalys attendit à peine que les aspirants se soient habillés. Certains titubaient encore après ce réveil brutal, mais elle n'en eut cure et les fit asseoir dans l'herbe humide, pour certains encore somnolents, avant d'introduire sa formation.

— Mes jeunes recrues, sachez tout d'abord que je suis ravie de vous avoir devant moi aujourd'hui. En premier lieu, je vais rentrer dans le vif du sujet sans passer par quatre chemins : sachez que je ne vais pas vous ménager, pour ceux qui ne l'auraient pas encore remarqué. Les Guérisseurs ne jouissent pas du même prestige que d'autres castes, mais je peux vous assurer que notre entraînement peut parfois se révéler bien plus intense que celui des autres !

Elle marqua une pause.

— Mais avant de vous initier aux arts sacrés de la guérison, commençons par le début. Je veux que vous compreniez d'où nous venons, pour mieux embrasser la voie qui s'offre à vous. Je vais donc vous conter l'histoire des Guérisseurs et leurs origines.

Roy ne se sentait pas assez éveillé pour suivre le récit de sa commandante, mais il se força à rester concentré. Après tout, c'était son premier jour en tant que Veilleur, il se faisait un devoir de suivre sa formation à la lettre. Malgré sa déception de ne pas avoir rejoint les Guerriers, intégrer les Veilleurs restait un honneur dont il fallait se montrer digne.

Brisalys regarda ses élèves un à un.

— L'un d'entre vous sait-il comment fut créée la caste des Guérisseurs ?

Grand silence dans l'assemblée. Roy sollicita sa mémoire. Malgré toutes les chroniques qu'il avait lues à propos des Veilleurs, il ne se souvenait pas en avoir vu une portant sur la naissance de cette caste.

Devant le mutisme de ses apprentis, Brisalys commença à conter son origine.

— Il y a quarante ans, un homme nommé Meddëan combattait comme Guerrier aux côtés des Veilleurs, lors de la bataille de la Grande Lune.

Son regard balaya l'assemblée et elle prit un air interrogateur.

— Je ne vous explique pas cet épisode, n'est-ce pas ? Tout le monde connaît la bataille de la Grande Lune ?

Roy avait lu dans un des ouvrages de la bibliothèque royale le récit de cet affrontement. Ce fut le premier où les humains du royaume d'Alquilon affrontèrent les terribles Sombs Hurleurs. Jusque-là, cette sous-espèce de Somb n'existait pas ou n'avait pas encore été recensée. Dans tous les cas, personne n'en avait encore jamais vu, entendu parler ou combattu. Pendant des centaines d'années, les humains n'avaient affronté que les Sombs Massacreurs, des créatures guerrières bipèdes, d'environ deux mètres, à la peau luisante et noire, maniant le fléau avec une dextérité hors du commun.

Les livres relataient qu'à cette époque, la caste des Guerriers avait enfin réussi à trouver des parades pour contrer les Massacreurs. Le royaume d'Alquilon avait réussi à prendre l'avantage dans la guerre millénaire contre les Sombs et ces derniers étaient en déroute. L'Alliance des Hommes voyait enfin la conclusion de cette bataille interminable.

Mais un jour funeste consuma les espoirs de l'Humanité en un instant. Lors de la Double Pleine Lune, quarante ans plus tôt, un nouveau type de créature fit son apparition au sein de l'armée des Sombs sur le champ de bataille. Cette nouvelle bête se révéla meurtrière et décima les rangs humains. Rapidement, cette nouvelle menace prit le pas sur l'ancienne et changea à nouveau le cours de la guerre. L'équilibre des forces venait de basculer de nouveau du côté des Sombs.

Le répit n'avait été que de courte durée. Ces monstres furent surnommés Hurleurs par les soldats, car ils étaient capables de pousser des cris horrifiants, paralysants. Beaucoup d'humains devinrent fous face à l'intensité atroce que ces hurlements infligeaient à leurs âmes.

Les jeunes Guérisseurs acquiescèrent à la question de la vieille femme. Cet épisode était connu de quiconque souhaitait intégrer les Veilleurs. Tout le monde savait quand les Hurleurs étaient apparus. Mais personne ne savait comment, ni pourquoi. Devant la confirmation générale de ses élèves, Brisalys poursuivit son récit.

— On raconte que Meddëan réchappa d'un face-à-face contre Leto, le Seigneur de Guerre Somb. Durant son affrontement, il réussit à lui couper l'avant-bras. Ce fut un véritable exploit. Jusque-là, personne n'avait réussi à le blesser ni à sortir vivant d'un duel face à ce démon de Leto.

Elle fit une pause et les interrogea :

— Vous devez très certainement savoir, malgré la victoire en duel de Meddëan face à Leto, que le royaume d'Alquilon perdit cette bataille ? C'est à ce moment-là que l'avant-poste d'Haryu fut détruit et que nous avons dû battre en retraite.

Pas de réponse. Elle demanda subitement, complètement hors sujet :

— Jen, Lloyd, vous jouez d'un instrument de musique, n'est-ce pas ?

Ces derniers, aussi surpris que gênés, approuvèrent.

— Bien, allez les chercher.

Roy ne comprenait pas bien où Brisalys voulait en venir. Quel était le rapport entre la musique et le combat de Meddëan face au tristement célèbre Leto ?

Quand ils revinrent avec respectivement un flûteau et une petite harpe, elle les invita à s'asseoir à ses côtés. Elle sortit un luth de son sac et gratta quelques accords en invitant Jen et Lloyd à la suivre. Après quelques ajustements, ils commencèrent à jouer une mélodie à la fois entraînante, douce et triste. Lorsque Brisalys jugea qu'ils étaient au point, elle fit un grand sourire et leur dit :

— Bien. Parfois, la musique nous touche bien plus qu'un récit. Voilà venu le chant de Meddëan. Laissez désormais l'histoire de notre caste pénétrer vos cœurs à travers ces notes, à travers ce chant, à travers ce récit vibrant d'héroïsme.

Et elle entama une chanson de sa voix douce, puissante et féminine.

« Sous la lueur de la Double Pleine Lune,
Un grand homme joue sa fortune.
Il se bat dignement, le grand Meddëan,
Le cœur en feu, les yeux en sang.

Il a mis à terre les Massacreurs,
Et a essuyé sa lame de leurs pleurs.
Ce grand Guerrier, ce grand Veilleur,

Vient de mettre fin à la terreur.

Les réjouissances furent de courte durée,
Car dans l'ombre des cadavres torturés,
Surgit une nouvelle lignée,
Aux dents affûtées et à l'âme tourmentée.

Dans des hurlements effroyables,
Les noires créatures s'extirpèrent de l'ineffable,
Et lancèrent un assaut implacable,
Dans une voracité insatiable.

Sous la lueur de la Double Pleine Lune,
Un grand homme joue sa fortune.
Il se bat dignement, le grand Meddëan,
Le cœur en feu, les yeux en sang.

Les Humains se battirent pour leurs vies,
Voyant là leur plus grand défi.
Ô tristesse, pas un seul ne s'en sortit,
Sauf un, qui ne fut pas du même avis.

Meddëan le Guerrier avait bravement traversé,
Les lignes ennemies alertées,
Laissant derrière lui des vagues bouleversées,
D'ennemis dont le sang était versé.

Face à lui, l'Homme aux Cheveux Argentés,
Le traître, Leto le désavoué,
Le Général des horreurs rassemblées,
Se préparait à l'affronter.

Sous la lueur de la Double Pleine Lune,
Un grand homme joue sa fortune.
Il se bat dignement, le grand Meddëan,
Le cœur en feu, les yeux en sang.

Baignant en pleine fureur,
Meddëan le frappa avec ardeur,
Son geste ravageur,
Lui retira sa valeur et son majeur.

Le Guerrier fit sien le bras du traître,
Avant de battre en retraite.
Quelle ne fut pas sa surprise de voir naître,
Au creux de ce trophée une arme secrète.

Le bel anneau d'émeraude,
Guérissait les nécroses.
Ce précieux butin de maraude,
Soulageait tous les symptômes.

Sous la lueur de la Double Pleine Lune,
Un grand homme a joué sa fortune.
Il s'est battu dignement, le grand Meddëan,
Le cœur en feu, les yeux en sang.

Il renomma sa lame,
Pour lui donner une âme.
Pétale-de-Vie, sa nouvelle oriflamme,
Capable de réparer les drames.

Armé d'un nouvel espoir,
Il décida de nouvelles trajectoires,
Pour les inflexibles messes noires,
En sauvant les vies de son bon vouloir.

Il s'entoura des meilleurs,
Ceux qui ont bon cœur,
Ceux qui ont la force intérieure,
Et fonda la caste des Guérisseurs.

Sous la lueur de la Double Pleine Lune,
Un grand homme a joué sa fortune.
Il s'est battu dignement, le grand Meddëan,
Et ramena Pétale-de-Vie ainsi qu'un cœur plus grand. »

La chanson était finie. Les notes et la mélodie continuaient de vagabonder dans l'esprit de Roy. Le jeune prince était ému. Il n'était pas le seul. Autour de lui, touchés, certains Guérisseurs du groupe s'essuyaient les yeux, et respectaient un silence de circonstance. Brisalys avait également les yeux légèrement humides. Pour la première fois depuis ses débuts comme aspirant chez les Veilleurs, Roy se sentait partie intégrante d'un groupe. Pour la première fois depuis son intégration chez les Guérisseurs, il se sentait bien au sein de sa caste.

Non sans émotion dans la voix, Brisalys expliqua à ses élèves les faits relatés dans le Chant de Meddëan. Elle narrait l'histoire avec une telle minutie qu'on aurait dit qu'elle avait été là, elle aussi, sur le champ de bataille.

À l'origine, l'armée d'élite des Veilleurs avait été créée par son grand-père, Baldéal Omblèze, il y avait soixante ans de cela. Au tout début, seule la caste des Guerriers existait, caste originelle et initiale. Puis Ellyan, succédant à son père sur le trône, décida de spécialiser les combattants pour contrecarrer plus efficacement les attaques de Sombs. Il créa ainsi celles des Tacticiens et des Assassins. Cela permit de rendre les missions commandos plus efficaces, de récolter des informations précieuses et créer des outils et moyens de lutte massifs. Par la suite, vint Meddëan et ce fut à son tour de créer la caste des Guérisseurs, lors de cette fameuse bataille.

Mais Roy se souvenait qu'il avait lu un autre épisode à propos de Meddëan. Mais quoi donc ? Il avait du mal à se rappeler.

Brisalys leur adressa un sourire presque maternel et leur expliqua d'une voix douce :

— Grâce à cette histoire, je voulais vous montrer à quel point notre caste est importante. C'est un rôle méconnu et mésestimé, mais vous verrez que sans votre soutien, la guerre ne peut être gagnée. Les Guérisseurs sont les supports des combattants. Ils sont là pour les soigner sur les champs de bataille, les remettre sur pied après un combat, ou les accompagner vers la mort lorsque cette voie semble inéluctable. Tout cela en trouvant les meilleurs moyens pour survivre eux-mêmes. En tant que médecin, vous devez faire preuve d'empathie et d'écoute. Cette qualité est primordiale pour effectuer le bon diagnostic. Si vous êtes ici aujourd'hui, c'est parce que vous avez fait preuve de cette qualité durant votre sélection.

La mémoire de Roy lui revint soudainement et le détail qui

le taraudait lui apparut : l'épée reforgée Pétale-de-Vie avait été enterrée avec la dépouille de Meddëan, celle-ci ayant perdu son pouvoir d'amplification de guérison après sa mort. *Dans son sarcophage, gît Pétale-de-Vie.*

Brisalys observa une courte pause, et fit tourner sa ceinture à laquelle était accroché tout un arsenal d'instruments et d'accessoires.

— Pour soigner, un large panel d'outils est à votre disposition. Les choix qui s'offrent à vous sont multiples. Et c'est bien là toute la difficulté de notre art. À vous de trouver votre style. Je vous initierai aux arts de la médecine que l'on m'a enseignés et que je continue par ailleurs de perfectionner chaque jour qui passe. L'apprentissage constant est la clé de tout bon Maître-Guérisseur. Vous devez apprendre, toujours apprendre, ne jamais cesser d'emmagasiner de nouvelles connaissances et de mettre à jour vos savoirs. Tous vos outils seront issus de la nature, et la nature évolue, vit et se transforme. Aussi, la mise à jour de vos connaissances sera votre premier atout. La première thématique à laquelle je vous initierai, aujourd'hui, sera l'art des plantes. C'est la base de toutes les autres disciplines, alors soyez attentifs. Prenez votre grimoire qui se trouve dans votre sac.

Les dix recrues récupérèrent l'épais ouvrage. Roy le caressa. La couverture du livre sentait bon le cuir, les pages étaient devenues jaunes sous l'effet du temps, mais il restait solide et en bon état.

— Ce livre est très précieux. Il recense toutes les plantes du continent, leurs propriétés, et les maux qu'elles soignent. Je vous laisse quatre heures pour le lire, après quoi, la première leçon commencera.

Roy s'interrogeait : était-ce là déjà un premier test ? Il ne s'attendait pas à ce que l'entraînement débute de façon si soudaine. Il n'avait pas eu le temps de se reposer de ses combats de sélection.

Le prince ouvrit néanmoins le grimoire à la première page à la demande de Brisalys. La planche décrivait une plante nommée la Vouze. Le dessin illustratif représentait une petite fleur bleue ressemblant à une pâquerette. On pouvait apparemment trouver cette astéracée dans les lieux ensoleillés au climat tempéré. Roy apprit que la Vouze permettait de ralentir le rythme cardiaque et de fluidifier le sang. À ne surtout pas utiliser si le patient souffrait d'une blessure qui saigne, sous peine de le voir se vider de son sang. En revanche, administrée sous forme de tisane à un malade, elle pouvait le plonger en état de catharsis. En bref : à utiliser pour calmer un état de choc post-traumatique.

Roy lut ainsi l'encyclopédie en entier, entre champignons, fleurs, plantes grimpantes, mauvaises herbes. Il était surpris de tous les usages que l'on pouvait faire des plantes, et leurs propriétés étaient étonnantes. Effet relaxant, poison, somnifère, hallucinogène, anticoagulant, toxines paralysantes… les possibilités étaient infinies.

La richesse d'application et la diversité des utilisations captivèrent Roy, qui dévora le manuel d'herboriste en l'espace d'à peine trois heures. Le prince finit son instruction plus rapidement que ses confrères.

Lorsqu'il releva la tête en posant son recueil, les autres étaient encore profondément absorbés par leur lecture, appliqués et studieux.

Brisalys, quant à elle, demeurait parfaitement immobile, assise en tailleur, les mains posées sur les cuisses, les yeux clos. Un air serein se dégageait de son visage légèrement ridé et harmonieux. Sa respiration paraissait très lente, voire inexistante. La cage thoracique de la guerrière bougeait à peine au rythme de ses inspirations-expirations. *Elle médite.*

Pour s'occuper, le prince lut à nouveau quelques passages du grimoire, en essayant de mémoriser le nom des plantes et les effets qui l'intéressaient le plus.

Parmi sa sélection, l'Anervala avait particulièrement attiré son attention : c'était un petit champignon blanc, avec un chapeau ovale, et une collerette jaune. Il ne payait pas de mine à première vue. Cependant, injecté en forte concentration directement dans le sang, il était capable d'attaquer le système nerveux d'un individu et de le paralyser complètement en à peine quelques minutes. Il trouvait étonnant qu'un simple végétal puisse avoir des effets aussi terribles sur un organisme vivant.

Après de longues heures d'étude, Brisalys se leva soudainement. Les quatre heures octroyées s'étaient écoulées. Estimant que le temps imparti était terminé, elle ordonna aux recrues de fermer leur grimoire. Les feuilles bruissèrent en réponse à la directive de la commandante des Guérisseurs.

— Debout ! ordonna-t-elle.

Elle attendit que chacun se soit levé, scrutant avec minutie leurs visages, un à un, de ses yeux émeraude.

— Bien, maintenant, tendez vos mains.

Roy présenta son bras mais ne quittait pas Brisalys du regard. Il tentait de deviner ce qu'elle avait en tête, mais l'expression de son visage restait impassible. Sa demande lui semblait soudaine et incongrue. Il se sentit tout d'un coup vulnérable.

Le prince pressentit rapidement ce que son énigmatique formatrice s'apprêtait à faire : la Guérisseuse aux cheveux de feu sortit un coutelas en os de sa ceinture ainsi qu'une petite fiole remplie d'un liquide verdâtre et gluant. Elle répandit le contenu du flacon sur la lame de son couteau et l'essuya à l'aide d'un morceau de lin. Puis, elle s'approcha de Jen, décontenancé, qui se tenait debout face à elle.

Elle saisit le bras du jeune homme sans prévenir et lui entailla légèrement la paume du bout de son arme. Dans un réflexe instinctif, Jen tenta de retirer sa main de l'emprise de la Maîtresse-Guérisseuse, mais Brisalys la lui tenait fermement. Il émit un léger cri de douleur tout en lui lançant un regard affolé.

— Que faites-vous ?

— Ne fais pas l'enfant. Tu es un Veilleur, ne sois pas si peureux, ou tu ne mériteras pas ta place parmi nous. N'est-ce pas évident ? Je t'apprends à soigner. C'est la raison d'être d'un Guérisseur.

Elle répéta la même opération, sans ménagement, avec chacune de ses recrues. Les dix aspirants étaient désormais tous affublés d'une plaie ensanglantée dont suintait un liquide olivâtre. Lorsque chaque aspirant eut reçu son entaille, elle annonça sur un ton parfaitement égal :

— Bien, vous êtes empoisonné au venin de Vive-Lierre. La Vive-Lierre est une vipère qui vit dans cette forêt.

Elle sortit un objet s'apparentant à une corde verdâtre toute molle d'un de ses petits sacs. Roy reconnut immédiatement le corps inanimé d'un serpent. *Elle ne plaisante pas !*

— Comme son nom l'indique, poursuivit-elle en leur exposant la bête sous les yeux, elle ressemble à une liane ou à une plante grimpante parasite. Vous pouvez en trouver dans les arbres car il s'agit d'un serpent arboricole. La petite farceuse aime se fondre dans les branches de la forêt, et devenir ainsi invisible aux yeux de ses proies.

Elle prit un ton léger et sarcastique.

— C'est un reptile plutôt paresseux, qui a donc choisi une méthode de chasse adaptée. La Vive-Lierre se laisse tomber sur sa cible avant de la frapper d'une morsure venimeuse.

Elle fit une pause, jeta le corps du serpent dans les hautes herbes derrière elle et sortit sa fiole remplie de liquide vert.

— Son poison a des propriétés anticoagulantes et libère des neurotoxines paralysantes. En l'occurrence, aujourd'hui, vous êtes ses proies. Et vous venez d'être mordus par notre amie la Vive-Lierre. Vous allez tout d'abord sentir de légers vertiges, puis des nausées, vomissements, diarrhées, de la tachycardie et des frissonnements. Puis votre état empirera, vous aurez de la fièvre, votre main commencera à nécroser, vous vous évanouirez peut-être, avec un peu de chance, avant de mourir asphyxié car vos muscles seront incapables de bouger. Bref, je vais m'arrêter là car il ne vous reste que trois heures pour trouver l'antidote avant de mourir.

Elle commença à s'asseoir et lança d'un ton guilleret :

— Je vous laisse mener à bien votre première leçon… Bonne chance !

Elle se remit à méditer tranquillement.

Les visages des recrues reflétaient la peur. La panique gagna les rangs. Un des jeunes hommes essaya de sortir Brisalys de son état de méditation, mais elle ne daigna pas lui répondre. Certains avaient déjà pris leurs grimoires et feuilletaient fébrilement à la recherche de l'antidote.

Ce n'était pas si facile. Roy ne se souvenait pas que le venin de Vive-Lierre fut évoqué dans le livre.

Le grand Lloyd semblait également désemparé : il était assis, le regard rivé sur sa main ensanglantée, inactif. C'était un spectacle singulier de voir ce géant perdu de la sorte, lui qui d'habitude semblait si confiant et jovial. Le prince décida de le faire réagir. Son acolyte devait être en état de choc. Le prince fit signe au jeune homme de le rejoindre.

— Allez, viens, Lloyd, on va essayer de trouver une solution.

Les cheveux en bataille, il sortit de sa torpeur. Surpris de prime abord que l'on s'adresse à lui, il observa tout autour de lui. Quand il comprit que c'était Roy qui l'avait appelé, il lui lança un grand sourire. Ses yeux marron brillèrent de reconnaissance.

Il s'assit aux côtés du prince. Puis, ensemble, ils feuilletèrent le grimoire en se séparant les pages à relire. Lloyd relirait le début du grimoire tandis que le prince se chargerait de la seconde partie. La première étape, selon Roy, était de trouver la ou les bonnes plantes pour se guérir.

Après avoir passé trente minutes à sélectionner leurs végétaux, leur choix s'arrêta sur la cardère de Nhymora, la calendula solliciti et la feuille d'érable gris. Ces plantes avaient des propriétés coagulantes, anti-inflammatoires et purifiantes. Leur combinaison semblait à leurs yeux le meilleur remède qu'ils puissent trouver ici. Il y avait effectivement d'autres plantes avec des propriétés plus puissantes pour contrecarrer les effets du venin, mais elles ne poussaient pas dans la forêt des Alvès. Le critère géographique était important à prendre en compte.

Après avoir validé leur liste, ils partirent donc à leur recherche en arpentant les bois.

Ils trouvèrent facilement l'érable gris, mais la cardère de Nhymora était plus difficile à dénicher. Lloyd avait lu que celle-ci ne poussait que dans des endroits fréquentés par les mésanges grises. La chenille royale, qui représentait une menace pour les cardères, était son mets favori. *Nous n'avons plus qu'à trouver la mésange grise pour trouver la cardère. Et pour trouver la mésange grise, il faut débusquer la chenille royale.*

Cela faisait désormais deux heures que Brisalys les avait empoisonnés et ils n'avaient toujours pas fini de trouver tous les ingrédients de leur remède. Il leur manquait toujours les deux dernières plantes.

Roy commençait à sentir le stress s'emparer de lui et les symptômes se manifester : sa tête commençait à tourner, des frissons lui parcouraient la colonne vertébrale. Il se sentait fébrile.

Lloyd lui confia qu'il sentait lui aussi les symptômes se manifester légèrement. Tous les deux avaient peur mais tentaient de se contrôler tant bien que mal.

— Elle ne nous laisserait pas mourir, tout de même ! s'exclama le grand brun aux cheveux hérissés.

— Je préfère ne pas le savoir, répondit Roy, inquiet. Le niveau d'exigence chez les Veilleurs est très élevé, je pense qu'ils vont continuer de nous tester tout au long de notre formation. Peu importent les pertes, si nous ne survivons pas à un simple empoisonnement, comment survivre à un Somb ?

Lloyd fit une moue révoltée en levant les bras au ciel.

— Ils ne peuvent pas jouer avec nos vies de cette façon !

— Nous ne serions pas les premiers Veilleurs à trouver la mort dans un entraînement, répondit sombrement Roy. Et certainement pas les derniers…

Les deux jeunes hommes décidèrent alors de se focaliser sur la cardère. Mais la fièvre commençait à se faire sentir, et la sueur dégoulinait le long du front de Roy. Il s'épongea à l'aide de sa manchette. Il se sentait faible et Lloyd semblait ne pas en mener bien large non plus. Il était pâle comme une nuit de Double Pleine Lune.

Au bout de deux heures et demie, ils trouvèrent finalement plusieurs cardères dans le renfoncement du tronc d'un merisier. Quelques minutes après, ils tombèrent complètement au hasard dans une prairie remplie de calendula sollicití. La chance leur souriait à nouveau, et les deux compères se sentirent libérés d'un poids.

Soulagés, ils décidèrent de concocter leur remède et se mirent en route vers le campement. Roy tentait de se remémorer le procédé de fabrication. Selon l'encyclopédie, il fallait désormais distiller l'essence de ces plantes, boire la moitié de la préparation, et inhaler le reste sous forme de vapeur.

Sur le chemin du retour, ils croisèrent Jen, dégoulinant de sueur et complètement affolé. Il courait dans tous les sens, une dizaine de variétés de plantes dans les mains. Il semblait ne plus savoir où donner de la tête et évoluait de façon complètement chaotique. Il avait perdu son sang-froid. Roy le retint par le bras et s'exclama :

— Oh, oh, Jen ! Du calme !

Le jeune homme balafré répondit à toute vitesse, complètement paniqué :

— Roy, je perds mes moyens. Je ne comprends rien à ce grimoire, il y a bien trop d'informations à trier là-dedans, je ne m'y retrouve pas. Je ramasse toutes les plantes des environs depuis une heure, sans savoir comment me soigner. Tu crois vraiment que Brisalys va nous laisser mourir ?

Le prince tenta de le rassurer et de le calmer. Il l'invita à se joindre à eux.

— Pas de panique, nous avons de quoi nous soigner tous les trois et même plus. Viens avec nous.

Au camp de base, d'autres recrues étaient déjà là, en train de distiller, couper, broyer leurs plantes. On aurait dit une base de petits chimistes en train de tester de nouvelles expérimentations.

Roy remarqua que des groupes s'étaient formés naturellement, et qu'ils n'avaient apparemment pas tous opté pour les mêmes plantes.

Secrètement, le prince espérait qu'aucun d'entre eux n'avait tort. Il ne voulait pas voir un de ses acolytes Guérisseurs mourir sous ses yeux.

Le binôme d'à côté avait cueilli des champignons et des plantes grimpantes. Ils étaient en train de fabriquer un onguent à poser sur la plaie à base de sève d'érable. Ils paraissaient tous les deux très calmes, la fièvre ne semblait pas encore les avoir gagnés. *Nous nous sommes peut-être trop agités. Cela a dû accélérer l'effet du venin sur notre organisme.*

En retard par rapport au reste du groupe, le trio s'activa donc pour extraire l'huile essentielle des plantes récupérées. Ils mirent une petite bouteille en verre sous le feu contenant leurs plantes broyées, mélangées avec de l'eau. Ils récupérèrent une dizaine de gouttes qu'ils mélangèrent ensuite à de la sève de merisier, récoltée lors de leur escapade dans les bois. Une fois la concoction prête, Roy remplit d'une part un bol de la substance. De l'autre, il mit à bouillir la partie restante.

Ensuite, il but un verre du produit en essayant de ne pas trop se poser de questions, tout en inhalant les vapeurs odorantes de leur mixture.

Suivant son exemple, Jen et Lloyd en firent de même. Ils attendirent alors que le remède fasse effet, en essayant de se relaxer tant bien que mal. Ils firent une inhalation de Vouze grâce aux plantes récoltées par Jen, afin de s'aider à atteindre un niveau de détente acceptable.

Finalement calmés, ils s'allongèrent dans l'herbe les uns à côté des autres. Apaisés par les propriétés sédatives de la Vouze, et contre toute attente, ils finirent par s'endormir.

Le dosage était peut-être un peu trop fort.

ARCHIVE

ACONIT D'OURDES

L'Aconit d'Ourdes est une plante vivace de la famille des herbacées.

L'inflorescence est de type grappe, ses feuilles sont alternées, de forme lobée et découpée.

Les fleurs poussent en chapelets, leur couleur est violette.

La floraison a lieu durant le cycle de Flaves.

L'aconit d'Ourdes se trouve dans les régions tempérées.

Usage : Empoisonnement.

Effets sur le corps : paresthésie, douleurs abdominales, insomnies, baisse de la tension artérielle, perturbation du rythme cardiaque.

Peut entraîner la mort.

Notes de l'auteur :

Cette plante est souvent utilisée à Belvaine dans le cas d'empoisonnements mortels parmi les nobles.

La justice de Belvaine étant très souple, personne n'a jamais pu vraiment conclure s'il s'agissait de meurtres ou de suicides.

Proverbe belvenois :

« Offre une infusion d'Aconit à ton voisin si tu veux en changer. »

Grimoire des plantes de Meddëan.

12

MÉLOPÉE CRÉPUSCULAIRE

Quelques heures après avoir consommé leur mixture médicinale artisanale, Roy et ses acolytes se réveillèrent. Ils étaient tous les trois engourdis par le remède, qui semblait avoir fait effet.

Le prince ressentit un immense soulagement en constatant qu'ils avaient réussi l'épreuve de Brisalys. Et ils n'étaient pas les seuls.

Autour d'eux, toutes les autres recrues Guérisseurs semblaient hébétées, mais saines et sauves. Roy compta rapidement le nombre d'apprentis présents : tout le monde était là. Il se sentit soulagé de voir qu'aucun d'entre eux n'avait trouvé la mort durant cette terrible épreuve.

Assise sur le sol, sur son tapis de fibres végétales, Brisalys semblait toujours en état de transse profonde. Quelques murmures commençaient à monter au sein de la garnison.

Elle sortit alors de son état de recueillement et balaya des yeux l'ensemble des recrues. Un sourire naquit sur son visage, à la vue de ces jeunes gens patientant tranquillement devant elle.

— Bravo, mes enfants Guérisseurs, je suis fière de vous !

Elle se leva et inspecta les rangs. Elle examina chacun de ses disciples et vérifia que tout le monde allait bien. Ils semblaient épuisés par l'état de nervosité atteint lors de cette première leçon, mais aucun d'entre eux n'était blessé ou diminué.

En revanche, Roy remarqua que ses camarades ne semblaient pas avoir apprécié son petit exercice. Les visages qui lui faisaient face étaient fermés, voire contrariés. *Je peux le comprendre, on aurait pu mourir.*

Brisalys sembla capter leur mécontentement, et décida de s'amuser de leur humeur. Elle demanda alors, un grand sourire provocateur vissé sur le visage :

— Alors, que retiendrez-vous de ce premier apprentissage ?

Un grand blond aux yeux verts leva la main. Roy ne l'avait pas remarqué jusque-là, il s'était fait très discret jusqu'alors. Discipliné, il attendit docilement que Brisalys l'invite à prendre la parole. Elle lui fit signe.

Il répondit alors à sa question de façon scolaire et très sérieuse, en tapotant la couverture de son grimoire :

— Nous avons appris que les plantes avaient un pouvoir de guérison. Nous avons réussi à survivre à un poison mortel grâce aux propriétés végétales.

Après une courte pause, son visage se renfrogna légèrement. Roy voyait bien qu'il tentait de cacher son aigreur tant bien que mal. Il ajouta sur un ton teinté de reproche :

— Et… nous aurions pu mourir.

Brisalys secoua la tête négativement. Ce ne semblait pas être la réponse qu'elle attendait.

— Ce n'est pas totalement correct, Axil, répondit-elle. Ce n'est pas l'enseignement principal sur lequel vous devez vous focaliser. Quoi d'autre ?

L'assemblée de jeunes recrues réfléchit quelques instants. Épuisés, ils se consultèrent les uns les autres, penauds, attendant que l'un d'entre eux veuille bien prendre la parole.

Personne ne semblait avoir d'idée plus originale que ce que venait de proposer l'apprenti aux cheveux dorés. Quant à Roy, son cerveau était trop embrouillé par l'antivenin qu'il s'était administré pour pouvoir analyser clairement la situation. Pour lui, leur première leçon avait bien consisté à apprendre à transformer les plantes en remède. Il ne comprenait pas où Brisalys voulait en venir et décida de ne rien répondre. Il ne voulait pas se ridiculiser.

Devant le silence de ses élèves, Brisalys tapa sur ses cuisses pour stimuler leur attention et expliqua :

— La chose la plus importante que vous ayez pu apprendre aujourd'hui est le travail en équipe. Je vois devant moi des groupes de personnes qui se sont entraidées.

Ce fut tout de suite plus clair dans la tête de Roy. Les intentions de Brisalys s'imposèrent subitement à lui, aussi limpides que du cristal de roche. Elle avait voulu solliciter leur esprit de solidarité et elle avait réussi : les aspirants s'étaient joints les uns aux autres de façon spontanée. Aucun d'entre eux n'avait œuvré seul.

Le groupe de Roy comptait trois personnes, mais les autres apprentis s'étaient également réunis pour mener leur tâche à bien. Il y avait un autre groupe de trois personnes et deux binômes. Brisalys avait vu juste : l'épreuve avait forcé les recrues à travailler main dans la main.

Ils apprirent donc ce jour-là la leçon la plus importante de leur parcours de formation.

— Le travail en équipe est votre première arme de survie sur le champ de bataille.

Elle tapota son index contre la tempe, puis mima la circulation d'énergie dans le corps.

— La seconde chose que vous avez apprise est l'influence que peut avoir l'esprit sur le corps.

Roy ne comprit pas tout de suite cette seconde remarque de Brisalys. En quoi était-ce lié à la création du remède ? Ils n'avaient pas reçu d'entraînement physique.

— Le venin que je vous ai inoculé n'est pas du venin, il s'agissait d'une mixture sans danger pour le corps humain. Mais j'ai pu observer certains d'entre vous se plaindre des symptômes que j'ai pu évoquer. Votre esprit a influencé votre corps et généré des symptômes imaginaires. C'est votre première véritable leçon de Guérisseur : ne sous-estimez jamais le pouvoir de votre pensée sur notre corps. Votre esprit peut tout aussi bien vous donner l'illusion d'une maladie comme vous guérir par la simple force de sa volonté. C'est pourquoi l'écoute est primordiale : comprenez où en est l'esprit de votre patient, et adaptez votre discours et vos soins à son état.

Brisalys les avait bien bernés. Roy n'en revenait pas. Il s'était toujours douté que le mental exerçait une influence sur la santé, mais à ce point ? Il était pourtant persuadé d'avoir ressenti de la fièvre et des palpitations, ses jambes avaient été aussi lourdes que des enclumes. Tout cela n'aurait-il été que le fruit de son imagination et de son angoisse ? C'était incroyable. Il lui était impensable que les symptômes ressentis n'aient été qu'une manifestation physique des craintes de son esprit.

Si c'était vraiment le cas, alors Brisalys avait raison. Le mental avait un impact sur le corps plus important qu'il n'aurait jamais pu le croire. Il rangea cette information capitale précieusement dans un coin de son cerveau.

Après cette matinée éprouvante d'initiation aux arts des plantes, Brisalys décida de reposer un peu l'esprit de ses élèves et les initia aux arcanes de la méditation. En guise de préambule, elle s'assit en tailleur, droite, une main sur chaque genou et les regarda fixement.

— La méditation.

Silence dans l'assemblée. Au bout de quelques minutes sans ordre de Brisalys, les jeunes Guérisseurs décidèrent de l'imiter et s'installèrent au sol dans la même position.

Elle prit une grande inspiration, attendit quelques secondes, puis expira longuement. Opération qu'elle répéta plusieurs fois d'affilée, jusqu'à ce que ses apprentis en fassent de même. Elle posa sa main sur son ventre.

Roy, ayant compris qu'il fallait mimer ses gestes, se mit dans la même configuration. Il continuait de singer la Maîtresse-Guérisseuse qui prenait de profondes inspirations abdominales. Elle respirait, lentement. Très lentement. Il sentait son ventre se gonfler et se dégonfler, calmement, sous ses doigts.

Inspiration. Pause. Expiration. Le va-et-vient de l'air dans son corps devenait évident. Agréable. Relaxant. Cette pratique, qui lui semblait artificielle et contrainte de prime abord, devenait peu à peu attrayante aux yeux du prince. Plus il laissait son souffle prendre possession de son corps et de ses organes, plus il laissait son souffle s'exprimer pleinement, doucement, graduellement, et plus il se sentait bien. Il avait l'impression *d'habiter* son corps. Le temps ne s'écoulait plus de la même façon. Il avait *ralenti*.

Roy se sentait bien, il ne pensait à rien, concentré sur sa respiration. Les respirations douces et régulières de ses camarades le berçaient. Le soulèvement régulier et alangui de sa cage thoracique le calmait. Une étrange et plaisante langueur s'empara de lui. *Je me sens bien.*

L'exercice continua ainsi de longues minutes. *Ou de longues heures ?* Roy avait perdu toute notion du temps. Brisalys y mit fin en déclarant doucement :

— Bien, très bien.

Ses modulations de voix devinrent presque caressantes, délicates.

— Vous venez d'expérimenter un des outils les plus puissants en termes de relaxation : la respiration.

Elle laissa planer un moment de silence. Ses élèves revenaient à la réalité, graduellement.

— Ce souffle, si puissant, si fédérateur. Celui qui fait battre vos cœurs et gonfle vos poumons est essentiel. Il est essentiel dans la gestion de votre patient, mais aussi dans la gestion de votre propre stress. Il vous permettra dans n'importe quelle situation de vous ramener à un ancrage physique présent, à calmer vos pensées, à rassurer votre corps et votre esprit. Ce qui est valable pour vous en tant que Guérisseur l'est aussi pour vos patients. Lorsque vous aurez besoin de vous concentrer dans des moments intenses, angoissants, pensez toujours à ramener vos pensées à l'instant présent. La respiration est un des outils qui vous permettra de canaliser votre trac. Et pour un médecin sur le champ de bataille, il est plus qu'indispensable de le contrôler. La panique peut être source d'erreurs.

Les élèves digéraient doucement ces informations.

Brisalys leur apprit ensuite à pratiquer la méditation. L'exercice de la respiration n'était que la première étape.

— Bien. Maintenant que vous avez entendu votre chef d'orchestre intérieur, qui vous calme, vous apaise, il faut désormais que vous entriez en résonance avec le moment présent. Pour vider votre tête de toute pensée parasitaire.

Elle les fit s'installer dans une position confortable, assise, et fermer les yeux. Puis, la Maîtresse-Guérisseuse leur expliqua l'objectif de la pratique de la méditation.

— Le but de l'exercice est de couper votre cerveau de toute digression mentale intérieure. Focalisez-vous uniquement sur le présent et l'environnement alentour. Évincez toute idée, réflexion, sentiment ou émotion qui se présenterait à la porte de votre esprit. Faites taire votre âme, et laissez votre corps éprouver le monde qui l'entoure. Laissez-vous posséder par vos cinq sens.

Cet exercice fut extrêmement difficile pour Roy qui avait du mal à contrôler ses pensées. Celles-ci avaient tendance à virevolter à toute allure dans sa tête et le ramenaient toujours à des épisodes passés ou des projections futures. Le prince éprouvait de vraies difficultés à respecter les consignes données par Brisalys.

Il ne parvenait pas à trouver le calme et la paix intérieure. Il essayait tant bien que mal de se concentrer sur sa respiration, mais il sentait bien qu'il n'était plus concentré. Il était incapable de retrouver l'apaisement qu'il avait trouvé quelques minutes auparavant lors de l'exercice précédent. Plus il tentait de réussir, plus il s'énervait.

Par ailleurs, il n'était pas le seul dans cette situation : d'autres Guérisseurs apprentis présentaient des signes de nervosité. Certains ouvraient les yeux, d'autres bougeaient, changeaient de position, jouaient avec leur bouche.

Brisalys le remarqua.

— Arrêtons-nous là pour aujourd'hui. Je veux que vous méditiez tous les jours, pour améliorer votre capacité de concentration, pour faciliter votre gestion du stress et pour entretenir la clarté d'esprit dont tout soigneur doit faire preuve. Vous serez amenés à prendre des décisions importantes. Comme celui de la vie ou de la mort d'un camarade. Vous ne pourrez prendre les bonnes décisions que si vous êtes parfaitement calmes, maîtres de vos émotions et de vos pensées. Ancrés dans le présent. La vie de vos alliés dépendra de votre capacité à vous dompter vous-mêmes.

✦ ✦ ✦

— Tu es content, toi, d'être devenu Guérisseur ?

La question était venue naturellement. Roy ne pensait pas qu'elle puisse sembler étrange aux yeux de ses deux nouveaux compagnons. Les yeux de Lloyd s'agrandirent.

— Bien sûr ! lui répondit-il comme si c'était une évidence.

— Pas toi ? demanda Jen, du tac au tac.

Roy botta en touche – il ne voulait pas passer pour le rabat-joie de service.

— Si, bien sûr !

Jen fit la moue, pas vraiment convaincu.

— C'était ton premier choix ?

Perspicace. Roy ne pouvait plus se cacher. Il détestait mentir.

— À vrai dire, non. Je voulais être Guerrier. Je trouve leurs talents de combattants tellement impressionnants, je les trouve puissants !

Lloyd se gratta le menton. Il ne semblait pas comprendre ses arguments.

— Nous aussi, on doit apprendre à se battre, déclara-t-il simplement.

Jen acquiesça.

— Oui, les Guérisseurs doivent aussi maîtriser l'art du combat. Au même titre que n'importe quel Veilleur. Cela se voit moins car notre cœur de mission est celui de soigner les autres. Nous ne sommes simplement pas hyperspécialisés dans la lutte au corps-à-corps. La seule différence que je vois entre les Guerriers et nous, c'est que les Guerriers apprennent à encaisser mieux les coups.

Roy n'avait pas vu cela sous cet angle.

— En plus, ajouta Jen, je trouve qu'on a quand même plus de valeur ajoutée que les Guerriers. Ils ne font *que* ferrailler au moment de la bataille. Nous, on aide nos alliés à se préparer avant, on combat à leur côté pendant, et on les soigne après chaque mission.

— On prend soin des autres, compléta Lloyd.

— Et c'est quelque chose de précieux, tu ne trouves pas ?

Le prince était troublé. À travers les yeux de ses camarades, il commençait à appréhender le rôle de Guérisseur dans son ensemble.

Celui-ci était bien plus complet, complexe et important

qu'il n'avait jamais pu l'imaginer. Il se demandait même si ce n'était pas la discipline la plus compliquée à maîtriser parmi les quatre castes. Il aurait bien aimé avoir l'avis de Brisalys là-dessus. Mais la grande humilité qui la caractérisait ne lui confirmerait pas son impression. Elle ne mettrait jamais en avant ses capacités.

— Oui. Complètement. En plus, je trouve que les compétences qu'on apprend sont très utiles. Je n'imaginais pas que les plantes avaient autant de propriétés. Ou qu'on puisse avoir un tel contrôle sur notre esprit via le corps et vice-versa.

Le visage de Lloyd s'illumina.

— J'aime tellement la méditation ! Je me suis senti si vivant, si efficace après la séance, c'était fou !

Roy ne partageait pas son enthousiasme car il n'avait pas eu le succès escompté. Mais il comprenait son ressenti.

— D'ailleurs, continua le géant, j'ai tellement hâte d'apprendre la musicothérapie, pas vous ?

Jen tapa dans ses mains avec excitation.

— Oh oui ! Tellement hâte ! Tiens, d'ailleurs Lloyd, tu veux jouer ensemble ? Roy, tu joues d'un instrument ?

Le prince lui répondit par la négative.

— Bonne idée, Jen ! s'exclama son camarade. Une pause musicale ne nous fera que du bien ! Roy, cela te dérange-t-il si on fait un peu de musique ?

— Non, pas du tout. Au contraire, avec plaisir. La musique me calme.

Jen alla chercher sa flûte et Lloyd sa harpe. Ils s'accordèrent quelques minutes puis commencèrent à faire danser leurs notes en ce soir calme. Ils jouèrent des mélodies connues qui ramenaient Roy à son enfance. Il se perdit dans ses souvenirs en rêvassant à travers ces mélopées cristallines.

Le lendemain, Brisalys leur introduisit la musicothérapie. Comme pour tous les autres cours, elle les fit s'asseoir en cercle à même le sol autour d'elle.

En guise d'introduction, elle sortit un petit bol gravé de runes. Dans un geste technique, elle le frappa avec un bout de bois. L'ustensile se mit à émettre un retentissement très grave. La vibration se propagea dans l'air et Roy sentit l'onde sonore se répercuter dans son corps. La sensation était à la fois déconcertante et très apaisante. Il se laissa bercer doucement quelques minutes par cette surprenante expérience.

— Alors, ce son vous laisse-t-il indifférent ?

Personne ne répondit. Elle donna un second coup dans son pot chantant, qui émit un second son apaisant. *Je ressens son écho jusque dans mes veines !*

— Le bruit. Les vibrations.

Troisième coup.

— Le soin.

Quatrième coup. *Puissance.*

— Les sons sont des soins. La musique a un effet thérapeutique sur le corps et l'esprit. Chaque organisme possède sa propre résonance. Les ondes vibratoires, comme la musique, sont une des clés pour rétablir l'harmonie au sein d'un système. Elles permettent d'ouvrir une brèche dans le champ de vibrato qui constitue notre être. Grâce à cela, vous pouvez *sentir* votre patient. À l'image de certains animaux qui ne fonctionnent que par écholocalisation, avec beaucoup d'expérience, de concentration et les bons outils, vous pourrez *sentir* et *ressentir* le mal de votre blessé.

Roy ne comprenait pas comment cela était possible. Cela lui semblait surréaliste. Brisalys compléta :

— Les sons sont capables d'intensifier nos émotions, de mettre notre corps et notre esprit dans un état de catharsis. Aussi, ils vous seront également très utiles, pas seulement pour soigner, mais également pour calmer. Mais la musique et les bruits ne servent pas non plus qu'à ça !

Roy était dépassé. Il se tourna vers Jen et Lloyd pour les consulter du regard. Mais ces derniers étaient absorbés par les explications de Brisalys. Jen serrait son fluteau fort entre ses mains et tendait toute son attention vers la Maîtresse-Guérisseuse. Cette dernière sortit un petit cor de guerre qui ressemblait à une corne et le tendit devant elle afin qu'ils puissent tous le voir :

— Vous avez sous les yeux un Loxo, c'est un olifant.

Roy le scruta plus en détail. L'objet semblait être composé à la fois de métal, de bois et d'os taillé. Il était orné de milliers de petits symboles, dans un style très raffiné.

— Il s'agit d'un instrument à vent. Son but originel était de communiquer les messages sur les champs de bataille. Mais désormais…

Elle souffla dedans avec énergie. Un son rauque et stridulent vint heurter Roy de plein fouet. C'était si violent que les élèves se protégèrent les oreilles avec leurs mains.

— Le son peut aussi être une agression. Et elle est très efficace pour affronter les Sombs Hurleurs.

Silence. Roy était estomaqué de cette information. Comment ça, *efficace* face à un Hurleur ? Par quel moyen ? Brisalys ne laissa pas le suspens durer plus longtemps.

— Ces créatures sont quasiment aveugles. Elles se déplacent grâce aux vibrations qu'elles ressentent, par un système de sonar. Les Loxos sont fabriqués uniquement dans le but de les perturber. Cela permet de les hébéter quelques secondes.

Seulement quelques secondes ?

Brisalys sembla lire dans ses pensées.

— Mais ces quelques secondes sont plus que précieuses. Elles peuvent permettre de déstabiliser la bête en pleine charge, pendant un hurlement, ou au moment où ses mâchoires se referment sur la nuque de votre Tacticien.

Lloyd déglutit avec peine.

— Il vous faudra apprendre à perturber vos ennemis au moment crucial. Parfois, à une demi-seconde près, vous pourrez sauver la vie d'un de vos amis ! Et pour détecter le bon moment, là encore, le Guérisseur doit faire preuve d'une vivacité, d'une concentration et d'une maîtrise de soi résistant à toute épreuve ! Les vibrations du Loxo courent dans le sang des Sombs, et désorganisent le rythme de leur cœur et de leurs pas lorsqu'ils chargent au combat.

Elle tourna son cor de guerre sous un angle différent.

— Savez-vous comment sont fabriqués les Loxos ?

— Avec une corne ? demanda timidement Lloyd.

— Oui, tout à fait ! répondit Brisalys. Mais il faut une corne solide et bien préparée. Il faut suivre le rituel de purification de Praesi. Je vous expliquerai cela en temps venu. Ce sera votre leçon de demain. Mais avant de fabriquer votre propre Loxo, que tous ceux qui n'ont pas d'instrument s'approchent.

Elle sortit un gros sac en toile derrière elle.

— Veuillez choisir un instrument de musique. C'est un accessoire indispensable du Guérisseur. La musique est un joyau à sertir qui trouve sa place dans notre âme, capable de ravir et apaiser le cœur de n'importe quel être vivant. Alors, choisissez bien votre compagnon chantant, celui-ci sera à vos côtés dans les meilleurs comme dans les pires moments. La musicothérapie est bien trop sous-estimée et je suis convaincue qu'il y a encore beaucoup de choses à découvrir dans cette discipline.

Seulement quelques élèves s'approchèrent de Brisalys. Une bonne partie d'entre eux avait déjà un instrument en sa possession.

Roy s'approcha du sac. Il repéra un luth, un tambourin, plusieurs lyres, une citole, deux guiternes, des chalemies, de petits bendirs et des pipeaux de toutes les formes et toutes les tailles.

Après une longue hésitation, le prince jeta son dévolu sur une flûte de Naïv, un petit instrument composé d'un ensemble de petits tuyaux en bois de roseaux, de longueurs différentes, percés à leurs deux extrémités et reliés entre eux par un ruban et des fils de soie. Le jeune homme aimait le son doux et léger qu'il émettait.

Même si pour le moment, il éprouvait encore beaucoup de difficultés à le prendre en main.

— Ah, la flûte de Naïv, commenta Brisalys mystérieusement, très bon choix, Roy ! Sais-tu d'où elle tire son nom ?

Le prince n'en avait strictement aucune idée. Sûrement du nom de son créateur ?

— C'est celui qui l'a inventé ?

— Non, de celle qui en a été victime.

— C'est-à-dire ? demande Roy, piqué par la curiosité.

— Laisse la flûte te raconter son histoire. Ainsi, tu comprendras d'où elle vient, et tu pourras confirmer ton choix.

Brisalys lui prit doucement la flûte polycalame des mains.

— Puis-je ?

— Bien sûr.

— Alors, ouvre grand tes oreilles, et accompagne-moi au temps des Demiurges.

Elle se mit à souffler dans l'instrument.

ARCHIVE

Il y a des milliers d'années, Shazar vola un morceau de Glaise Primordiale à Fictor le Modeleur. Furieux de s'être fait dérober son plus précieux bien, Fictor déclara :

— Puisque vous, les Dieux, pensez pouvoir vous passer de mes talents et façonner la Glaise Primordiale à votre guise, je me retire.

Fictor le Modeleur se retrancha dans un endroit secret sur la Terre des Hommes. Il cessa ses créations de vie, et plus personne ne le revit jamais.

Ignorant la fureur de Fictor, Shazar, le Dieu du Chaos, s'enferma avec son larcin dans son antre. Il s'isola des années durant dans une solitude murée.

Inquiète de cette soudaine retraite, sa sœur Nhymora, la Déesse de l'Harmonie, tenta de l'y soustraire par tous les moyens. Mais son frère était comme animé d'une fièvre dont il ne pouvait se défaire : sculpter la glaise élémentaire était devenu son seul et unique objectif. Il voulait donner la vie. Ce don de création avait été offert à Nhymora, mais Shazar n'était capable que de destruction.

Nul ne sut quel procédé il utilisa, mais après sept ans de dur labeur, Shazar sortit finalement de sa caverne, totalement consumé par son œuvre. Désormais, il n'était plus seul : il venait de donner naissance à son premier enfant, Nox, l'Entité du Néant.

Il lui fit visiter son royaume, lui présenta son peuple et ses émissaires.

Shazar prit la parole en ces mots en s'adressant à son peuple, les Sombs :

— Mes chers enfants, je vous présente Nox, votre nouveau roi. Honorez-moi en lui obéissant.

Shazar légua les rênes de son empire à son premier-né. Nox devint le souverain des Sombs.

Puis il s'isola dans une nouvelle retraite durant sept ans.

Lorsqu'il réapparut, encore plus fatigué que lors de sa première création, il était accompagné d'une jeune femme ailée dotée d'une beauté sans pareille.

Nox vint à sa rencontre.

— Père, j'ai fait ainsi que vous m'avez commandé. Le royaume est sous contrôle et le peuple obéit.

— Bien, mon fils. Je te présente Véra, ta sœur et Entité du Péché. Tous les deux, je vous laisserai gouverner les Sombs. Je ne peux prolonger mon séjour terrestre.

Sur ces mots, Shazar disparut des Terres d'Askadie et retourna dans le royaume des Dieux, invisible aux yeux des simples mortels.

Durant des années, Nox et Véra régnèrent sans accroc comme roi et reine des Sombs. Véra était la plus belle créature du royaume et personne n'osait aller à l'encontre de cette vérité. Elle était également considérée comme la meilleure chanteuse et danseuse. Quiconque osait se mettre en travers de son chemin finissait par subir ses foudres.

Mais un beau jour, un oiseau vint se poser à la fenêtre de la dragonne. Il chanta sur un ton moqueur :

Véra la Reine de beauté,
N'est plus la première des fleurs !
Véra la Princesse à la douce voix,
N'est plus la meilleure des divas !
Véra l'Altesse aux milles danses,
N'est plus la meilleure des ballerines !

Furieuse, Véra attrapa l'oiseau :

— Comment oses-tu me braver ainsi ?

— Koa, koa, koa… je ne suis que l'émissaire ! Koa, koa, koa… Une jeune femme vous surpasse !

— Personne ne me surpasse. Je suis la plus belle, la meilleure chanteuse et danseuse des Terres d'Askadie.

— Koa, koa, koa… C'est faux, une créature exquise éclipse vos talents et votre perfection. Sa splendeur n'a d'égal que sa pureté. L'éclat de sa voix est comme un cristal. Ses pas de danse sont d'une noblesse et d'une élégance sans pareille. Koa, koa, koa… !

— Qui est-elle ?

— Naïv, du lac Émeraude.

De rage, Véra la succube brisa la nuque du volatile avant de l'avaler tout rond.

Pleine de fureur, elle se rendit au lac Émeraude pour rencontrer sa rivale.

Elle entendit une voix enchanteresse emplir l'atmosphère. La mélodie était douce, belle, féérique. La créature capable d'émettre de telles notes célestes était dotée d'un talent digne d'un dieu.

Curieuse, jalouse et piquée dans son orgueil, Véra se dirigea vers la source de ce chant sibyllin. Quelle ne fut sa surprise de voir une magnifique jeune femme chanter et danser, posée sur un rocher au milieu de l'eau !

Sa grâce était aérienne, son visage d'une pureté parfaite et son chant digne d'oiseaux de paradis. Ses cheveux d'or virevoltaient autour d'elle dans des mouvements délicieux. Elle ressemblait à un astre de perfection.

Elle chantait pour son frère Nox, qui l'admirait depuis la rive d'un regard éperdument amoureux.

Blessée dans son amour propre, Véra lança un sort à Naïv.

— Je suis la plus belle, la meilleure chanteuse et danseuse du royaume. Voilà ce qu'il t'en coûtera d'oser me défier.

Le corps de la pauvre Naïv fut soudainement transformé en une poignée de roseaux dorés.

Le cœur brisé, Nox hurla :

— Qu'as-tu fait, Véra ?

Il se précipita vers le rocher où son aimée dansait quelques secondes auparavant et se mit à pleurer. Il enlaça tristement les roseaux qui se mirent à émettre un tintement cristallin au contact de ses larmes.

— Mon Amour.

Nox coupa alors quelques tiges de roseaux dorés à partir desquels il fabriqua une flûte pour se souvenir du chant de son amour.

Depuis, on peut entendre certains soirs la complainte mélancolique de Nox. Il pleure son aimée et l'accompagne du son de sa flûte.

Depuis, le fils de Shazar n'a plus jamais ouvert son cœur à aucune créature de ce monde.

La légende de Naïv.

— Alors, Roy, ton choix sur la douce et malchanceuse Naïv se confirme-t-il ?

Le prince acquiesça. Il trouvait l'histoire triste, mais touchante. Ainsi donc, même les Sombs pouvaient tomber amoureux…

Le son de l'objet de bois était cristallin, doux, enchanteur. Cela lui évoquait le rêve et l'évasion. Il appréciait cette sensation.

Alors, il prit la flûte et la rangea dans la poche intérieure de sa veste. On aurait dit qu'elle était faite pour y être placée. Le hasard faisait bien les choses.

— Merci, Dame Brisalys.

Elle baissa la tête en signe d'assentiment.

Il rejoignit Jen et Lloyd pendant que les élèves sans instrument choisissaient le leur, et leur montra sa flûte.

— Alors, qu'est-ce que vous en pensez ?

Jen se gratta l'arrière de la tête, circonspect.

— Elle est jolie, mais je ne lui trouve rien d'exceptionnel.

— Elle est très belle, et elle doit faire un très beau son ! s'enthousiasma sincèrement Lloyd. Tu nous feras écouter ?

Décidément, le géant débordait d'énergie positive, quelle que soit la situation.

— Oui, bien sûr, mais pas maintenant. Je dois m'entraîner pour apprendre à la maîtriser. Vous me guiderez ?

Ils lui firent un grand sourire et répondirent en chœur :

— Bien sûr !

Puis il rajouta :

— Jouons quelques morceaux, mais ne nous couchons pas trop tard, Brisalys va nous apprendre à fabriquer nos Loxos demain ! La tâche s'annonce ardue.

13
MISSIVE POUR SHAZAR

Il survola les usines à Sombs Hurleurs, dépassa la pompe à Animæ, avant d'arriver devant le palais lacéré des souverains Sombs. Toute une garnison de Massacreurs était postée en défense du bâtiment, mais pas l'un d'entre eux ne tenta de l'arrêter. Il en fut cependant un, visiblement éclairé d'une soudaine lueur d'intelligence, qui le remarqua et lui fit un signe pour le saluer.

Le petit dragon argenté aux yeux violets pénétra ainsi les Sombre-Terres sans être inquiété des Sombs. Ces derniers ne le *sentaient* pas. Il était indétectable. Il n'avait pas d'odeur. Il était d'une neutralité absolue.

À toute allure, Firith voletait dans les couloirs de la forteresse, croisant çà et là de nombreux serviteurs Sombs. Certains n'avaient pas encore complètement terminé leur mutation.

Il déboucha finalement dans la salle principale où Nox, Véra et Leto étaient en pleine discussion. Lorsque les enfants de Shazar l'aperçurent, un grand sourire naquit au coin de leurs lèvres. Nox congédia Leto.

Véra l'accueillit chaleureusement.

— Mon très cher Firith, te voilà sous ta meilleure forme ! Tu fais enfin le choix de la raison.

Le dragonnet aux écailles brillantes lui rendit sa révérence.

— Enfants de Shazar, j'ai un message à vous porter.

Nox s'approcha de lui.

— Nous t'écoutons, Messager.

— Gondria est entre les mains des humains. Ils possèdent déjà une âme. L'un des leurs va mener une expédition afin de la compléter.

Véra soupira.

— Tu vois, c'est pour cela, Firith, que je ne t'apprécie pas. Ton ambivalence est détestable. Tu apportes ton aide tout d'abord aux humains, puis tu viens nous l'annoncer pour contrecarrer leurs plans. C'est absurde. Te sens-tu réellement obligé de suivre cette stupide mission qui t'a été attribuée ?

Le petit dragon aux yeux violets répondit avec partialité :

— C'est mon essence même. Je suis au service des Dieux. Mon libre arbitre n'est qu'un outil en faveur de la destinée tracée par des forces contre lesquelles on ne peut aller.

— C'est faux, rétorqua Nox. Si tu le voulais, tu pourrais décider quel dieu servir de façon loyale si tu en avais seulement l'envie. Tu n'es qu'un poltron qui se cache derrière des règles immuables pour ne pas prendre part à l'histoire. Les événements s'écrivent par nos actes conscients. La vérité, c'est que tu as peur que tes décisions aient un impact sur le cours des choses. Tu es faible, et lâche. La pire Entité créée par les Dieux.

— Je fais ce qui doit être fait.

Agacée, Véra les interrompit :

— Cessez vos enfantillages. On a compris. Firith restera la putain des Dieux. Maintenant, délivre-nous le reste du message s'il y en a un, pâle et ridicule copie de Shazar. Qui va mener l'opération chez les humains ? Combien sont-ils ? Savent-ils se servir de la boussole ? Où vont-ils ?

— L'émissaire s'appelle Gareth, fils du roi Ellyan Omblèze. Il part chercher le Porteur.

— Qui est le Porteur ? s'impatienta Nox.

— Je ne peux vous le révéler, répondit Firith.

— Tu ne *peux* pas ou tu ne le *veux* pas ?

— La direction indique le nord-est par rapport à Centurya. Voilà la dernière information que je peux vous délivrer. Ma mission ici est terminée.

Le dragonnet battit des ailes, et quitta ses hôtes aussi vite qu'il était arrivé.

— Il faut arrêter cet humain, commenta Véra. Gondria entre les mains des humains pourrait nuire à nos plans. Entre *nos* mains, Gondria représente l'arme qui assurera le succès de notre entreprise.

Nox secoua les ailes.

— Oui, je vais m'en occuper. Tu gères mieux les usines et la logistique que moi. Je vais y aller.

Véra acquiesça.

— Tout à fait d'accord. Et je n'ai pas trop envie de voyager, mes ailes portent encore les stigmates de notre avant-dernière rencontre avec notre très cher ami Firith. Je ne me sens pas d'entreprendre un si long voyage. Elle déploya largement ses ailes grises et exposa à son frère les blessures qui trouaient leur fragile membrane.

— Tu es une paresseuse, répondit Nox.

Véra lui fit un grand sourire.

— Rappelle Leto, lui ordonna-t-il, nous devons attaquer en force pour distraire les humains. Ils ne doivent pas avoir le temps de penser à Gondria. De ton côté, accélère la production de Sombs et de mutants. Contacte nos alliés sur les Terres des Hommes et demande-leur de nous rapporter toute information liée à l'expédition des humains s'ils en ont vent.

Sa sœur éclata d'un rire sadique.

— Nox, j'aime quand tu es résolu à faire souffrir les humains avec une telle férocité. C'est entendu ! Infligeons-leur donc le dernier coup qui signera la fin de leur race si ingrate et indigne.

ARCHIVE

Naissance de Firith

Nhymora et Shazar naquirent des entrailles des Oubliés.

Firith le Messager naquit des entrailles de Nhymora et Shazar, mi-être d'Animæ, mi-être de Glaise Primordiale.

« Que la neutralité pure soit incarnée ! Au service de l'équilibre et du Destin tu seras ! », déclara Nhymora.

« Que l'impartialité pure résonne en toi ! Au service de l'entremise et de la Liberté tu seras ! », déclara Shazar.

Firith prit la forme d'un phénix doré, et délivra son message.
Firith prit la forme d'un dragon argenté, et délivra

son message.

Firith prit la forme d'un loup vert, et délivra son message.

Firith prit la forme d'un serpent bleu, et délivra son message.

Firith prit la forme d'un aigle violet, et délivra son message.

Firith prit la forme d'un tigre rouge, et délivra son message.

[...]

Les Primordiaux et les Originels furent emprisonnés.

Firith devint le féroce Gardien de leur tombeau.

Personne jamais ne vit quelle forme il revêtit.

Auteur inconnu

Parchemin incomplet.

14
LOXO

Avant toute chose, pour fabriquer un Loxo, il fallait se procurer une corne en os. Brisalys leur avait laissé cinq jours pour en trouver une. Cela signifiait qu'ils allaient devoir partir en chasse pour traquer des animaux en étant dotés. Après quoi, il leur faudrait effectuer le rituel de Praesi pour la transformer en Loxo.

Les élèves de Brisalys se préparaient donc à mener leur expédition afin de dénicher la matière première nécessaire à la fabrication de leur arme anti-Somb.

✦

— Le crépuscule est bientôt là, observait Lloyd, excité. On va pouvoir lancer la chasse dans quelques instants !

Les trois apprentis Guérisseurs avaient décidé d'unir leurs

forces pour fabriquer leurs Loxos.

— Quel animal as-tu choisi, Lloyd ? demanda Roy.

— Je vise un cerf à andouillers rouges. Leur corne frontale rouge est magnifique, et j'aime la noblesse qu'ils dégagent.

— Bon choix, concéda Jen. Moi, j'aimerais me procurer la corne d'un naja forestier à rayures.

Roy et Lloyd étaient tous deux surpris. Le prince fronça les sourcils.

— Il va falloir qu'on s'organise bien pour en trouver un et le neutraliser, cela ne va pas être une chose aisée.

— Je sais, confirma Jen avec une pointe de culpabilité, mais ces animaux me fascinent, et on pourra également récupérer son poison pour fabriquer des remèdes.

— Bonne idée ! s'exclama Lloyd. On va pouvoir faire des antidouleurs avec ça.

— … et du poison paralysant, compléta Roy.

Jen tourna son visage balafré vers lui

— Et toi, alors, quelle créature as-tu dans le collimateur ?

— Le glouton ardent à cornes.

Ses deux interlocuteurs devinrent livides.

— Il va falloir être encore plus prudents que pour le serpent… Les gloutons sont les animaux les plus agressifs du règne animal, fit remarquer Jen.

— Justement, fit-il remarquer, c'est pour cela que je veux une de leurs cornes. Ils sont sans peur. J'aimerais être aussi brave face aux Sombs lorsqu'on les affrontera.

— Tu as raison, valida Lloyd avec bienveillance. C'est une belle symbolique.

Excité et ravi qu'ils se soient accordés, Roy lança :

— Alors ne perdons pas de temps ! Je vous propose de commencer par le cerf, il sera le plus facile à trouver.

Ils se mirent en route. Pour cette chasse particulière, Lloyd s'était muni d'un arc. Il était impossible d'arrêter autrement la course d'un cerf à andouillers rouges.

Par chance, la lune éclairait très bien les bois cette nuit-là. Autour d'eux se faisaient entendre les murmures des autres groupes partant traquer leurs proies.

Après une demi-heure d'observation, Jen identifia la trace d'un cerf. Il posa les mains au sol et renifla ses doigts.

— Là, une déjection fraîche. Nous sommes sur la bonne voie. Cela ne fait aucun doute !

Il indiqua une direction qui s'enfonçait au cœur des bois.

— Par là. Ne faites plus un bruit.

Ils marchèrent et s'enfoncèrent dans un bosquet d'accès difficile. Ils se frayèrent tant bien que mal un passage au milieu des arbustes, avant de déboucher dans une minuscule clairière. Une biche broutait tranquillement tandis que son petit tétait.

— Ils sont là, chuchota Jen.

— On ne va quand même pas tuer une mère et son bébé ! se révolta Roy.

— Non, bien sûr que non, répondit Lloyd. Ce serait déloyal. Les cerfs évoluent en groupe de femelles, dirigé par un mâle dominant. Il faut que nous le trouvions. C'est lui que je veux.

— Contournons alors le bosquet, pour trouver le reste de la harde et le mâle, commanda Roy.

Avec précaution, ils progressèrent dans les fourrés pour faire le tour de la clairière.

Soudain, au beau milieu de leur avancée, une masse inattendue vint les heurter brutalement. Ils se retrouvèrent subitement à terre. Quelque chose les avait chargés.

Jen avait été touché. Étalé au sol, il hurlait de douleur. Il était probablement blessé. Roy se redressa subitement pour faire face à leur assaillant.

Quelle ne fut sa surprise de se retrouver face-à-face avec un cerf d'une carrure imposante. Une épaisse toison de longs poils blancs avait commencé à pousser sur tout son corps, en prévision de l'hiver. Qu'il était majestueux ! Il les scrutait de ses yeux ambrés.

Il secouait ses andouillers de façon menaçante, en grattant le sol du bout de son sabot griffu. Puis il baissa la tête, prit son élan et se rua sur lui, avec la ferme intention de l'empaler.

— Attention, Roy !

Lloyd le poussa de la trajectoire et donna un coup d'épaule à la créature qui fit un écart sur le côté. Un liquide chaud dégoulina sur son visage. Du sang. Son ami se tenait l'épaule. Lloyd était blessé, lui aussi.

Malheureusement, ils n'avaient pas le temps de constater l'étendue des dégâts. Il fallait agir vite pour stopper l'attaque et neutraliser la bête. Le cervidé était déjà prêt à ruer à nouveau. Il prit une seconde impulsion, et se précipita vers Lloyd.

Cette fois-ci, Roy intervint pour protéger son équipier. Sans réfléchir, il sortit son poignard, courut en direction de la bête et lui planta la lame dans la gorge. C'était comme si son instinct lui avait dicté la conduite à tenir.

Effusion de sang. Le cerf brama de douleur et bondit dans tous les sens en projetant de l'hémoglobine partout autour d'eux, avant de s'enfuir en chancelant. Le prince voulut se lancer à sa poursuite, mais Lloyd l'interrompit en le retenant par le bras.

— Non, attends, il va mourir, nous n'aurons qu'à récupérer son corps plus tard. Tu l'as touché à la carotide. Il ne survivra pas à sa blessure. Vérifions d'abord comment va Jen.

Ce grand gaillard de Lloyd ne se plaignait pas, mais du sang coulait sans s'arrêter le long de son bras.

— Et toi, comment tu vas ?

— Rien de bien méchant, ne t'en fais pas.

Ils se penchèrent au-dessus de Jen, inconscient au sol. Roy lui versa de l'eau dans la bouche et lui épongea le front, avant de l'ausculter rapidement. Il n'avait aucune blessure apparente – il avait seulement dû être secoué par le choc.

Après quelques minutes, Jen reprit ses esprits et s'assit, soutenu par Lloyd.

— Il… il a foncé sur moi… M'a donné un coup dans le ventre.

Il posa ses mains sur son abdomen et effectua une palpation.

— Je crois que… ça va.

Ils l'aidèrent à se relever.

— La bonne nouvelle, c'est qu'on a eu le cerf.

— Déjà ?

Jen découvrit la blessure de Lloyd.

— Lloyd, tu es blessé, il faut te soigner !

— Non, ça ira, regarde !

Il déchira un bout de sa chemise et l'attacha sur sa plaie pour stopper le saignement.

— Et voilà, ça va déjà mieux !

Les deux camarades aidèrent Jen à marcher quelques mètres. Après plusieurs minutes, il se sentit remis sur pied et leur annonça :

— C'est bon, je crois que je peux le faire seul. Allons chercher ta corne, Lloyd.

Ils suivirent les sillons de sang qui tachaient le sol, et découvrirent la dépouille du cervidé, quelques dizaines de mètres plus loin.

— Tu avais raison, constata Roy. Il est bien mort comme tu

l'avais prévu.

Il retira son poignard du gosier de la bête et ne put s'empêcher de signer la croix de Nhymora. *Que Nhymora veille sur toi.*

— Félicitations, Lloyd, complimenta Jen, tu vas pouvoir fabriquer ton Loxo.

— Oui, répondit ce dernier, l'air attristé.

— Quelque chose ne va pas ? s'enquit Roy.

— Non, tout va bien. Mais cela me fait mal au cœur d'ôter une vie innocente.

Jen lui tapota l'épaule.

— Je comprends, mais cela fait partie de notre apprentissage. Tu vas pouvoir fabriquer un Loxo et combattre les Sombs grâce à cette vie.

— Oui, tu as raison, son sacrifice ne sera pas vain.

Il se tourna vers ses acolytes.

— Pouvez-vous me laisser avec le cerf ? J'aimerais un moment seul pour lui ôter ses cornes et lui administrer les sacrements qu'il mérite.

La seconde cible fut le naja forestier. Pour cette chasse, les trois amis furent plus prévoyants. Ils s'étaient procuré le matériel nécessaire et avaient élaboré une stratégie d'attaque.

Après de longues recherches, ils en débusquèrent un enroulé autour d'une branche. La couleur verte de ses écailles le rendait à peine visible, au milieu des feuilles de l'arbre.

Le spécimen était d'une belle taille et devait avoisiner les quatre mètres de long. Son gabarit n'effrayait pas Jen. C'était sa proie, il lui fallait se montrer brave. Alors, il escalada le tronc et entreprit de déloger l'animal de son perchoir en le secouant du bout de son bâton.

Le naja répondait mollement aux stimulations et ne fit qu'amplifier l'emprise de son corps musclé autour de la ramification.

— Cela ne fonctionne pas, constata Jen.

— Essaie de taper plus fort, proposa Lloyd.

— Je ne pense pas que ça soit une bonne idée, remarqua Roy. S'il s'énerve et t'attaque, tu risques de te faire mordre. Je ne veux pas paraître alarmiste, mais ça serait la mort assurée.

— Tu as raison, concéda le chasseur.

Il descendit de l'arbre, et ensemble, ils réfléchirent à un nouveau plan d'attaque.

— On ne peut pas le neutraliser tant qu'il est dans l'arbre, commença Roy.

— Oui, il est dans son élément et nous ne sommes pas dans une situation de force d'un point de vue topologique, il faut absolument le faire tomber de sa branche, répondit Jen.

Lloyd fronça les sourcils.

— Le faire *tomber* ? Ne peut-on pas attendre simplement qu'il descende tout seul ?

Jen se frotta le menton.

— C'est une bonne idée. Malheureusement, s'il s'est déjà nourri, il risque de rester longtemps là-haut. Les najas forestiers peuvent digérer des semaines durant.

Roy alimenta la réflexion de son acolyte.

— Et avec le vacarme que nous avons fait, il ne prendra pas le risque de s'exposer à de potentiels prédateurs. Tant que nous serons là, je pense qu'il restera là-haut. C'est un lieu sûr pour lui. Il faut trouver un autre moyen de lui faire quitter sa branche.

— En lui lançant le sac sur la tête ? proposa Lloyd. Cela l'aveuglera et il bougera certainement !

— Non, répondit Jen, si le sac se bloque dans les branchages, on perd notre outil le plus précieux. Sans le sac, on ne peut pas le neutraliser quand il sera au sol. Il ne faut prendre aucun risque.

Les trois amis échangèrent ainsi de longues minutes à propos de la meilleure stratégie à adopter. Pendant ce temps, le serpent restait paisiblement enroulé autour de sa branche, les narguant de son abri en hauteur.

Mais à un moment, plus aucune idée ne leur vint. Ils vidèrent alors le contenu de leur gibecière pour faire l'inventaire de leur matériel : une corde, un sac en jute, un bâton recourbé, des fioles, des poignards, un arc, une machette, la flûte de Naïv…

Roy fut pris d'une inspiration.

— Et si on le délogeait en lui tirant une flèche ? Cela semble évident ! Pourquoi n'y avons-nous pas pensé tout de suite ?

Jen secoua la tête.

— Non, un naja forestier blessé s'enfuit. Nous serons incapables de le tuer du premier coup. Étant donné la façon dont il est enroulé autour de la branche, sa tête nous est inaccessible, malgré les talents de Lloyd à l'arc. Si nous le touchons, il aura le temps de filer. Ils sont très rapides et peuvent naviguer de cime en cime. Nous serions incapables de le poursuivre.

— Mais ne peut-on pas faire comme avec le cerf et attendre que la flèche le tue, puis récupérer le cadavre plus loin ?

— Si la flèche le tue, répliqua Jen, et si nous avons cette chance, trouver son corps dans cette forêt serait comme chercher une aiguille dans une botte de foin. Imagine s'il meurt tout en haut d'un arbre ? Non, je ne veux pas prendre le risque qu'il s'enfuie, ça serait trop compliqué.

— Je n'ai plus d'idées, soupira Roy, déçu.

Ils s'assirent dans l'herbe, les yeux rivés sur le reptile trônant à quelques mètres au-dessus de leurs têtes.

— C'est frustrant, il est à la fois si proche et si loin, commenta Jen.

Resté en retrait pendant leurs échanges, Lloyd sourit. Son visage s'illumina subitement. Il se mit à rire.

— Que trouves-tu si drôle ? lui demanda Jen, surpris.

— J'ai une idée, mais elle va peut-être vous paraître saugrenue.

— Nous sommes tout ouïe, l'encouragea Roy, nous sommes à court d'idées. Aussi extravagante que soit ta proposition, elle ne sera que bienvenue.

— Eh bien, je crois que les serpents pourraient être sensibles à la musique. J'ai déjà vu lors d'un voyage à Belvaine un charmeur qui amadouait un cobra avec une flûte. Ce dernier dansait sous l'effet de la mélodie. Il semblait alors totalement sous contrôle.

Jen et Roy restèrent silencieux.

— Peut-être que tu peux utiliser ta flûte de Naïv, Roy ?

Le prince haussa les épaules.

— Après tout, pourquoi pas. Nous n'avons pas d'autre plan, pourquoi ne pas essayer cela.

Roy prit l'instrument et souffla doucement dans les tubes de roseau. Un son cristallin se diffusa autour d'eux. Jen et Lloyd fixaient le naja forestier intensément. Mais ce dernier ne semblait pas vouloir bouger d'un iota, insensible au chant de Naïv.

Devant cet échec, Lloyd sourit de façon gênée en se grattant l'arrière du crâne.

— Désolé, je pensais que ça serait une bonne idée. J'ai peut-être été un peu trop optimiste.

Jen lui donna une tape sur l'épaule.

— Pas de regrets, on aura essayé. Il n'y a pas énormément de solutions qui s'offrent à nous pour faire tomber ce monstre de sa branche sans prendre trop de risques pour notre sécurité.

Roy eut un éclair de fulgurance.

— Déloger le serpent de sa branche semble en effet compliqué. En revanche… pourquoi ne pas faire tomber *la branche* elle-même ?

Comprenant où voulait en venir le prince, Jen se tapa le front de la paume de la main.

— Mais comment ne pas y avoir pensé plus tôt ! Bien sûr, on va couper la branche ! Nous avons une machette !

— Alors, allons-y ! encouragea chaleureusement Lloyd.

— Je commence, annonça Jen. Il s'agit de ma proie. Si jamais je fatigue, je vous laisserai prendre le relais. Roy, je pense que tu devrais t'armer du sac. Si le serpent tombe, il faudra lui couper le champ de vision le plus rapidement possible. Lance-lui sur la tête.

— Entendu !

— Et moi, ajouta Lloyd, je me tiens prêt à le capturer s'il tombe.

Il se saisit du bâton recourbé.

— Bien, maintenant que nous sommes tous en place, je monte !

Jen prit la machette et escalada le tronc. Lorsqu'il se retrouva dans une position assez confortable en hauteur au-dessus du sol, il commença à donner quelques petits coups de sa hachette pour tester la résistance de ses appuis et de la branche. Il y découpa quelques entailles. L'entreprise allait être longue et épuisante.

Qu'importe, la corne de ce naja forestier serait un beau trophée, et ferait un magnifique Loxo !

Sous les vibrations, le corps du gros reptile resserra sa prise. Il ne semblait définitivement pas motivé à quitter son abri.

Jen mit un peu plus d'ardeur à la tâche. Il assénait des coups de lame avec de plus en plus d'entrain. De grosses perles de sueur commençaient à lui couler le long des tempes. Sa chemise de lin était trempée.

— La branche commence à trembler, fit remarquer Lloyd. Elle se fragilise, continue, Jen ! Tu vas y arriver !

Le géant avait raison, la branche commençait à s'affaisser dangereusement sous le poids du naja, à chaque coup de Jen.

Pour la première fois, le cobra manifesta des signes d'impatience et ouvrit ses yeux. Sa langue bifide effectua des moulinets impatients dans les airs.

— Jen, attention, avertit Lloyd. Le naja semble s'activer. Attention à ne pas te faire mordre !

Sur les conseils de son ami, le Guérisseur interrompit sa besogne pour observer les réactions de l'animal.

La tête relevée, le reptile surveillait autour de lui. Il était enfin sorti de sa léthargie. Cela n'arrangeait pas les affaires de Jen, qui n'osait plus continuer par peur de le voir attaquer.

— Je vais essayer de continuer, déclara-t-il, le front en sueur et les bras tremblants. Mais plus doucement.

Il asséna un nouveau coup. Le serpent ne l'entendit pas de cette oreille et se rebella. Dans un mouvement à peine perceptible, il fit volte-face et se retrouva face à Jen. Il déploya sa collerette en éventail en sifflant dangereusement pour intimider l'intrus qui osait le déranger dans sa sieste digestive.

Jen n'en menait pas large. Les mortelles mâchoires du cobra forestier ne se trouvaient qu'à quelques centimètres de son visage. Ses yeux noirs et perçants étaient fixés sur lui. Il n'osait plus bouger. Une seule morsure, et c'était la mort assurée.

— Arrête tout ! ordonna Roy. Il s'apprête à t'attaquer ! Recule doucement.

Jen sentit son corps entier être saisi de tremblements. Sous l'effet de la peur, ses muscles se crispèrent. Sa force l'abandonnait. Son visage devint blême.

— Je… je ne peux plus bouger.

Le naja secoua la queue, qui émit des tintements de carillon.

— Il… il va attaquer, déclara Jen.

Le serpent lança l'assaut. En une fraction de seconde, dans un sifflement impitoyable, sa gueule béante s'ouvrit grand en direction du visage de Jen.

Par chance, l'attaque du serpent mourut avant d'avoir atteint sa cible. Soudainement inanimé, le long corps écailleux s'effondra de la branche, et s'écroula mollement sur le sol dans un bruit sourd.

Jen devait son salut à Lloyd. Voyant l'imminence de l'attaque, ce dernier avait saisi son arc et avait décoché une flèche fulgurante qui avait traversé la boîte crânienne de la bête. Il avait sauvé Jen d'une mort certaine.

Ce dernier, encore sous le choc, mais venant de réaliser qu'il était toujours en vie, se relâcha. Il recula doucement et entreprit de redescendre le tronc de l'arbre, frémissant toujours de terreur. Il n'en menait pas large.

Roy l'aida à se réceptionner et lui tapota l'épaule :

— C'est fait ! Tu as ta proie ! Félicitations, mon ami !

Lloyd avait ramassé le haut de corps de la bête et lui tendait la tête trouée. La corne légèrement recourbée du naja était intacte – elle était d'une belle taille.

— Regarde, Jen, comme il est beau. Ton Loxo sera parfait. Il va faire un son qui va effrayer tous les Sombs, à coup sûr !

Encore frissonnant, l'intéressé sourit doucement.

— J'espère que j'aurai plus de courage quand il faudra affronter les Sombs. J'ai honte d'avoir perdu mes moyens.

Lloyd posa la carcasse au sol et fronça les sourcils.

— Tu le seras. Fais-toi confiance. Tu viens d'échapper à la mort, c'est normal d'être effrayé. Sache que tu ne seras jamais seul face à un Somb, jamais, tu m'entends ? Nous serons toujours à tes côtés !

— Ou ton escouade, compléta Roy, pragmatique.

— Une guerre ne se mène pas seul. C'est un travail d'équipe. Le courage se puise dans la bravoure des autres.

Devant ces belles paroles et le soutien de ses équipiers, quelques larmes s'échappèrent du coin des yeux de Jen.

— Merci, les amis.

— Bien, conclut Roy, maintenant, récupérons le venin de ce serpent. Cela pourra s'avérer très utile par la suite !

Ils dépecèrent la bête, vidèrent ses glandes à venin et Jen récupéra la précieuse corne.

ARCHIVE

Glouton Ardent cornu

Le Glouton Ardent cornu (ou Flammam Gulo Gulo) est un mammifère carnivore vivant dans les forêts tempérées. Il ressemble à un petit ours, pouvant peser de 15 à 45 kg, pour les plus gros spécimens. Sa tête ronde et large est dotée de mâchoires extrêmement puissantes. Il est capable de démembrer des créatures bien plus imposantes que lui.

Le Glouton Ardent cornu est un bagarreur très, très, très agressif, doublé d'un voleur. Il est capable de s'attaquer à des superprédateurs, comme des Aquatigris ou des Loups à crinière argentée, dont il subtilise les proies. Aucun rival ne lui fait peur. Parfois, il engage les hostilités par simple goût de la confrontation. Il aime se battre. C'est un bagarreur de première catégorie.

Son appétit est sans fin. Aussi, il sera capable d'engloutir une carcasse entière de Cerf à andouillers rouges un jour, et de chasser trois ou quatre lièvres, quelques castors, et un renard le lendemain. S'il croise un nid sur son chemin, soyez sûrs que le Glouton Ardent cornu se fera une joie d'avaler tout rond les œufs qui s'y trouvent. Pour éviter de se faire dérober sa nourriture, le glouton urine dessus pour dissuader tout autre concurrent de la lui manger.

Pour marquer son territoire, il appose les sécrétions muqueuses de ses glandes anales le long des chemins qu'il emprunte. Parfois, il creuse des trous de façon frénétique à l'aide de ses pattes griffues ou rogne les troncs des arbres simplement pour indiquer sa présence. Ceci également par plaisir de destruction.

Le Glouton Ardent cornu dort là où bon lui semble. Parfois dans un tronc d'arbre ou dans une cime, parfois dans la tanière d'autres animaux. Il lui arrive parfois même de se reposer à même le sol sans aucune protection. Il ne craint rien ni personne. Certains individus ont même été repérés en train de somnoler carrément à l'intérieur de carcasses d'animaux.

En comparaison à ses cousins de la même espèce, le Glouton Ardent cornu possède deux particularités supplémentaires :

– Deux cornes sur le front qui lui permettent d'empaler les petits animaux ou de blesser ses rivaux de ripaille.

– Une nature encore plus belliqueuse que toutes les autres sous-espèces de Gloutons, déjà réputés pour avoir un très mauvais caractère.

« Démembreur, Terreur, Esprit Maléfique, Appétit

Insatiable, Démolisseur, voilà quelques-uns des surnoms dont a été affublé le Glouton Ardent cornu ».

Janol Amoli, Naturaliste Royal.

Encyclopédie Universelle et Naturelle, Grande Bibliothèque de Centurya.

15
RIXE MORTELLE

— Il est là, chuchota Roy. Attention, ne le réveillez pas.

La bête était roulée en boule dans la cage thoracique creusée d'une carcasse de cerf à andouillers rouges. Elle dormait, paisible, au milieu des tripes éparses du cervidé.

— C'est dommage, souffla Lloyd en plaisantant, on aurait pu récupérer ma corne directement sur le cadavre de ce cerf !

Roy sourit. Il appréciait la façon qu'avait son camarade de toujours détendre l'atmosphère pour rassurer les gens qui l'entouraient.

— Bon, chuchota Jen. Pour lui, cette fois-ci, on ne prend aucun risque !

Le prince secoua la tête. Avec le glouton, aucune erreur ne serait permise. À la moindre bévue, l'un d'entre eux risquait de finir démembré ou égorgé par le féroce petit animal.

— Commençons, intima Roy.

Il sortit une fiole de son sac et la présenta à Lloyd. Ce dernier imbiba précautionneusement le bout d'une de ses flèches dans la mixture et banda son arc en direction du glouton.

— Prêt, chuchota-t-il.

La créature ouvrit les yeux paresseusement. Elle bâilla, s'étira et se dressa sur ses pattes trapues, en fixant les trois intrus d'un œil inquisiteur.

— Nous n'allons pas avoir beaucoup de temps pour réagir, prévint Roy. Il est petit mais très rapide.

Lloyd acquiesça et banda son arc en direction du mammifère courtaud. Il tremblait.

Le glouton ardent huma l'air et adopta immédiatement une attitude menaçante. Il gonfla son poitrail en émettant un son sourd et vindicatif. Ses babines se retroussèrent, laissant apparaître de longues canines blanches et pointues. L'ours miniature secoua la tête pour intimider ses adversaires. Puis, il gratta le sol du bout de ses cornes légèrement recourbées.

— Il va attaquer, prévint Roy. Maintenant !

Le glouton prit son élan dans un grognement rauque, visant la gorge du prince. À ce moment-là, Lloyd lui décocha une flèche. Mais il rata sa cible initiale et atteignit l'épaule gauche du glouton au lieu de la tête.

La bête roula sur le côté. Elle se mit à baver et à éructer de rage. Elle se ramassa sur elle-même, ignorant sa blessure, et se rua sur Roy, enragée. Elle lui sauta sur le torse, le faisant basculer à la renverse.

Les mâchoires claquèrent une première fois à quelques centimètres de son visage. L'haleine puante envahit les narines de Roy. Le danger n'avait jamais été aussi proche.

Jen intervint en se précipitant et donna un coup de pied dans le flanc de la bête, que cette dernière ignora complètement. Le glouton continuait de s'agripper à la poitrine de Roy dans l'espoir d'égorger l'humain, frénétique. Ses mandibules s'entrechoquaient violemment. Le prince n'en menait pas large. Il lui était difficile de maintenir à distance cette boule de muscles et de nerfs dont la force prodigieuse le clouait au sol.

Jen revint à la charge et asséna une nouvelle volée de coups. La bête grogna de plus belle, puis donna un rapide coup de griffe dans la jambe de son assaillant. Le mollet du Guérisseur fut profondément entaillé, une gerbe de sang se répandant abondamment aux alentours. Jen s'effondra au sol en compressant sa blessure.

La situation était critique. Roy ne parvenait ni à contenir ni à repousser la puissante bête. Jen était blessé. Lloyd visait le glouton de la pointe de son arc sans oser tirer, par peur de blesser son ami.

Alors, instinctivement, Roy se souvint de ce réflexe qu'on lui avait appris plus jeune pour contrôler un chien errant.

— Lloyd, hurla-t-il, donne-moi ta chemise !

Ce dernier, interloqué, s'exécuta sur-le-champ et lui jeta son vêtement. Tout en maintenant son bras désormais ensanglanté en barrière entre lui et les crocs mortels du glouton enragé, Roy enroula son autre avant-bras dans le tissu déchiré.

Puis, il fourra son poing profondément dans la gueule de l'animal. Ce dernier, surpris par cette action, eut un premier spasme. Il resserra ses mâchoires autour de la chair de Roy, sous les yeux horrifiés de Jen et Lloyd. La douleur était insupportable – le prince eut l'impression qu'un étau lacérant lui rongeait le bras.

Cependant, il tenait bon. Le glouton continuait de donner des à-coups, les dents plantées dans les muscles du prince. Malgré cela, Roy conserva son poing fermement fourré dans la gorge du mammifère.

Le glouton ne pouvait plus bouger, et tentait désespérément de mordre cet obstacle de chair qui l'empêchait de respirer. Il avait totalement abandonné l'idée d'égorger Roy et ne cherchait désormais plus qu'à fuir cette proie devenue danger.

Suffoquant, les voies respiratoires obstruées, il commença à reculer en plantant ses griffes dans le torse de Roy. Douleur intense. Le prince était écorché sur tout le haut du corps. Son instinct lui dictait de ne pas lâcher sa prise. C'était une lutte contre la mort. Il devait combattre la souffrance.

Avec son autre bras, Roy maintenait le corps de la bête pour que son poing reste fermement ancré dans le gosier de cette dernière.

— Il recule ! hurla Roy. Aidez-moi !

La bête tentait de s'extraire de façon énergique, mais le prince assurait son emprise. Ses deux camarades vinrent à sa rescousse pour la coincer dans cette position.

Bientôt, le prince fut capable de basculer sur le côté. Il prit le dessus sur la bête. C'était lui qui se trouvait au-dessus d'elle et la plaquait au sol, à présent. Entre deux soubresauts, le glouton se débattait comme un diable pour s'évader de cette prise mortelle.

Après de longues minutes de bataille, la bête convulsa finalement. Son corps se détendit. Le glouton venait de rendre son dernier souffle, asphyxié.

Avec soulagement, Roy sentit les crocs se détacher de son avant-bras lacéré. Il n'osait pas trop regarder l'état de ses blessures. Il était recouvert de son propre sang. Sa chemise de cuir était imbibée d'hémoglobine et déchirée à de nombreux endroits. De multiples griffures, plus ou moins profondes, le lançaient partout sur le torse.

Il se palpa doucement. Certaines entailles étaient sérieuses, mais aucun point vital n'avait été touché. Il avait eu de la chance dans l'attaque du glouton, réputé pour asséner des coups mortels en l'espace d'un instant.

Roy fut saisi d'une immense tristesse lorsqu'il observa la dépouille du glouton dans ses bras. Inanimé de la sorte, les yeux fermés, il ressemblait à un ourson innocent. Sa langue rose dépassait de ses babines.

L'espace d'un court instant, il s'en voulut d'avoir ôté la vie à cette créature simplement pour fabriquer un instrument à vent. Ce glouton n'avait rien demandé à personne. Il menait sa vie d'animal. Il avait peut-être même des petits quelque part ?

La gorge de Roy se serra sous l'émotion. Il baissa la tête pour cacher à ses camarades des larmes naissantes. Mais son chagrin ne passa pas inaperçu aux yeux de Jen et Lloyd.

Ils se retirèrent pudiquement, le laissant seul, assis par terre, avec sa proie entre les bras. La fourrure du petit mammifère était encore chaude. Quelques instants plus tôt, le cœur de la bête battait encore. Roy fourra sa tête dans les poils touffus du glouton et éclata en sanglots. Entre deux hoquets, il chuchota :

— Tu ne seras pas morte en vain, petite créature, je te le promets.

ARCHIVE

Pour fabriquer un cor de guerre, tout d'abord, trouvez votre animal à cornes. Sélectionnez avec minutie un animal qui vous ressemble, vous inspire. Adulte, bien entendu. C'est une étape importante, car c'est celle qui créera le lien spirituel entre vous et votre outil. Il existe des cornes de tout type : grandes, petites, striées, puissantes, faites pour tuer, pour parader, des cornes tordues, des arrondies, des pointues... Trouvez celle qui fait vibrer votre cœur.

L'étape de chasse est celle qui emplira votre âme à la fois de tristesse et de bonheur. Vous poursuivrez votre proie des jours durant. Vous vous y attacherez, éprouverez du respect et de la pitié pour la créature que vous traquerez. Cela fait partie du processus. Attention, pour fabriquer un Loxo de qualité, la chasse ne doit avoir lieu qu'à la tombée de la nuit. Le combat doit être juste et loyal.

Une fois la créature tuée, purifiez son corps à l'aube à l'aide d'encens et priez Nhymora pour son âme. Ce n'est qu'une fois la bête apaisée que vous pourrez récupérer sa corne.

Pour cela, faites bouillir le crâne dans de l'eau aromatisée. La corne pourra être sortie par la suite. Videz-la à l'aide d'un couteau bien aiguisé.

Ensuite, poncez-la doucement, avec beaucoup d'amour, comme si c'était le fruit de vos entrailles. La corne commence à être vôtre.

Lavez-la soigneusement dans de l'eau purifiée par un prêtre de Nhymora.

Vous pouvez ensuite la décorer à votre guise, la graver ou y ajouter des plaques de fer.

Vernissez-la.

Laissez-la enfin s'imbiber dans de l'huile végétale deux jours durant.

Et voilà, votre Loxo est prêt !

Rituel de Praesi, retranscrit par Brisalys.

16
LABEUR & ASSIDUITÉ

À partir du moment où les Guérisseurs eurent fabriqué leur Loxo, ils furent en possession de tous les instruments qu'il leur fallait pour finaliser leur formation : cor de guerre, instrument de musique, manuel d'herbologie, attirail de chimiste, trousse de secours et de chirurgie, onguents. Leur trousseau était désormais complet.

Les cours se succédèrent encore plus intensément au quotidien. Leur apprentissage se poursuivit des semaines durant. Ils abordèrent une foule de disciplines.

Après la méditation, l'herboristerie, et la musicothérapie, Brisalys les avait initiés à l'alchimie, principal outil du Guérisseur. Mais pour maîtriser cet art, bien connaître les plantes était un prérequis indispensable. Les recrues avaient du mal à trouver les bons assemblages et les éléments compatibles.

Ils apprirent vite qu'il existait des combinaisons qui ne fonctionnaient pas, et que certaines propriétés des plantes s'annulaient lors du dosage. Ils se familiarisèrent par là même à l'usage des différents contenants et flacons disponibles pour créer les substances voulues, ainsi que les modes de transformation possibles, que cela soit par distillation, évaporation, ou sublimation. Ils furent ainsi entraînés à choisir avec soin leurs ingrédients, à respecter les bonnes quantités et à réaliser le bon panachage avec précaution.

À la fin de leur formation, chaque aspirant avait réussi à fabriquer une potion de renforcement, paralysante ou d'empoisonnement, selon ce qu'ils avaient choisi de réaliser. Roy et ses deux acolytes avaient décidé de travailler ensemble sur une potion de renforcement. La mixture diminuait les effets de la douleur sur le corps et augmentait l'endurance.

En parallèle, le prince, qui se passionnait pour cette discipline, réussit à créer seul une potion de sommeil. Cela pourrait toujours lui être utile par la suite. *Si je pouvais augmenter le dosage et faire dormir Brion pendant quelques mois lorsque nous retournerons au camp, je serais tranquille.*

De la même façon que pour l'alchimie, Brisalys leur inculqua également les arcanes des arts du poison, de la chirurgie, de la phytothérapie, et de la médecine par acupression.

La diversité de leurs compétences s'étayait au fil des jours. Les préférences commençaient à se dessiner chez chaque aspirant. Ils avaient chacun leur domaine de prédilection. Pour Roy, après toutes ces semaines d'entraînement, son affinité pour l'art de la chimie et des potions se confirma de façon définitive.

Brisalys les aida à approfondir également leur capacité de méditation, afin de pouvoir contrôler leurs émotions et être à l'écoute de leurs besoins profonds. Elle ne cessait de leur répéter qu'il s'agissait là du socle primordial pour réussir dans tout le reste.

C'était la concentration qui allait les aider à prendre les bonnes décisions, au bon moment. Elle insistait bien sur le fait que, sur les champs de bataille, face à un camarade mourant, ils n'auraient pas le temps de décider quelle mixture serait la plus efficace. Ils n'auraient pas le droit à l'erreur. Il leur faudrait être rapides, sûrs et capables, même dans un environnement hostile.

La méditation était cependant le point faible de Roy. Il n'arrivait pas à se focaliser sur l'instant présent. Il était incapable de faire le vide dans son esprit, toujours trop occupé à se projeter dans le passé ou dans le futur. Son esprit ne le laissait pas en paix.

Comme il n'était pas à niveau, Brisalys lui imposa un entraînement additionnel draconien. Roy s'y plia de mauvais gré. Il eut donc le droit à des sessions de méditation supplémentaires chaque soir, sous prétexte que c'était une compétence clé indispensable pour tout Guérisseur digne de ce nom.

Ainsi, le soir, pendant que les autres dormaient et après des journées harassantes, Roy continuait de s'exercer. Il restait des heures assis en tailleur, les yeux fermés, au cœur de la forêt, à se concentrer sur son âme et son être. Chaque soir, c'était la même routine. Lorsque tout le monde partait se coucher, il allait retrouver son lieu de méditation auprès du même arbre. Malgré la fatigue qui pesait, il restait là, de façon quotidienne, qu'il vente ou pleuve, à concentrer tout son esprit sur le vide. Sur l'instant présent. Chaque fois que sa conscience commençait à vagabonder, il la ramenait dans la voie du néant en se concentrant sur les bruits ou odeurs alentour. Bruissements de feuilles, cris d'oiseaux, parfum de la pluie…

Il s'impatientait et se décourageait souvent. Mais il tenait bon malgré tout. Sa volonté de progresser était plus forte que ses échecs.

Finalement, après plusieurs semaines de remise à niveau, ces exercices additionnels portèrent finalement leurs fruits. Il réussissait à méditer tel que Brisalys le leur avait enseigné, et commença même à y trouver un certain plaisir. Lorsqu'il méditait, il se sentait désormais serein et en paix avec lui-même. Il avait enfin progressé. Ses efforts avaient fini par payer.

En parallèle et de pair avec la méditation, Brisalys leur enseigna les mouvements primaires de l'art martial de Thana'Taa. Cette discipline nécessitait contrôle de soi et de ses mouvements. Il fallait être rapide, fort et précis. Roy commença à comprendre pourquoi la Maîtresse-Guérisseuse insistait autant sur la méditation : cela aidait à se concentrer et à effectuer des gestes plus efficaces, plus puissants, plus rapides et maîtrisés.

Au fil de ses entraînements, le jeune prince renforça ses liens d'amitié avec Lloyd et Jen, s'entraidant beaucoup lorsque l'un ou l'autre était en difficulté. En eux, il trouvait réconfort, soutien et bienveillance.

Le rythme était soutenu, Brisalys exigeante, les leçons parfois épuisantes, voire dangereuses. Les jeunes hommes commençaient à ressentir la fatigue liée au rythme intense des entraînements : ils dormaient peu, et les repas frugaux ne leur permettaient pas de récupérer toute leur énergie. Leur corps et leur esprit étaient mis à rude épreuve.

Le soir, lors des veillées et du repas, Roy était heureux de trouver du réconfort auprès d'amis vivant la même expérience que lui. *Je n'imaginais pas que l'entraînement serait si éprouvant. Mais bientôt, nous serons capables de combattre les Sombs grâce à tout ce que nous apprenons.*

Au bout de plusieurs mois longs et éreintants, l'initiation des jeunes Guérisseurs à toutes les thématiques fondamentales au rôle de médecin était terminée. Dorénavant, ils avaient entre leurs mains toutes les ressources et connaissances pour devenir des experts du soin. Il ne leur restait plus que quelques semaines d'entraînement, et ils pourraient rejoindre le camp des Veilleurs.

17
LA FLÈCHE D'OR

Au beau milieu d'un exercice de réanimation, Brisalys fut interpellée par un homme et une femme qui l'attendaient à la lisière de la clairière où elle était établie avec ses élèves. Ils lui faisaient signe et l'appelaient de loin. Elle ne les reconnaissait pas.

La méfiance s'empara d'elle. Ce lieu était tenu secret. Seuls les autres Maîtres-Veilleurs savaient où la trouver. Comment ces deux intrus étaient-ils parvenus jusqu'ici ? Elle ordonna à ses élèves de ne pas bouger.

— Continuez vos exercices, mes jeunes Guérisseurs. Lloyd, plus haut le massage cardiaque, tu vas casser toutes les côtes de ce pauvre Jen !

Elle se dirigea vers les deux inconnus, dont l'une des silhouettes lui sembla un peu plus familière à mesure qu'elle s'en approchait. Il y avait une vestale vêtue de blanc accompagnée d'un guerrier, portant le blason de la maison royale.

Elle ne connaissait pas la servante de Nhymora, mais le vétéran lui disait quelque chose. Que diable venaient-ils faire jusqu'ici, dans ces lieux reculés et cachés ?

Quand elle ne fut qu'à quelques mètres, elle reconnut soudainement Gareth Omblèze, le fils héritier du roi. Elle s'inclina devant lui. La jeune prêtresse nhymorienne qui l'accompagnait lui restait inconnue.

— Bonjour, Général Gareth Omblèze, que puis-je faire pour vous et… ?

— Callysta, répondit la jeune femme d'une voix douce. Prêtresse de Nhymora.

— Enchantée de faire votre connaissance, Dame Callysta. Je suis Brisalys, Maîtresse-Guérisseuse au sein des Veilleurs.

— Que Nhymora veille sur vous.

Brisalys joignit ses mains.

— Que Nhymora veille sur vous.

La Maîtresse-Guérisseuse était curieuse de connaître la raison de la présence de ces deux personnages si mal accordés au beau milieu de sa formation. Le prince Omblèze n'était pas connu pour son amour de la religion. Il était étonnant de le voir en compagnie de cette prêtresse, aussi jolie fût-elle. Il tenait dans la main un objet sphérique et y jetait des coups d'œil réguliers.

Après avoir laissé les deux femmes se présenter, il déclara :

— Je ne suis plus général, Maîtresse-Guérisseuse. Je suis ici en mission spéciale.

Brisalys fut encore plus intriguée. Voilà qui sortait de l'ordinaire. Elle connaissait le fils du roi – il n'aurait jamais quitté le front de bataille si cela n'était pas pour une raison de la plus haute importance. Elle était impatiente de comprendre la cause de leur venue.

— Une mission ? Puis-je savoir en quoi cela consiste ?

Ce dernier secoua la tête.

— Pour le moment, non. Mon objectif est tenu secret.

Voilà qui était de plus en plus étrange.

— Et en quoi puis-je vous être utile, cher Gareth ? Mes humbles talents de Guérisseuse sont à votre service. Ordonnez, et je vous servirai.

Il planta ses yeux sombres dans ceux de Brisalys et lui adressa une requête très simple qui la désarçonna.

— Je veux simplement que vous me laissiez naviguer dans cet endroit comme bon me semble, en ne m'interrogeant pas sur ma démarche. Je veux pouvoir échanger avec vos élèves si nécessaire.

Voilà qui attisait d'autant plus sa curiosité. Que de cachotteries ! Ce n'était vraiment pas le style de Gareth. Elle lui répondit sur un ton malicieux :

— Très bien, Gareth, faites à votre guise. Mes élèves sont en exercice de réanimation : soyez prudent si vous faites un malaise, ils ne sont pas encore experts dans cette pratique !

Gareth et la prêtresse passèrent à côté d'elle et suivirent un chemin qui semblait prédéterminé. Le prince avait les yeux rivés sur l'objet qu'il tenait entre ses doigts. Brisalys plaisanta en son for intérieur. À défaut de savoir ce qu'ils font, ils savent au moins où ils vont.

Ils se dirigèrent droit vers les élèves et passèrent devant Jen et Lloyd, puis stoppèrent leur progression d'un coup net. Devant l'autre frère Omblèze.

— C'est incroyable ! s'exclama Gareth.

Stupéfait, Roy interrompit son action pour saluer son frère. Une expression de surprise déformait ses traits. *Que fait Gareth ici, n'est-il pas supposé renforcer Moenia ?*

— Bonjour, grand frère, salua Roy aimablement à l'attention de Gareth.

Ce dernier était absorbé par un genre d'artefact à gousset doré qu'il tenait dans la main ; il était accompagné d'une jeune et jolie prêtresse qui s'inclina devant lui en guise de salutation. Roy n'avait aucune idée de ce que fabriquait son frère ici, en pleine forêt avec cette femme. Il était extrêmement surpris par son arrivée. En tant que général, sa place était à la frontière ouest, en première ligne face aux Sombs. Que faisait-il dans les Alvès ? Au beau milieu de nulle part ? Était-il venu le soutenir dans son parcours de Veilleur ?

Roy s'approcha de son frère pour détailler ce qui retenait tant l'attention de son aîné. À son approche, l'objet que Gareth cachait dans sa main commença à émettre une lueur blanche. Étrange, quelle technologie était-ce là ? Il regarda plus attentivement ce que son frère tenait précieusement. *On dirait un genre de boussole.*

Surpris devant la soudaine lumière, Gareth décrocha son regard de l'artefact.

— Bonjour, Roy. Comment se passe l'entraînement ? lui demanda-t-il, distrait.

— C'est très dur, mais je m'en sors. J'ai maintenant quelques bases solides comme Guérisseur. Ce n'était pas vraiment la caste que je voulais intégrer, mais je suis un Veilleur maintenant. Et c'est ça qui compte ! Mais… Mais toi, surtout, que fais-tu ici ?

Il avait l'impression que Gareth ne lui prêtait aucune attention. Il avait de nouveau les yeux rivés sur sa boussole. Il pensait qu'il était venu jusqu'ici pour le voir. Mais que faisait-il donc là si ce n'était pas le motif de sa venue ?

Son cœur se serra – il devait probablement accorder peu d'importance aux projets que Roy menait. Après tout, il n'avait jamais été aussi brillant ni aussi courageux que Gareth…

— Roy, désolé, mais regarde la boussole, elle brille !

Il lui fit signe de se mettre à part du reste du groupe. Effectivement, elle émettait de la lumière et c'était peu ordinaire. Mais en quoi cela pouvait intéresser le prince ? Depuis quand son grand frère s'intéressait-il à de telles futilités ?

— Je croyais que tu n'aimais pas les babioles, rétorqua Roy, amer.

Gareth haussa les sourcils. Il tendit sa main pour montrer l'objet à son frère.

— Ce n'est pas n'importe quelle boussole, Roy. Cette chose peut peut-être nous aider à trouver une arme contre les Sombs !

— C'est un objet divin, dont le nom est Gondria, ajouta d'une voix douce la jeune femme à ses côtés. Cet artefact nous a menés jusqu'à toi. Regarde la flèche, elle tournoie sur elle-même maintenant que nous t'avons trouvé. Nous avons passé des semaines à voyager. Pour finalement arriver jusqu'ici !

Il la dévisagea. Qui était-elle ? Elle sembla lire dans ses pensées.

— Pardon, j'en oublie le sens des convenances.

Elle fit une révérence.

— Je me nomme Callysta, humble servante de Nhymora. J'assiste votre frère dans sa quête.

Tout devint subitement clair dans l'esprit du jeune prince : son frère, obsédé par la lutte contre les Sombs, avait trouvé quelque chose pour les combattre. Se remémorant sa pugnacité lors des entraînements, il savait qu'il ne lâcherait rien avant d'avoir exploré cette piste jusqu'au bout. Mais cela n'expliquait pas ce qu'il faisait ici.

— Et comment cela fonctionne-t-il ? demanda Roy, intrigué.

Le jeune homme tendit la main vers la boussole pour l'inspecter plus en détail. Stupeur ! Au moment où il saisit la boussole dans sa main, un grand éclair lumineux aveugla les deux frères. Sous le coup de la surprise, Roy lâcha l'objet qui tomba dans l'herbe humide.

— Qu'est-ce que c'est que ce truc ? se plaignit le prince.

Il se baissa pour ramasser l'objet. La belle boussole dorée sembla s'agiter dans sa main. Le cliquetis de mécanismes internes s'initia. Les éléments s'agencèrent différemment : les pignons et les roues commencèrent à rouler sur eux-mêmes tandis que le barillet pivota. Un chuintement retentit et les éléments arrêtèrent de se mouvoir.

Au milieu du cadran apparurent alors six petites aiguilles de diverses couleurs, fixées en direction d'un chiffre différent. Ces flèches ressemblaient à de petits arcs électriques ; Roy n'avait jamais rien vu de tel. Gareth était ébahi. Il avait les yeux grands ouverts.

— Qu'est-ce que tu as fait ? demanda-t-il à Roy en constatant la disparition de l'aiguille noire au profit des six flèches colorées. Comment les as-tu fait apparaître ?

Roy était surpris, et ne comprenait pas ce que lui demandait son frère.

— Je ne vois pas de quoi tu parles. Tu m'as posé la boussole dans la main et il y a eu ce flash qui m'a ébloui. Je n'ai touché à aucun mécanisme, même après l'avoir ramassée.

Gareth récupéra Gondria. À sa grande surprise, les flèches en forme d'éclairs colorés disparurent.

— Elles ont disparu, déclara-t-il, déçu.

Il tendit l'objet à nouveau à son frère.

— Refais ce que tu viens de faire !

Le bijou élaboré pesait lourd dans la paume de Roy. Il ne comprenait pas où voulait en venir son frère ni pourquoi il mettait tant d'ardeur à la tâche. Comment un si petit objet pouvait défaire les Sombs ? Son frère était-il devenu fou ?

Il s'exécuta. Singulièrement, les aiguilles s'allumèrent à nouveau au contact du prince cadet. Gareth le jaugea du regard. Une rapide lueur d'amertume parcourut ses prunelles, puis il esquissa un léger sourire.

— Il semblerait que l'objet ne réagisse qu'à ton contact. C'est donc pour cela que la flèche noire indiquait ta localisation. Tu étais l'objectif, tu dois y être lié. Mais quelle est la suite ?

La jeune prêtresse ajouta :

— Tu as un rôle à jouer en tant que serviteur de Nhymora. Gondria ne s'éveille que sous ton toucher.

Ils expérimentèrent sa théorie en se faisant passer la boussole plusieurs fois. À chaque essai, les aiguilles disparaissaient sitôt que l'artefact quittait les mains de Roy. Le prince était perdu. Il ne comprenait pas ce que cela signifiait, tout cela lui semblait incroyable.

Alors, Gareth et Callysta se réunirent avec Roy et Brisalys. Ils leur expliquèrent ce qu'il s'était passé à Centurya et le passage du Messager Céleste Firith.

✦ ✦ ✦

— C'est pourquoi il faut que Roy vienne avec nous. La boussole indique désormais six positions qui nous mèneront probablement vers des armes qui nous permettraient de remporter notre guerre contre les Sombs.

Brisalys restait songeuse. Callysta caressa l'objet divin du bout des doigts.

— Tu dois être élu des Dieux, Roy, tu as une mission de la plus haute importante à accomplir. Gondria réagit à ta présence. C'est un signe.

Gareth se tourna vers Brisalys.

— Il faut que Roy vienne avec nous.

— Mais pour faire quoi, aller où ? Je dois continuer ma formation de Veilleur, je n'ai pas terminé ! réagit vivement le jeune homme.

— Roy a raison, il faut qu'il termine son apprentissage et se lie à son escouade. Il a signé un contrat avec les Veilleurs duquel il ne peut se rétracter, appuya Brisalys.

— Mon autorité est celle du roi, cette mission est plus importante que la formation de Guérisseur de Roy ! répliqua Gareth, irrité.

La remarque de son frère la heurta de plein fouet. Alors c'était ça, il n'était qu'un instrument pour lui ? Il n'existait soudainement que parce qu'il avait désormais une utilité à ses yeux ? Pour sa mission, il devait abandonner son rêve ? Il n'en était pas question.

— Soit, répondit Brisalys. Laissez-nous terminer la formation de Guérisseur et nous en reparlons au camp.

Gareth s'impatienta.

— Nous devons partir dès maintenant, c'est d'une importance capitale. Nous ne pouvons pas nous permettre d'attendre. La situation est critique du côté de Moenia.

— Gareth, je comprends l'urgence de la situation, mais si votre mission échoue, il faut que la formation de Guérisseur de Roy – du moins, ce module-là – soit validée, afin qu'il puisse finir le reste de son initiation parmi nous à son retour. Pense donc à l'avenir de ton frère. Il n'a le droit qu'à une chance. S'il part maintenant, cela sera considéré comme un abandon et il devra renoncer à faire partie des Veilleurs. Je te propose de parfaire son instruction de Guérisseur, et de voir avec les autres Maîtres-Veilleurs à notre retour sur le camp comment gérer la situation.

Callysta demanda :

— Dans combien de temps son parcours de Guérisseur sera-t-il fini ?

— Deux semaines encore de spécialisation. Après cela, il y a la *véritable* formation de Veilleur qui débute. Il s'agit d'un second module. Nous verrons s'il est possible d'effectuer cette partie dans un second temps pour permettre à Roy de se détacher.

Bouillonnant de colère devant ces personnes qui prenaient des décisions pour lui, Roy s'emporta :

— Et si je ne veux pas y aller ?

Callysta et Gareth le fixèrent en silence. Puis la prêtresse décréta :

— Tu devras supporter les conséquences de ton acte.

Roy n'était pas bien sûr de comprendre. Pourquoi tout le monde se fichait de ce que lui avait envie de faire ? Par-dessus cela, il devait essuyer les menaces d'une inconnue ? Il voulait terminer ses études de Veilleur dans leur intégralité. Il s'était battu comme un lion pour en arriver là. Il avait subi des humiliations, il avait redoublé d'efforts, s'était fait violence, et voilà qu'il devait tout abandonner car Gareth en avait décidé ainsi ?

— Je veux terminer mon éducation de Guérisseur, déclara Roy sur un ton qui ne laissait place à aucune négociation.

Brisalys lui posa doucement la main sur l'épaule. Le contact chaud de sa paume le calma.

— On va trouver la meilleure solution pour tout le monde, Roy. Que tu puisses finaliser ta formation, tout en menant cette mission à bien. Nous ne pouvons ignorer une telle opportunité. Mais nous ne pouvons pas non plus nous passer du potentiel de Guérisseur qui réside en toi.

Elle venait de formuler le compromis que tous attendaient. Alors, l'accord fut conclu, même si c'était de mauvais gré du côté de Gareth comme de Roy. Aucun des deux frères n'aimait faire de concessions.

Ils eurent ainsi rendez-vous deux semaines plus tard au camp pour décider de la suite des choses. Mais Roy n'avait pas dit son dernier mot. Il était bien décidé à se faire entendre. Il ne se laisserait pas instrumentaliser.

18
L'ADOUBEMENT

Après plusieurs mois d'entraînement extrême dans la forêt, Brisalys annonça à ses Guérisseurs que leur initiation était terminée. Cela avait été extrêmement éprouvant pour les apprentis. Elle n'avait pas été tendre avec eux. Elle déclara sur un ton d'une banalité déconcertante :

— Vous allez pouvoir commencer le véritable apprentissage de Veilleur. On rentre au camp aujourd'hui pour la suite !

Roy s'inquiéta. *Le véritable apprentissage ?* Le prince n'en menait pas large. De quoi parlait-elle ? Le programme qu'ils venaient de suivre avait été terriblement harassant et les avait poussés aux limites extrêmes de leur corps et de leur esprit. Il pensait avoir vécu le pire. Que devaient-ils envisager pour la suite ? Qu'entendait-elle par *véritable* ?

Devant leur mine déconfite, elle leur déclara avec une lueur de malice dans les yeux :

— Je vous réserve une surprise à votre arrivée. Soyez patients !

Cela renforça le sentiment de confusion et de malaise qu'éprouvait Roy. Brisalys les avait souvent surpris tout au long de leur parcours, mais pas toujours de la meilleure des façons. Pour lui, leur apprentissage de Guérisseur avait déjà été très intense, il craignait de ne pas pouvoir tenir le rythme de la suite de l'entraînement. Roy conservait des souvenirs douloureux de leur formation, Brisalys les avait souvent confrontés à des épreuves déjà très difficiles.

Il avait notamment été marqué par ce cours de phytothérapie, durant lequel elle avait fait respirer des toxines de crapaud-taureau à toutes les recrues. Ils s'étaient tous retrouvés paralysés durant deux jours. Elle avait voulu leur faire expérimenter ce que pouvaient subir certaines personnes face aux Sombs. C'était la pire expérience que Roy eût jamais vécue. Il avait été prisonnier de son propre corps durant deux journées interminables. Il n'avait jamais rien ressenti de plus angoissant de toute sa vie.

Par ailleurs, il leur restait encore cinq mois d'initiation avant de pouvoir combattre officiellement sur le champ de bataille, mais ils n'avaient pas encore connaissance du contenu de la suite de leur formation. Cependant, Roy le savait : pour acquérir les compétences et la condition physique d'un Veilleur en si peu de temps, la suite allait probablement être encore plus ardue. Ils n'étaient qu'au début de leurs peines. Le prince ne se sentait pas prêt.

Brisalys, elle, en revanche, ne semblait pas avoir de limites.

— Allez, on se dépêche. Suivez-moi !

À l'annonce de leur Maîtresse-Guérisseuse, les aspirants remballèrent leurs affaires, visiblement soulagés que leur parenthèse dans les bois se termine. Roy salua cet endroit devenu familier. *Adieu clairière, toi qui nous as abrités pendant ces derniers mois !*

Cet endroit allait lui manquer. Il y avait passé de bons moments, il y avait grandi en tant qu'individu, homme et Veilleur. Il ferma sa besace, nostalgique, puis la jeta sur ses épaules.

Ils se mirent en route en direction du camp de base des Veilleurs. Le trajet du retour sembla bien plus aisé qu'à l'aller. Le prince était vraiment surpris de la différence de son niveau entre l'avant entraînement et l'après. Porter le lourd sac n'était désormais plus qu'une formalité pour lui. Roy sentait son corps déjà nettement plus efficace que quelques semaines auparavant.

Sur le chemin du retour, une soudaine appréhension le saisit. Son entretien avec Gareth et la prêtresse Callysta lui revint en tête. Allaient-ils revenir à la charge et lui demander de partir en mission spéciale ? Pourrait-il terminer sa formation comme tous les autres ?

À leur arrivée au camp des Veilleurs, les Guérisseurs constatèrent une étrange effervescence qui régnait au milieu des autres recrues ainsi que chez les officiers. Les élèves discutaient de façon bruyante entre eux, tandis que les officiers s'étaient réunis et paraissaient se concentrer tous ensemble sur un sujet particulier.

On aurait dit que quelque chose avait brusquement interrompu leurs occupations. Les aspirants restés sans supervision profitaient de cette trêve inattendue pour se détendre ; le désordre régnait sur le camp.

Ezral arriva comme une bombe auprès de Roy. Il ne put s'empêcher de sourire en constatant son visage rieur. Il lui avait manqué. Ce dernier, surexcité, lui annonça :

— On va recevoir nos armes !

Le cœur de Roy explosa de joie.

Le lendemain était un grand jour pour les apprentis. Le moment tant attendu de la remise des armes pour Roy et ses acolytes était venu. Ils avaient tous été convoqués dans l'arène.

Comme lors de la Cérémonie de la Sélection, les quatre estrades avaient été installées et décorées aux couleurs de chacune des différentes castes. Pour l'occasion, elles avaient été pourvues de râteliers remplis d'armures et d'armes de toutes sortes. Chaque groupe d'aspirants était rassemblé près de son podium, attendant patiemment, au garde-à-vous, de recevoir leurs instruments de combat de la main de leur Maître. L'excitation était palpable. La délivrance de leur armement officialiserait leur intégration dans l'armée des Veilleurs. Après cela, il leur resterait tout de même encore cinq mois d'entraînement intensif à subir avant de pouvoir être pleinement habilités à combattre sur le champ de bataille.

Roy avait du mal à se rendre compte de cette réalité : cela lui semblait si lointain, et si proche à la fois. Bientôt, la majorité d'entre eux serait mobilisée pour livrer bataille sur Moenia face aux Sombs. Seraient-ils prêts ?

La cérémonie fut initiée par un puissant coup de cor, soufflé par Uriel. De façon solennelle, Brisalys appela un par un ses aspirants. Elle remit à chacun d'entre eux sa cuirasse verte ornée du blason de leur classe.

Quand ce fut au tour de Roy de recevoir son armure des mains de la Maîtresse-Guérisseuse, une immense fierté s'empara de lui. Il était radieux et se sentait comblé. Il était devenu un guerrier, un soldat, un combattant.

Pourtant, malgré ce sentiment d'exaltation, il ne pouvait s'empêcher d'observer d'un air envieux, du coin de l'œil, les Guerriers dans leurs sublimes cuirasses rouge vif. Qu'ils avaient fière allure dans leur tenue cramoisie ! Qu'ils semblaient solides et sûrs d'eux !

Il se débarrassa rapidement de ce sentiment doux-amer. Il avait fait le deuil d'intégrer les rangs des Guerriers. Il était désormais fier de son appartenance aux Guérisseurs et n'avait pas à pâlir du prestige de sa caste. Durant ces derniers mois, il avait tissé des liens forts avec ses camarades, ainsi qu'avec Brisalys. Il s'était attaché aux arts des soins, indispensables sur le champ de bataille. Les Guérisseurs jouaient un rôle essentiel et tout aussi important que les Guerriers, il en était désormais convaincu.

Brisalys le regarda droit dans les yeux et lui confia ses nouveaux effets :

— Roy Omblèze, tu fais désormais partie de la Caste des Guérisseurs. Que Nhymora veille sur toi, mon jeune apprenti.

Il baissa la tête avec humilité, le cœur empli d'émotion. Il prononça alors le vœu d'engagement des Guérisseurs.

— Je suis la Main du Guérisseur : je protège la vie, je soigne le corps, j'apaise l'esprit. Face à la mort, je préserve la vie. Et lorsque la vie me quittera, mon devoir aura été accompli.

Brisalys lui sourit.

Roy était désormais officiellement un Veilleur, et allait pouvoir arborer fièrement l'emblème de sa caste. Sa lutte contre les Sombs commençait maintenant. Il allait bientôt être en mesure de protéger l'avenir des peuples du royaume d'Alquilon. Son rêve se concrétisait.

Le prince inspecta l'armure reçue entre ses mains. Elle était composée de quatre éléments : un plastron, des jambières, des gants et un casque. Contrairement à ce qu'il avait pu s'imaginer, elle était légère. Ce n'était pas une armure en cotte de mailles comme pouvaient en avoir les Guerriers. Celle-ci était composée de cuir épais, mais solide. Légère et flexible, elle s'adaptait à la morphologie de celui qui la portait, en épousant le moindre de ses mouvements.

Quand il l'examina de plus près, il constata qu'elle était constituée de centaines d'écailles vert sombre, minuscules, luisant de différentes teintes dégradées émeraude sous la lumière du soleil. Le haut du corps comportait une plaque renforcée au niveau du buste, pour protéger les organes vitaux. Les épaulettes ainsi que la pièce du cou étaient composées de coquilles plus larges pour préserver, là encore, les endroits les plus sensibles.

Pour parfaire le tout, il avait reçu un heaume à nasal, comportant un couvre-nuque. Sa tenue de combat était si belle, si brillante. Le prince se réjouit. *Elle est parfaite.*

L'odeur sauvage et animale de la cuirasse frappa soudainement Roy de plein fouet. Malgré la puissance de l'effluve, cette senteur musquée lui plaisait. Elle était comme une signature propre à ces atours de guerrier. C'était la première fois qu'il découvrait un tel ouvrage – il ne l'avait vue portée jusque-là sur aucun autre Veilleur de la Caste des Guérisseurs. La commandante elle-même portait une cotte de mailles classique colorée en vert. Avaient-ils amélioré la conception des cuirasses des Guérisseurs ?

Roy n'était pas le seul à se poser des questions sur son équipement. Les autres aspirants autour de lui se concertaient. Certains se demandaient d'où venaient les écailles, d'autres se plaignaient de l'odeur. Jen rejoignit Roy.

— Tu crois qu'elle résiste à des coups d'épée ?

Il n'eut pas le temps de lui répondre que Brisalys prit la parole devant la multitude d'interrogations de ses aspirants concernant la composition de leurs armures.

— Ces armures sont un nouveau concept. Elles sont fabriquées à partir d'écailles de lézards-chasseurs d'Apremont, les Lazerta. Ces animaux sont réputés pour être de très grands prédateurs.

Elle caressa doucement les écailles d'une armure sans propriétaire.

— Leur peau est imprégnée d'une toxine qui peut se diffuser en poison mortel à l'approche d'un danger, ou bien libérer du sérum de guérison si le lézard est blessé. Aussi, naturellement, cette armure vous guérira de blessures superficielles.

— Fantastique ! souffla Lloyd derrière Roy.

Jen restait sur la réserve.

— Une toxine ?

Brisalys acquiesça :

— Oui. La peau des Lazerta produit une sécrétion qui peut s'avérer mortelle pour nous autres, humains. Nous avons réussi à la traiter pour lui retirer cette capacité qui pourrait vous être fatale si vous l'activiez par erreur.

— Pas très rassurant, conclut Jen.

Brisalys prit un air mystérieux.

— Et si vous êtes assez doués, vous découvrirez des capacités surprenantes liées à cette armure, qui pourraient s'avérer très utiles sur le champ de bataille. Mais je ne vous en dis pas plus, car ces peaux de reptiles réagissent différemment en fonction des personnes. C'est encore assez... expérimental ! Je vous laisserai faire connaissance avec vos armures en temps utile. Et vous renseigner sur les Lazerta par la même occasion !

Lloyd donna une tape dans l'épaule de Roy et lui sourit de toutes ses dents.

— C'est fou les propriétés dont est dotée cette armure, ne trouves-tu pas ? Nous sommes vraiment chanceux !

Le prince lui rendit son sourire.

— Oui, c'est un véritable honneur pour nous. J'ai hâte de pouvoir l'enfiler pour la tester !

Roy avait cette sensation étrange de la sentir vivante entre ses mains. Mouvante. Ondulante.

Brisalys s'écarta ensuite pour laisser passer une femme blonde à la carrure athlétique, vêtue de cette nouvelle armure. Visiblement, son modèle était encore plus élaboré. Les traits du visage de la jeune femme étaient tirés.

— Je vous présente Gina, mon lieutenant depuis quinze ans maintenant. C'est elle qui a développé cette nouvelle armure que vous avez la chance de porter aujourd'hui. Cela représente une véritable avancée ! Vous pouvez la remercier.

Les aspirants applaudirent bruyamment la jeune femme. Roy se demanda pourquoi il n'avait pas croisé Gina avant. Il ne l'avait jamais vue sur le camp. En tant que seconde de Brisalys, ils auraient dû la voir un peu plus souvent, n'est-ce pas ?

Notamment durant leurs entraînements ? La Maîtresse-Guérisseuse sembla lire dans ses pensées.

— Gina a travaillé jour et nuit depuis des mois sur sa nouvelle invention. Elle a façonné chacune de vos armures à la main dans son atelier. Elle n'a pas vu la lumière du jour pendant presque un cycle !

La Guérisseuse aux cheveux dorés sourit timidement et ses joues rougirent. Elle était gênée devant les compliments de son mentor.

— Effectivement, le soleil m'a manqué ! Je suis aussi blanche qu'un cadavre. Mais ce n'est rien comparé à tout ce que tu m'as apporté, Brisalys.

Cette dernière lui lança un regard chargé de tendresse.

— Vous ne vous en rendez pas encore compte, mais son travail va vous sauver la vie. Vous pouvez féliciter Gina ici présente pour son dur labeur.

Lloyd se mit à siffler et à l'acclamer. Sa joie et sa fougue communicatives firent bientôt naître dans les rangs des aspirants Guérisseurs une foule de remerciements, soutenus par un tonnerre d'applaudissements. Brisalys laissa les ovations durer quelques minutes. Gina, bien qu'intimidée, savourait son triomphe.

Après quoi, Brisalys poursuivit la cérémonie.

— Bien, je vais vous remettre vos armes, désormais.

Elle attribua une arme différente à chacune de ses recrues, en fonction du style de combat qu'ils avaient développé lors de leur initiation. Brisalys confia ainsi à Jen une épée classique, ce qui le déçut.

— Êtes-vous sûre, Dame Brisalys ?

— Ne fais pas cette tête, Jen, elle sera parfaite pour toi. Fais-moi confiance. Tu auras tout le loisir de te l'approprier et de la personnaliser.

Lloyd reçut un arc taillé dans un bois rare, un carquois rempli de flèches, en plus d'une dague longue. La majorité des autres Guérisseurs reçurent également des épées traditionnelles, du même acabit que celle remise à Jen.

Le prince observa autour de lui les instruments de guerre que recevaient les autres castes. Les Guerriers étaient majoritairement affublés d'épées, les Tacticiens possédaient des dagues, des lames courtes et tout un arsenal de poudres et explosifs. Les Assassins, quant à eux, recevaient de la main de Senly un assortiment de petits poignards, des armes de jet et un petit sabre.

Lorsque vint son tour de recevoir son arme, Roy sentit l'excitation croître en lui. Allait-il recevoir une épée ? Cela lui conviendrait parfaitement ! C'était un instrument noble avec lequel il se sentait à l'aise.

Hélas, contre toute attente, Brisalys extirpa du râtelier une arme d'hast. Elle possédait un long manche en bois au verni brillant, gravé de symboles runiques que Roy n'avait jamais vus auparavant. *Probablement des runes de Nhymora.*

Un assemblage de crocs en os ciselés était accroché par des tendons séchés à chacune des extrémités de la hampe. Le tout formait une double lame tranchante. Roy se sentait désemparé et ne savait pas vraiment quoi penser de cette arme. Elle lui semblait désespérément rudimentaire, même si son aspect atypique lui plaisait. Pourquoi son mentor ne lui avait-elle pas délivré une lame, comme à ses acolytes ? D'autant plus qu'il ne savait pas se servir d'une arme d'hast. Même s'ils s'étaient beaucoup entraînés au bâton, une double lame ne se maniait pas de la même façon.

En dépit du profond respect et de la confiance qu'il nourrissait envers Brisalys, il ne comprenait pas son choix. Elle releva l'air dépité de Roy, qui n'arrivait pas à cacher sa déception, en lui remettant l'arme entre les mains. Brisalys lui expliqua son choix.

— Roy, ce bijou est fait pour toi. Je t'ai observé lors des entraînements durant les arts martiaux, elle sera parfaite pour ton style de combat. Tiens, prends-la entre tes mains. Laisse-la t'adopter et épouse son équilibre parfait. Tu as besoin d'une arme qui *danse*.

Curieusement, la double lame était extrêmement légère. Roy fit quelques moulinets à l'aide de ses deux mains mais la fit tomber maladroitement. Il se sentit soudainement honteux et ridicule, encombré de cette trique tribale et tranchante qu'il ne savait pas manier. Brisalys rit doucement.

— Ne t'en fais pas, tu vas apprendre à t'en servir. Fais-moi confiance.

Roy était profondément frustré, il ne s'imaginait pas repartir avec un bâton orné d'os taillés. Il lui semblait rudimentaire et primaire. Il aurait souhaité avoir une épée, comme Jen, ou même un arc, en dernier choix. Il était mal à l'aise.

Malgré tout, au fond de lui, il avait confiance en Brisalys. Roy voulait la croire quand elle lui assurait que c'était l'arme qu'il lui fallait. Il se laisserait le temps, même s'il n'arrivait pas pour le moment à se débarrasser de cette déception lancinante.

La remise des armes était finalisée. Chaque aspirant avait reçu ses attributs guerriers de la main de son chef de caste ou de son suppléant.

Cependant, la cérémonie n'était pas terminée. Les officiers invitèrent leurs recrues à former des rangs disciplinés.

— Bien, annonça Destos. Vous êtes maintenant armés comme des Veilleurs et avez acquis les bases de votre spécialisation. Félicitations !

Il tapa dans ses deux mains vigoureusement.

— Mais pour devenir réellement l'un d'entre nous, il vous manque le plus important : votre escouade.

Le prince repensa aux histoires qu'il avait pu lire à propos des Veilleurs. Les combattants d'élite étaient tous formés en groupe composé d'un membre de chaque caste. Cela permettait de maximiser l'usage de compétences de façon complémentaire. En travaillant en groupes optimisés de la sorte, les humains avaient plus de chance de survivre à une attaque de Sombs. Cette stratégie s'était avérée efficace sur le champ de bataille, et avait permis de réduire les pertes depuis sa mise en place.

— Nous allons maintenant annoncer les escouades que nous avons décidé de former. Vous terminerez chacun votre formation en compagnie des membres de vos castes respectives durant la moitié de votre temps d'entraînement. L'autre moitié sera dédiée à des exercices de consolidation d'équipe où vous devrez surmonter des épreuves en escouade.

Les aspirants se dévisagèrent. Avec qui allaient-ils être affectés ? Roy ne comprenait pas pourquoi ils ne pouvaient pas choisir eux-mêmes leurs partenaires.

Destos reprit :

— À la fin de votre apprentissage, à chaque seconde qui passera, vous vivrez, vous vous battrez aux côtés de votre escouade. Vous devrez apprendre à ne former qu'un, à lire dans les pensées les uns des autres pour survivre aux Sombs que vous affronterez. Nous avons réuni les talents et les personnalités les plus complémentaires possible, afin de former des escouades équilibrées. Plus une équipe comporte de talents et de différences dans les individualités, plus les chances de survie de ses membres sont élevées. Nous vous invitons dès maintenant à passer du temps avec les personnes de votre fratrie durant vos quartiers libres. Faites connaissance, apprenez à vous adopter. Car vous allez passer un bon moment de votre vie ensemble. Autant partir sur de bonnes bases.

Cela ne leur laisserait pas beaucoup de temps pour faire connaissance avec les membres de leur brigade.

Dans les rangs, Jen, Roy et Lloyd se concertèrent en silence, dubitatifs. Ils avaient tous déjà réfléchi plus ou moins avec quelles personnes des différentes castes ils auraient souhaité se retrouver en escouade. Les affinités naturelles s'étaient formées lors des épreuves de sélection et chacun espérait voir dans son groupe une personne qu'il appréciait.

Le stress montait.

Le moment fatidique arriva. Destos énuméra alors les dix escouades formées à partir de cette nouvelle promotion d'aspirants Veilleurs. L'annonce suscita son lot de déceptions et de joies.

Mais lorsque Roy entendit son oncle prononcer les noms des membres de sa propre escouade, son sang ne fit qu'un tour. *Vraiment ?*

19
LA GRANDE VEILLÉE

Le soir même, les aspirants Veilleurs avaient été regroupés par escouade pour le rite d'initiation traditionnel, la Grande Veillée. Les dix groupes écoutaient religieusement chacun un officier qui leur expliquait les règles de l'épreuve. L'excitation des jeunes combattants était manifeste. Ils avaient hâte d'être intronisés.

C'était Brisalys qui était chargée de briefer l'équipe de Roy. Elle les avait fait s'asseoir autour d'un feu de camp, en retrait du camp de base. La nuit était déjà tombée depuis quelques heures. Ils finissaient leur repas, dans l'expectative. Le prince n'avait aucune idée de ce qui les attendait. La cérémonie de sacre était secrète et personne n'avait jamais percé ou dévoilé ce secret des Veilleurs. Il avait hâte de découvrir la teneur de cet événement.

— Ce soir, vous allez vous unir à vie pour le meilleur, et surtout pour le pire, annonça Brisalys sur un ton en demi-teinte, sondant du regard un à un les membres dont elle avait la responsabilité ce soir-là.

Il était peu probable que Roy se sente uni à cette brute de Brion. Sur les dix Guerriers, il avait fallu qu'il tombe sur cet imbécile de premier choix. Le prince s'était senti faillir quand Destos l'avait annoncé comme son partenaire d'escouade. Il ne se sentait pas capable d'être son compagnon. Leurs griefs étaient beaucoup trop importants pour qu'ils puissent passer outre et nouer une relation saine.

La déception de Roy avait été toutefois quelque peu adoucie par la nomination d'Ezral et Sharwynn dans son équipe. Le Tacticien était devenu un véritable ami pour lui, et Roy nourrissait un profond respect pour l'Assassin. Il avait hâte d'apprendre à mieux la connaître.

Entre les trois nominations, son cœur avait fait les montagnes russes. Il avait eu de la chance dans son malheur, mais l'amertume dominait.

Désormais, il n'avait plus le choix. Il devrait combattre aux côtés de Brion, le soigner, l'épauler. Cette pensée le rebutait. Comment pourrait-il se sentir loyal envers ce tyran qui lui avait mené la vie si dure jusque-là ?

Brisalys plongea ses yeux émeraude dans le regard de Roy. Il fut perturbé. Il connaissait bien cet air-là – elle l'incitait à l'écouter attentivement et ne pas se laisser distraire.

— La différence entre l'armée régulière et l'armée des Veilleurs, outre les spécialisations par castes, est le lien et la complémentarité qui unit les quatre membres d'une escouade, poursuivit la guérisseuse. Ce lien est sacré et nous le célébrons lors de cette soirée rituelle où vous aurez à surmonter, tous ensemble, une épreuve qui scellera l'union de vos destins.

Brion, assis à la droite du prince, tourna la tête dans sa direction et lui décocha un immense sourire sarcastique.

— Roy, toi et moi, c'est pour la vie.

Brisalys fronça les sourcils.

— Il ne s'agit pas que de toi et Roy, Brion, le réprimanda-t-elle. Il s'agit de vous quatre. Ne l'oublie jamais.

Ezral fit mine de larmoyer.

— Eh oui, désolé pour vous, mais Sharwynn et moi faisons également partie de votre escouade ! ajouta-t-il, feignant la déception sur un ton ironique.

Il tenta de prendre Sharwynn par l'épaule mais cette dernière se dégagea de sa prise. Le trait d'humour du jeune homme aux cheveux blonds fit rire Brion, qui lui donna une petite tape sur l'épaule.

— T'en fais pas va, mon beau chevalier, il y a une place pour toi dans nos cœurs !

Brisalys lui intima le silence. Elle expliqua ensuite que chaque groupe serait abandonné dans un secteur différent à la lisière de la forêt des Alvès. Ils y passeraient la nuit. Ils devraient chasser un œuf d'Aquatigris et le ramener avant l'aube au point de départ.

— L'objectif de ce sacre est simple, conclut-elle. Vous devez donc, ensemble, trouver un œuf d'Aquatigris et l'amener ici avant le lever du soleil. Bien entendu, cela ne fonctionne que si vous revenez tous les quatre vivants, et en même temps. Si l'un d'entre vous meurt, vous serez écartés de la voie des Veilleurs. Cela semble couler de source, mais je préfère vous le repréciser.

L'estomac de Roy se noua au nom de la bête. Il n'en avait jamais vu en chair et en os, mais il avait lu dans l'Encyclopédie Naturelle et Universelle que les Aquatigris étaient réputés pour être de redoutables chasseurs. La Maîtresse-Guérisseuse abonda dans ce sens.

— Attention, prévint Brisalys sur un ton qui sonnait comme un avertissement, ne sous-estimez pas les Aquatigris, ce sont des prédateurs hors du commun. J'insiste, mais nous avons déjà perdu des Veilleurs lors de cette cérémonie. Sachez que vos vies seront en danger, il ne s'agit pas d'un jeu. Dans quelques mois, vous affronterez des Sombs, qui sont bien plus dangereux que de simples Aquatigris, et vous devez être prêts à combattre des adversaires de cette trempe dès maintenant. Si vous vous révélez incapables de vaincre un Aquatigris, vous ne tiendrez pas une seule seconde face à un Hurleur.

Roy déglutit avec peine. Ça y est, il n'y avait plus aucun filet de sécurité. Ils plongeaient dans le grand bain, tous ensemble. Désormais, ce n'était plus une place qui était en jeu, mais leurs propres vies.

Après cette brève explication, Brisalys leur ordonna de s'équiper et de se tenir prêts pour l'épreuve. Roy s'attendait à plus de consignes.

— C'est tout ? Nous devons juste ramener un œuf d'Aquatigris ?

— C'est déjà assez compliqué comme épreuve, répondit Brion.

— Il a raison, assura Brisalys. Pas d'autres directives. Ramenez-moi cet œuf avant l'aube. C'est tout ce que je demande.

Elle ajouta en riant :

— N'oubliez pas de revenir vivants !

Roy était dans un état de nervosité extrême. Ne pas avoir plus d'instructions le mettait mal à l'aise. Que se passerait-il si l'un d'eux mourait dans l'affrontement ? Ou s'il était mutilé ? S'ils ne trouvaient pas d'Aquatigris ? Quelqu'un leur viendrait-il en aide ? Une foule de questions tourbillonnaient dans son esprit.

Étrangement, les autres membres de l'escouade ne semblaient pas inquiets. Au contraire, ils avaient l'air calmes et sereins. Ezral, qui avait lu l'inquiétude de Roy sur son visage, lui donna une grande tape sur l'épaule et s'approcha avec un sourire qui illuminait son visage.

— Ne t'en fais pas, Roy, tout va bien se passer ! On a les gros muscles de Brion pour nous protéger !

Le jeune homme blond donna un léger coup de coude taquin dans le flanc du Guerrier, en train d'ajuster son armure. Il lui répondit par une tape derrière la tête et un grognement. Le prince, excédé par l'attitude de Brion, leva les yeux au ciel, puis enfila son armure de cuir vert.

Il profita de ce moment privilégié avec son mentor pour lui demander :

— Et vous, Brisalys, qui sont vos équipiers ? Vous ne m'en avez jamais parlé.

Pour la première fois depuis leur rencontre, la mine de la Guérisseuse s'assombrit et son éternel sourire espiègle disparut derrière un voile de tristesse. Roy ne l'avait jamais vue avec une expression si sombre.

— Tombés au combat, souffla-t-elle doucement.

Roy baissa la tête pudiquement et, gêné, retourna s'équiper.

Brisalys attendit en silence qu'ils revêtent tous leur armure et se soient armés. Il était temps pour eux de commencer le rite.

— Bien, maintenant, vous allez prêter serment.

Ils se mirent debout. Brisalys les disposa en cercle.

— Prêts ?

Ils acquiescèrent.

Alors, ils saisirent leur insigne de Veilleur attaché autour de leur cou, le tendirent face à eux et posèrent leur seconde main sur l'emblème de leur caste gravé sur leur plastron.

L'ambiance devenait tout d'un coup très cérémonieuse. Même Ezral, d'une nature si distraite et dissipée, sembla soudainement sérieux et concentré.

— Récitez les vœux à l'unisson. Vos vies et vos morts seront liées à tout jamais.

Ils avaient eu l'occasion d'apprendre les vœux lors de leurs formations respectives. Mais le cœur de Roy s'emballa – il hésitait. Il ne savait pas s'il serait capable de se lier à Brion, et d'honorer son serment. Le caractère définitif de cette alliance le fit subitement paniquer.

L'espace d'un court instant, il voulut demander à Brisalys de changer d'escouade, ou même de faire marche arrière et quitter la formation des Veilleurs pour reprendre une vie normale. La panique s'empara brièvement de lui. Bien évidemment, il savait sa demande irrecevable et impulsive. Il regretterait probablement son acte par la suite. Était-il capable d'aller au-delà du conflit qui régnait entre lui et Brion ?

En proie à un intense conflit intérieur, il croisa le regard d'Ezral qui le fixait de ses grands yeux bleus, emplis de bienveillance. Ce dernier lui fit un léger signe discret du menton.

Alors, ses doutes s'éclipsèrent à cet instant. Auprès d'un tel équipier, il ne pouvait que se résoudre à s'engager sur la voie du Veilleur. *Jusqu'à la fin de sa vie.*

Les quatre acolytes se considérèrent les uns les autres. Roy échangea un regard avec Sharwynn, son Assassin. Ses yeux d'un noir profond n'exprimaient rien d'autre que la détermination et l'engagement. Le visage d'Ezral irradiait de béatitude. Et même lorsque le prince croisa les yeux de Brion, il put y lire la même expression. Pour une fois, il ne percevait ni animosité ni sarcasme dans le regard du Guerrier. *Il est seulement enthousiaste et résolu.* Seul le prince semblait avoir été saisi de doutes. Pour ses futurs acolytes, cette union semblait une évidence.

Par ce contact visuel, ils attendaient tous l'assentiment tacite de Roy. Alors, en réponse, ce dernier leur sourit.

Sur ces entrefaites, Brion se lança tête baissée. Il entama la litanie du serment en hochant le menton, très vite rejoint par les trois autres. Ils formulèrent lentement les phrases sacrées de leur contrat moral, d'une seule et même voix :

« Nous sommes les Veilleurs,
La Sentinelle des vivants.
Nous sommes le Bras qui protège,
Nous sommes l'Œil qui guette,
Nous sommes l'Esprit qui renforce,
Nous sommes la Main qui guérit.
L'aube dans le dos, nous ferons front aux ténèbres jusqu'au crépuscule de nos vies.
Je voue mon existence à la défense des âmes qui peuplent ce monde.
Mon corps, mon cœur et mon esprit seront l'ultime barrage au Fléau qui obscurcit la Terre des Hommes.
Nous sommes un,
Un face à l'ombre de la mort. »

L'émotion était intense pour Roy. Cet engagement représentait le début d'une nouvelle étape pour lui. Il était désormais lié à ses trois compagnons pour la vie. À présent, ils devaient pouvoir compter les uns sur les autres. La grande aventure qui les attendait s'annonçait mouvementée. Roy se préparait à vivre en leur présence des événements intenses : ils allaient tout autant traverser de terribles épreuves que partager des joies profondes. Du moins, il l'espérait.

Gérer sa relation avec Brion allait être problématique. Il ignorait comment il allait procéder. Roy espérait qu'ils réussiraient à régler leurs problèmes avec un peu de maturité, et de concessions. Pour le moment, il leur fallait mettre ces questions de côté, car une épreuve difficile les attendait. Leur toute première en tant qu'escouade.

La Maîtresse-Guérisseuse donna le signal de départ. La Grande Veillée commençait. Sous les pâles rayons de la lune, ils récupérèrent leurs montures et partirent au galop à la suite de Brisalys.

Ils chevauchèrent une heure environ en contournant la forêt vers le Nord avant de déboucher à la lisière. La végétation à cet endroit semblait extrêmement dense. Les arbres étaient plus vieux que dans la portion de forêt où Roy s'était entraîné. Leurs troncs massifs étaient impressionnants.

Brisalys les fit descendre à quelques mètres d'une percée dans le mur végétal. Elle tendit une petite sphère de nourriture molle à chacun. Roy n'arrivait pas à définir de quoi il s'agissait.

— Mangez ça, ordonna-t-elle.

Ezral inspecta le gâteau.

— Qu'est-ce donc ? demanda-t-il, curieux.

Un sourire malicieux naquit sur les lèvres charnues de Brisalys.

— Tu le sauras bien assez tôt, répondit-elle mystérieusement. Je suis certaine que ça va te plaire. Allez, avalez-moi vite ça !

Roy croqua dans la boulette farineuse. Elle avait un goût

de plantes mêlé à d'autres saveurs indéfinissables. Ce n'était ni bon ni mauvais. Juste étrange et bigarré. Il n'avait strictement aucune idée de ce qu'il était en train d'avaler. Ezral, Sharwynn et Brion suivirent docilement les directives de Brisalys et mâchèrent leurs morceaux respectifs avec vigueur. Ils étaient visiblement pressés d'en découdre.

Quand ils eurent terminé leur maigre festin, Brisalys les embrassa du regard et leur annonça sur un ton d'encouragement :

— Je vous attendrai ici, revenez avant l'aube. Vous avez six à sept heures devant vous. Rappelez-vous : vous êtes liés désormais, restez unis quoi qu'il arrive.

Suivant les indications de l'officier aguerri, les quatre compères se dirigèrent donc vers la forêt en s'enfonçant dans l'obscurité de la nuit. Ils eurent du mal à se frayer un chemin au milieu de l'arborisation sauvage. La végétation ici était compacte et difficile d'accès. L'humidité ambiante se faisait sentir de façon presque oppressante. C'était un biome différent de l'endroit où Brisalys avait entraîné ses apprentis. Cela n'étonnait pas le prince : les Alvès étaient la plus grande forêt du royaume d'Alquilon, et s'étendaient sur des centaines de kilomètres. Aussi, les différents spécimens et microclimats pouvaient très bien varier d'un endroit à l'autre. Et ce soir, ils avaient affaire au côté farouche et inhospitalier de la jungle Alvèsienne.

En bon Tacticien, Ezral sortit une carte de sa besace et expliqua sur un ton très sérieux :

— Bon, si j'ai bien analysé les données topographiques, nous sommes à la limite extrême nord-ouest de la forêt des Alvès. Ce côté de la forêt est le plus sauvage, une rivière traverse ce secteur : la Chanteresse. Je pense que nous devons nous diriger vers la berge la plus proche.

Brion exprima son enthousiasme en serrant le poing en signe de victoire.

— Bien, répondit le Guerrier. C'est là qu'on trouvera les Aquatigris, ces bêtes vivent dans l'eau si j'en crois leur nom. Allons-y !

Il commença à se diriger à toute vitesse dans les entrailles dde la forêt, sans même consulter ses autres acolytes.

— Attends, attends ! intima Roy, les sourcils froncés. On ne devrait pas d'abord décider d'un plan ? Est-ce qu'on peut voler un œuf sans forcément affronter un Aquatigris, par exemple ?

Brion émit un ricanement et répéta avec une voix aigüe :

— Est-ce qu'on peut voler un œuf sans forcément affronter un Aquatigris ?

Son visage se figea soudain dans une expression de dégoût :

— Le prince lâche, je te reconnais bien là. Brisalys a dit que c'était une épreuve d'initiation. Généralement, on affronte et tue son adversaire dans ce genre de rite, n'est-ce pas ?

Devant le sarcasme et les moqueries de Brion, Roy sentit la colère prendre le dessus. Il tenta de conserver son calme pour ne pas perdre en crédibilité.

— Pas forcément, répondit-il de façon peu amène. Le but de ce rite est de renforcer nos liens ! Notre objectif est de ramener un œuf, pas de tuer un Aquatigris ! Et rester vivants aussi, soit dit en passant.

Roy soutenait le regard de défi que lui lançait Brion.

— Et tu crois que tu pourras fuir les Hurleurs sur le champ de bataille ? Triompher d'eux sans avoir à les combattre ?

La tension montait entre les deux jeunes hommes. Sharwynn observait ses deux camarades en silence, impassible et stoïque. De son côté, Ezral tenta d'apaiser la situation devant ce début de conflit.

— Bon, écoutez, je vous propose qu'on avance un peu, et je vous informerai lorsque nous approcherons du territoire des Aquatigris. Nous déciderons alors à ce moment comment nous procéderons. En attendant, cela nous laisse le temps de réfléchir chacun de notre côté. Qu'en pensez-vous ?

Ezral avait raison, c'était le meilleur compromis. Roy se calma un peu et acquiesça. Brion était également d'accord. Le prince remercia intérieurement leur ami Tacticien pour ses talents de diplomate.

Ils commencèrent donc à se frayer un chemin dans la forêt en direction de la rivière à la lueur des rares rayons lunaires et de torches de fortune bricolées par Ezral. La prudence était de mise car ils ne savaient pas exactement quelles créatures habitaient ces lieux, et la végétation luxuriante réduisait leur vision. L'escouade devait rester le plus silencieuse et discrète possible.

À mesure que le prince avançait, il commençait à sentir une sensation étrange et insidieuse s'insinuer en lui. Le sol semblait vaciller doucement sous ses pieds, sa tête tournait et il devenait plus sensible à la lumière, même rare. Qu'est-ce qu'il lui arrivait ? Un début de malaise ?

Brion rompit le silence ambiant, et arrêta la procession. Visiblement préoccupé par le plan d'attaque, il demanda à voix basse :

— Quelqu'un sait à quoi ressemble un Aquatigris ? Quelles sont leurs techniques de chasse ? Où pondent-ils leurs œufs ? Dans des nids ? Dans l'eau ? Les gardent-ils sur eux ?

Roy tenta de rassembler ses pensées. L'exercice lui était difficile. Il avait déjà lu quelques informations à propos des Aquatigris.

Dans un premier temps, par rivalité naturelle, il ne voulait pas dévoiler ces informations à Brion. Pourquoi devrait-il alimenter ses plans, alors qu'ils n'étaient pas d'accord sur la position à adopter ? Il n'allait pas en plus l'aider alors qu'il le traitait si mal.

Toutefois, il tenta de se raisonner. *Vous êtes une équipe, pas des rivaux.* Roy soupira. Il se devait de partager avec lui ce qu'il savait pour prendre une décision collective, même si c'était de mauvaise grâce. Il ne s'agissait pas que de lui et Brion, Ezral et Sharwynn comptaient également. À contrecœur, il lui expliqua :

— Les Aquatigris sont, comme leur nom l'indique, des tigres aquatiques. Selon l'Encyclopédie Naturelle et Universelle de la grande bibliothèque, ce sont des reptiles avant tout, mais leur morphologie générale ressemble à celle d'un tigre. Ils vivent principalement dans les eaux peu profondes. Ils chassent sur les berges du gros gibier qui s'aventure sur leur territoire pour s'abreuver. Les cerfs aux andouillers rouges seraient leurs proies de prédilection. Je ne connais pas leurs techniques de chasse, ni leurs habitudes de reproduction… cela restera à découvrir. Mais je vous laisse imaginer leur puissance, étant donné la taille que font leurs cervidés préférés. C'est tout ce que je sais d'eux.

— Ils pondent sur les berges, dans les Roseaux Chantants, précisa Sharwynn.

Les trois hommes de l'escouade s'arrêtèrent, étonnés par l'intervention inattendue de la jeune femme aux yeux noirs, restée silencieuse depuis le début de la cérémonie. Elle continua, ignorant la réaction de surprise de ses équipiers :

— Cela permet de les avertir quand une potentielle menace s'approche de leur nid. Les roseaux émettent un son bien particulier lorsqu'ils frottent les uns contre les autres. Cela alerte les parents qui ne sont jamais très loin. Entre parenthèses, ils sont appelés les Roseaux Chantants car lorsque le vent souffle doucement dans les tiges, cela sonne comme une musique aux oreilles des simples humains que nous sommes.

Brion se frotta le menton, en proie à d'intenses réflexions.

— Donc, impossible d'approcher le nid sans avoir la mère sur le dos. Il va falloir la tuer.

Sa remarque exaspéra le prince. Brion voulait décidément tout tuer, c'était sa solution à tous les problèmes. N'était-il donc qu'un tas de muscles dépourvu d'émotions et de finesse d'esprit ?

Ils tournèrent le problème dans tous les sens. Mais ils arrivèrent tous à la même conclusion que le fier Guerrier. Ils n'avaient d'autres choix que d'abattre les gardiens des œufs. Toutefois, Roy était intimement persuadé qu'un autre choix pouvait se présenter à eux. Mais pour le moment, il était incapable de définir cette alternative.

Ezral semblait désolé d'apprendre cette nouvelle, mais il se plia à la raison.

— Oui, on dirait bien, répondit-il, même si cela ne me plaît pas de tuer une créature qui n'a rien demandé… Ce n'est pas comme un Somb, qui tue pour le plaisir.

Le prince n'était toujours pas d'accord pour tuer la bête. Outre l'argument d'Ezral, qui était tout à fait entendable pour les personnes nourrissant un minimum d'empathie pour les créatures de la nature, pour lui, le plus grand danger venait de l'affrontement en lui-même. Ils risquaient de se faire blesser ou tuer. Le mieux était encore d'éviter ce risque afin de pouvoir tous terminer l'initiation en un seul morceau. Si l'un d'entre eux était estropié dès leur premier soir en tant qu'escouade, l'aventure des Veilleurs risquait fort d'être écourtée pour le petit groupe. Le prince revint à la charge et tenta de convaincre ses camarades.

— Il doit y avoir un autre moyen, insista Roy. Je ne sais pas si vous vous rendez compte, mais l'Aquatigris est un prédateur alpha, et nous risquons nos vies à l'affronter.

— Nous aussi, on est des alphas. Arrête d'avoir peur, Roy, tu es un Veilleur, oui ou non ? Ne sois pas lâche ! le réprimanda Brion.

Cette fois-ci, Roy ne pouvait passer ce manque de respect sous silence. C'était la remarque de trop. Sa fierté était piquée au vif.

— Il ne s'agit pas de peur, mais de trouver la stratégie la plus optimale pour que nous n'en ressortions pas estropiés ! Cela serait dommage de commencer notre carrière de soldat d'élite avec un bras en moins, non ? rugit le prince.

Brion le fixait avec un petit sourire en coin, hautain et moqueur, tournant en dérision la colère de son compagnon. Il s'apprêtait à se moquer une nouvelle fois de lui, quand Ezral intervint avant que les choses ne s'enveniment.

— Bon écoutez, on peut toujours discuter…

Soudain, Sharwynn s'interposa au milieu des trois jeunes hommes et croisa ses deux avant-bras au niveau de son visage, en signe de temps mort.

— Stop, coupa-t-elle, vos compétitions d'ego ne m'intéressent pas. Il s'agit d'une épreuve d'équipe. Faites preuve de maturité et d'humilité. Cessez vos enfantillages. Restons concentrés sur notre objectif.

Roy eut la soudaine sensation de se prendre une gifle en plein visage. Ce revers le ramena immédiatement à la réalité, de façon brutale, et il se sentit honteux. L'Assassin avait raison, il fallait se montrer digne de leur escouade et stopper ces disputes puériles pour avancer ensemble afin d'atteindre leur objectif commun.

Brion sembla mal à l'aise. Son visage s'empourpra. Mais Sharwynn n'en avait cure. Elle s'assura que ses deux interlocuteurs aient intégré ce qu'elle venait de dire, avant de poursuivre :

— Ezral, c'est toi le Tacticien, non ? À toi de jouer. Décidons maintenant du plan à suivre. Les choix stratégiques sont ton domaine de compétences au sein de l'escouade, normalement. Pas celle du Guérisseur ni du Guerrier.

Le jeune homme fut surpris de la responsabilité que lui attribuait Sharwynn. Il hésita, réfléchit quelques instants, puis proposa, très concentré :

— Bien, ce qu'on sait : les œufs sont dans les herbes hautes au bord de la berge. Ces roseaux émettent un signal sonore qui informera la femelle Aquatigris de notre présence. Elle nous attaquera et d'après ce que nous dit Roy, le combat pourrait nous être fatal.

Il commença à compter sur sa main.

— Je vois plusieurs choix qui s'offrent à nous : soit nous prenons les œufs, puis engageons un combat à mort avec l'Aquatigris, et nous risquons d'être blessés. C'est la technique la plus directe.

Il marqua une pause, fronça les sourcils et chancela un peu

sur le côté. Roy remarqua que ses pupilles étaient extrêmement dilatées. Même dans l'obscurité de la nuit, cette expansion de la prunelle semblait louche aux yeux du Guérisseur.

Par ailleurs, lui-même ne se sentait pas dans son assiette, comme dans un état second. Plus les minutes passaient, plus il sentait son esprit flotter de façon disparate, comme scindé en des milliers de morceaux qu'il n'arrivait pas à rassembler. Il devait déployer des trésors de concentration pour assimiler ce que disaient les membres de son escouade.

Ezral secoua la tête nerveusement, comme pour se réveiller. Puis, il reprit :

— La seconde option est la neutralisation en douceur de la femelle Aquatigris, avant de toucher aux œufs. Cela me semble une bonne option, mais encore faut-il savoir comment l'isoler. La troisième option serait de prendre l'œuf et de s'enfuir en courant, mais je crains que le prédateur ne nous pourchasse dans la forêt. Je ne sais pas trop si les Aquatigris sont à l'aise sur terre, mais une bête à quatre pattes sera toujours plus rapide qu'un humain sur ses deux jambes. C'est très risqué.

Sa diction commençait à devenir hasardeuse.

— Dernière option : brûler ou couper les roseaux autour du nid ? Mais cela implique que nous ayons déjà repéré l'emplacement au préalable et que nous risquions de tomber sur la génitrice en errant le long de la berge.

Il arrivait au bout de son raisonnement, et comme après un gros effort, il émit une longue expiration.

— Qu'est-ce que vous en pensez ?

Personne ne répondit. Brion semblait lui aussi légèrement hébété, les yeux dans le vague. Roy en éprouvait un plaisir pernicieux. Voir son ennemi juré dans un état de faiblesse, même minime, lui procurait la satisfaction de la vengeance. Il savait au fond de lui qu'il fallait supplanter ce sentiment d'animosité qu'il nourrissait à son égard pour le bien de tous. Mais c'était plus fort que lui.

Le grand guerrier brun serra les mâchoires pour se ressaisir, et plissa les yeux dans un effort pour se concentrer. Contrairement à son habitude, il répondit à Ezral d'une voix non assurée :

— Pour moi, la meilleure solution reste l'affrontement.

— Alors, votons, suggéra Sharwynn.

Elle se tourna vers le prince pour l'inviter à se prononcer.

— Je suis pour neutraliser la femelle en amont. J'ai une potion paralysante, on pourrait s'en servir pour l'immobiliser.

— C'est atroce ! s'indigna Ezral. Pauvre bête ! Je ne suis pas d'accord. Autant la tuer ! La paralysie est synonyme de longue agonie dans la nature. Elle va se faire manger vivante par ses congénères. C'est tellement cruel !

Brion sauta sur l'occasion, s'engouffrant dans la brèche créée par Ezral. Il voulait absolument son trophée de chasse.

— Je vote pour la tuer, répliqua Brion, du tac au tac.

— Je ne suis pas en faveur d'un affrontement, le péril me semble trop important et inutile en comparaison de la tâche à accomplir, déclara Sharwynn. Tu n'as pas autre chose comme potion ?

Le prince sortit de sa besace quelques flacons remplis de mixtures colorées. Il en montra un contenant un liquide bleu fluo.

— J'ai bien une potion de sommeil, mais je ne sais pas si elle fonctionnera sur un animal. C'est normalement fait pour endormir les grands blessés sur les champs de bataille ou avant une opération.

Elle réfléchit quelques instants en regardant le sol, sourcils froncés.

— Bien, alors essayons l'endormissement, trancha Sharwynn. Augmente ton dosage. Si cela fonctionne, on pourra prendre l'œuf et repartir sans faire de mal à la créature. Si cela ne fonctionne pas, nous affronterons la bête. Cela me semble le parfait compromis entre le risque à prendre et notre objectif. Est-ce que tout le monde est d'accord ?

Cette solution était l'arbitrage le plus équilibré qu'ils auraient pu trouver. Soit on évitait le combat et on laissait la bête en vie, soit on l'affrontait et on la tuait. Le hasard et les dosages de Roy choisiraient pour le groupe.

— Oui, répondit Brion, sarcastique. Cela me va parfaitement, parce que nous finirons par combattre la bête. Puisque Roy va échouer.

Le prince ne releva pas la remarque, mais une colère bouillonnante commençait à faire rage au creux de son ventre, au milieu d'une foule d'autres sentiments indéchiffrables et virevoltant sauvagement en son sein. Il avait cette indicible sensation de ne pas réussir à démêler réellement les émotions qui l'habitait. Il se sentait déphasé et sous emprise. Que lui arrivait-il ? Les fils de ses pensées s'enchevêtraient chaotiquement.

Dans un éclair de lucidité, il valida la proposition de Sharwynn. Ezral en fit de même. Ils étaient enfin tous d'accord sur la stratégie à suivre : trouver un nid, dénicher la matriarche, l'endormir, voler l'œuf, s'enfuir. *Un véritable jeu d'enfants*. Roy regrettait presque que la Grande Veillée ne représente pas un défi plus considérable

Suivant leur plan, ils décidèrent alors de reprendre le chemin à travers la forêt pour chercher le précieux œuf de félin aquatique. Le prince éteignit sa torche car la lumière l'aveuglait beaucoup trop. Il avait l'impression que la lueur de la flamme lui brûlait la rétine. Mais depuis quand ? Et pourquoi ? Pourquoi son flambeau brillait-il autant ? Il remarqua cependant qu'en contrepartie, sa vision nocturne s'était nettement améliorée. Ses sens lui jouaient-ils des tours ?

Cette sensation étrange de réfléchir au ralenti le taraudait. Des concepts insaisissables flottaient en toile de fond dans son esprit. Il avait du mal à faire le tri dans ses idées qui tournoyaient doucement dans son cerveau. Une petite voix inintelligible semblait lui donner l'alerte depuis les tréfonds de son âme, mais il ne parvenait pas à comprendre réellement ce qu'elle lui dictait. Il se sentait à la fois confus et relaxé. Quelle étrange sensation… Il perdait le contrôle.

Étrangement, cela ne l'angoissait pas. Il continuait d'avancer machinalement derrière ses amis, déconnecté, libre de toutes les questions existentielles qui venaient l'assaillir en temps normal.

ARCHIVE

Aquatigris Maritimus

Le Tingorc (ou Aquatigris Maritimus) est une espèce de reptile marin carnivore, cousin de l'Aquatigris Fluvius, qui, lui, vit dans les cours d'eau douce. L'Aquatigris Maritimus possède une répartition homogène : il vit très bien dans les mers gelées comme dans les océans tropicaux. Il est aussi à l'aise dans l'eau que sur la terre ferme, mais vit majoritairement dans les océans. Il est possible de le croiser tant dans les profondeurs des océans que sur les côtes. C'est un animal capable de s'adapter à n'importe quelles conditions environnementales.

Son régime alimentaire est très diversifié, bien que ses proies de prédilection restent les mammifères marins tels que les Baleines Ponantes et les Phoques Argentés. Sa technique de chasse est développée, et le Tingorc possède tout un arsenal d'organes sensoriels qui font de lui un superprédateur. Il ne connaît aucun ennemi naturel.

La taille des spécimens adultes observés varie de trois à quinze mètres de long. Ils ont une apparence caractéristique avec une crête dorsale et de longues vibrisses colorées. Selon l'endroit où ils vivent, la couleur de leur peau peut changer pour se fondre avec leur élément. Ainsi, les Tingorcs de la Mer d'Albâtre sont blancs et se confondent avec les banquises, tandis que les spécimens de Bras de Zil sont de couleur sable.

Les Tingorcs sont d'une nature solitaire et évoluent seuls. Ils se rencontrent uniquement lors de la saison d'Aurifé afin de s'accoupler dans les eaux froides de la mer d'Albâtre. Les femelles pondent ensuite lors du cycle du Viride le long des côtes et abandonnent leurs œufs enfouis sous la terre.

De nombreux opportunistes ont tenté de se lancer dans la chasse aux œufs de Tingorcs, mais la plupart d'entre eux furent dévorés par les femelles qui venaient de pondre. Il a été étudié par la suite que ces dernières ne protégeaient pas leurs œufs, mais tendaient un piège aux chasseurs d'œufs pour se nourrir sans se fatiguer après des mois entiers de gestation.

Ces animaux sont très intelligents, sadiques et calculateurs.

« Le sourire du Tingorc sera le dernier que tu verras. »

Janol Amoli, Naturaliste Royal.

Encyclopédie Universelle et Naturelle, Grande Bibliothèque de Centurya.

20

Hallucinations

Guidés par Ezral, les quatre compères marchèrent durant ce qu'il leur sembla une éternité dans la forêt. Ils débouchèrent finalement dans une clairière. La modeste lumière de la lune venait s'y déverser comme dans un puits, transformant l'endroit en étrange scène où se mêlaient spectres oniriques et bucolisme. L'herbe était haute et fournie, fraîche, humide et odorante. Les sens de Roy étaient en alerte.

Son ami Tacticien s'allongea dans l'épais tapis végétal, tenté par le moelleux du sol. Cela amusa Roy, qui se mit à le pointer du doigt, hilare. Il ignorait pourquoi, mais le voir étendu ainsi dans la prairie lui semblait la chose la plus drôle du monde. Qu'y avait-il de comique ? Aucune idée, mais ça l'était.

De son côté, Brion le détestable restait debout, immobile, sans réaction, les yeux dans le vague. Il semblait déconnecté ou sur une autre planète. *Bien fait !*

Quant à Sharwynn, elle était assise par terre. Roy la scruta de plus près. Une chose étrange avait attiré son attention. Quelle horreur ! Quelque chose bougeait dans ses cheveux ! Que cela pouvait-il être ? Et puis, que faisait-elle là, d'ailleurs ? Curieux, il s'avança vers elle pour identifier ce qui s'agitait de la sorte dans sa sombre tignasse.

Face à la vision d'effroi qui l'assaillit soudainement, Roy se mit à crier en montrant la crinière de l'Assassin à ses camarades :

— Elle a des serpents dans les cheveux ! Regardez-les s'agiter ! Ils sont furieux !

Brion sortit de sa léthargie et accourut. Il se mit à hurler lui aussi de façon inarticulée :

— Il a raison ! De gros serpents noirs ! Je les entends siffler !

Il approcha soudainement son visage à quelques centimètres de celui de l'Assassin. Ses yeux devinrent ronds comme des billes et il cria :

— Les yeux de Sharwynn sont des fentes ! Sharwynn est un monstre !

Le géant dégaina son épée, prêt à attaquer la petite brune. Sharwynn fit un geste mou et nonchalant de la main pour lui dire d'arrêter, mais sans grande conviction. Maintenant que Brion l'avait souligné, Roy pouvait en effet voir les yeux jaunes reptiliens de la jeune femme. Sa langue fourchue frétillait hors de sa bouche.

Au fond de lui, Roy savait que quelque chose n'allait pas dans cette scène, mais il n'arrivait pas à saisir d'où cela venait. C'était trop insidieux pour qu'il puisse l'analyser de façon éclairée. Pourquoi Sharwynn serait-elle un serpent ? Est-ce qu'elle était un Somb infiltré ? Luttant laborieusement contre ces suggestions loufoques, le prince posa la main sur la garde de Brion.

— Brion, range ton épée.

À la grande surprise du prince, le grand gaillard obéit. Ce

dernier commença à le fixer d'une façon étrange, fasciné.

— Tu as des oreilles de chat qui ont poussé, Roy. Tu es un joli petit minet. Un mignon chaton. Mais peureux, bien sûr, comme toujours.

Le prince se caressa le haut du crâne pour vérifier s'il n'avait pas quelque chose sur la tête qui pouvait induire Brion en erreur. Mais il ne sentit rien sous ses doigts.

— Je n'ai jamais eu d'oreilles de chat, Brion, répondit sérieusement le prince. J'ai des oreilles d'humain parce que j'en suis un.

Cet échange était complètement insensé. Le Guerrier lui caressa le dessus de la tête et lui assura :

— Si, elles sont toutes douces.

Roy fournit un effort surhumain pour rassembler ses esprits. Ce qu'il se passait était absurde. Avec lenteur, des bribes du cours de Brisalys lui revinrent en mémoire concernant... concernant quoi ? Il n'arrivait pas à se souvenir, pourtant, il était sûr que c'était d'une importance capitale.

Il fixa la lune quelques instants. Hélas, ses pensées continuaient de lui échapper paresseusement, virevoltantes, insaisissables comme des papillons égarés, fous et fatigués.

Il observa autour de lui. Ezral était étalé au sol en train de dormir, Sharwynn parlait à ses serpents et Brion caressait sa tignasse dans l'espoir de voir pousser des oreilles de félin identiques à celles de Roy, mais en mieux. *Cela ne fait pas sens.*

Un oiseau nocturne le survola. Le bruissement de ses ailes dans l'air le ramena promptement à la réalité. Il fut saisi d'un bref éclair de lucidité. Un des enseignements de Brisalys lui revint en mémoire de façon fragmentée. *Les Papillons Impératrices.*

Sur les écailles de leurs ailes. *Psychotropes hallucinogènes.* Quel médicament combattait ce mal ?

Malgré son cerveau embrumé, il fouilla dans sa besace à la recherche d'un remède pour atténuer les effets de la drogue. Il saisit une poudre dans un sachet sur lequel était mentionnée l'inscription « Racines de violettes prismatiques ». Il en saupoudra maladroitement un petit morceau de ration qu'il tendit à Brion.

— Tiens, mange.

En mobilisant toute l'acuité dont il était capable, il força ses trois équipiers à avaler leur portion. Il enfourna lui-même un morceau de pain sec parsemé de poudre de racines dans son gosier.

Les effets du médicament ne se firent pas attendre. Le choc fut brutal. Quelques minutes après l'ingestion, les quatre compères vomissaient tout le contenu de leur estomac dans des gerbes malodorantes. Après avoir régurgité le contenu de leur repas du soir, ils finirent par s'affaler, éreintés, dans l'herbe. Sharwynn était pâle comme la lune et tremblait. Brion se tenait le ventre de façon douloureuse et Ezral était toujours allongé, les bras en croix. Le prince recouvrait un peu ses esprits, même s'il se sentait toujours nébuleux.

— Brisalys nous a empoisonnés, déclara-t-il, essoufflé.

Le Tacticien se releva lentement, douloureusement, et s'assit dans l'herbe.

— Mais pourquoi aurait-elle fait ça ? demanda-t-il sur un ton plaintif.

Les pensées du prince étaient encore trop confuses pour qu'il puisse répondre dans l'immédiat. L'effet hallucinogène se dissipait progressivement.

— Ce sont les croquettes qu'elle nous a données… soupira Brion qui recouvrait doucement ses esprits. Mais pourquoi nous droguer ?

Sharwynn apporta sa vision sur la question.

— Parce que chacun d'entre nous a un rôle particulier. Elle voulait tester si Roy avait bien retenu ses leçons de Guérisseur, les éclaira-t-elle.

Le prince ne voyait pas la situation sous cet angle. Il n'était pas complètement d'accord avec Sharwynn, même si sa proposition était logique.

— Ce n'est pas tout, ajouta-t-il. Je pense que ce qu'elle nous a donné a aussi des effets secondaires utiles à cette épreuve : nos sens sont plus développés, de façon temporaire. Avez-vous remarqué ? Nous voyons mieux dans le noir, notre odorat, notre ouïe et notre toucher sont nettement plus aiguisés. Cela nous sera d'un grand soutien pour la chasse que nous avons à mener. Mais attention aux effets hallucinogènes que cela entraîne. Tout est une question de dosage…

Ils prirent quelques instants pour se remettre de leurs émotions, avant de reprendre le chemin vers la rivière. Ezral leur annonça qu'ils ne s'étaient pas trop éloignés du trajet initial. Selon le Tacticien, ils avaient tourné en rond pendant trente minutes. La situation aurait pu être pire, mais ils avaient malheureusement perdu un temps précieux. Ils devaient rapporter l'œuf avant le lever du soleil, Brisalys avait été bien claire.

Roy pouvait encore sentir de manière subreptice les effets de la drogue restée dans son organisme. Il entendait nettement le cri des bêtes nocturnes au loin, il captait l'odeur des différents pollens dans l'air et sentait également dans les moindres détails le tissu de ses chausses frotter contre sa peau. Ses sens étaient décuplés, mais sa lucidité légèrement altérée.

Au bout de longues minutes de marche, Ezral leur fit signe de s'arrêter et de rester silencieux. Roy entendait le clapotis de l'eau à quelques mètres de là. Ils n'étaient donc plus très loin de la rivière. Ils pénétraient sur le territoire de la bête qu'ils traquaient… *ou qui les traquait ?*

Le jeune homme s'agenouilla et posa la main sur le sol. Le Tacticien avait repéré une empreinte d'Aquatigris. Il ne pouvait pas se tromper : la trace de la patte griffue et palmée était énorme, profondément ancrée dans le sol boueux. Roy imagina quelques secondes les dégâts directs que pouvaient provoquer de tels attributs.

Sur ses gardes, le Guérisseur sortit rapidement sa mixture destinée à endormir la bête. Il était désormais prêt à l'utiliser à tout moment.

Ils suivirent les marques laissées au sol par la bête sur quelques mètres, avant de sortir du sous-bois et de déboucher sur la berge dégagée de la rivière. Les rayons de l'astre de la nuit se reflétaient en une multitude de chatoiements argentés dans la rivière Chanteresse. Elle semblait vivante, et ressemblait à un flux de dentelles argentées. Une légère brise agitait les roseaux disposés en touffes aux abords du cours d'eau, qui tintaient faiblement comme des carillons fantomatiques.

Roy comprit alors pourquoi ce cours d'eau portait ce nom, Chanteresse. Tout autour de lui, les bruissements des phragmites formaient une symphonie harmonieuse et cristalline, à peine perceptible pour l'oreille humaine. C'était une musique envoûtante et irréelle.

Ezral indiqua silencieusement le côté ouest de la berge. Ils s'y aventurèrent prudemment. De ce côté, Roy détecta dans les airs une odeur de sang presque imperceptible. D'où cela pouvait-il provenir ? Son cœur commença à s'accélérer sous l'effet de l'adrénaline. Rêvait-il ? Il se concentra pour ne pas se laisser posséder par les effets hallucinogènes.

Suivant ce relent d'hémoglobine comme des chiens de chasse, ils bifurquèrent soudainement vers l'ouest et s'écartèrent de la berge en repoussant les branches d'un buisson en travers de leur chemin.

Ils se retrouvèrent derrière un Aquatigris qui plongeait goulûment son museau dans les entrailles d'un cerf d'Alvès. Le cœur de Roy fit un bond.

La bête était massive et sa hauteur au garrot dépassait de quelques centimètres l'épaule de Brion. Son corps recouvert d'écailles reflétait la lumière lunaire. Sa couleur bleu paon brillait intensément, même dans la nuit, contrastant avec le rouge cramoisi qui parsemait le bout de sa queue et les membranes de ses nageoires. Il était doté de quatre longues vibrisses qui flottaient gracieusement derrière lui et lui donnait un air aérien.

Le prédateur détecta immédiatement la présence de l'escouade. Il quitta son festin et huma l'air. Leur présence fut repérée. En un instant, il déploya d'immenses crêtes membraneuses grenat qui parcouraient sa colonne vertébrale, sa queue et ses pattes. Il fit volte-face soudainement en sifflant et en secouant ses apophyses épineuses comme un crotale en colère.

Le sang de Roy ne fit qu'un tour. Il devait agir. Ni une ni deux, il lança sans réfléchir sa mixture de sommeil aux pieds du monstre en visant la tête. C'était une dose importante, ce n'était donc qu'une question de secondes avant que l'effet n'agisse.

L'Aquatigris inhala les vapeurs toxiques et parut comprendre la tromperie. Furieux, il rugit de colère et commença à bondir en direction de l'escouade.

Guidé par un instinct primaire, Brion s'interposa entre la bête semi-aquatique et ses compères en brandissant son bouclier vermeil. Le choc fut brutal ; la bête s'écrasa de tout son poids sur le Guerrier, qui lâcha un cri de douleur. L'Aquatigris retomba lourdement sur Brion. Enragée, elle fit claquer ses mâchoires et ses dents aiguisées à quelques centimètres du visage du jeune homme, sous le regard horrifié de ses équipiers.

Comment allaient-ils pouvoir tirer leur Guerrier de cette situation ? Roy réfléchissait à un plan de secours. Mais cela était inutile : la potion commençait à faire effet sur le félin reptilien. Ses yeux jaunes commencèrent à cligner rapidement. Sa gueule entrouverte laissait s'échapper des filets de bave malodorants qui dégoulinèrent sur le visage de Brion.

Après quelques secondes de lutte, la bête chancela, puis s'effondra au sol dans un long râle.

— Sortez-moi de là, vite ! ordonna Brion, qui étouffait sous l'Aquatigris endormi.

La créature était tellement lourde qu'ils durent faire levier avec une branche pour faire rouler le corps inanimé sur le côté afin de dégager le Guerrier.

Celui-ci, enfin libre, bascula sur le côté, essoufflé, et émit un profond soupir de soulagement. Roy, conditionné par son entraînement, accourut au chevet de son comparse et commença à l'ausculter, mais celui-ci le repoussa.

— Qu'est-ce que tu fais ? gronda-t-il.

Décontenancé par l'agressivité de son camarade, Roy tenta de lui expliquer que c'était son rôle en tant que Guérisseur.

— Je regardais si tu étais blessé, répondit-il.

Brion se releva, essuyant la terre qui salissait son armure écarlate. Il remit son plastron en place et déclara d'un ton hautain :

— Je vais parfaitement bien, je n'ai pas besoin d'être ausculté ! Encore moins par toi.

Roy resta quelques instants déconcerté, les bras ballants. Ils avaient beau être rivaux, il ne comprenait pas cette animosité extrême que Brion alimentait à son égard. Qu'est-ce qui le dérangeait tant ? Le fait qu'il soit prince ?

Ezral, de son côté, inspectait la bête et vérifiait qu'il s'agissait bien d'une femelle. Il confirma cette information. Puis, ignorant la dispute entre Roy et Brion, il se tourna vers ses compagnons.

— Bien, la première étape du plan s'est parfaitement déroulée, déclara-t-il, enthousiaste. La maman dort paisiblement.

Il caressait doucement le crâne du reptile. Brion ne partageait pas son enthousiasme, encore sonné par le choc qu'il venait de subir. Il se massait l'épaule qui avait été écrasée par le poids de la bête. Il était encore amer.

— Parfaitement ? Parle pour toi, rétorqua-t-il.

— C'est vrai, merci de nous avoir protégés, répondit Ezral, reconnaissant. Grâce à toi et Roy, nous allons pouvoir continuer. Il s'agit bien d'une femelle, son nid ne doit pas être très loin. Partons à la recherche de ses œufs avant que la matriarche ne se réveille.

Déployant la suite de leur stratagème, ils décidèrent de chercher les œufs d'abord sur la berge sud et de terminer par la berge nord, afin de quadriller le territoire entier de l'Aquatigris. Sharwynn leur avait précisé qu'il pouvait s'étendre sur des kilomètres. *Une vraie encyclopédie, cette demoiselle.*

Par chance pour eux, il n'y avait qu'une seule rivière et ils n'avaient qu'à la longer pour trouver le repaire de la bête endormie. Ils ratissèrent donc les berges de la rivière tous les quatre. Le ciel commençait à se charger de nuages sombres, qui masquaient la faible clarté provenant de la lune. La recherche s'annonçant difficile, ils décidèrent de fouiller directement dans les hautes herbes. Même s'ils se mouvaient le plus silencieusement possible au milieu des fétuques, ils laissaient dans leur sillage la douce trace sonore des carillons des roseaux.

Après quelques minutes d'exploration, ils repérèrent le nid de l'Aquatigris. L'excitation les gagna. La bête avait creusé un trou et l'avait rempli d'herbes coupées. Au fond du nid, trois œufs à la coquille bleu ciel mouchetée de petites taches rouges, de la taille d'un poing, reposaient tranquillement, protégés. Roy était soulagé. Ils avaient trouvé l'objet convoité plus facilement qu'il ne l'aurait pensé.

— Nous avons réussi ! s'enthousiasma Ezral.

Puis, il s'activa pour ramasser un des œufs et le fourra dans sa besace, faisant chanter les roseaux de ses mouvements vifs.

Le groupe décida ensuite de sortir des herbes hautes, qu'ils jugeaient dangereuses en raison du manque de vision et de la soudaine obscurité. Même si leur vision nocturne était améliorée, elle ne leur permettait pas de repérer tous les dangers dans cette verdure si haute.

Lorsqu'ils quittèrent le fourré, Roy aperçut à quelques mètres devant eux quatre petites lueurs phosphorescentes azurées, qui flottaient dans les airs, au gré du vent. Qu'est-ce que ça pouvait bien être ? Des lucioles ? Elles disparurent aussi vite qu'elles étaient apparues.

Sur le chemin du retour, ils repassèrent devant la femelle Aquatigris, endormie à poings fermés. Roy en profita pour lui administrer une seconde dose de sédatif. Afin de rentrer tranquillement, mieux valait être sûr qu'elle ne se réveillerait pas. Il espérait que cela ne tuerait pas la bête, mais au moins, ils avaient quelques heures de libres devant eux avant que la matriarche ne s'éveille et s'aperçoive du vol de son œuf.

Sur le retour, Roy sentit progressivement un sentiment indicible de malaise et de danger croître en lui, sans pouvoir expliquer son origine. Avec l'afflux important d'informations relayées par ses sens décuplés, son instinct primaire avait pris le dessus et le mettait en alerte.

Depuis maintenant dix bonnes minutes, Roy avait remarqué que les lumières fluorescentes qu'il avait vues près du cours d'eau les *suivaient* furtivement, et semblaient se rapprocher. Il avait tout d'abord pensé qu'il s'agissait d'un effet hallucinogène de la drogue de Brisalys. Mais après s'être concentré, il avait pu constater que les petits orbes nitescents étaient réellement là et n'étaient pas le fruit de son imagination. Roy décida de stopper ses compagnons et de les prévenir.

— Dites, savez-vous s'il y a des lucioles dans cette forêt ? demanda-t-il en leur montrant les lueurs à quelques mètres d'eux.

— Tu es vraiment un trouillard, se moqua Brion. Même les insectes t'effraient.

Sharwynn n'était pas aussi sereine que Brion. Son visage prit une mine alarmée. L'Assassin se ramassa sur elle-même en position défensive, tel un félin, et dégaina ses poignards. Elle chuchota :

— Il y a bien des lampyridae dans cette forêt, mais la lumière qu'elles émettent se déclin en teintes de jaune. Et elles sont bien plus petites que cela. Roy, depuis quand ces lumières bleues nous suivent ?

— Depuis la rivière, je dirais. Je les ai vues après que nous avons pris l'œuf.

— Alors, préparez-vous au combat, décréta-t-elle.

Ezral ne se rendait pas compte de la tournure dangereuse que prenait la situation. Il interrogea Sharwynn à voix haute sans se soucier de rester discret.

— Mais de quoi tu parles ?

Le Tacticien découvrit par lui-même la teneur de l'avertissement de sa camarade. Les loupiotes luminescentes se transformèrent progressivement en grands arcs lumineux, qui se révélèrent être les vibrisses et les épines dorsales d'un énorme Aquatigris qui irradiaient dans la nuit. Il était encore plus imposant que la femelle endormie. D'immenses rayures rouges barraient son dos. Un mâle.

— Le géniteur qui arrive, commenta Sharwynn, interdite.

Comment avaient-ils pu oublier le mâle ? Qu'ils avaient été

stupides de louper une information si importante ! Lui aussi veillait sur le nid. Il les avait traqués sur plusieurs centaines de mètres, et maintenant, il venait récupérer sa progéniture.

Dans son livre, Roy ne se souvenait pas avoir lu que les Aquatigris évoluaient en couple. Il faudrait penser à le mettre à jour… S'il survivait, il enverrait un corbeau à Lunya afin qu'elle annote l'Encyclopédie Naturelle et Universelle.

La bête approchait, sifflant et crachant. Elle frottait ses organes sonores dans un tintement inquiétant et déployait sa crête dorsale écarlate pour intimider ses ennemis.

— Nous n'avons aucune chance contre lui, se lamenta Roy.

— Ce n'est pas le moment d'être couard, le prince. Sors ton arme et bats-toi, ordonna Brion.

Face à l'imminence du péril, une décharge d'adrénaline électrisa le corps de Roy. Surmontant sa peur face au prédateur, le prince dégaina son arme d'hast, tandis que Brion brandissait déjà son bouclier.

L'Aquatigris n'attendit pas qu'ils forment une ligne de défense : il bondit sans ambages sur Sharwynn qui esquiva la bête en faisant une roulade sur le côté. Elle se retrouva sur le côté droit de son flanc.

Avec une rapidité hors du commun, elle profita de la garde baissée du monstre pour lui enfoncer un poignard dans le bas du ventre. L'Aquatigris rugit de douleur, se retourna et asséna un violent coup de patte en direction de la jeune femme. Elle fit un bond en arrière mais ne parvint pas à éviter complètement les griffes acérées de son ennemi. Son bras fut lacéré par l'ivoire taillé de l'Aquatigris. Un épais filet de sang jaillit de la blessure. Déstabilisée, Sharwynn se retrouva face à la bête sauvage, sans aucune défense.

Pour détourner l'attention de la bête, Ezral fonça alors droit dessus. Il saisit rapidement une de ses flasques en verre et la jeta sur le félin reptilien. Le contenu se répandit à ses pieds dans une multitude de crépitements. Le tigre aquatique, surpris, lâcha prise et se retourna dans la direction du Tacticien et de Brion. La diversion avait réussi. Son œil fauve les fixait sauvagement, mesurant la force de ses opposants. *Cette créature est intelligente.*

La bête grogna en signe de préambule, puis chargea Brion. Le choc fut violent. Le Guerrier réussit à se protéger grâce à son grand écu, mais il était en position de faiblesse, prêt à se faire découper en morceaux par les mâchoires aux dents acérées de l'animal déchaîné.

— Roy, vas-y ! C'est le moment ! hurla Brion, le souffle court.

Le prince n'avait pas bougé depuis le début du combat, mais le cri de Brion le tira de sa léthargie. En un éclair, il chargea la bête. Il trébucha sur une pierre et fut propulsé sur le monstre. Entraîné par le poids de son propre corps, Roy lui enfonça la lame de son arme d'hast en plein milieu du front. On entendit les os de son crâne craquer. La bête s'effondra immédiatement, tuée sur le coup.

Brion réussit à se dégager tant bien que mal de la lourde carcasse. Il ordonna à Roy :

— Va voir comment se porte Sharwynn, ne reste pas là comme un idiot !

Inquiet, le prince se précipita vers Sharwynn afin d'estimer l'étendue de la déchirure que lui avait faite l'Aquatigris. Il examina son avant-bras. L'entaille était profonde, mais la blessure n'était pas mortelle. La jeune femme aurait une belle cicatrice mais s'en remettrait facilement.

— Cela te fait mal ?

— J'ai connu pire, murmura-t-elle.

Il prit quelques instants pour désinfecter la plaie, recoudre la chair déchirée et appliquer un onguent curatif. Il essayait d'être le plus délicat possible pour ménager sa partenaire, mais elle ne bronchait pas.

Durant tout ce temps, Sharwynn observait les gestes du prince de ses grands yeux noirs avec une expression neutre. À aucun moment elle ne manifesta sa douleur, malgré sa plaie sanguinolente à vif. On l'aurait dit insensible à la souffrance.

Pendant que Roy et Brion s'occupaient de Sharwynn, Ezral caressait doucement le dos de la bête, le regard triste. Le prince le surveillait du coin de l'œil tandis qu'il finalisait le bandage de l'Assassin. Il commençait à le connaître assez pour imaginer que cela lui fendait le cœur d'avoir mis à mort une créature innocente. Le Tacticien chérissait les animaux. Malheureusement, ils n'avaient pas eu le choix.

Lorsque Sharwynn fut de nouveau sur pied, ils se hâtèrent pour sortir de la forêt, de peur d'attirer un autre prédateur. Ils avaient eu assez de mauvaises rencontres pour la nuit, et ils étaient fatigués par leur périple. Par ailleurs, l'échéance approchait.

Quand enfin, après de longues minutes de marche, ils laissèrent derrière eux la lisière des bois, les premiers rayons de soleil orangés apparaissaient à l'horizon. Le prince se sentit soulagé et heureux, accompli d'avoir réussi sa Grande Veillée avec son escouade. C'était la première pierre posée qui paverait le chemin de leurs aventures.

— Vous êtes pile à l'heure, observa Brisalys en regardant le soleil se lever. Une heure de plus et vous auriez pu rentrer directement chez vous ! Avez-vous l'œuf ?

Ezral le sortit de son sac et le tendit à la Maîtresse-Guérisseuse, sans un mot. Elle l'inspecta pour vérifier son état. Puis, elle le refusa d'un geste de la main et le remit entre les mains d'Ezral.

— Non, il est à vous. Vous pouvez en faire ce que vous voulez. La tradition veut que l'escouade cuisine et mange l'œuf, pour s'imprégner de la force des Aquatigris.

Elle posa sa main sur l'épaule de Roy et de Brion.

— Bravo, vous pouvez être fiers de vous. Vous avez réussi l'épreuve d'initiation. Vous êtes désormais une famille. Avez-vous pensé au nom de votre escouade ?

Silence.

— Vous savez, il faudra vous trouver une appellation. Beaucoup prennent le nom d'un animal, d'une plante, d'une arme. À vous de trouver ce qui vous représente le mieux en tant que groupe.

Elle se tut, les laissant réfléchir à cette question. Puis, elle les invita doucement à profiter d'un moment de repos en contemplant l'aurore qui annonçait la naissance du jour dans des flammèches de feu.

Roy trouvait le sujet intéressant. *Notre nom d'escouade ? Nous n'y avons pas pensé... Il faudra en trouver un.*

ARCHIVE

Moi, Sharwynn Ju'kar, m'engage comme Assassin au sein de l'Escouade de la Boussole Divine. Je jure loyauté, fidélité et protection aux acolytes de ma brigade. Je suis prête à payer de ma vie pour préserver la sécurité du royaume. Je jouerai mon rôle d'Assassin quoi qu'il arrive, en me conformant au serment prêté lors de mon initiation. J'accepte en pleine conscience de vouer les quinze ans à venir aux missions qui me seront attribuées. Après ce délai, je serai libérée de toute obligation envers les Veilleurs. À la fin du présent contrat, une rente de cent pièces d'or sera versée à la contractante [moi-même] à chaque cycle lunaire.

Moi, Brion Valorant, m'engage comme Guerrier au sein de l'Escouade de la Boussole Divine. Je jure loyauté, fidélité et protection aux acolytes de ma brigade. Je suis prêt à payer de ma vie pour préserver la sécurité du royaume. Je jouerai mon rôle de Guerrier quoi qu'il arrive, en me conformant au serment prêté lors de mon initiation. J'accepte en pleine conscience de vouer les quinze ans à venir aux missions qui me seront attribuées. Après ce délai, je serai libéré de toute obligation envers les Veilleurs. À la fin du présent contrat, une rente de cent pièces d'or sera versée au contractant [moi-même] à chaque cycle lunaire.

Moi, Ezral Halle, m'engage comme Tacticien au sein de l'Escouade de la Boussole Divine. Je jure loyauté, fidélité et protection aux acolytes de ma brigade. Je suis prêt à payer de ma vie pour préserver la sécurité du royaume. Je jouerai mon rôle de Tacticien quoi qu'il arrive, en me conformant au serment prêté lors de mon initiation. J'accepte en pleine conscience de vouer les quinze ans à venir aux missions qui me seront attribuées. Après ce délai, je serai libéré de toute obligation envers les Veilleurs. À la fin du présent contrat, une rente de cent pièces d'or sera versée au contractant [moi-même] à chaque cycle lunaire.

Moi, Roy Omblèze, m'engage comme Guérisseur au sein de l'Escouade de la Boussole Divine. Je jure loyauté, fidélité et protection aux acolytes de ma brigade. Je suis prêt à payer de ma vie pour préserver la sécurité du royaume. Je jouerai mon rôle de Guérisseur quoi qu'il arrive, en me conformant au serment prêté lors de mon initiation. J'accepte en pleine conscience de vouer les quinze ans à venir aux missions qui me seront attribuées. Après ce délai, je serai libéré de toute obligation envers les Veilleurs. À la fin du présent contrat, une rente de cent pièces d'or sera versée au contractant [moi-même] à chaque cycle lunaire.

Contrat de l'Escouade de la Boussole Divine.

21
DISPARITIONS SUSPECTES

La tisserande pleurait à chaudes larmes, désespérée. Elle implorait le roi entre deux sanglots :

— Je vous en prie, mon roi, retrouvez ma petite Mitzy. Elle est tout pour moi. Elle est si jeune et sans défense ! Qu'est-elle devenue ? Où peut-elle bien être ? S'il vous plaît, aidez-moi, je suis désespérée. Elle est partie sans laisser aucune trace.

Ellyan se redressa sur son trône et se pencha vers l'ouvrière.

— Depuis quand votre fille a-t-elle disparu ?

La femme essuya les larmes qui embuaient ses yeux.

— Cela fait deux jours. Je l'ai envoyée au marché chercher quelques quenouilles en début d'après-midi, mais elle n'est jamais rentrée, expliqua la mère de famille éplorée.

Elle ajouta sur un ton soudainement hystérique :

— Ce n'est pas dans ses habitudes ! Ma petite Mitzy revient

toujours à l'heure ! Qu'a-t-il bien pu arriver à ma pauvre chérie ?

Le roi réfléchit quelques instants. Certains de ses espions lui avaient déjà fait remonter des disparitions, il y avait de ça quelques semaines. Mais ces événements concernaient uniquement des orphelins. Jusqu'à maintenant, il pensait qu'il s'agissait simplement de fugues. C'était la première fois qu'un enfant possédant une famille était concerné.

— Êtes-vous certaine que votre fille ne se trouve pas avec un ami, une tante, ou un autre parent ?

Le visage de la couturière se ferma, agacée de voir ses paroles mises en doute. Il s'agissait de sa fille, elle savait de quoi il retournait.

— Oui ! Elle a disparu ! J'en suis certaine ! Je vous prie de me croire, Votre Altesse ! Si je me suis présentée ici, c'est parce qu'elle ne se serait jamais absentée de la sorte d'elle-même. Mitzy est une jeune fille obéissante et timide. Jamais elle ne se serait aventurée loin des trajets habituels.

Ellyan fronça les sourcils. Le ton employé ne lui convenait pas. Après tout, elle s'adressait au roi. L'ouvrière se radoucit d'un coup, et supplia doucement :

— S'il vous plaît, Votre Altesse, faites quelque chose…

Ellyan se tourna vers le prêtre Cassel, qui retranscrivait les doléances dans son cahier.

— Bien, nous chargerons un garde royal d'enquêter sur votre cas. Haut-Prêtre Cassel, demandez à Helios de prendre le sujet en charge.

La femme aux yeux rougis par les pleurs fit une courbette.

— Merci mille fois, mon roi.

Elle se moucha dans sa manche, avant de sortir de la salle du trône, escortée par un garde royal.

Par la suite, les doléances se succédèrent les unes après les autres. Beaucoup de sujets furent abordés, comme à l'accoutumée. Ellyan était las d'écouter les paysans critiquer les privilèges de la noblesse, les impôts trop élevés, se plaindre du mauvais état de leurs troupeaux ou récoltes, et de l'empiètement envahissant des manufactures sur les terrains vacants.

De l'autre côté, la noblesse revendiquait le maintien des taxes seigneuriales et l'accès exclusif aux hautes fonctions de l'Église et de l'armée royale. Ces quérimonies n'avaient pas de fin et revenaient sans cesse malgré les efforts du roi pour améliorer la situation. Quelles que soient les décisions prises, elles généraient toujours le mécontentement d'une partie ou une autre de la population.

Cependant, un sujet alarmant et nouveau fut abordé à plusieurs reprises par des parents paniqués. Dans la matinée, comme pour la tisserande, cinq autres personnes vinrent signaler l'absence de leurs enfants, depuis quelques heures à plusieurs jours.

Il n'y avait pas de logique apparente dans ces disparitions, car nobles et paysans étaient touchés à la fois par ce drame. C'était la première fois que ce genre de réclamation était abordée dans le cadre des séances de doléances. Cela inquiétait Ellyan, car le sujet n'était pas à prendre à la légère.

D'autant plus qu'il ne s'agissait pas d'un cas ponctuel. Le climat social était déjà tendu en raison des restrictions alimentaires, puisque toutes les ressources étaient ponctionnées par l'armée en lutte contre les Sombs. La disparition des enfants serait peut-être la goutte d'eau qui ferait déborder le vase. Il fallait enrayer cette menace immédiatement.

À la fin de la séance, le roi congédia le Haut-Prêtre Cassel et se retrouva seul en compagnie de sa femme. Elle se leva de son trône et s'approcha de son mari, puis prit délicatement ses mains dans les siennes pour le réconforter.

La reine savait que les audiences de doléances étaient toujours éprouvantes pour son mari, le confrontant à tous les problèmes qui restaient à résoudre pour satisfaire son peuple. C'était un ouvrage sans fin. Ellyan semblait particulièrement accablé après les entretiens du jour.

— Qu'en pensez-vous, ma chère Ocana ? lui demanda-t-il. Que peut-il bien se passer avec ces enfants ?

Elle avait vu juste – son mari était soucieux. Il était rare qu'il sollicite son avis.

— En toute honnêteté, je n'en ai aucune idée, répondit Ocana, dubitative. Mais cette histoire est vraiment suspecte : ces enlèvements semblent organisés.

— Des enlèvements ? lui demanda-t-il de but en blanc. Pourquoi s'agirait-il là d'enlèvements ? Ne pourrait-il pas s'agir de simples fugues ?

— Cela fait beaucoup de fugues d'un coup, c'est peu probable.

Elle réfléchit pour comprendre d'où lui venait cette idée de rapts, venue naturellement à l'esprit. Elle avait entendu des gardes parler d'affaires louches dans les quartiers populaires de Centurya. Apparemment, la Panthère Noire était sortie de son antre pour mener ses affaires au grand jour. Malgré ça, elle restait toujours insaisissable. Elle expliqua alors à Ellyan :

— Je ne voudrais pas m'avancer, mais nous savons que la délinquance et les crimes ne cessent d'augmenter ces derniers temps…

Ellyan prit un air songeur. Ocana poursuivit, constatant qu'elle avait capté l'attention de son mari :

— L'influence de la Panthère Noire ne cesse d'augmenter chaque année. Nombre d'enquêtes royales nous ramènent à elle. Ces derniers temps, beaucoup de rumeurs évoquent de nouvelles affaires sordides qu'elle aurait initiées.

Le roi d'Alquilon caressa la barbe de son menton.

— Si seulement nous avions plus d'informations la concernant, déplora-t-il. Cet horrible individu est insaisissable… et ruine notre si belle ville. Mais pourquoi s'en prendrait-elle à des enfants ? Quel est son objectif, si c'est bien elle ? Il faut que nous l'arrêtions.

Le couple royal fut interrompu par un léger raclement de gorge. Lunya fit son apparition dans la salle des Trônes.

La présence de leur jeune fille irrita la Reine.

— Depuis quand es-tu ici, Lunya ? N'as-tu pas honte d'écouter aux portes ? Sais-tu à quel point cela est grossier ? lui demanda-t-elle sur un ton sévère.

Fière d'avoir été si discrète, Lunya ne pouvait que répondre sur un ton de défi. Après tout, ses parents étaient le roi et la reine, elle s'attendait à ce qu'ils soient plus prudents.

— Depuis le paysan qui a perdu son troupeau de vaches ! répliqua-t-elle, insolente. Vous devriez faire un peu plus attention aux personnes qui pourraient vous écouter.

La reine fronça les sourcils et posa ses mains sur ses hanches, exaspérée par les lubies de sa fille. Cette expression jurait avec son visage, d'ordinaire si doux et avenant.

Mais Lunya ignora l'agacement de sa mère, et fonça bille en tête, certaine qu'elle pouvait être d'une aide précieuse pour ses parents dans ces histoires d'enlèvements.

— J'ai croisé la Panthère Noire dans la rue ! déclara-t-elle, présomptueuse.

Elle laissa flotter un moment de silence pour apprécier l'effet de surprise. Ellyan ne broncha pas, mais la reine ouvrit la bouche en grand en signe de protestation. La jeune princesse ne laissa pas le temps à sa mère de la blâmer pour son excursion interdite et tenta de leur expliquer la rencontre.

— Elle était dans le quartier des affaires, et elle se disputait avec un marchand de fleurs. Je n'ai pas bien compris ce qu'ils disaient, mais elle semblait être en colère contre lui. Je pense qu'ils avaient un contrat, mais que le commerçant ne l'avait pas complètement honoré.

Elle se garda bien d'évoquer le passage où la Panthère Noire l'avait menacée, craignant d'affoler ses parents. Elle ne voulait pas non plus parler de la disparition de son ami Landro – cela exposerait sa fausse vie au jugement sévère de sa mère.

— Te rends-tu compte du risque que tu as pris, Lunya ? la réprimanda Ocana. As-tu idée de la façon dont elle pourrait se servir de toi pour ses intérêts ? Tu représentes une valeur importante aux yeux de nos détracteurs !

Ellyan interrompit le sermon de sa femme. Les informations que détenait Lunya pouvaient être d'une importance capitale.

— Te souviens-tu de détails qui pourraient nous aider à la retrouver ? À quoi ressemblait-elle ? L'as-tu vue partir ? Que vendait ce marchand ? Te souviens-tu des mots qu'ils ont échangés ?

La princesse réfléchit, les yeux en l'air, le doigt sur la bouche. Elle tritura ses jolies boucles et expliqua avec enthousiasme, plus que ravie d'être utile :

— Eh bien, tout d'abord, la Panthère Noire est une jeune femme. Je n'ai pas pu voir son visage car il était masqué, comme les rumeurs le rapportent.

Ocana eut un air circonspect lorsqu'elle entendit Lunya prononcer le terme *rumeurS*. Il n'y avait pas de *rumeurs* au sein du château. Elle devait donc sortir dans la ville plus souvent qu'elle ne le pensait. Cette pensée contraria la reine. La jeune fille ne se laissa pas perturber par la moue désapprobatrice de sa mère.

— Elle a lu un parchemin, puis s'est énervée contre le gros marchand pour lui en demander plus. Je ne sais pas quoi vous dire sur le camelot, il n'était peut-être même pas vendeur ! C'était un petit homme chauve et gras, avec des lunettes rondes. Des pustules sur le nez. Vraiment vilain !

La princesse fit appel à ses souvenirs.

— Après qu'ils se soient disputés, la Panthère Noire est partie, mais je n'ai pas vu le chemin qu'elle a emprunté.

Elle se tourna vers sa mère avec un grand sourire.

— Parce que j'étais bien cachée ! J'étais incapable de voir dans quelle direction elle est partie.

Ellyan l'incita à dévoiler plus de détails mais Lunya n'avait rien de plus à leur dire. Il la congédia alors, en prenant soin de lui préciser d'être plus prudente à l'avenir.

Ocana ne voulait pas être entendue de sa fille. Après avoir vérifié que cette dernière eut bien quitté la pièce, Ocana déclara à Ellyan :

— Nous ne pouvons pas la laisser se balader dans la ville. C'est bien trop dangereux !

— Nous ne pouvons pas l'empêcher d'y aller, raisonna Ellyan. Si nous la brimons trop, cela ne fera que renforcer cette soif de liberté qui l'anime. Cette petite s'ennuie.

Ocana nageait en pleine incompréhension : comment Ellyan pouvait rester si serein alors qu'ils venaient d'entendre cinq parents évoquer la disparition de leurs enfants ?

— Vous rendez-vous compte des risques de ses escapades au milieu de tous ces enlèvements ?

La Reine estimait que Lunya avait des devoirs à respecter. C'est pourquoi elle ajouta sur un ton irrité :

— C'est une princesse ! Elle doit apprendre à s'ennuyer ! C'est son rôle !

Ellyan restait calme face à la crise de nerfs de sa femme. Il tentait de rester objectif et pragmatique, même si cela ne plaisait pas toujours à Ocana.

— Oui, je me rends compte de ce que cela signifie. C'est d'autant plus préoccupant avec ces disparitions d'enfants. Faisons renforcer sa surveillance, mais je crains que cela ne l'arrête pas.

Constatant la placidité de son mari face à ce sujet, Ocana n'insista pas. Elle ne voulait pas se quereller par rapport à ce problème récurrent. Ils n'étaient jamais du même avis en ce qui concernait l'éducation de leur benjamine. Elle décida toutefois qu'elle règlerait cela seule. Après tout, le roi avait d'autres préoccupations à gérer que les escapades de sa fille de onze ans. Il avait tout un royaume à administrer et une guerre à mener. C'était à elle, en tant que mère et épouse, de prendre cela en charge.

Elle fut surprise d'entendre son mari ajouter sur un ton triste :

— Ma douce, souvenez-vous de Jana…

Son cœur se brisa à l'évocation de ce nom. Elle ne voulait pas aborder ce sujet et comprit tout à coup pourquoi Ellyan tentait d'éluder le problème des escapades de Lunya à chaque fois qu'elle le lui présentait. Cela faisait écho à un grand drame dans leurs âmes.

Alors, elle se déroba à sa remarque en détournant son regard, et reprit au vol la problématique de la Panthère Noire.

— Pourquoi la Panthère Noire enlèverait-elle les enfants ?

— Je n'en ai aucune idée. Je pense que l'épisode abordé par Lunya évoquait plutôt la squamaïne. J'ai le sentiment que les réseaux de drogue se développent de jour en jour. Encore un coup de Belvaine.

Ocana n'avait jamais vu ce sujet sous cet angle. Intéressée, elle poussa Ellyan à lui délivrer plus d'informations.

— Penses-tu que c'est la Panthère Noire qui dirige les réseaux de drogue de la cité ?

— Son nom est souvent évoqué de façon indirecte ou directe dans les rapports d'espionnage traitant de ce type de transactions illicites, précisa Ellyan. Je me demande si elle n'est pas un sous-fifre du Duc Kalos Hurrican. La squamaïne est produite là-bas. Il serait logique qu'il possède un distributeur sur place, ici, à Centurya.

Ocana digéra l'information. Il était vrai que beaucoup de rumeurs circulaient autour de la Panthère Noire, mais aucune d'entre elles n'avait jamais été avérée. À la fois sorcière, proxénète, trafiquante de drogue, et tueuse en série, c'était tout une mythologie mystique et sordide qui entourait ce personnage. Elle restait insaisissable au demeurant, alors qu'elle œuvrait au sein même de la cité-capitale. Qu'elle soit impliquée dans des affaires de drogue, cela semblait logique, mais du trafic d'enfants ? Cela dépassait l'imagination de la reine.

— Je ne pense pas qu'elle fasse enlever des enfants, partagea Ocana. C'est une femme, elle doit quand même avoir un minimum d'instinct maternel, malgré toutes les atrocités qu'elle commet, n'est-ce pas ? Et puis, dans quel but ? Je n'arrive pas à comprendre ce qui pourrait motiver un tel geste. Cela me dépasse. Je pense que ces enfants se sont tous échappés en même temps lors d'une fugue collective initiée à l'orphelinat. Cela serait plausible en ces temps difficiles. La nouvelle génération aurait besoin d'un nouvel air, un peu comme notre petite Lunya.

Son visage se ferma soudainement. Elle pensait au pire.

— Ou bien alors, mais je ne veux pas y croire, un tueur rôde.

Ellyan était déterminé.

— Dans tous les cas, nous devons enquêter et arrêter le ou les responsables de ces disparitions. Il est de notre devoir de ramener les enfants perdus à leurs parents respectifs ou à l'orphelinat. Je ne tolère pas que mon peuple ne soit pas en sécurité au sein même des murs de notre capitale ! De plus, cette affaire risque de mettre le feu à la poudrière, l'équilibre est déjà fragile. Gex et Kalos en profiteraient pour créer une révolution. Ocana, c'est notre priorité. Faisons venir les conseillers.

Lunya trouva Naeth en train de labourer le champ d'orge. Son dos bronzé dégoulinait de sueur.

— Eh, Naeth ! lança la princesse en guise de salutations.

L'adolescent se retourna et posa sa bêche, essoufflé, avec un grand sourire.

— Ah, Leona ! Que fais-tu là ?

Même après quelques années, Lunya avait toujours du mal à se faire à ce faux prénom. Mais elle préférait cacher son identité à Naeth. Elle craignait qu'il ne veuille plus être son ami s'il venait à apprendre qu'elle était une princesse.

— Je viens voir si tu vas bien ! répondit-elle, enjouée.

L'éphèbe jeta un coup d'œil circulaire pour voir si un des tuteurs de l'orphelinat n'était pas dans les parages. Après s'être assuré que personne ne pouvait les surprendre, il quitta son labeur pour s'approcher de la jeune fille aux boucles blondes.

— Tu ne travailles pas aujourd'hui ? lui demanda-t-il.

— Non, ma mère m'a laissé quartier libre pour aujourd'hui ! J'ai fabriqué quinze bols à moi toute seule hier !

La princesse se sentait mal à l'aise à chaque mensonge. Mais que pouvait-elle faire d'autre ? Depuis des années, son ami pensait qu'elle était fille de potière. Elle s'était enlisée dans son imposture et ne savait comment s'en extirper sans perdre l'amitié qui la liait à Naeth.

— Ah, bravo !

La princesse tritura un pan de sa chemise en lin. Elle devait échanger de façon adulte avec lui, mais ne savait pas comment aborder le sujet avec son ami. Il était rare que leurs échanges prennent une tournure si sérieuse.

— Quelque chose te tracasse ? s'inquiéta Naeth devant les signes de nervosité de Lunya.

Elle fut soulagée qu'il initie la discussion. Elle se sentait gênée. Mais c'était également son devoir de prendre soin de lui et ses amis.

— À vrai dire, oui… commença-t-elle.

Il observa un temps mort pour la laisser s'exprimer mais celle-ci conserva le silence, les yeux fixés au sol. Il lui prit le menton et la fixa dans les yeux.

— Que se passe-t-il ? Tu sais que tu peux tout me dire.

Lunya était touchée par la confiance qu'il lui témoignait.

— Je m'inquiète pour toi, Naeth, pour être honnête.

Il fit un pas en arrière, surpris.

— Comment ça ? Tout va bien pour moi !

— Depuis que Landro a déserté l'orphelinat, je crains qu'il ne t'arrive la même chose. Tu sais, il y a beaucoup de disparitions en ce moment. Il ne s'agit pas que de lui. Il y a d'autres enfants qui se sont *envolés* apparemment, de tous âges et horizons. J'avais peur qu'il te soit arrivé la même chose.

Le jeune homme ne pipa mot. Le cœur de la jeune fille se serra. Elle aurait espéré qu'il la rassure. Finalement, il lui répondit tristement :

— Oui, constata le jeune garçon, la voix brisée. Un autre orphelin est parti. Nous sommes inquiets.

Lunya resta interdite. Un nouveau départ ? En si peu de temps ? Cela ne pouvait pas être une simple coïncidence.

— Timmy.

Naeth avait lâché le prénom de leur ami commun d'un souffle, comme s'il lui écorchait les lèvres. Le mot vint transpercer Lunya qui vacilla. Timmy ? Leur Tim ? Parti ? Comment était-ce possible ?

— Depuis quand ?

— Depuis notre dernière partie d'osselets. Le lendemain, il n'était plus dans son lit. Il n'a rien dit à personne. Il s'en est allé comme ça, sans même prendre ses affaires.

Il n'était pas possible que Timmy ait quitté l'orphelinat de son propre chef. La princesse tentait de rassembler les pièces du puzzle.

— As-tu en ta possession d'autres éléments à propos de son enlèvement ? tenta Lunya.

— Son enlèvement ? répliqua Naeth, soudain méfiant. Qu'est-ce qui te fait croire qu'il s'agit d'un enlèvement ? Je pense qu'il a fugué. Il devait en avoir marre de l'orphelinat, voilà tout. On mange mal, et les tuteurs ne nous respectent pas.

Lunya fronça les sourcils.

— Toi et moi savons très bien que les enfants ne partiraient jamais de la sorte. Ils n'ont pas les ressources nécessaires pour survivre. Tout d'abord Landro, et maintenant Timmy ? Tu penses réellement qu'il s'agit d'une simple coïncidence ? Et puis, repensons à Tim, penses-tu vraiment qu'il aurait déguerpi sans même nous dire au revoir ? Naeth, il s'agit de ton meilleur ami ! Tu n'as pas le droit de dire de telles choses !

Elle fut soudainement gênée et ajouta à demi-mot :

— Et puis… tu connais Timmy, il n'a pas les capacités de fuir seul, même s'il le voulait !

Elle s'en voulait de souligner le handicap de leur camarade de jeu, mais elle voulait ramener Naeth à la raison. Il se voilait la face. Ses yeux couleur terre brûlée devinrent humides.

— Tu as raison. Mais on ne peut pas être sûrs qu'il se soit fait enlever ! Nous n'avons aucune preuve de cette théorie.

— J'en suis sûre, plusieurs disparitions au même moment, cela ne peut être que des ravissements. D'autres sont concernés, pas seulement des orphelins ! J'ai vu des mères implorer mon père… le roi ! Ma mère m'a raconté !

— Peut-être, répondit Naeth, pensif.

La princesse saisit les mains du jeune homme dans les siennes, et planta son regard azur dans les yeux de l'orphelin.

— Naeth, il faut que nous enquêtions. Nous ne pouvons pas laisser nos frères et sœurs se faire enlever de la sorte ! Il faut retrouver Tim ! Il a besoin de nous !

Le jeune garçon ne pouvait pas résister au minois de la princesse. Il n'arrivait jamais à lui dire non, encore moins lorsqu'elle était en détresse. Puis, même s'il se le cachait volontairement, il savait que Timmy ne survivrait pas sans eux. Il se rendit à l'évidence :

— Tu as raison, ma petite Leo. Partons à la recherche de notre ami et des autres disparus, puisque les adultes ne semblent pas s'en inquiéter outre mesure.

Après s'être accordée avec Naeth sur leur plan, Lunya rentra au château discrètement. Elle escalada la paroi de roche blanche du côté de la salle de bal, se hissa par la fenêtre, avant de se glisser dans la pièce.

La voie était libre, il n'y avait plus personne. Elle se faufila incognito par la salle des chasses, puis traversa les cuisines. Elle dut éviter Fernande la cuisinière et sa commis, occupées à préparer le plat du soir. Elle déboucha ensuite en catimini dans le petit salon, après avoir franchi la salle de réception.

Interpellée par des fragments de voix, elle s'arrêta et se cacha derrière une statue. Elle pouvait entendre son père et sa mère en pleine discussion. Ellyan tenait une lettre dans les mains.

— … ne va pas être possible. Nous n'aurons pas le soutien des autres duchés.

— Ils n'auront pas d'autre choix, répliqua Ocana.

— Le peuple commence à douter de notre guerre, et de l'importance de la menace Sombs.

Il y eut un moment de silence, puis Ocana reprit :

— Dans ce cas, fais venir les Sombs jusqu'à eux. Ravive la peur pour regagner leur soutien.

— Tu me suggères de laisser les Sombs envahir le royaume ?

— Non, *montre-leur* un Somb. Fais voyager le Somb enfermé dans la crypte pour prouver à la population à quel point ils peuvent être dangereux. Je n'aime pas ce procédé, mais c'est la seule façon que nous avons de leur montrer sans drame que la menace est réelle.

— Tu as raison, répondit Ellyan, pensif. Mais cela prendra trop de temps… Nous avons besoin du soutien immédiat des autres duchés. Lodam a dit qu'ils avaient besoin de nouvelles ressources pour refaire leur stock de munitions et créer de nouveaux pièges. Nous avons également besoin de plus d'hommes. Les pertes ont été importantes lors de cette dernière incartade. Ils ne nous laissent aucun répit.

— Nous n'avons pas d'autre choix. Si Moenia tombe, le royaume aussi.

— Je vais envoyer une missive dès maintenant pour réquisitionner un maximum de ressources, mais il faut s'attendre à une rébellion des duchés.

Il fit une courte pause, puis compléta :

— Je crains que même avec des ressources supplémentaires, nous ne réussissions pas à tenir la muraille. Cette nouvelle percée n'œuvre pas en notre faveur. Le temps nous est désormais compté, nos défenses sont trop affaiblies. Il nous faudrait de l'aide extérieure.

— Tu penses à des alliés ?

— Il y a bien longtemps, le royaume de Thana'Taa nous est venu en aide.

— Nos relations avec eux sont trop compliquées, répondit Ocana. Il faut que nous nous débrouillions avec les ressources dont nous disposons. Ce n'est pas leur guerre, la montagne les protège, nous ne réussirons pas à les convaincre.

— Ygg'Dral, alors ? proposa Ellyan.

— Non, c'est encore pire. Cela n'a pas réussi à ton grand-père de tenter de nouer une alliance avec eux. Les seuls alliés qui pourraient nous aider seraient le royaume de Thana'Taa, mais ne comptons pas là-dessus.

La reine murmura une dernière chose que Lunya ne parvint pas à entendre, puis le couple royal quitta le salon. La princesse saisit la gravité de cet échange.

La situation semble critique.

Apparemment, un nouvel élément intervenait dans la guerre contre les Sombs et allait encore empirer la situation. C'était la première fois que Lunya entendait ses parents évoquer des alliés. Elle se renseignerait sur le sujet. *Thana''Taa*, cela lui disait quelque chose… Elle l'avait déjà entendu quelque part, très récemment d'ailleurs, mais où ?

La bibliothèque du château était l'endroit préféré de la princesse. Elle aimait y flâner des heures, la tête dans les livres. Des milliers d'ouvrages étaient alignés sur des rayonnages en bois brillant. La princesse aimait cette odeur de cuir et de papier qui emplissait cette gigantesque salle.

La jeune fille avait quelques heures devant elle, avant son cours de littérature avec Mademoiselle Chanot. Lunya s'attela donc à la tâche qu'elle s'était fixée. Elle fouilla tout d'abord dans le rayonnage sur l'histoire du royaume d'Alquilon. Il y avait là tout un tas d'ouvrages biographiques sur les différents rois qui s'étaient succédé sur le trône. Elle trouva un livre sur son grand-père. La princesse voulut l'ouvrir, mais se rappela son objectif et reposa l'ouvrage à contrecœur : ce n'était pas le sujet qui l'intéressait pour le moment. Elle y reviendrait plus tard. Elle aimait lire les exploits de son grand-père.

Armée de toute sa patience, elle fouilla les étagères jusqu'à s'approcher de son but : les ouvrages à propos des guerres et de la diplomatie. Elle trouva des traités ennuyeux qui décrivaient les conditions commerciales entre les différents duchés, des pactes de non-agression et des accords de paix. C'étaient des informations que Lunya avait du mal à comprendre et qui ne l'intéressaient pas.

Puis, enfin, elle trouva le vieux recueil qu'elle cherchait : *Alliance et échanges entre le royaume d'Alquilon et le pays de Naussac*. Sa mère avait dit que ce royaume était déjà venu en aide au royaume d'Alquilon, pourquoi ne le referait-il pas ? Elle voulait en apprendre plus.

Le livre était vieux et usé, la couverture de cuir abîmée. Lunya s'en empara, puis descendit de l'échelle et s'installa à une des tables de lecture. La princesse alluma le bougeoir d'appoint. Lorsqu'elle ouvrit le vieux grimoire, un nuage de poussière vint lui chatouiller les narines et la fit éternuer à plusieurs reprises dans de petites exclamations aiguës. Cela devait faire des années que personne ne l'avait consulté.

La première page exposait la carte des terres d'Askadie. Au centre était dessiné à l'encre noire l'immense royaume d'Alquilon, au sud, la Péninsule Ardente et au nord, le pays de Naussac, zone régie par le peuple thana'téen, entouré de plusieurs chaînes de montagnes. La princesse caressa doucement l'emplacement du royaume de Thana'Taa, puis feuilleta le reste des pages.

Elle s'attarda sur l'historique des relations entre Alquilon et le pays de Naussac. Des centaines d'années auparavant, les deux royaumes étaient alliés. Les échanges entre les deux monarchies étaient riches, qu'ils fussent commerciaux, culturels, ou militaires.

ARCHIVE

Le traité de Mississi

Au Rayon deux cent vingt-et-un de l'Ère Païenne, Alquilon s'engagea auprès du pays de Naussac pour unir leurs royaumes à travers l'union de la princesse héritière Mississi de Thana'Taa et Raluya Omblèze, le roi en devenir.

Les peuples des deux partis étaient en liesse de pouvoir célébrer cette alliance amoureuse, politique et territoriale. Une ère de puissance et de richesse s'ouvrait à eux par la signature du traité de Mississi.

Le mariage devait avoir lieu au pays de Naussac durant les cycles du Viride et de Flaves, puis se terminer à Alquilon durant Aurifé et Alba.

Les célébrations commencèrent en grande pompe dans le château de cristal du couple royal thana'téen.

Mississi et Raluya prononcèrent la première partie de leurs vœux dans un décor splendide, au sein d'une grotte de glace au milieu de stalagmites transparentes. En ce lieu magique, ils se jurèrent amour et partage sous l'égide de Nhymora. Cette fameuse scène inspira nombre d'artistes de l'époque. Elle fut à l'origine de la célèbre œuvre Noces de Givre du peintre Flykt.

Partout dans le royaume, les troubadours chantaient la ballade de la Rose Gelée et de l'Étalon des Prairies.

Ainsi, les festivités durèrent deux cycles au pays de Naussac, pour le plus grand bonheur des thana'téens qui n'avaient pas pour habitude de telles réjouissances. Leurs corps étaient riches de joie et de bonheur. Le futur s'annonçait prometteur.

Lorsque Flaves prit fin, la cérémonie se poursuivit au royaume d'Alquilon, et tout le cortège fut déplacé jusqu'à la cité-citadelle Centurya. Là encore, les futurs époux ainsi que leurs suites respectives célébrèrent cet événement exceptionnel durant Aurifé.

Hélas déjà, quelques signes inquiétants laissaient présager un triste dénouement à cette union. Raluya, qui était un homme aux mille conquêtes, avait déjà fait la cour à quelques demoiselles dont les charmes n'étaient pas à remettre en doute.

Mais chaque fois, il fut rappelé à l'ordre par sa mère, qui lui expliquait à quel point cette alliance était importante, bien plus que ses sentiments. Même s'il n'aimait pas Mississi, il devait tenir ses engagements d'époux et ne pas déshonorer sa femme.

Mais Raluya, homme fier et libre, ne tint pas sa promesse et dirigea son cœur vers une autre. Il n'avait que faire du royaume. Ce qui lui importait était l'excitation de l'amour et les plaisirs de la chair.

Lorsque son aventure fut rendue publique, l'opprobre fut jeté sur la famille Omblèze. Les thana'téens tenaient plus que tout à leurs traditions, et la loyauté du souverain envers sa reine en faisait partie. Furieux d'avoir été ainsi trahi, le pays de Naussac exigea des excuses officielles.

Mais le roi d'Alquilon, aussi orgueilleux que son fils, n'admit jamais leur erreur, refusant de remettre en cause l'honneur de sa famille. Il décida donc de passer sous silence l'épisode amoureux de son fils.

Devant l'arrogance apparente de la famille Omblèze, humiliés, les thana'téens décidèrent de couper tout lien avec le royaume d'Alquilon et de mettre aussitôt fin à leur alliance naissante. Depuis cet incident, le pays de Naussac s'est isolé et a coupé tout échange avec le royaume d'Alquilon.

Pour cette raison, le traité de Mississi ne fut jamais ratifié.

Extraits de l'ouvrage Alliance et échanges entre le royaume d'Alquilon et le pays de Naussac.

22
POTENTIALITÉS

Sur la bonne piste, la princesse parcourut les autres informations au fil des pages. Elle apprit que les forces militaires du pays de Naussac étaient extrêmement puissantes, mais qu'ils étaient d'une nature pacifique. La chasse, la pêche à la baleine et l'élevage de bétail étaient leurs principales activités nourricières. Depuis l'arrêt des échanges avec Alquilon qui les fournissait en fruits et légumes, elle supputa qu'ils devaient avoir du mal à se procurer des récoltes. Elle fut excitée par la nouvelle perspective qu'elle envisageait. *Si Thana'Taa est restée aussi puissante en matière de forces militaires, alors peut-être qu'ils pourraient nous aider à détruire les Sombs ?*

Elle était fière de la solution qui commençait à se dessiner dans un coin de sa tête. Bouillonnante d'idées, elle continua sur sa lancée et s'arrêta sur un chapitre détaillant l'art martial de Thana'Taa. Des schémas en noir et blanc de guerriers vêtus d'habits cérémoniels en tissu clair, dans des positions techniques, retinrent son attention quelques minutes. Les combattants dessinés avaient l'air déterminés et puissants. Ils avaient les yeux bridés et les traits anguleux. Ils devaient être très certainement de bons soldats, étant donné qu'ils avaient inventé un art martial.

À mesure qu'elle feuilletait l'ouvrage, l'idée de demander de l'aide auprès de ce peuple continuait de croître dans un coin de son esprit. L'idée du roi Ellyan n'était pas sotte. *Et si c'était ça, la vraie solution pour sauver le royaume ?* pensa-t-elle. À plusieurs, nous sommes plus forts !

Il fallait agir vite. Solliciter l'aide des thana'téens devait être fait dès *maintenant.*

Après avoir terminé son ouvrage, la jeune princesse était désormais convaincue que le pays de Naussac était la clé. C'était un peuple puissant, stable et loyal. Leur appui ne pourrait être que bénéfique.

Lunya était tiraillée entre l'envie de développer cette piste avec ses parents ou de réaliser elle-même cette quête. Elle serait tellement fière d'étayer les propos de son père et de porter son idée jusqu'à sa concrétisation.

Hélas, ses parents ne lui accorderaient encore une fois probablement aucun crédit. C'était inutile. Son père n'avait pas réussi à convaincre Ocana qui s'était aussitôt fermée à l'idée. Comment elle, petite princesse, pourrait convaincre un roi et une reine ? Non, il faudrait qu'elle y aille seule.

Galvanisée par cette perspective, elle décida qu'elle se préparerait dès ce soir à ce voyage. Il n'y avait pas de temps à perdre ! Elle était tellement excitée de pouvoir enfin être utile au royaume, de pouvoir peut-être enfin briller aux yeux de ses parents. Qui sait, peut-être deviendrait-elle une héroïne et qu'une statue serait érigée en son honneur dans les murs d'albâtre du château ?

Un instant de doute la parcourut : mais qui arrêterait la Panthère Noire si elle partait demander de l'aide au peuple du Nord ? Elle réfléchit un instant et se raisonna. La Panthère Noire n'était pas la priorité, elle s'en occuperait à son retour. Comme le disaient si souvent son père et son grand frère : *l'urgence, c'est Moenia* ! Elle dirait à Naeth de continuer son enquête pour retrouver leurs amis disparus ; il était débrouillard et robuste, elle était certaine qu'il trouverait une solution. Il pouvait mener leur plan à exécution seul, ou se faire aider d'un de leurs amis. Cela l'ennuyait, mais Lunya jaugea froidement que le destin du royaume était plus important que la disparition d'enfants, même si c'étaient ses amis. C'était comme cela que sa mère réfléchirait. *Le royaume d'Alquilon avant tout.*

✦ ✦ ✦

Le soleil était encore couché. Lunya rassemblait toutes les affaires qui lui semblaient indispensables pour le long périple qui l'attendait : manteau de fourrure, guêtres, couteau, calebasse remplie d'eau, pierre à feu. La jeune fille avait également déchiré la page du livre sur lequel était dessinée la carte d'Askadie.

Elle se sentait désormais comme une véritable aventurière. Prête à relever le défi et à faire de sa vie une épopée épique qui resterait gravée dans les mémoires.

Elle réveilla Comète qui dormait profondément au pied de son lit. Le corniaud au pelage touffu jappa et lui donna un coup de langue sur la joue.

— Chut, fit Lunya, un doigt sur la bouche. Ne nous fais pas repérer, ma petite Comète !

La princesse se faufila discrètement hors de sa chambre et passa par les cuisines pour récupérer quelques vivres qu'elle fourra dans son sac en cuir. Qu'il était lourd ! Mais Lunya ne se débinerait pas : elle aussi voulait aider le royaume. Elle était certaine d'avoir la solution pour en finir une bonne fois pour toutes avec les Sombs. Elle avait l'intime conviction que les thana'téens les aideraient à se débarrasser de ce fléau. Il ne pouvait en être autrement.

Comme lui avait expliqué Ocana, Helios pouvait constater que la princesse se préparait à une de ses fameuses escapades. Il avait été missionné par la reine pour surveiller et suivre la jeune fille dans ses moindres déplacements. La confiance que le couple royal avait placée en lui était grande pour lui avoir attribué cette tâche. Il se sentait à la fois fier et stressé par cette mission. Il avait toujours rêvé d'intégrer la caste des Assassins chez les Veilleurs, mais n'avait pas réussi à passer l'épreuve de la Lice des Héros. Cette mission était l'occasion pour lui de prouver ses talents de filature. Il était content de pouvoir mener cette mission et rendre service au royaume.

Lunya vaquait çà et là. Elle était allée à la bibliothèque récupérer un livre, puis elle avait passé un moment dans sa chambre et en était ressortie avec une besace pleine. Pleine de quoi ? Le soldat l'ignorait complètement. Quand elle s'était dirigée vers les cuisines, il avait failli se faire repérer par son chien, vigilant. Il devait se faire plus discret. Il instaura alors une plus grande distance entre lui et sa cible. Il l'observa sortir du château, et trouva cette enfant bien intrépide. Se risquer dehors au beau milieu de la nuit était dangereux. Elle n'avait vraiment pas froid aux yeux. Où pouvait-elle aller ?

Son chien sur les talons, elle sortit par les jardins arrière, sûrement pour ne pas se faire repérer. Helios la suivit discrètement. Elle quitta ensuite l'enceinte du château pour dévaler la route pavée et entrer en plein cœur de la ville de Centurya.

L'aube pointait son nez au loin, et la ville commençait à s'éveiller. Les marchands installaient leurs étals, les habitants vidaient leurs pots de chambre par les fenêtres. Les animaux se réveillaient doucement.

La princesse se dirigea droit vers l'orphelinat. Elle contourna le bâtiment et passa par l'arrière. Elle ramassa une pierre et la jeta contre la vitre. Helios devina les motifs des escapades de l'enfant : elle devait avoir un amoureux secret à l'orphelinat ! Voilà qui rendait les choses plus claires. La reine serait certainement rassurée par cette information. Le garde observa la princesse attentivement, caché derrière un recoin d'édifice.

Un adolescent aux cheveux roux la rejoignit quelques minutes après qu'elle l'eut appelé par le soupirail. Ils chuchotèrent quelques instants sans qu'Helios ne puisse comprendre ce qu'ils se disaient. La jeune fille tendit un petit bout de papier au jeune homme. Ils se sourirent puis ils se prirent dans les bras quelques instants. Ils semblaient tristes mais Helios ne parvint pas à lire complètement les émotions sur leurs visages.

Après quoi, le jeune homme retourna à l'intérieur du bâtiment et Lunya continua de longer le mur de l'orphelinat. La princesse disparut du champ de vision d'Helios, qui craignit subitement de perdre sa trace.

Il contourna la bâtisse pour la retrouver, mais la jeune fille s'évanouit soudainement dans le flot d'une vingtaine d'orphelins qui partaient travailler aux champs aux aurores. Le cœur de l'espion s'accéléra quand il s'aperçut qu'il ne voyait plus Lunya. Il se précipita au milieu des enfants, qui ne s'étonnèrent pas de sa présence.

— Les enfants, avez-vous vu une jeune fille aux boucles blondes ? s'enquit-il.

Un petit garçon aux grands yeux noirs, qui devait à peine avoir six ans, lui répondit sur un ton qui se voulait pédagogique :

— Il n'y a pas de filles ici ! Tu ne vois pas ? On n'est que des garçons !

En effet, l'enfant avait raison. C'était un orphelinat pour garçons et aucune fille ne faisait partie des rangs.

Paniqué, Helios fit plusieurs tours sur lui-même pour repérer la princesse. Elle n'avait certainement pas eu le temps de s'éloigner si vite ? Où était passé son chien ? Il était impossible qu'elle ait pu disparaître aussi rapidement !

Après de longues minutes à scruter les alentours et interroger les badauds, le soldat dut se rendre à l'évidence : il avait perdu la trace de sa protégée.

Lunya jeta un dernier regard à Centurya derrière elle. La cité blanche rayonnait sous le soleil matinal. Elle caressa doucement l'arrière des oreilles de sa chienne et réajusta joyeusement les sangles de son sac.

— Allons-y, Comète, une longue route nous attend ! Allons sauver ce royaume !

23
LES GARDIENS DE LA BOUSSOLE

En tant que responsable de la boussole, Gareth avait décidé de réunir les officiers Veilleurs pour définir le plan à suivre. Maintenant que Roy était adoubé, ils pouvaient demander à le détacher de l'ordre des Veilleurs de façon temporaire.

Il voulait également profiter de ce vivier de talents pour ajouter une ou deux personnes à leur délégation : il avait besoin de forces vives expérimentées en cas d'attaque, pour assurer la protection de son frère et de la servante de Nhymora. L'existence de cet artefact devait avoir été révélée à Centurya, et il pariait que certains de leurs détracteurs étaient déjà à leur poursuite. La confrontation était quasi certaine.

Autour de la table, Gareth avait donc fait réunir Senly, le Maître-Assassin, Destos, le Maître-Guerrier, Brisalys, la Maîtresse-Guérisseuse, Rengar, le Maître-Tacticien, Callysta et Roy.

Après avoir briefé les personnes autour de lui et leur avoir fait jurer de garder le silence absolu sur cette mission, il commença :

— Je voudrais constituer un groupe de sept ou huit personnes aguerries, capables de faire face à des situations difficiles. Pas plus que le chiffre énoncé, un plus grand groupe serait suspect. Afin de ne pas éveiller de soupçons, il nous faut également trouver un motif qui nous permettra d'expliquer ce que nous faisons aux personnes que nous croiserons.

— Vous pensez à des déguisements ? Vous souhaitez cacher votre identité ? questionna Brisalys.

— Tout à fait.

Senly se frotta le menton en réfléchissant aux solutions. L'art du camouflage faisait partie de son expertise. S'il y avait bien une personne qui pouvait les aider à trouver une idée, c'était lui. Son regard s'arrêta sur la prêtresse, entièrement voilée de blanc.

— La solution est sous vos yeux, répliqua-t-il en montrant Callysta. Faites-vous passer pour une délégation de prêtres de Nhymora en pèlerinage à travers le royaume. Il n'est pas rare de voir des hommes de Dieu faire le tour du royaume pour prêcher la bonne parole.

La jeune femme acquiesça à travers son voile immaculé, mais resta silencieuse. De son côté, Gareth fit la moue. Lui qui appréciait peu la religion, il allait devoir endosser et jouer un rôle qu'il exécrait.

— Je suppose qu'il s'agit là d'une bonne idée, concéda-t-il pourtant. Les toges permettront de cacher nos armes et nos identités, et nous prodigueront un prétexte à ce voyage.

Il fit le tour de la petite assemblée et continua :

— Bon, maintenant, passons aux membres du groupe. Feront partie de la délégation : Roy, qui sera chargé de nous indiquer la direction à suivre puisque la boussole ne s'active qu'à son contact.

Roy hocha la tête sans se prononcer véritablement. Il était encore irrité que la décision lui ait été imposée sans que son avis soit consulté. Après réflexion, il s'était dit toutefois que s'il pouvait concilier sa formation de Veilleur avec cette mission exceptionnelle, cela serait parfait pour lui. Il avait toujours rêvé de pouvoir parcourir le monde. C'était sa seconde aspiration après celle de devenir Veilleur.

Cependant, une foule de questions sans réponses se bousculait encore dans sa tête. Il était tiraillé entre des émotions contradictoires. Allait-il pouvoir finaliser sa formation ? Il lui restait encore la moitié du parcours pour être sacralisé Veilleur confirmé. Il était supposé s'entraîner avec son escouade. Comment allaient-ils faire sans lui, et vice-versa ? Après cette mission, allait-il pouvoir quand même intégrer les Veilleurs ? Il craignait que ce périple ne remette en cause son parcours si durement acquis.

À l'opposé de cette crainte, il sentait aussi l'excitation monter à mesure qu'il entendait les officiers discuter de cette délégation. Elle serait cruciale dans le combat contre les Sombs. Roy mesurait tout juste toute l'importance de cette tâche.

— Callysta sera des nôtres également. L'artefact nous a été apporté par un oiseau mystique, expliqua Gareth, légèrement acerbe. Notre roi souhaite un représentant de Nhymora dans notre groupe, il se pourrait que cet objet soit un cadeau divin, même si je n'y crois guère.

Il frotta la boussole pour la faire briller, puis reprit :

— De plus, Callysta sera notre porte-parole en tant que délégation de prêtres de Nhymora. Nous avons besoin de quelqu'un qui connaît les serments et les rites religieux.

Il résuma ensuite :

— Donc pour le moment, Roy, Callysta et moi-même ferons

partie du groupe. Deux questions restent en suspens : la première concerne la formation de Roy. Est-il possible de l'interrompre pour qu'il puisse la reprendre par la suite ?

Destos sembla surpris.

— C'est un cas inédit. Cela n'est jamais arrivé. Je suppose que les deux parties de la formation peuvent se suivre indépendamment l'une de l'autre. Roy a réalisé la formation propre à sa caste de Guérisseur... Mais...

— Mais il lui manque la formation en groupe avec les membres de son escouade. Décaler sa formation revient à décaler celle des membres de son escouade, compléta Senly.

Callysta proposa :

— Pourquoi ne pas faire venir les compagnons de Roy avec nous ?

Gareth fronça les sourcils puis secoua la tête, visiblement agacé par cette proposition.

— Nous n'allons pas former une délégation avec des novices ! Ce n'est pas à prendre à la légère ! Il nous faut des personnes aguerries.

Senly prit la parole à l'attention de Gareth :

— Vous savez, Gareth, sans vous offenser, les trois autres membres de l'escouade manient déjà très bien les arcanes de leurs disciplines respectives. Brion a été formé par son père, lui-même Veilleur et héros de combat. D'après les retours de Rengar, Ezral également maîtrise déjà parfaitement les arts du Tacticien, comme s'il les avait déjà pratiqués durant des années.

Il marqua une pause et son regard se figea.

— Et enfin, Sharwynn est une énigme à mon sens. Nous ne savons rien de son passé mais elle a tous les réflexes d'un Assassin aguerri, à tel point que je me demande si elle n'a pas déjà fait partie d'une escouade auparavant. Nous n'avons rien à lui apprendre.

Les autres membres de la réunion semblaient étonnés par la révélation de Senly à propos de Sharwynn. Sous le regard inquisiteur de ses interlocuteurs, il compléta alors :

— Ce qui est impossible, bien entendu, étant donné son jeune âge.

Malgré les arguments de Senly, le visage de Gareth restait fermé. Il n'était toujours pas d'accord pour ajouter trois jeunes personnes inexpérimentées à sa délégation, en dépit de leurs qualités de soldat. Même si, se l'avouait-il à demi-mot, rien n'était plus puissant dans un combat que quatre Veilleurs de la même escouade, liés par le serment.

Un sourire se dessina sur les visages de Destos et Senly, qui se consultèrent du regard.

— Je te propose donc d'être accompagné par l'escouade de Roy, proposa Destos. Ils me semblent plus que compétents et cela permettra de valider la fin de leur formation. Rien de mieux que le terrain pour cela. N'oublie pas qu'ils ont été sélectionnés pour devenir des guerriers d'élite, il n'y a rien qu'ils ne puissent pas affronter.

La proposition des officiers provoqua la colère de Gareth. Il la jugeait immature, dangereuse et irresponsable. Qu'allait-il faire avec une nonne et quatre gosses ? Ils allaient trop loin. Ils ne tiendraient pas la distance. Leur quête devait être prise au sérieux !

— Je m'oppose totalement à ce plan. J'ai besoin de vrais guerriers ! Nous allons déjà devoir protéger Roy, je ne veux pas avoir à protéger plus de membres de cette délégation !

Le prince sembla piqué au vif dans son orgueil. Son visage arbora soudainement une moue rageuse.

— Me protéger ? Pour qui me prends-tu donc ? Je suis parfaitement capable de me défendre seul. J'ai achevé la première partie de ma formation de Veilleur, et j'excelle désormais dans l'art du combat rapproché de Thana'Taa ! Comment peux-tu m'infantiliser de la sorte ?

Gareth ne s'était pas rendu compte à quel point ses propos avaient blessé son frère. Il n'avait pas imaginé un seul instant que cette histoire puisse avoir un impact négatif sur sa confiance en lui.

— Je n'ai pas besoin d'être escorté ! rajouta Roy. Je suis peut-être encore en apprentissage, mais je suis un combattant, membre des Veilleurs ! Ma priorité est de terminer ma formation, que cela soit durant cette mission exceptionnelle, ou en dehors.

Le regard de Gareth se durcit devant la rebuffade de son frère. Il ne comprenait pas pourquoi il s'emportait de la sorte. Il était fatigué de devoir justifier ses paroles, et ce fut sur un ton sévère qu'il expliqua à Roy :

— Oui, Roy, nous ne remettons pas en cause tes aptitudes de Veilleur, mais ta formation n'est pas complètement terminée, comme tu viens toi-même de le souligner. Et tu n'as pas l'expérience du combat. Durant notre quête, nous allons probablement être confrontés à de grands dangers que tu ne seras peut-être pas en mesure d'affronter encore. C'est pour cela qu'il faut que nous te protégions. Sans toi, la boussole ne fonctionne pas. Nous ne pouvons pas prendre ce risque. Cette mission est plus importante que ta formation !

Brisalys prit la parole d'un ton égal, de façon à apaiser les tensions :

— Je vous propose d'intégrer le groupe, je pourrai protéger Roy tout en l'aidant à perfectionner ses compétences.

Gareth voulut répondre quelque chose, mais elle ne le laissa pas poursuivre.

— Vous n'aurez pas de meilleur Guérisseur que moi dans votre groupe. Et vous aurez besoin d'un soigneur aguerri. Il va de soi que nous allons au-devant d'un grand périple durant lequel nous allons devoir faire face à des épreuves difficiles. Mon expérience du terrain et ma maîtrise des soins ne pourront qu'être un plus. Malgré mon âge, mes réflexes sont encore affutés et mon esprit est vif.

Elle s'arrêta pour observer la réaction de Gareth qui la fixait de son regard d'encre. Il semblait en proie à d'intenses réflexions. Elle fixa alors le jeune prince.

— J'insiste sur le fait que je pourrai aider Roy à achever son instruction en tant que Guérisseur, tout au long de notre voyage. Si notre quête n'aboutit pas, nous allons avoir plus que jamais besoin de Veilleurs. Un soigneur ne sera pas de trop sur le champ de bataille. Il faut penser également au potentiel échec de cette mission. Les Veilleurs sont des ressources trop précieuses pour se permettre d'en perdre ne serait-ce qu'un seul.

Gareth lut sur le visage de Roy une vague de soulagement. Devenir Veilleur semblait décidément être très important à ses yeux, plus même que trouver une arme contre les Sombs. Gareth ne comprenait pas sa logique.

Soit ! C'était le choix de son frère, et il avait tout intérêt à le respecter s'il voulait mener à bien sa mission. Quant à l'idée de Brisalys, il la trouvait bonne. Il aurait besoin du soutien de personnes expérimentées comme elle.

— Oui, Brisalys, nous aurons besoin d'un soigneur combattant à nos côtés. Nous allons droit vers l'inconnu et nous ne savons pas ce que nous allons devoir affronter.

Il hocha la tête puis ouvrit les bras en direction des trois autres officiers Veilleurs présents.

— Dans ce cas, je pense que nous aurons également besoin

des compétences d'un Tacticien, d'un Guerrier ainsi que d'un Assassin. Mais j'insiste sur des Veilleurs aguerris.

Destos comprenait l'hésitation de Gareth, et ajouta :

— Gareth, en tant qu'instructeur de la nouvelle promotion de Guerriers, je te confirme que Brion ne sera pas un frein à votre quête, mais bel et bien un atout. Je t'assure qu'il aura les bons réflexes. Je ne peux pas détacher de Guerriers valides, ils sont tous au front. Tu sais très bien, sans vouloir t'offenser, que même un Veilleur inexpérimenté est un bien meilleur combattant que n'importe quel autre militaire de l'armée régulière.

Gareth ne répondit pas. La remarque de Destos le rassura quelque peu, car il savait que son oncle, sévère et très exigeant, ne s'engagerait jamais sur le niveau d'un Veilleur sans en avoir la certitude. S'il affirmait que Brion savait déjà se battre, il le croyait. C'était d'autant plus élogieux pour le jeune Guerrier que Destos était sans pitié et très pointilleux avec ses recrues. Il était rare qu'il les mette sur un piédestal ou qu'il vante leurs mérites.

Cependant, le responsable de la délégation de la Boussole n'était toujours pas complètement convaincu. Cet argument n'était pas suffisant pour lui. L'expérience comptait.

Devant son silence, Destos ajouta :

— Je suis sûr que Rengar et Senly peuvent se porter garants pour Ezral et Sharwynn.

Ils acquiescèrent.

— Je te confirme que Sharwynn a déjà le niveau technique d'un combattant Veilleur aguerri, il ne lui manque plus que l'apprentissage du travail en escouade, affirma Senly.

— Il en va de même pour Ezral. Cette mission exceptionnelle serait pour eux l'équivalent de leur formation de groupe. Tu sais très bien ce que l'on fait subir aux escouades en formation, c'est du même niveau qu'une expérience réelle sur le terrain.

Callysta sourit.

— Il semblerait que nous soyons tous d'accord pour que les acolytes de Roy rejoignent la mission. Qu'en pensez-vous, Gareth ? De mon point de vue, il me semble raisonnable de garder des compagnons ensemble lorsqu'ils font partie d'un groupe aussi puissant qu'une escouade de Veilleurs.

Gareth campa sur ses positions.

— Désolé, mais je refuse que la délégation soit formée de débutants. Nous avons besoin de soldats aguerris. Vous rendez-vous compte que cette quête est peut-être notre dernière chance face aux Sombs ?

Les officiers se murèrent dans le silence. Brisalys semblait réfléchir de façon intense.

— Gareth, je suis persuadée que l'escouade de Roy a un énorme potentiel et qu'il faut les laisser ensemble. Je vous connais, vous êtes un homme d'action : rien de ce que nous pourrons dire ne vous fera changer d'avis. Il faut que vous voyiez de vos propres yeux de quoi l'escouade est capable.

Elle inspira et lui demanda sur un ton solennel :

— Gareth, je vous propose de les tester dans des conditions réelles. Affrontez-les, ou choisissez-leur un adversaire de votre choix. Observez-les combattre. S'ils se montrent dignes de l'épreuve que vous aurez sélectionnée, alors, intégrez-les à votre délégation.

Elle fixa Roy dans les yeux, la lueur des flammes se reflétait dans ses prunelles émeraude.

— Je pense que nous avons là une escouade exceptionnelle. Certes étonnante, mais exceptionnelle. Je pense également que les choses n'arrivent pas par hasard et que leur union n'est pas fortuite. Même si ce n'est pas encore visible à vos yeux, il y a du potentiel entre ces quatre-là, une puissante synergie qui les aidera à affronter n'importe quel ennemi.

Gareth sembla hésiter et jaugea Brisalys quelques instants. La Guérisseuse avait recruté et formé de nombreuses escouades. Elle avait un œil avisé sur les capacités des jeunes combattants, mais il craignait qu'elle ne se laissât influencer par ses émotions vis-à-vis d'eux.

— Cela ne me semble pas une bonne idée, je ne veux pas risquer de blesser Roy. C'est pour le moment la seule personne qui peut nous guider. N'oubliez pas que la boussole ne réagit qu'à son contact.

Destos explosa de rire et se tapa les cuisses, hilare.

— Crois-tu pouvoir le protéger de la sorte ? S'il n'arrive pas à combattre en environnement contrôlé, comment crois-tu pouvoir t'en sortir en situation réelle ? Il sera forcément exposé au risque à un moment ou un autre, même protégé par dix guerriers rompus à l'exercice.

La colère montait en lui. Roy était hors de lui que l'on parle de lui comme s'il n'était pas là. Il ne supportait pas que d'autres décident en son nom de ce qui lui était bon ou non.

— Je suis capable d'affronter n'importe quelle épreuve ! se révolta-t-il.

Brisalys hocha la tête négativement, et lui rétorqua de façon bienveillante :

— *Vous* êtes capables d'affronter n'importe quelle épreuve. Roy, n'oublie jamais le serment que tu as prononcé.

Gareth se rendit à l'évidence. L'ensemble de ses interlocuteurs le poussait à intégrer l'escouade entière à sa délégation. La proposition de Brisalys semblait équitable.

— Très bien. Vous avez raison, Roy doit être capable de se défendre seul. Mais je veux quand même tester ce que vaut l'escouade. Demain, à l'aube, ils m'affronteront tous les quatre. Je me ferai un avis sur leurs facultés à survivre en milieu hostile.

Il les jaugea et ajouta :

— Voire très hostile.

La petite assemblée mit fin à la discussion après quelques échanges concrets sur l'organisation du combat du lendemain, et du remplacement de Brisalys par Gina, la Guérisseuse qui devait lui succéder. Ce serait l'occasion de l'adouber, afin que Brisalys soit libérée de toute obligation. Il était temps pour elle de passer le flambeau de son titre de Maîtresse-Guérisseuse.

À la suite de quoi, Destos, Senly, Rengar et Brisalys rejoignirent leurs pénates. Tandis que Gareth restait à éteindre le feu de l'âtre en jetant du sable dessus, Roy fixait les restes du brasier.

Mille pensées tourbillonnaient dans sa tête. À la suite de la discussion, des émotions discordantes le ballotaient entre excitation, colère et humiliation. Son frère le percevait donc toujours comme un jeune garçon faible et fragile. Il avait détesté sa façon de présenter les choses, comme s'il était incapable d'affronter la moindre menace.

Le prince ne se sentait pas aussi incapable qu'il avait pu le penser. Il se sentait blessé dans son amour-propre et l'envie de pleurer lui serra la gorge. Il jeta un caillou dans les braises pour calmer sa rage et son impuissance.

— Qu'est-ce qu'il y a, Roy ? demanda Gareth.

Il avait fini d'étouffer les flammes et s'apprêtait à partir. Il était tard et il fallait se reposer car le général voulait pouvoir partir à la quête de l'arme anti-Sombs dès la semaine suivante.

— Je ne suis pas aussi faible que tu peux le penser, déclara Roy sur un ton âpre.

Visiblement surpris par l'agressivité de son jeune frère, Gareth ne sut comment réagir. Il tenta de le consoler maladroitement.

— Écoute, Roy, tu es un Veilleur maintenant. Cela signifie que tu as toutes les qualités qui feront de toi un bon guerrier. Mais il faut que tu entendes que tu es notre seule chance de nous guider à l'arme anti-Sombs et que nous ne devons pas prendre le risque de te perdre. Tu comprends ?

Gareth continuait de le sous-estimer. Roy ne répondit pas. Il jeta un regard de mépris à son grand frère, se leva en silence et rejoignit le dortoir des Guérisseurs où l'attendaient ses deux comparses.

Gareth resta figé, debout, les bras ballants.

La lueur brillante et rosée de l'aurore matinale commençait à apparaître dans le ciel. Le soleil allait se lever dans quelques instants. Gareth finissait d'ajuster son armure, tandis que les quatre acolytes de l'escouade peaufinaient leur stratégie.

Ils avaient été avertis la veille par leurs instructeurs respectifs, tard dans la soirée, qu'ils devaient passer un test le lendemain à l'aube. Excepté Roy, les trois autres membres de l'escouade ne savaient pas que l'épreuve était liée à une mission d'exploration, et pensaient qu'ils s'agissaient d'un jalon de plus dans leur formation de Veilleurs. Roy avait voulu leur parler de la boussole, mais Brisalys le lui avait strictement interdit. L'objectif de cette délégation était trop important et devait rester secret tant qu'ils n'étaient pas sûrs qu'ils intègrent cette quête.

Quand ils eurent fini de s'accorder sur la stratégie d'attaque, ils prévinrent Gareth. Ce dernier se mit en garde. Il était seul face aux quatre Veilleurs novices.

Selon Roy, malgré ses talents de bretteur, Gareth avait peu de chance de l'emporter face à quatre Veilleurs, même apprentis. Brion et Sharwynn étaient déjà de redoutables guerriers, tandis qu'Ezral maniait les arts pyrotechniques à un niveau avancé. Le prince avait du mal à imaginer comment ses propres compétences de soins pourraient être utiles dans cet affrontement. Mais il se concentra tout de même sur le combat à venir.

Pour cet affrontement, ils s'étaient équipés avec des armes blanches aux lames émoussées pour éviter de se blesser.

— Bien, commença Gareth, l'épreuve est simple. Vous devez me maîtriser, soit en me plaquant au sol, désarmé, soit en me mettant K.O. Si je vous touche avec mon bâton en simulant un coup mortel, alors vous êtes éliminés.

Brion émit un rire bruyant. Il s'imaginait déjà mettre au tapis le général du royaume d'Alquilon et n'eut aucun scrupule à lui faire part de ses intentions. Il n'avait aucune chance face à une escouade entière. Surtout que Gareth n'était plus tout jeune, il allait être lent et moins puissant que lui !

— Ne vous en faites pas, Général, nous ne vous laisserons pas cette occasion.

Gareth ne semblait pas impressionné.

— Tenez-vous prêts. Je fais le décompte. 5, 4, 3, 2, 1…

Le combat débuta. L'escouade se positionna en formation du rhombe, comme ils avaient pu l'apprendre lors de leurs entraînements. Les jeunes Veilleurs initièrent la première attaque.

En un éclair, Gareth évita les estocs de Brion et Sharwynn en effectuant une série de feintes sur le côté. Il surprit la jeune Assassin en lui assénant un coup de lame dans le bas du ventre. Elle s'effondra dans le sable, le souffle coupé, les yeux écarquillés par la surprise.

— Sharwynn, éliminée, annonça-t-il.

Les trois aspirants restants battirent légèrement en retraite pour se mettre en formation fliukka, Brion devant, Ezral et Roy couvrant ses flancs. Gareth n'attendit pas qu'ils soient prêts. Il s'élança et donna un violent coup d'épée dans le bouclier de Brion, avec une rapidité hors du commun.

Le Guerrier émit un grognement de surprise et baissa sa garde quelques instants. Gareth profita de cet infime moment de distraction pour tenter d'atteindre Ezral sur le côté droit, mais Brion s'interposa et bloqua l'attaque en faisant barrage de son corps, protégé par son écu. Le général était plus difficile à vaincre qu'il n'y paraissait.

Alors, Ezral enclencha le plan qui avait été défini avant le début du combat. Le Tacticien projeta un fumigène au sol. L'arène s'emplit instantanément d'un nuage opaque gris et les adversaires se perdirent de vue. En prévision, Roy avait administré des gouttes qui offraient un voile de protection aux yeux de ses trois acolytes contre l'effet irritant de la fumée.

Gareth ne pouvait plus voir ses adversaires à travers l'épais brouillard qui régnait désormais. Ses yeux et sa gorge brûlaient. Il se retint de tousser, pour ne pas se faire repérer par ses adversaires. Ce n'était pas la première fois qu'il avait à combattre sans vision. Le soldat aguerri fit quelques pas en arrière, ferma les paupières et se concentra sur les bruits alentour. Après quelques secondes de concentration, il repéra une légère respiration au-devant de lui, sur sa gauche. Il étendit son bras et frappa d'un coup sec. Un éclat de voix d'Ezral retentit. Il avait réussi à l'atteindre malgré la fumée.

— Tu m'as touché. Je suis éliminé, déclara Ezral, bon joueur.

Il ne restait plus que Roy et Brion. À quelques centimètres de lui, le grand Guerrier se tenait prêt à riposter en cas d'attaque imprévue. Mais ils avaient un avantage de taille grâce au fumigène d'Ezral : eux pouvaient garder les yeux ouverts, protégés par la médication de Roy.

Le ventre du prince était noué. Le combat ne se déroulait pas comme prévu. Sharwynn avait été écartée beaucoup trop tôt, trop vite suivie par Ezral. Ils avaient sous-estimé leur adversaire. Résolu, Roy tenait coûte que coûte à prouver à son frère qu'ils étaient dignes de la quête qui les attendait.

Les deux apprentis Veilleurs devaient vite réajuster leur plan d'attaque qui tombait à l'eau avec l'élimination rapide de leurs deux compères.

Silencieusement, Roy chercha à attirer le regard de Brion. Quand celui-ci daigna le regarder, le prince tenta de lui expliquer un nouveau plan par gestes, en mimant une double attaque : un assaillant devant, un assaillant derrière. L'idée était simple mais ils n'avaient plus beaucoup d'options.

Brion donna comme réponse un coup de menton dédaigneux dans la direction de l'arme d'hast de Roy, pour signifier qu'il n'avait pas le niveau pour combattre. Et sans plus attendre, il prit appui sur ses jambes et fonça dans la brume insondable. Roy put entrapercevoir les deux silhouettes croiser le fer vigoureusement. Le tintement des lames émoussées s'entrechoquant l'une contre l'autre retentissait dans l'arène.

Impuissant, Roy ne savait que faire. Il n'osait pas intervenir avec sa lame d'hast de peur de déstabiliser Brion. Mais il voulait démontrer sa valeur de combattant à son frère, pour lui montrer une bonne fois pour toutes qu'il n'était pas un bon à rien !

Alors, il décida d'utiliser la même stratégie que pour l'Aquatigris. Il sortit un flacon de potion soporifique qu'il avait préparée pour le combat. Le contenu bleu ciel et visqueux clapotait mollement au fond de la fiole.

Et, tandis que le combat faisait rage entre Brion et Gareth, la brume commençait à se dissiper. Aucun des deux adversaires ne semblait prendre le dessus sur l'autre. Brion enchaînait feinte sur feinte, tandis que Gareth ne cessait de lancer des attaques successives pour fatiguer son rival. Les rôles s'inversèrent quand Brion contre-attaqua rapidement dans une passe avant, après avoir réalisé une parade circulaire.

Gareth se retrouva donc en position défensive, parant tant bien que mal les assauts brutaux du géant qui l'attaquait. Ses appuis étaient fermes, mais Roy observa que son frère basculait son poids sur sa jambe droite. Obligé de reculer pour dévier les coups de Brion, Gareth devait réaliser passe arrière sur passe arrière.

Le jeune prince choisit cet instant pour passer à l'action. En un éclair, et au moment même où Gareth basculait sa jambe la plus faible derrière son autre jambe, il interposa sa lame d'hast sur son passage.

Surpris, Gareth perdit l'équilibre et chancela quelques instants. Brion, impitoyable, en profita pour lancer un ultime assaut qui fit tomber le soldat au sol. Ni une ni deux, Roy lança la fiole à côté de la tête de Gareth.

Les vapeurs s'échappèrent du contenant dans un chuintement crépitant. Dans un réflexe, Gareth repoussa la fiole brisée et recouvrit avec du sable le contenu qui s'était répandu par terre. Il se releva prestement en remettant sa garde en place.

Malheureusement, il était déjà trop tard pour lui. Il lutta quelques secondes contre la torpeur qui prenait possession de son corps. On le vit cligner des yeux avec violence, avant qu'il ne s'effondre sur le flanc, endormi.

Roy était extrêmement fier de lui : il avait asséné le coup final.

Brion, quant à lui, paradait en bandant les muscles. L'escouade venait de remporter son défi.

À la suite de cette évaluation, Gareth avait fait réunir tous les membres de la délégation de la Boussole. Ils étaient installés dans la salle de réunion des officiers Veilleurs pour ne pas être interrompus ou surpris par des oreilles indiscrètes dans leur discussion.

Autour de la table, les trois autres membres de l'escouade de Roy restaient circonspects et ne comprenaient pas la convocation du général royal au beau milieu de leur formation de Veilleur, et encore moins la présence d'une prêtresse de Nhymora. Brisalys souriait en silence, radieuse.

— Bien, entama Gareth. En ayant prouvé votre valeur en me combattant dans l'arène, je vous ai choisis pour intégrer une délégation spéciale. Vous avez donc l'honneur de participer à une mission extraordinaire, qui pourrait faire basculer le rapport de force dans notre conflit face aux Sombs.

Il laissa un temps de silence pour observer les réactions des trois jeunes Veilleurs ignorants. Un vif intérêt brillait dans les yeux marron de Brion, qui esquissa un sourire en coin. Sharwynn semblait indifférente mais concentrée sur les paroles de Gareth. Quant à Ezral, son visage s'éclaira et il s'enthousiasma :

— Super ! Et quelle est notre mission ?

Gareth sortit la boussole de sa chemise, leur expliqua la teneur de leur quête, et leur détailla les informations qu'ils détenaient à propos de l'artefact. Il leur intima de ne les divulguer sous aucun prétexte.

Après avoir digéré les explications de leur nouveau chef de groupe, Brion pointa le bijou du doigt activé dans la main de Roy et demanda :

— C'est bien beau, votre histoire de boussole. Mais quelle direction allons-nous suivre ? Je vois six flèches qui indiquent six trajets différents.

Gareth caressa son menton. Il paraissait ennuyé.

— À vrai dire, je ne sais pas où mène chacune de ces flèches. Il se pourrait que nous ayons des milliers de kilomètres à parcourir avant de toucher à notre but. Ou bien seulement quelques mètres. Je n'ai aucune idée du fonctionnement approfondi de cet outil. Je pense qu'il va falloir que nous nous accordions sur la direction à suivre.

Ezral, en bon Tacticien, rebondit sur la remarque de Gareth en approchant son visage de la boussole, curieux.

— Il faudrait peut-être tout d'abord regarder les directions indiquées ? Je vois une flèche argentée pointée vers l'ouest. C'est côté territoire Sombs : a-t-on vraiment envie d'aller là-bas ?

Roy trouva la suggestion d'Ezral juste et intelligente. S'il fallait suivre chaque flèche, il valait peut-être mieux commencer par la plus facile !

— Tu as raison, appuya Gareth. Éliminons la flèche argentée. Poursuis.

Le guerrier tendit une carte au jeune Tacticien. Ezral s'humidifia les lèvres.

— La flèche rouge désigne le sud-ouest. On croisera la route de Centurya, mais si on doit continuer encore plus bas, nous nous retrouverons dans la Péninsule Ardente. Je ne suis pas sûr que nous soyons en bons termes avec Ygg'Dral et ses habitants.

Sharwynn eut un tic nerveux lorsqu'elle entendit le nom Ygg'Dral, mais se ravisa vite et hocha légèrement la tête pour approuver l'analyse d'Ezral. Brion fronçait les sourcils pour bien comprendre ce qu'expliquait son acolyte blond.

— Oui, c'est en effet risqué, répondit Gareth. Éliminons la flèche rouge. Nous ne savons jamais comment peuvent réagir les ygg'draliens. Épargnons-nous tout risque inutile. Commençons par les destinations qui semblent plus faciles d'accès.

Ezral demanda à Roy de faire bouger la boussole dans un certain sens. La surprise apparut sur leurs deux visages.

— La flèche dorée tourne sur elle-même. Le mécanisme doit être cassé pour celle-là… déclara Roy.

— Cela signifie qu'il ne nous reste que trois choix, compléta Ezral. La flèche bleue direction sud-est. Si on avance un peu, on se retrouva à Saltingua et à la limite du duché de Juvence. Mais si on continue plus loin, on se trouve au beau milieu de l'Océan aux Tourments.

Callysta, dont le regard était baissé depuis le début de la séance, leva ses yeux bleu-vert en direction d'Ezral, soudainement intéressée. Pour la première fois depuis qu'il l'avait croisée, il entendit le son cristallin de sa voix.

— Entre le duché de Juvence et l'Océan aux Tourments se trouve le Mont des Damnés, précisa-t-elle. Cet endroit mystique semble être approprié pour y trouver une arme contre les Sombs, ne trouvez-vous pas ?

Gareth, méfiant de l'intervention de la prêtresse, éluda le point.

— Voyons les deux dernières directions et décidons-nous.

Il fit signe de la main à Ezral de poursuivre. Ce dernier, la tête par-dessus l'épaule de Roy, tentait de manipuler la boussole.

— La flèche verte indique le sud-est vers Juvence. Et enfin, la flèche violette indique le nord-est. Vers le Duché de Belvaine.

Sharwynn semblait intéressée par cette option et compléta :

— Si on poursuit la route, il faudra traverser la mer aux Eckos et nous nous retrouverons à Vif-Air, au royaume de Rioms.

— Pourquoi pas… pensa Gareth à haute voix. Nous n'entretenons pas de relations spécialement amicales ou hostiles avec Rioms, mais ils possèdent un héritage historique et une connaissance du passé antique qui pourraient être intéressants.

— La flèche verte semble être ce qu'il y a de plus simple, commenta Brion. Il suffit d'enquêter à Juvence et nous trouverons quelque chose.

Gareth secoua la tête négativement en signe de désapprobation.

— Non justement, cela semble évident mais ça ne l'est pas. Gex Saladren complote depuis des années pour prendre le pouvoir. Si une quelconque arme contre les Sombs se trouvait dans son Duché, il se garderait bien de nous aider dans notre quête. Nous perdrons trop de temps à chercher des informations que l'on tentera de nous cacher.

— On abandonne la flèche verte, du coup, résuma Ezral. Il ne reste donc que la bleue et la violette. Saltingua ou Belvaine ?

— Ou plus loin que ces deux villes… corrigea Sharwynn.

Gareth réfléchissait à la meilleure option à choisir. Il n'arrivait pas à départager les deux solutions. Cependant, il n'avait aucune confiance en Callysta, et le fait qu'elle ait exprimé un intérêt pour la flèche bleue le mettait mal à l'aise. Il ne savait pas l'expliquer, mais il ne voulait pas suivre la direction qu'elle indiquait. Il n'avait jamais eu confiance dans les prêtres et prêtresses, quel que soit leur culte.

— Je vous propose de voter, dans ce cas, proposa Gareth. S'il y a égalité, je trancherai.

Volontairement, il se tourna vers Sharwynn et proposa de voter en commençant par l'Assassin, dans le but que Callysta passe en avant-dernier. Il ne voulait pas qu'elle influence les autres dans leur choix.

Sharwynn commença.

— Je vote pour la flèche pourpre, je pense qu'il y a quelque chose à fouiller du côté de Rioms. Ce peuple est plein de sagesse et gardien des archives des mémoires humaines. Si on obtient leur confiance, nous trouverons des pistes, j'en suis certaine.

— Je vote pour la flèche violette aussi, annonça Ezral. Ça me botte bien de traverser la mer ! C'est une grande aventure !

Ce fut le tour de Roy. Il hésitait. Il n'avait jamais mis les pieds ni à Belvaine ni à Rioms, c'était l'inconnu pour lui. Tandis qu'il connaissait Juvence : c'était un territoire qui lui était plus familier. Son avis oscillait entre confort, sûreté et découverte de l'inexploré. Un élan de folie s'empara alors de lui, son cœur se mit à accélérer et il se prononça :

— J'opte pour la flèche violette !

Brion le regarda d'un air mauvais. Il ne comprenait pas pourquoi ils votaient tous pour l'option potentiellement la plus éloignée, alors que la flèche bleue indiquait un endroit familier.

— Je vote pour la flèche bleue, c'est évident, c'est la solution la plus simple. Pourquoi se compliquer la tâche ?

Le vote arrivait à Brisalys, restée silencieuse depuis le début de la séance.

— Je vote pour la flèche bleue également. Je pense que Brion a raison. Saltingua est un terrain connu. Si nous ne trouvons rien là-bas, nous ne prendrons pas le risque de l'Océan aux Tourments et nous orienterons vers une autre flèche. C'est un moyen rapide d'explorer la teneur de ces armes anti-Sombs.

L'argument qu'avançait Brisalys tenait la route et sema le doute dans l'esprit de Gareth. Elle avait raison : Saltingua était la destination la plus proche, et s'ils ne trouvaient rien, ils pourraient repartir rapidement à la poursuite d'une des autres destinations. Callysta prononça son avis :

— Je vote pour la flèche bleue. Je suis certaine que nous trouverons quelque chose proche du Mont des Damnés. Cette montagne est souvent évoquée dans les légendes.

Les scores étaient à égalité. Trois voix pour la flèche violette, trois voix pour la bleue. Gareth devait trancher. Au début, son choix était clair : il voulait voter contre la suggestion de Callysta. Mais le nouvel argument de Brisalys l'avait plongé en plein doute.

Il sonda une dernière fois les visages des membres constituant sa délégation avant de prendre une décision. Ezral et Roy semblaient accrochés à ses lèvres, attendant le verdict avec enthousiasme. Brion semblait blasé tandis que Brisalys, Sharwynn et Callysta le fixaient d'un air tranquille mais expectatif. Il s'arrêta sur Callysta : il n'arrivait pas à déchiffrer l'énigmatique expression qui animait ses yeux bleu-vert. *Je ne lui fais vraiment pas confiance.*

Il annonça donc la décision qui deviendrait leur prochaine mission :

— Je vote pour la flèche violette. Je confirme solennellement que notre premier objectif en tant que délégation de la Boussole est de suivre cette aiguille jusqu'au bout, quels que soient les obstacles qui se présenteront à nous !

24

LA DISPARITION DE LA PRINCESSE

Le cœur d'Hélios battait la chamade. Il ne savait pas comment annoncer à ses souverains qu'il avait perdu la trace de leur fille ce matin. Il avait été indigne de la confiance qu'ils lui avaient offerte en lui assignant cette mission. Il se sentait profondément incapable face à cet échec. Les conséquences étaient graves. Aussi, il se préparait à une réaction violente du couple royal. Il attendait l'audience privée qu'il avait sollicitée avec angoisse.

Après quelques minutes seulement, la reine accourut, le visage déformé par l'inquiétude, le roi sur les talons. Ce n'était pas dans les habitudes d'Ocana de se laisser aller à ses émotions. Elle avait le teint blafard.

— Qu'est-il arrivé à Lunya ? demanda-t-elle de but en blanc. Où est-elle passée ?

Le soldat en mission spéciale déglutit avec peine. Il fallait qu'il trouve les bons mots pour ne pas trop effrayer la reine.

— Je l'ai suivie ce matin, à l'aube. Elle est sortie du château avec un sac. Elle a pris le temps de récupérer des vivres auparavant.

Trop inquiète, la reine ne le laissa pas finir :

— Et où est-elle maintenant ?

Hélios se tordit les mains, gêné.

— Je ne sais pas… Je l'ai vue aller à l'orphelinat. Elle a discuté avec un jeune rouquin, lui a donné un morceau de papier. C'est là que j'ai perdu sa trace, une volée d'enfants qui partait travailler aux champs est passée, et je l'ai perdue de vue. Je l'ai cherchée toute la matinée et ce début d'après-midi dans les rues de Centurya, en vain.

Il fit une pause et esquissa un sourire maladroit pour rassurer les parents.

— Peut-être qu'elle rentrera au château ce soir ? Elle a peut-être décidé de sortir toute la journée durant ?

Ocana fronça les sourcils.

— Si je vous ai missionné pour la suivre, c'est justement pour savoir où elle est, pas pour supposer. J'espère vraiment qu'elle rentrera ce soir ! Comment a-t-elle pu vous échapper ?

Soudainement lasse, elle soupira :

— En attendant, continuez vos recherches.

Ellyan, qui était resté calme, en retrait de la discussion, prit également une seconde mesure.

— Si Lunya n'est pas revenue à l'heure du souper, il faudra alerter la Garde Royale pour mener des recherches. Hélios, vous irez chercher le jeune homme que vous avez vu à l'orphelinat pour l'interroger.

Le garde acquiesça à l'ordre de son roi. Il prit congé de ses souverains et pria pour que Lunya rentre avant que la nuit ne commence à tomber. Sinon, il allait au-devant de gros ennuis.

En quittant la salle, il entendit la reine gémir entre deux sanglots :

— Imaginez qu'elle se soit fait enlever, comme les autres enfants dont les parents sont venus parler lors des doléances ? Va-t-il se passer la même chose qu'avec Jana ? Oh non, c'est inimaginable. Cela ne peut se reproduire.

Ellyan prit Ocana dans ses bras.

Le soir, Hélios revint avec de mauvaises nouvelles. Ses recherches n'avaient rien donné. Lunya était introuvable dans Centurya, et il n'avait pas réussi à retrouver non plus le jeune orphelin que Lunya avait rencontré le matin même.

Désemparé, le couple royal décida de créer une phalange spéciale pour retrouver les enfants disparus, dont leur fille. Ils firent détacher une partie de la Garde Royale pour la consacrer uniquement à cette tâche.

Malgré son échec, Hélios était chargé de piloter les recherches. La reine avait estimé que c'était son moyen de se racheter pour ses manquements. Le soldat avait l'impression de porter un poids énorme sur les épaules. Il n'aurait plus le droit à l'erreur.

La nuit était à peine tombée que les soldats de la Garde Royale déambulaient partout dans les rues et interrogeaient les badauds à propos des disparitions d'enfants.

Cela ne manqua pas d'attirer l'attention des plus bavards.

Quelques heures après, de multiples rumeurs allaient déjà bon train dans toute la cité. Certaines mauvaises langues commençaient à dire que les enfants étaient enrôlés de force dans l'armée pour combattre les Sombs, d'autres décrétaient qu'en raison de la disette, ceux-ci étaient enlevés dans le but de nourrir les nobles.

Et tandis que les rues s'emplissaient du tumulte de rumeurs plus insolites les unes que les autres, Ocana écrivait une lettre à son fils cadet, trop longtemps isolé. Ce fils trop longtemps oublié, mais qui connaissait Lunya mieux que personne.

25
Assaut sur Moenia

Depuis leur retour de Centurya, Lodam et Beolmas n'avaient eu aucun repos. Aux portes de Moenia, leurs ennemis manifestaient des signes d'agressivité de plus en plus réguliers. La menace se faisait pressante.

Les deux officiers échangeaient avec Uriel à propos de la tactique à employer pour repousser la prochaine attaque des Sombs, qui s'annonçait imminente.

Deux unités d'Assassins avaient été envoyées en mission de reconnaissance, dans le but de repérer les campements ennemis et faire une évaluation des forces adverses. Une des troupes d'éclaireurs était rentrée de sa mission. Dans leur rapport, ils avaient dénombré plusieurs milliers de Hurleurs et Massacreurs se préparant à attaquer à l'extrême nord. D'après les dires des espions, tout indiquait une attaque massive dans les jours qui venaient : le camp des Sombs avait été sommairement dressé et ne possédait pas beaucoup de vivres.

Et ce n'était pas tout : Uriel, le Général des Veilleurs, soupçonnait d'autres phalanges de Sombs d'être installées plus à l'ouest. Mais il devait attendre le rapport de la seconde unité d'Assassins pour confirmer cette information. Malheureusement, elle tardait à rentrer. Leur était-il arrivé quelque chose ?

Le constat de Lodam sur la situation était critique : ils pouvaient vite perdre la maîtrise de cette dernière dans la configuration actuelle. Les opposants étaient beaucoup trop nombreux, ils seraient submergés. Plus que jamais, l'armée du royaume d'Alquilon avait besoin de renforcer ses défenses, encore affaiblies par le dernier assaut, pour se préparer à l'affrontement. Gareth avait eu raison de mobiliser une rencontre exceptionnelle. Sans l'aide additionnelle demandée lors du Conseil Royal exceptionnel, la prochaine attaque leur aurait été fatidique. Par ailleurs, les demandes d'Ellyan avaient été respectées.

Ils avaient commencé à recevoir les ressources de Cinq-Épis, d'Apremont, et de Volanture pour renforcer la faille ouverte dans Moenia. Les réquisitions imposées par le roi Ellyan avaient été d'une grande aide pour Sperotan.

À partir du bois envoyé par Cinq-Épis, ils avaient fabriqué d'énormes canons capables d'envoyer à toute vitesse toutes sortes de projectiles, y compris des matériaux liquides contenus dans des poches de cuir. Ils avaient également renforcé leur parc de catapultes, de balistes et d'onagres, installés en haut de la large muraille. Uriel s'employait à piloter la construction de machines de guerre supplémentaires que le Maître-Tacticien et ses pairs avaient inventées pour lutter contre les Sombs.

La chaux d'Apremont servait à renforcer la muraille et de combustible pour les lance-feu.

Grâce aux vivres de Volanture, constitués de mets délicats, les troupes avaient enfin pu avaler autre chose que des rations de combat, et leur moral avait grimpé en flèche après quelques bons repas.

À l'aide des ouvriers supplémentaires de Volanture, les Tacticiens avaient pu combler la brèche à partir de mortier et d'énormes blocs de granit extraits directement du Mont Turquoise, situé dans la chaîne de montagnes de la Ceinture. Au moyen de techniques de forage élaborées par les Tacticiens, la muraille était de nouveau scellée.

Ils allaient pouvoir exploiter l'avantage de la position en hauteur. Cette opération avait épuisé une grande partie des troupes, mais la muraille était finalement consolidée. La frontière était de nouveau protégée. Aux yeux du stratège, elle restait toutefois vulnérable et la vigilance s'imposait. Il ne fallait pas laisser les Sombs l'atteindre. Il fallait les détruire *avant* qu'ils n'atteignent le mur.

— Nous serons prêts pour l'attaque, commenta Uriel à l'adresse de Lodam et du commandant Beolmas, sur un ton déterminé. Avec ces canons, nous avons une nouvelle arme capable de semer la panique dans les rangs de nos ennemis.

Lodam n'était pas aussi optimiste.

— Ils seront trop nombreux.

Uriel lui sourit.

— Faites confiance à nos armes de guerre. Nous sommes bien équipés, grâce à l'aide matérielle envoyée par les Duchés.

Lodam embrassa du regard la grande muraille, les hommes et les dispositifs mobilisés pour la guerre. Si toute l'énergie et les richesses utilisées dans ce conflit avaient pu être utilisées dans le développement du royaume d'Alquilon, il n'y aurait pas de peuple plus puissant et pérenne que le leur.

Mais hélas, le destin en avait décidé autrement et les aquiloniens n'avaient d'autre choix que de défendre leurs terres et leurs vies. C'était devenu l'unique but de leur existence depuis maintenant des siècles. Ils avaient malheureusement appris à en faire leur quotidien. *Quel gâchis. Pourquoi ne peut-on pas apprendre à vivre en paix ?*

Accompagné de Beolmas et Uriel, Lodam passa Moenia en revue. Ses brèches avaient toutes été scellées avec du mortier gris, formant des cicatrices dans la roche blanche constituant la muraille.

Ce rempart était le plus grand édifice jamais construit par la main humaine. Il était haut de cinquante mètres et long d'environ vingt mètres. Chaque année, les humains creusaient la terre pour ajouter des couches et ainsi s'éloigner un peu plus des Sombs. Les strates successives venaient s'ajouter les unes aux autres, semblables à des boursoufflures qui s'empilaient. *Un véritable feuilleté de roche.*

Toute une ville était installée le long de la muraille Moenia. Construite et pensée pour la guerre, cette cité militaire avait été nommée Sperotan, l'Espoir. Elle incarnait donc l'espérance. L'espérance des humains de retrouver un jour la sérénité. Sperotan était l'unique et dernier avant-poste qui faisait encore barrage à la menace des Sombs venant de l'Ouest.

Par chance, les ennemis jurés du royaume d'Alquilon ne pouvaient passer que par cet endroit pour les attaques. Ils étaient bloqués sur l'immense presqu'île nommée Sombre-Terres. Une faille géante et profonde barrait la langue de territoire Sombs, les forçant à emprunter le passage où Moenia avait été construite.

Ils ne pouvaient pas passer par la mer, les Sombs étant un peuple barbare qui ne possédait aucune connaissance en matière de navigation. Ils craignaient l'océan. De plus, leur armée était bien trop imposante pour se déplacer en navires.

Lodam observa, fier :

— Nous n'avons jamais autant consolidé nos défenses qu'à ce jour. Nous devons tenir bon, le temps que Gareth trouve une arme pour se débarrasser de ces monstres, une bonne fois pour toutes. Afin de goûter enfin à la paix et à la quiétude que méritent nos enfants et nos aînés.

Le colonel Beolmas prit un air contrit. Il paraissait plus défaitiste que le nouveau Général et l'avertit :

— Général Lodam, soyez toutefois vigilant. Nous allons subir encore de nombreuses pertes… La sauvagerie et l'ingéniosité des Sombs à créer des monstres toujours plus meurtriers ne doivent pas être sous-estimées.

Lodam connaissait bien l'histoire de Beolmas. Ce dernier était célèbre à Sperotan pour sa bravoure et sa dévotion. Cette bataille sans fin l'avait usé. Le pauvre homme se battait depuis quinze ans sur cette muraille. C'était un des officiers les plus anciens à la frontière. Beolmas n'avait connu que la guerre face aux Sombs. Il avait même rencontré et épousé sa femme sur le champ de bataille. Il avait vu périr nombre de ses amis et de membres de sa famille, en contrebas de Moenia, sur ces terres brûlées et ravagées par le combat. Lodam le savait las de cette violence et de cette condition.

— Faisons le point, demanda-t-il. Et commençons à préparer les troupes. Nous devons nous tenir prêts à l'assaut.

Les trois officiers parcoururent l'immense muraille durant

des heures, vérifiant les positions des machines de défense, les stocks de munitions et de vivres, l'état des armes des troupes et leur positionnement.

Ils ordonnèrent aux archers de se positionner à l'abri des créneaux, prêts à tirer du haut de la muraille d'albâtre. Juste derrière les tireurs d'élite, des Guerriers formaient une ligne rougeoyante de boucliers humains.

Les officiers mobilisèrent des troupes de Tacticiens au pied de chaque machine de guerre et leur demandèrent de vérifier une dernière fois le bon fonctionnement de celles-ci.

Quelques Assassins attendaient dans les tours de guet pour sonner l'arrivée des Sombs dans leurs cors de guerre.

Les Veilleurs non mobilisés sur Moenia et le reste de l'armée régulière attendaient en garnison dans le campement en contrebas, non loin des quatre portes principales renforcées en acier.

Beolmas quitta le trio d'officiers pour donner quelques ordres énergiques aux garnisons postées afin de défendre les poternes. Il disparut du champ de vision du vieux général, absorbé par les directives qu'il était en train de donner. Lodam poursuivit donc son inspection sur la fortification avec Uriel.

Au loin, réduit à un lambeau de terre dévasté, l'immense faille qui empêchait les Sombs de passer par le sud de la presqu'île s'étendait comme un serpent mourant. Cette crevasse formait un trou gigantesque sans fond qui pénétrait les entrailles du territoire, dessinant une balafre titanesque dans la chair de la terre. On aurait dit qu'un monstre colossal y avait mis un coup d'épée et avait laissé la blessure à vif. Personne ne savait par quoi elle avait été causée, ni quelle était sa profondeur. De nombreux Sombs et humains étaient tombés dans cette fente béante durant les batailles. Aucun d'entre eux n'en était jamais revenu.

Les humains avaient donc décidé d'exploiter cet avantage topographique et construit Moenia le long de cette faille pour limiter le champ d'action des Sombs. Les terribles monstres se retrouvaient piégés sur leur langue de territoire coincée entre la mer d'Albâtre et l'Océan Miroitant.

Au-delà de l'immense et lugubre cicatrice surnommée l'Entraille, le territoire des Sombs s'étendait sur des centaines de kilomètres, composé d'une terre calcinée, stérile et noire. Nul humain n'avait jamais pu explorer ces lieux plus avant, car s'y risquer était la mort assurée. Les éclaireurs arrivaient à peine à explorer quelques kilomètres autour de la muraille, pour glaner les informations concernant l'organisation de leurs ennemis.

Au loin, Lodam pouvait d'ailleurs apercevoir des volutes de fumée monter dans le ciel crépusculaire et rougeoyant. Il s'agissait sûrement des Sombs dont la première unité d'Assassins avait fait le rapport. À cette distance, il estima à vue d'œil que les ennemis seraient à leurs portes d'ici une ou deux journées. Il fallait se préparer à ce nouveau choc. Mais le vieux combattant était confiant dans l'efficacité de leurs défenses.

Dans l'après-midi, ils accueillirent avec grand soulagement des troupes de renfort venant des quatre duchés : Ellyan avait envoyé des gardes d'élite de Rosebaie, Lyra, des cavaliers et des écuyers de Cinq-Épis, Gex, des combattants d'Apremont, et Kalos, des domestiques de Volanture pour aider au ravitaillement. Cela faisait quelques centaines de têtes de plus venant grossir les rangs de l'armée du royaume d'Alquilon. *Cela ne sera pas de trop.*

Beolmas était chargé de leur assigner leurs quartiers ainsi que leurs missions. Aussi, il était en train d'échanger avec un officier de Cinq-Épis sur la situation actuelle, quand des hurlements effroyables retentirent au loin et attirèrent son attention. Beolmas écourta instantanément sa discussion.

— Je dois vous laisser. Occupez-vous de vos hommes et installez-les.

Immédiatement, il pensa à une attaque de Sombs Hurleurs. Il les savait proches de Moenia et prêts à l'attaque. Mais si tôt ? Il n'avait pas entendu retentir le cor d'alerte, chose étrange car les guetteurs avaient une vision sur toute menace extérieure. Il jeta un œil à une des sentinelles, dans une des tours en surplomb. Le garde scrutait tout autour de lui pour trouver l'origine des cris. Il n'avait pas sonné l'alarme. Le Commandant était inquiet. *Si ce n'est pas l'attaque, qu'est-ce que c'est ? Quelqu'un s'est-il blessé lors d'un entraînement ? Un accident avec les machines de guerre ?*

Beolmas se précipita vers l'endroit d'où provenait la plainte déchirante. Il parcourut une centaine de mètres sur l'immense muraille, avant d'arriver face à un attroupement. Il poussa les gardes qui lui faisaient barrage en les intimant de retourner à leur poste. Au milieu du cercle, un Assassin ensanglanté se tordait sur lui-même, alternant entre de faibles sanglots et des hurlements de douleur effroyables.

Il paraissait avoir été blessé au bras et au visage. Du sang dégoulinait sur son épaule, et coulait le long de ses oreilles. Il était dans un état second, ses yeux étaient révulsés et son corps se tordait dans des angles douloureux.

Lodam, Uriel, ainsi qu'un Guérisseur tentaient de le calmer. En vain – l'homme se débattait contre une force invisible. Ses hurlements étaient effroyables, ressemblant aux cris d'un homme que l'on torturerait à mort. Il n'était plus qu'une enveloppe de chair en souffrance. Ses appels désespérés glacèrent le sang de Beolmas. Il en avait déjà trop souvent entendu de la sorte.

Le Guérisseur qui tentait de le prendre en charge semblait désemparé.

— Il n'a que des blessures superficielles ! dit-il à l'attention de l'assemblée en l'auscultant. Je ne comprends pas ce qui le fait autant souffrir.

Les officiers immobilisèrent l'homme qui vagissait toujours de façon hystérique. Lodam lui bloqua les poignets tandis qu'Uriel lui maintint les chevilles au sol. Beolmas renvoyait les spectateurs qui n'aidaient pas, et demanda à des Guérisseurs de ramener un brancard.

— Transportez-le immédiatement à l'infirmerie !

Il fallait effectuer le diagnostic le plus rapidement possible, ou bien ses blessures pourraient bien avoir un caractère irréversible.

Ils réussirent tant bien que mal à mettre l'éclaireur sur une civière de fortune. Malgré ses violentes contorsions, ils le transportèrent au centre de soins. Pas moins de trois Guérisseurs furent nécessaires pour s'occuper du jeune homme en proie à un insoutenable supplice. Ils lui ôtèrent son armure de cuir noir ensanglantée et nettoyèrent ses blessures à l'aide de linges et d'onguents. Mais l'Assassin continuait de crier, la bouche déformée par une douleur invisible. Ses yeux étaient livides, révulsés d'horreur. Beolmas en avait la chair de poule. Il avait déjà constaté l'effet que pouvaient avoir les Sombs Hurleurs sur les êtres humains, mais c'était la première fois qu'il était témoin d'une réaction aussi violente. La victime se tenait la tête comme s'il voulait se l'arracher, et du sang coulait de ses oreilles.

Face à ce supplice extrême impossible à calmer, un des Guérisseurs prépara rapidement une potion à partir de plantes et d'autres ingrédients. Il la lui administra par voie orale en prenant soin de lui pincer le nez. L'homme continua de gémir pendant une dizaine de minutes sous les yeux atterrés d'Uriel, Lodam, Beolmas et des Guérisseurs. Puis, il s'endormit progressivement sous l'effet du puissant somnifère qui venait de lui être administré.

Un des jeunes Guérisseurs avait les larmes aux yeux. Il s'effondra dans un sanglot nerveux et posa sa tête contre le torse de l'Assassin endormi. Uriel lui tapota doucement le dos.

— Ils font partie de la même escouade, expliqua-t-il à l'attention de Lodam qui l'interrogeait du regard.

Beolmas se rappelait bien ces deux Veilleurs : ils faisaient partie de l'escouade des Tigres Gris. L'Assassin s'appelait Jonah, et son Guérisseur s'appelait Rafel. Ils étaient arrivés ensemble l'année passée et faisaient partie de la dernière promotion de Veilleurs. Les deux jeunes hommes avaient à peine une vingtaine d'années.

Le cœur de l'officier se serra en voyant le Guérisseur pleurer l'affliction de son équipier. Ils avaient déjà vu des horreurs en une année de combat contre les Sombs, mais voir un membre de son escouade mourir ou diminué était bien l'une des pires choses à vivre pour un Veilleur. Beolmas, qui venait de l'armée régulière, respectait profondément ces liens indéfectibles qui naissaient et perduraient entre les combattants d'élite. C'était leur plus grande force, mais également leur plus grande faiblesse.

Uriel saisit le haut de l'armure de l'Assassin blessé et caressa doucement son emblème de caste noir et blanc, en relief, représentant un visage encapuchonné. Il semblait en pleine réflexion.

Les pensées qui le visitaient étaient les mêmes qui tournoyaient dans l'esprit de Beolmas.

— Ce n'est pas un Hurleur qui lui a fait ça, constata-t-il en essuyant doucement le sang séché qui dégoulinait des oreilles du blessé.

Beolmas partageait l'avis du général des Veilleurs. Les Hurleurs pouvaient projeter mentalement une douleur et une peur intenses dans l'esprit des humains, mais cela ne durait pas dans le temps. Leur champ d'action fonctionnait de la même façon qu'une aura et était donc limité à quelques mètres autour d'eux. En aucun cas, ils ne pouvaient agir à distance. Ou bien, se pouvait-il qu'un Hurleur rôde de ce côté de la muraille ? Beolmas fut pris d'un doute. C'était pourtant impossible...

— Où sont les autres membres de son unité ? demanda soudainement le commandant Beolmas.

Le visage d'Uriel s'assombrit et il lui répondit d'un air grave :

— D'après la sentinelle, il est le seul à être rentré. Laissons-le se reposer. En espérant qu'il soit plus calme à son réveil. Il nous expliquera peut-être ce qu'il s'est passé.

— Il le faut, répondit Lodam, il nous faut absolument le rapport de cette seconde escouade. C'est d'une importance cruciale.

— Oui, acquiesça Uriel, mais tant qu'il est dans cet état, il ne pourra malheureusement pas nous aider.

Il se tourna vers les médecins qui s'affairaient sur leurs concoctions.

— Guérisseurs, prenez le relais. Rafel, va te reposer.

Le jeune homme au teint blafard et aux yeux rougis par les larmes acquiesça et se retira dans le dortoir des Guérisseurs de garde, attenant à l'infirmerie.

Quelques heures après, Jonah se réveilla. Beolmas, Uriel et Lodam furent appelés par les Guérisseurs de garde. Lorsqu'ils entrèrent dans l'infirmerie, Rafel était au chevet de son ami et lui tenait la main. Le commandant s'approcha pour constater si l'Assassin avait recouvré ses esprits.

Ses yeux n'étaient plus révulsés, mais son regard était perdu dans le vide, voilé par une horreur enfouie. Sa bouche desséchée et ouverte formait un trou béant mais aucun son n'en sortait. Le jeune éclaireur était bien là physiquement, mais son esprit semblait perdu.

— Des nouvelles ? demanda Uriel doucement à Rafel en lui posant la main sur l'épaule.

Le Guérisseur hocha négativement la tête.

— On dirait qu'il n'est plus là. Il semble sous le choc, comme absent.

Uriel avait l'air sincèrement affecté par l'état du Veilleur et demanda à rester seul avec Rafel et Jonah. Face aux prières désespérées que le jeune Guérisseur adressait à Nhymora en faveur de son ami, les yeux d'Uriel s'embuèrent.

Beolmas se retira pudiquement et décida de faire le tour des troupes pour récupérer des informations sur cet événement. Peut-être que des gardes ou d'autres Veilleurs savaient pourquoi Jonah était revenu seul. Il voulait également sonder le moral des troupes, avant la bataille qui s'annonçait imminente.

ARCHIVE

Cycle d'Aurifé, 586e Rayon de l'Ère Païenne,

Le moral des troupes est en berne. Comme tout bon soldat, ils sentent que l'attaque se rapproche. Ils flairent la tension et les promesses de mort dans l'air. C'est leur instinct qui parle. Il ne s'agit plus que d'une question d'heures.

La perte de la phalange d'Assassins envoyée en éclaireurs il y a une semaine a largement entamé l'ardeur combative de nos hommes. Certains Veilleurs pleurent leurs Assassins perdus, leurs compagnons tombés, leurs amis perdus dans un monde où règne la mort sans espoir de les revoir un jour.

Nous n'avons pas le temps de pleurer ou de nourrir des espoirs vains. Et ils le savent. Ils cachent leur souffrance sous des cris de rage ou des sourires forcés. Mais moi, je vois clair en eux. Malgré leur bravoure émérite, ils sont brisés.

Où va donc nous mener le destin ? Aurons-nous un jour une chance d'offrir un avenir paisible aux générations futures ? Quand ce cycle de souffrance prendra-t-il fin ?

Ô Nhymora, accorde-nous ta bénédiction,
Protège ces hommes vaillants de ce fléau infini.
Comme j'aimerais que tu puisses entendre leurs pleurs, leurs appels, leurs prières !

J'aimerais tant pouvoir panser leurs peines, leurs douleurs et les mener vers cette victoire tant méritée.
Nous méritons tous une vie plus belle. Emplie d'amour et de sérénité.

Mais pas pour le moment.

Pour le moment, il est temps de sortir nos armes de nos fourreaux pour libérer le monde de quelques-unes de ces créatures cauchemardesques.

Notes de Beolmas, commandant de l'armée d'Alquilon.

26
LARMES DE SANG

Le lendemain matin de son retour, l'éclaireur Jonah n'avait toujours pas repris ses esprits, et Uriel avait renoncé à récupérer les informations qu'il pouvait détenir. Il ne restait du jeune homme qu'une enveloppe de chair sans âme.

Malgré les efforts des Guérisseurs, il ne revenait toujours pas à lui et son esprit semblait s'être terré au plus profond de son être. La chose qui l'avait attaqué devait être dotée de capacités encore plus violentes que celles dont pouvaient faire preuve les Sombs Hurleurs. Il allait falloir redoubler de vigilance pour le combat qui s'annonçait, car leurs ennemis avaient peut-être de nouvelles armes en leur possession.

Ils n'allaient pas tarder à le découvrir.

Quatre cors résonnèrent soudainement de concert, tout le long de la grande muraille blanche. Leur retentissement sourd et grave sonnait comme un écho funèbre. Ils annonçaient l'arrivée des Sombs à leurs portes.

Une fois de plus, les hommes allaient affronter la mort pour protéger leurs familles, leur espèce et leur royaume. Le glas venait de sonner.

Uriel hurla :

— Mes frères d'armes, tenez-vous prêts !

Son cri fut relayé par toutes les tours de guet. Alerte, il rejoignit un bataillon de Tacticiens.

La muraille commença à grouiller comme une fourmilière. Chaque combattant savait parfaitement où il devait se positionner et quel était son rôle. Leur stratégie était désormais bien rodée et était presque devenue une routine pour ces survivants.

Les archers Assassins préparaient leurs munitions, les Guerriers protégeant les tireurs avaient sorti leurs armes de leurs fourreaux et brandissaient déjà leurs boucliers. Ils connaissaient par cœur la chorégraphie militaire.

En contrebas de la muraille, les garnisons s'activaient dans un ballet ordonné. Veilleurs et militaires, cavaliers et fantassins s'organisaient derrière la porte, prêts à combattre en première ligne. Il fallait défendre coûte que coûte l'entrée aux quatre portes de la muraille, le point le plus faible de la gigantesque construction.

Uriel avait rejoint Lodam en hâte en haut de Moenia. Ensemble, ils évaluèrent les forces ennemies à l'aide de longues-vues. Ils dénombrèrent environ cinq cents Hurleurs et deux mille cinq cents Massacreurs, peut-être même plus. Leurs ennemis étaient bien plus nombreux que ne l'avait annoncé l'Assassin de la première unité envoyée en éclaireur.

Derrière la ligne d'horizon, la masse noire des Sombs progressait lentement dans leur direction, surmontée de fumeroles noires, laissant craindre un sillage d'effroi et de mort après son passage. Uriel et Lodam avaient déjà affronté un nombre plus important de Sombs, mais c'était la première fois qu'ils devaient le faire alors que leurs défenses étaient encore fragilisées par la dernière attaque.

Les assauts se faisaient de plus en plus fréquents, et Uriel constatait que l'armée d'Alquilon avait du mal à se remettre de ces escarmouches. Il avait remarqué que les attaques les plus considérables se réalisaient désormais à une fréquence annuelle tandis qu'auparavant, les Sombs prenaient leur temps entre deux sièges.

Depuis maintenant cinq Rayons déjà, les attaques se faisaient de plus en plus rapprochées, et ils revenaient toujours plus nombreux, comme s'ils avaient trouvé un moyen de faire grossir leurs rangs plus rapidement. Entre deux attaques massives, Moenia était constamment harcelée de petites attaques menées par des unités d'une cinquantaine d'individus. C'était harassant.

Uriel prit place aux côtés d'une des unités de Tacticiens chargée de manier les canons. Il allait orchestrer la défense par le haut tandis que Beolmas serait envoyé en bas de la muraille pour coordonner l'ensemble des troupes au sol, constituées désormais de six mille cinq cents hommes. Lodam restait aux côtés du général des Veilleurs pour l'aider à coordonner les troupes sur la muraille et celles sur le terrain.

Chaque individu de l'armée obstrua ses orifices auditifs à l'aide de bouchons de cire. Pour atténuer les cris saturés d'ondes hypnotiques des Hurleurs et mieux résister à leur charge mentale, il fallait que le son ne puisse pas parvenir directement à leur cerveau. Ils n'avaient pour le moment rien trouvé de plus efficace que ce dispositif. Il était handicapant car pouvait parfois empêcher d'entendre les ordres.

Chacun retenait son souffle en attendant l'arrivée des ennemis. Uriel sentait la tension se propager dans son corps, et ses muscles se tendre sous l'angoisse engendrée par l'attente de la confrontation. Il était désormais rompu à l'exercice, mais il ne parvenait toujours pas à canaliser cette décharge d'adrénaline qui précédait une rencontre avec leurs ennemis jurés.

Autour de lui, les visages des guerriers étaient hermétiques et impénétrables, leurs mâchoires crispées. Une expression morne avait pris possession de leurs prunelles. Le moment semblait suspendu, comme si le temps s'était arrêté, et chaque seconde passée devenait une éternité sans fin pour les humains, qui guettaient le glas de leur prochaine sentence.

Bientôt, l'armée Sombs fut à moins de cinq cents mètres de la muraille, et Uriel pouvait déjà entendre se répandre au loin la clameur réjouie des voix des Massacreurs mêlées aux rugissements sourds et effrayants des Hurleurs.

Avec horreur, il constata que la légion noire amenait avec elle des beffrois recouverts de peaux humaines, des trébuchets, des catapultes et un bélier en acier monstrueux à tête de reptile, soutenu par des rouleaux. C'était la première fois que les Sombs s'armaient d'autant d'engins de siège. Face à ce triste constat,

Uriel se félicita d'avoir agrandi son parc d'attirail mécanique.

Il fit quelques signes de mains aux sentinelles qui, à l'aide d'un cerf-volant, transmettaient les informations et les ordres du général des Veilleurs à l'ensemble de l'armée. Le vent venait du sud et n'était pas très violent, mais ils allaient quand même devoir ajuster les tirs de leurs machines de guerre.

Au-devant de l'armée cauchemardesque, un homme d'allure noble, aux longs cheveux argentés tombant en une cascade lisse sur ses épaules, semblait diriger les fantassins. Il chevauchait un Hurleur trois fois plus imposant que ses congénères. Un véritable monstre comme Uriel n'en avait jamais vu. Paré d'une armure sombre plus noire encore que l'obscurité, le supposé commandant adverse avait fait orner ses épaules de pointes acérées qui lui donnaient un air maléfique et menaçant. Uriel ne l'avait pas repéré lors des précédentes batailles. *Qui est ce lieutenant Somb ?*

Le déclic se fit lorsqu'il repensa aux récits que lui avaient faits ses formateurs Veilleurs. Il reconnut alors Leto. Leto le parjure. Leto le transfuge. Leto l'infidèle.

Le sol se déroba sous ses pieds et son sang se glaça. Le tristement célèbre Seigneur de Guerre lui faisait face aujourd'hui, après une absence de plus de quarante ans des champs de bataille. Sa présence n'avait rien d'anodin. Que le traître aux hommes se déplace en personne pour les affronter n'annonçait rien de bon. Le combat s'annonçait difficile.

Uriel songea à envoyer un éclaireur en guise de messager pour échanger sur leurs desseins, mais il ne le savait que trop bien. Seule la destruction de la race humaine les motivait. Envoyer un émissaire ne serait qu'une perte vaine et le gaspillage d'une vie précieuse.

Il se tourna vers Lodam, et hocha négativement la tête en anticipant sa demande.

— Ne laissons pas de place aux préliminaires, les Sombs sont trop fourbes et en profiteraient pour prendre l'avantage. Pas de messager.

Le vieux guerrier estima qu'il avait raison. Leurs ennemis n'étaient pas venus négocier de l'argent, des esclaves ou de quelconques ressources. Ils étaient là pour tuer, s'abreuver de leur sang et de leur effroi. Leur seul plaisir était de se délecter de la terreur des humains et goûter à leur chair encore palpitante.

Ils avaient vu juste. Leto ne manifesta pas la moindre volonté d'échanger et ordonna l'attaque d'un mouvement de main, sans autre forme de procès. Uriel avait l'habitude des assauts soudains des Sombs. Ils ne perdaient jamais de temps en négociations quelconques.

Les Hurleurs et Massacreurs semblaient n'attendre que cet instant précis. Dès l'ordre d'attaque donné par Leto, une première phalange de ces monstres se mit à courir à folle allure en direction de la porte de la gigantesque muraille, en poussant des cris sauvages. Uriel donna une série de consignes aux vigies qui les retransmirent immédiatement à l'aide de leurs cerfs-volants.

Quelques secondes après, une pluie de plusieurs centaines de flèches siffla dans le ciel. L'air bourdonna, hanté par un millier d'essaims, avant de diminuer comme peau de chagrin pour finir dans un chuintement quelques centaines de mètres plus bas. Une trentaine de Sombs furent touchés. Certains restaient au sol, blessés mortellement, tandis que les autres continuaient leur charge effrénée sans se soucier des pointes de métal figées dans leur carne. Quel spectacle horrifique de contempler des créatures se vidant de leur sang, ignorer leur douleur pour attaquer leurs ennemis ! Leur ardeur à ôter la vie était plus forte que leur envie de conserver la leur.

Uriel fit un second signe de la main. Une autre volée de flèches stridula en pourfendant les airs et cloua au sol quelques Sombs supplémentaires. Ces créatures démoniaques étaient coriaces, et les archers n'allaient pouvoir en éliminer qu'une faible partie.

Uriel ordonna alors une troisième, une quatrième et enfin une cinquième salve de tirs. En parallèle, il adressa ses directives aux artilleurs.

Quand la dernière flèche se planta dans le sol noir des Sombre-Terres, les canonniers commencèrent à préparer leurs engins cracheurs de feu. Ils introduisirent la poudre explosive dans leurs machines ainsi que les projectiles, pour certains des boulets en pierre, pour d'autres des obus de poix, de soufre ou d'huile. Uriel attendit quelques instants puis dessina un symbole dans les airs avec ses doigts. Les vigies firent descendre leurs cerfs-volants et se saisirent de drapeaux colorés. Ils firent tournoyer un drapeau noir bigarré de formes orange, brodé d'un point cardinal « Sud-Est ».

Alors, les Tacticiens firent mugir leurs monstres qui se mirent à cracher du feu et de l'acier dans un vacarme infernal. Les boulets de métal s'écrasèrent contre des Sombs et vinrent briser leurs squelettes, faisant craquer leurs colonnes vertébrales et les os de leurs crânes. Une dizaine d'individus s'écroulèrent sous les projectiles fatals, baignant dans leur propre sang, sous les acclamations des Tacticiens.

Les boulettes de poix, quant à elles, déséquilibrèrent quelques Massacreurs, qui chutèrent violemment. La plupart se relevèrent indemnes, d'autres en boitant légèrement, mais cela ne les arrêta pas. Les Sombs suivants piétinèrent le galipot, et une vingtaine de ces monstres noirs se retrouvèrent recouverts de matière résineuse.

Uriel ordonna deux autres canonnades, qui trouèrent les rangs ennemis et finirent par imbiber de poix fondue mêlée au soufre et d'huile bouillante une bonne centaine de soldats Sombs.

Le cœur d'Uriel battait à tout rompre. L'usage nouveau de ces projectiles de poix mélangée à l'huile et au soufre était inédit pour eux, et il espérait que cette technique à distance allait pouvoir leur donner l'avantage dans cette bataille.

Il se tourna vers Lodam, qui observait la scène avec une concentration extrême, analysant le moindre détail dans l'espoir de détecter une faille dans les rangs ennemis. Le général aguerri abaissa son menton pour signaler la prochaine phase de défense à Uriel, qui attendait silencieusement son approbation.

À son signal, les archers plongèrent leurs flèches entourées d'étoupes dans les braseros, après les avoir préalablement enduites d'huile de pin hautement inflammable. Sitôt que les premiers traits s'abattirent sur les troupes ennemies, des langues de feu naquirent instantanément, embrasant le sol et dévorant le corps des horreurs qui les assaillaient.

Les Hurleurs tordaient leur carcasse dans des angles improbables, tentant vainement d'éteindre ce bouillonnement incandescent. Les Massacreurs qui se consumaient dans les flammes ardentes se mirent à courir dans tous les sens, n'arrivant pas à échapper à la tourmente et à la douleur du brasier qui collait à leur peau. Certains se déshabillaient, espérant probablement se débarrasser de la poix attachée à leurs armures pour se libérer de l'emprise de cette fournaise impitoyable.

Malgré les bouchons d'oreilles, Uriel pouvait entendre les braillements de souffrance des créatures percer jusque dans les cieux. Un sourire naquit sur le visage d'Uriel, qu'il ne sut réprimer. Pour la première fois, les Sombs semblaient faiblir face à eux, en difficulté face à leurs nouvelles armes de défense pyrotechniques à distance.

Après avoir vu autant de combattants mourir, de familles décimées, d'amis défigurés ou éventrés par ces monstres sortis de l'Inframonde, il ressentit une once de plaisir et la satisfaction de la vengeance naître en lui face à la souffrance de ses ennemis jurés.

Sur la première vague d'une centaine d'individus, seule une dizaine survécut à la morsure fatale du feu. Mais les archers Assassins les achevèrent à coup d'arbalète et de carreaux, pour leur plus grand bonheur.

Leto, toujours perché sur son gigantesque Somb, contemplait avec nonchalance les résidus de sa garnison se consumer. Il était vrai que c'était une première victoire écrasante pour les Humains, mais ils n'avaient abattu qu'une toute petite partie de son armée. Il ne semblait pas s'agiter outre mesure.

Uriel constata que Leto ne relançait pas tout de suite une seconde attaque. Il en profita alors pour faire réapprovisionner en munitions les engins de siège ainsi que les stocks de flèches et de carreaux. Les valets envoyés par le Duché de Volanture s'avérèrent très efficaces dans le ravitaillement, agissant avec rapidité, précision et rigueur. Uriel remerciait intérieurement encore l'initiative de Gareth de quérir plus de ressources. Cela leur avait probablement sauvé la vie.

En quelques minutes, les archers et les artilleurs étaient prêts à répéter la même manœuvre qu'ils avaient réalisée pour la première phase d'attaque. La tension était de nouveau palpable dans les rangs.

Le général des Veilleurs sentait bien que les Guerriers commençaient à piaffer d'impatience et de trac. Uriel les connaissait bien, et il savait qu'ils n'aimaient pas rester inactifs et se sentir passifs dans une bataille. Ils étaient des hommes d'action, toujours à la recherche d'un défi et prêts à en découdre. Il donna alors une légère tape dans le dos d'un des Guerriers postés en garnison proche de lui.

— Prions Nhymora pour que vous n'ayez pas à combattre. Ce serait la meilleure chose qui puisse nous arriver.

Le jeune homme approuva la remarque mais l'expression de son visage reflétait toujours l'inquiétude. Et alors que le soldat s'apprêtait à répondre à Uriel, les cerfs-volants se remirent à danser gracieusement dans le vent.

C'était un avertissement : Leto s'apprêtait à lâcher à nouveau ses démons sur eux. Uriel se demanda ce qu'il allait faire cette fois-ci, et si le Seigneur de Guerre allait adapter sa stratégie à leurs nouvelles défenses. Mais il n'en fut rien.

Avec étonnement, il vit une seconde vague d'assaillants de la même taille que la première se précipiter vers la muraille. Uriel et Lodam donnèrent donc exactement les mêmes ordres que pour l'assaut précédent. Ce fut donc sans surprise qu'ils réussirent à réduire en poussière de nouveau les Sombs qui avaient été envoyés.

Uriel fit part de son incompréhension à Lodam, en se grattant le menton, circonspect.

— Il les envoie au suicide.

Le vieux général semblait partager ses craintes.

— C'est étrange, en effet, répondit-il. Il s'attendait peut-être à ce que nous soyons à court de munitions après la première attaque ? Remercions les Duchés de nous avoir envoyé toutes ces ressources. Nous avons de quoi tenir pour brûler toutes les monstruosités que Leto pourra nous envoyer.

Uriel n'était pas aussi sûr de leurs forces que Lodam.

— Il prépare quelque chose, rétorqua-t-il. C'est la première fois que les Sombs nous attaquent de façon si ordonnée et méthodique. Il doit avoir quelque chose derrière la tête. Restons vigilants.

Le Tacticien restait dubitatif. C'était inaccoutumé. Son instinct et son expérience lui soufflaient que quelque chose n'allait pas. Il avait beau avoir combattu des dizaines de milliers de Sombs, il savait en son for intérieur que la venue de Leto représentait une profonde rupture dans la stratégie de leurs ennemis. Les cartes étaient redistribuées. Il ne fallait pas crier victoire trop tôt. Les opposants avaient avancé leurs pions maladroitement sur le terrain, mais ils détenaient peut-être une botte secrète qu'ils ignoraient encore.

Toute la journée, Leto envoya une à une ses troupes au suicide. Uriel et Lodam répétèrent encore et encore les mêmes manœuvres pour défendre la muraille.

L'air s'était transformé en un épais nuage de cendres diffusant l'odeur nauséabonde de chair brûlée. Des flammèches continuaient de lécher le sol argileux aux endroits où la poix et l'huile avaient été projetées. Des centaines de cadavres inarticulés, mutilés, et de viscères jonchaient le sol comme un tapis composé de matières organiques.

Leto n'avait même pas tenté de rapatrier et soigner ses blessés

– il les avait laissés là, baigner dans leur hémoglobine et mourir dans une lente agonie. Les bêtes étaient effrayantes, car elles paraissaient satisfaites de trépasser dans cette violence extrême, comme si le seul but de leur existence était de servir la mort elle-même.

Entre chaque garnison envoyée à l'attaque, Leto prenait le soin de patienter toujours quelques heures. Si bien qu'à la fin de la journée, quand le soleil commença à disparaître derrière la ligne d'horizon des Sombre-Terres, cinq de ses légions avaient été décimées. Cela ne semblait pas contrecarrer ses plans, car il continuait de donner ses ordres d'un air stoïque et impassible.

Le sentiment d'inconfort qui s'était emparé d'Uriel fut renforcé par l'attitude du Seigneur de Guerre. Il en était désormais certain, le guerrier aux cheveux d'argent tramait quelque chose. Il se tourna vers le général, anxieux.

— Lodam, il faut envoyer des éclaireurs pour voir ce que trame Leto, conseilla Uriel.

Lodam semblait partager les soupçons qui taraudaient Uriel.

— Tu as raison, mon vieil ami, répondit-il calmement. Leto nous facilite trop la tâche, il a un plan en tête. Nous devons rester alertes.

Il fixa le ciel qui s'assombrissait.

— D'autant plus que la nuit tombe. Nous allons perdre l'avantage, car contrairement aux Sombs, nous ne sommes pas nyctalopes.

Uriel avait du mal à comprendre comment le général en chef arrivait à rester serein et paisible dans de telles circonstances. Le Tacticien craignait que Lodam ne se rende pas bien compte de la gravité de la situation.

Tandis que le général restait en haut de la muraille dans l'attente d'une prochaine attaque, Uriel donna les ordres pour se préparer à la nuit naissante. Les sentinelles des tours de guet troquèrent leurs cerfs-volants contre des torches enflammées, prêtes à communiquer les instructions de leurs officiers.

Les braseros furent allumés partout, et la muraille s'illumina de centaines de petites lueurs vacillantes de haut en bas, sur des kilomètres, offrant un spectacle de clair-obscur aussi étrange que magnifique. Les casernes et différents camps de base également se mirent à briller dans l'obscurité balbutiante. On aurait pu croire qu'une nuée de lucioles lumineuses prenait possession des lieux.

Uriel rejoignit Beolmas qui attendait avec la plus grande partie du reste de l'armée, en bas de la muraille ; le reste des guerriers ayant été posté sur les autres kilomètres de la muraille dans l'hypothèse où les Sombs attaqueraient à un autre endroit.

Les chances étaient faibles, car en trente Rayons de lutte à cet endroit sensible, toutes les attaques avaient été menées sur la porte, qui permettait autrefois d'accéder à l'avant-poste d'Haryu, aujourd'hui occupé par les Sombs. Cette ouverture était le plus grand point faible de Moenia, et leurs ennemis le savaient bien. La muraille était tellement haute et épaisse qu'il était presque impossible de passer au-dessus ou au travers.

Aussi, Uriel vint prendre des nouvelles de Beolmas, dont le visage était fermé.

— Quel est votre rapport, commandant ?

Il débita son compte-rendu mécaniquement :

— Nous attendons vos ordres, mon général. Il n'y a aucune perte à déplorer de notre côté, et nous sommes prêts au combat.

Uriel posa sa main sur l'épaule de Beolmas.

— Très bien, répondit-il. Beolmas, s'il vous plaît, envoyez des éclaireurs autour du camp Sombs et aux alentours. Leto complote un sale coup.

Beolmas lui jeta un regard interrogateur, mais il savait qu'il n'obtiendrait pas de réponse. Il hésita quelques instants, ouvrit la bouche, puis se ravisa.

— À vos ordres.

Beolmas n'eut même pas le temps de mobiliser les Assassins pour la mission de reconnaissance qu'une rumeur sourde s'éleva soudainement au loin.

Uriel ôta ses bouchons d'oreilles pour mieux entendre de quoi il s'agissait, au risque de subir la charge mentale des Hurleurs de plein fouet en cas d'attaque imminente.

En direction du nord, des torches s'activaient et des éclats de voix paniqués résonnaient au loin.

— Je crains qu'il ne soit trop tard pour missionner les éclaireurs, remarqua Beolmas, la gorge nouée, horrifié. Ils sont déjà ici !

Les deux officiers s'empressèrent de récupérer deux chevaux

déjà sellés. Ils se rendirent au grand galop sur le lieu d'où provenaient ces effusions de panique.

En l'espace de quelques minutes, ils parvinrent à l'endroit et s'arrêtèrent à un petit avant-poste à quelques kilomètres de l'entrée de la porte, où une petite faction d'une vingtaine de soldats était en garnison.

Le groupe encerclait un Assassin au teint livide, visiblement terrifié, qui narrait un récit à grand renfort de mimes et de signes désordonnés. En même temps qu'il hurlait son histoire, il fit signe à ses auditeurs de ne surtout pas retirer leurs bouchons d'oreilles.

— Ils sont là ! Ils sont rentrés par le nord !

Immédiatement, Uriel craignit le pire. Il consulta Beolmas silencieusement, qui lui répondit par une secousse négative de la tête. Le Veilleur rapportant les faits était dans un état d'extrême tension et éprouvait des difficultés à ordonner ses idées.

— Ils ont détruit toutes nos munitions ! Nous avons réussi à en tuer deux, mais il y en a une vingtaine qui sont partis en direction du sud. Hamon est mort. Ils l'ont éviscéré… comme du bétail.

Il prit son visage entre ses mains et se mit à sangloter à genoux.

Uriel pensa au pire. Cet Assassin s'appelait Axiel, et était en faction au dépôt de munitions nord. Les Sombs avaient donc choisi de faire diversion, et pendant ce temps, attaquaient furtivement derrière leurs lignes. C'était bien la première fois qu'ils utilisaient une stratégie aussi réfléchie, et le général des Veilleurs s'en voulut d'avoir été si peu prévenant et de ne pas avoir renforcé les défenses au niveau des entrepôts.

Le bâtiment nord avait été créé en cas de problèmes sur les

deux autres hangars situés derrière la porte de la muraille et un peu plus au sud. Il espérait que les Sombs n'avaient pas déjà atteint les autres dépôts.

— Comment sont-ils entrés ? s'enquit Beolmas auprès du jeune Assassin.

Le soldat mima les coups que l'on donne avec une pelle.

— Ils ont creusé un tunnel sous la muraille, assez large pour les laisser passer un par un. Nous ne les avons pas vus faire, c'était plus au nord sur la muraille, là où commence la montagne. Le relief est plus escarpé, nous n'avons pas pensé qu'ils attaqueraient à cet endroit. C'est trop abrupt !

Beolmas hocha la tête, ayant obtenu les informations qui l'intéressaient. Il s'adressa à la garnison :

— Allez reboucher ce trou, Axiel vous montrera où il est situé, lança-t-il. Partez en patrouille le long de la muraille et prévenez un officier supérieur au moindre mouvement suspect.

Le commandant fit signe à ses hommes. Ils se mirent en selle et partirent surveiller la muraille sur ses dizaines de kilomètres de long. Beolmas et Uriel se retrouvèrent seuls.

— Nous devons protéger les munitions restantes coûte que coûte, s'inquiéta Beolmas. Sans elles, nous ne pourrons pas retenir les Sombs, c'est notre seule chance.

— La brèche doit être également rebouchée, ajouta Uriel. Même s'ils ne peuvent passer qu'un par un, des Sombs dans nos rangs vont semer une pagaille certaine.

Sur le chemin, ils ordonnèrent à deux autres escadrons en renfort de patrouiller le long de la muraille. Puis, ils se précipitèrent au camp de base.

Ils arrivaient trop tard. Une vingtaine de Sombs étaient en

train de saccager le second dépôt de munitions. Les hommes en garnison, surpris par l'attaque, n'avaient pas eu le temps de mettre leurs bouchons d'oreilles. Certains étaient au sol, en train de lutter contre la charge mentale des Hurleurs, hystériques.

Les soldats qui avaient eu la force de résister combattaient avec hardiesse. Mais sans leurs armes pyrotechniques, les humains avaient perdu leur avantage. Devant l'entrée du dépôt, une dizaine de Hurleurs attaquaient des soldats de l'armée régulière en faisant claquer leurs énormes mâchoires et leurs dents acérées, tandis que quatre Massacreurs faisaient jouer leurs haches dans de grands moulinets.

À l'intérieur du bâtiment, on pouvait également entendre d'autres Sombs saccager les munitions dans un vacarme assourdissant.

Déjà, une dizaine de cadavres de leurs hommes jonchaient le sol autour de leurs ennemis jurés. Il fallait intervenir. Uriel était bloqué, il ne pouvait pas utiliser ses armes de Tacticien, au risque de détruire le dépôt intégralement à cause d'une réaction en chaîne. Il ne voulait pas tout faire exploser. Ils n'avaient pas le choix, ils devaient se battre au corps-à-corps – le terrain de prédilection des Sombs.

Beolmas dégaina son épée et chargea en hurlant en direction d'un Massacreur en train d'assaillir un de ses hommes. En comparaison, face au monstre le supplantant, le commandant semblait ridicule. Il le dépassait d'au moins trois têtes. Cela n'entama ni sa détermination ni sa bravoure. Il planta sa lame profondément dans le flanc à la peau sombre et visqueuse de son adversaire. Du sang rouge foncé s'écoula de la blessure, et le Massacreur se retourna pour faire face à son assaillant, l'épée encore plantée dans son jarret. Un rictus sadique barrait le visage du monstre, du sang dégoulinait le long des commissures de ses lèvres. Il fixa d'un air mauvais son adversaire de ses yeux blancs sans pupilles.

Sans un signe de douleur, il retira l'arme d'un coup sec et la jeta derrière lui comme une vulgaire brindille. Un flot de sang jaillit de la plaie béante. Beolmas retira une dague de son fourreau, se retrouvant presque sans défense face au géant noir. Ce qui s'apparentait à un grand sourire se dessina alors sur la face du monstre. Il brandit sa hache et s'apprêta à lui asséner un coup fatal sur le crâne. Le colonel était à sa merci.

Mais Uriel s'interposa au dernier moment entre le Somb et Beolmas, et para le coup avec son épée. Le choc fut violent, et une douleur vive irradia instantanément dans son épaule. Uriel savait qu'il ne vaincrait pas le Massacreur par la force. Il fallait être plus rapide, d'autant plus que la bête était déjà blessée. Il fallait s'engouffrer dans la brèche.

Il fit un pas chassé sur le côté, se retrouva derrière le Somb et donna un coup rapide derrière le genou, tranchant les tendons. La créature poussa un cri de colère et de douleur. Sa jambe droite ploya. Sa défense venait de tomber.

Les autres soldats profitèrent de la faille, et l'un d'entre eux lui trancha la tête qui roula au sol, tandis que les autres le lardèrent de leurs épées avec rage.

Uriel saisit Beolmas par le bras et l'incita à entrer dans l'entrepôt. À l'intérieur, cinq Massacreurs s'affairaient et réunissaient les munitions au centre de la pièce : obus, poudre, poix, projectiles. Ils avaient amoncelé les fournitures en un énorme tas et versaient un liquide huileux sur l'entassement. Les Sombs détectèrent la présence des deux officiers et tournèrent leurs têtes en direction des deux intrus. Ils avaient presque fini leur ouvrage. Quand Uriel vit l'un d'entre eux frotter deux pierres à silex l'une contre l'autre, il tira Beolmas en arrière.

— Cours ! Cours ! hurla-t-il.

Ils eurent à peine le temps de faire quelques mètres et de prévenir les troupes alentour que la violence du souffle de la déflagration les projeta au sol, balayant les Sombs en pleine lutte contre les soldats n'ayant pas eu le temps de s'enfuir.

Le choc fut brutal. Uriel avait l'ouïe brouillée, et n'entendait plus qu'un sifflement, avec, en arrière-plan lointain, les cris de douleur des hommes blessés par l'explosion. La vue trouble, il tenta de faire un constat rapide des dégâts et des pertes.

Beolmas gisait inconscient à ses côtés, et une dizaine de blessés gémissaient autour d'eux. Les Sombs avaient presque tous été tués sur le coup. Seuls un ou deux Hurleurs gesticulaient encore faiblement au sol, probablement à l'agonie. Le dépôt avait été entièrement rasé ; il ne restait qu'un tas de ruines et de pierres noires encore fumantes.

Ils venaient de perdre leur second entrepôt d'armes. Les Sombs avaient donc monté une mission suicide pour détruire leurs munitions.

Uriel se leva péniblement, le dos douloureux, partiellement brûlé par la chaleur des flammes. Par réflexe, il posa la main sur la garde de son épée, mais la menace avait été contenue par d'autres phalanges venues en renfort, rapatriées pour achever les Sombs au sol.

Le général des Veilleurs n'avait désormais plus qu'un objectif en tête : défendre le dernier dépôt. Il prit le pouls de Beolmas avant de quitter les lieux, s'assurant qu'il était toujours en vie, et ordonna à des Guérisseurs de le prendre en charge et de le transporter à l'infirmerie nord.

Il réquisitionna ensuite un cheval et une garnison. Ils se dirigèrent en hâte, en direction du dernier dépôt. Le militaire craignait d'arriver trop tard. Si les dernières munitions étaient détruites, ils n'auraient aucune chance de réchapper à cette attaque. Moenia tomberait. Le royaume d'Alquilon entier tomberait. Les Hommes disparaîtraient du continent.

✦

Un immense soulagement s'empara d'Uriel quand il arriva sur les lieux. Par chance, les Sombs n'avaient pas encore eu le temps d'atteindre le secteur. Ou bien peut-être ignoraient-ils simplement l'existence de ce dernier entrepôt ? En comparant le récit de la vigie et la quantité de Sombs éliminés au second dépôt, le vieux guerrier estima à une vingtaine le nombre d'ennemis encore en liberté de ce côté de la muraille.

Les hommes en faction à l'entrepôt d'armes accueillirent Uriel avec une tension tangible. Un Assassin, qui servait également de messager en temps de guerre, était venu à toute vitesse prévenir les soldats d'une attaque imminente. Il était suivi d'une garnison venue aider.

En quelques minutes et à la demande d'Uriel, ils installèrent une barricade constituée de piques en bois tout autour du bâtiment de pierre, à la lumière de leurs torches. Ils multiplièrent les braseros pour améliorer la visibilité environnante, car les Sombs utilisaient l'obscurité à leur avantage.

Uriel échangea quelques mots d'encouragement avec le lieutenant expérimenté, qui triturait nerveusement la garde de son épée. Ils ordonnèrent aux soldats de mettre leurs bouchons d'oreilles et de masquer leurs visages. Un Guérisseur vint se proposer spontanément pour soigner les blessures d'Uriel. Son dos brûlait atrocement, et il n'entendait pas très bien. Une douleur intense pulsait dans son crâne.

Le soigneur lui appliqua rapidement un onguent anti-brûlures et lui massa avec douceur les points vitaux du dos. La fraîcheur du gel soulagea temporairement Uriel, qui restait cependant concentré sur l'affrontement à venir.

Nerveux, il fit signe au Guérisseur d'aller se protéger. Son dos pouvait bien attendre. Il fallait endiguer cette infiltration ennemie coûte que coûte, car ils risquaient de désorganiser les défenses au sein des fortifications arrière.

Ils n'eurent pas à attendre longtemps l'arrivée des Sombs. Déjà, des bruits de pattes griffues se faisaient entendre, laissant penser que des Hurleurs se déplaçaient tout autour de la petite barricade érigée à la va-vite. Malgré son ouïe endommagée et les protections auditives, Uriel percevait les mouvements autour de lui. Leurs effroyables ennemis se déplaçaient à une allure folle. Le général devinait qu'ils étaient en train de les encercler, telle une meute de charognards se rassemblant autour d'une proie agonisante. L'atmosphère se faisait de plus en plus oppressante. Le bruit des pattes ennemies résonnait. Ils grouillaient comme des cafards. La peur et l'adrénaline commençaient à monter dans les rangs des défenseurs humains.

— Tenez-vous prêts ! cria Uriel pour donner du courage à ses troupes. Nous allons mettre fin à la vie de ces immondices !

Un Somb surgit soudainement des ténèbres en poussant un cri suraigu, qui pénétra les âmes malgré les protections auditives. Uriel rassembla ses esprits pour lutter contre la vague qu'il sentit passer à travers son corps : peur, panique, angoisse, terreur, horreur.

Il se concentra sur sa femme et sa fille qui l'attendaient à Centurya. Son petit-fils au visage d'ange et aux cheveux si blonds. Il ne céda pas à la pression mentale du Somb, se raccrochant à cette image d'amour.

Autour de lui, les autres guerriers aussi mettaient en pratique leur formation et semblaient en proie à une lutte intérieure pour combattre la charge mentale du Somb. Un Guérisseur sonna un coup rapide de Loxo pour les aider à se stabiliser.

Quelques secondes après, ils avaient tous recouvré leurs esprits et se tenaient prêts à l'attaque. Alors, une dizaine d'autres Hurleurs surgirent des ténèbres, encerclant le petit groupe. Leur silhouette décharnée dansait sur le sol au rythme des flammes.

— Une attaque groupée ! prévint Uriel en hurlant. Entamez le chant de guerre !

Le Guérisseur du groupe fit retentir à nouveau son cor de guerre taillé dans le crâne d'un Somb, et commença à souffler à un rythme régulier. L'instrument émettait un son très grave, similaire à un grondement de tonnerre. Après trois modulations, les guerriers entonnèrent de toute leur voix un chant guerrier et violent au rythme du Loxo, tout en tapant simultanément sur leurs boucliers.

Les Sombs hurlèrent de concert en direction de leurs proies. Malgré l'intense charge reçue, les humains réussirent à tenir la violence du choc grâce à leurs acclamations guerrières qui les aidaient à se concentrer et atténuaient les cris des Sombs. Uriel attendit la fin de l'assaut acoustique avant d'ordonner la contre-attaque.

La lutte fit rage durant plusieurs minutes. Uriel avait pris pour cible le premier Somb qui les avait attaqués. Celui-là dirigeait le groupe. C'était le chef. Il avait réussi à lui sectionner deux pattes, mais il continuait à l'attaquer férocement malgré son déséquilibre handicapant. Le général parait les coups de mâchoires à l'aide de son bouclier. Il pouvait sentir l'haleine fétide de la bête à quelques centimètres de lui.

Quand il s'aperçut qu'il n'arriverait pas à atteindre son ennemi de cette façon, le Somb fit un bond en arrière. Il se tassa sur lui-même, dressant sa queue en arc de cercle dans le dos. Il secoua son appendice et ouvrit son triple dard en direction du général.

Uriel réussit à éviter le jet d'acide que le Hurleur venait de projeter du bout de sa queue. Le liquide poisseux finit sa course au sol, faisant crépiter l'herbe sèche autour de l'impact. Le vieux guerrier attacha en hâte son masque filtrant de fortune, simple torchon découpé et humide, pour ne pas inhaler les vapeurs toxiques contenues dans la substance caustique.

Le Somb renouvela plusieurs attaques similaires en direction d'Uriel. Celui-ci, rompu à l'exercice, les évita aisément, calculant le délai entre la préparation du tir et le jet réel.

Au bout de cinq attaques, le Somb resta quelques instants en position défensive sans bouger. C'était le moment d'attaquer : ses poches à venin étaient vides, et il était en position de faiblesse.

Ni une ni deux, le combattant aguerri sauta sur l'effroyable bête et lui trancha la tête d'un coup net. Le corps vacilla quelques instants sur ses quatre dernières pattes, avant de s'effondrer dans l'herbe imbibée de sang pourpre.

Immédiatement, Uriel prêta main-forte à ses hommes qui

défendaient ardemment le dernier dépôt de munitions. Cinq Hurleurs étaient déjà au sol, morts. Mais certains hommes étaient également tombés. Un Guerrier suffoquait au sol, les mains sur le visage, défiguré par l'acide. Un Guérisseur tentait tant bien que mal de panser ses plaies et de soulager sa douleur. Hélas, sans succès. L'homme était déjà en train de mourir.

Quand il ne resta plus que trois Hurleurs vivants, les hommes les encerclèrent pour leur asséner le coup final. De la bave verdâtre et fumante, restes de leurs attaques acides, dégoulinait le long de leurs horribles mâchoires rondes et des fentes qui leur servaient de museau. À mesure que le cercle des Guerriers se réduisait pour les prendre en tenaille, les bêtes donnaient de violents coups de crocs pour se frayer un chemin à travers les corps fragiles des humains. Mais ils ne ployèrent pas, et il ne restait que quelques mètres avant que la phalange défensive ne puisse infliger le coup fatal à ces créatures démoniaques.

Dans un ultime réflexe mortel, un des Sombs se recroquevilla sur lui-même, en boule.

— Nuage toxique ! avertit Uriel.

Dans un même élan, les humains resserrèrent le foulard humide autour de leurs orifices buccaux et nasaux. De minuscules petits trous s'ouvrirent sur le corps entier du Somb ratatiné sur lui-même, qui laissèrent échapper un nuage olivâtre et blême sur les quelques mètres alentour. Uriel sentit l'odeur pestilentielle à travers son foulard, mais celui-ci était heureusement bien fixé et humidifié.

Le lieutenant à ses côtés n'eut pas cette chance, et il s'effondra au sol, toussant et crachant du sang. Le Guérisseur qui soignait le Guerrier brûlé auparavant accourut et tira le jeune sous-lieutenant par les pieds, en dehors du nuage toxique. Il lui appliqua un linge humide sur le visage.

— Tiens bon ! Tu vas t'en sortir !

Le pauvre homme crachait ses entrailles, les flammes des braseros projetaient des ombres inquiétantes sur son visage tordu par la peur de mourir. Il n'avait aucune chance de survivre aux toxines volatiles du Hurleur et le cœur d'Uriel se déchira. Lodrik avait toujours été un vaillant guerrier qui avait souvent combattu à ses côtés ; leurs filles respectives étaient meilleures amies. Un sentiment teinté de rage et de tristesse envahit Uriel.

— Crève, saloperie ! hurla-t-il.

Il coupa la tête du Somb. Fou de rage, il planta encore et encore sa lame dans le corps inanimé de la bête, dont la chair se liquéfiait sous les violentes attaques répétées. Il ignorait la douleur foudroyante de la brûlure qui lui lacérait le dos. Il s'acharna sur la carcasse avec une haine extrême, transcendé par l'aversion qu'il vouait à ses bêtes de cauchemar, qui lui avaient enlevé tant d'êtres aimés. Des larmes se formèrent au creux des ridules de ses yeux à la pensée de ces personnes chères disparues, tombées aux griffes de ces monstres.

Les guerriers survivants observaient la scène sans mot dire. Uriel était possédé par une folie meurtrière. Il hurlait après la bête comme un forcené.

Quand il cessa de larder la chair noire, les Sombs restants étaient tous déjà morts. Uriel battit en retraite dans un profond silence, recouvert de sang, les bras tremblants et le regard dans le vide. Il se tourna vers un des Assassins.

— Thyss, va mander du renfort pour protéger ce dépôt. Il ne doit pas tomber.

L'homme acquiesça et disparut immédiatement à cheval dans les ténèbres de la nuit. Uriel plongea son œil bleu dans le regard du lieutenant de la phalange qui avait réussi à tenir la défense du bâtiment.

— Lieutenant Kulle, protégez ce dépôt, quoi qu'il vous en coûte.

Uriel donna une accolade à chacun des hommes auprès desquels il venait de combattre, avant de prendre un cheval et de repartir en direction de la grande muraille Moenia.

Il rejoignit Lodam pour lui faire son rapport. Ils avaient perdu les deux tiers de leurs munitions à cause de l'incursion menée par les Hurleurs à travers la brèche creusée, plus au nord. Il lui expliqua également que Beolmas était blessé et incapable de se battre. La situation était critique, il fallait changer de stratégie à tout prix.

Lodam caressait sa barbe argentée nouée en une natte guerrière, pensif. Il jaugeait de la stratégie à adopter.

— Il va falloir envoyer les troupes au sol en défense. Je crains que nous n'ayons pas assez de munitions pour maintenir les armées Sombs à distance.

— Tu as raison, répondit sombrement Uriel, imaginant déjà le pire.

Ils savaient tous deux ce que cela signifiait. Le combat en direct face aux Sombs laissait présager des milliers de morts. Cela faisait des dizaines de Rayons qu'ils n'avaient pas affronté les Sombs dans un combat au corps-à-corps. Jusque-là, ils avaient réussi à les maintenir à distance grâce à leur artillerie lourde, aux archers et aux pièges des Tacticiens.

— Je mènerai les troupes au sol, déclara Uriel.

Lodam désapprouva.

— Non, nous avons besoin de toi pour coordonner la stratégie, la logistique et les différentes garnisons, rétorqua-t-il. Personne ne connaît mieux le terrain que toi.

Uriel s'emporta devant la décision injuste de Lodam.

— Je ne peux pas rester en haut de ma muraille et regarder mes hommes mourir ! Je dois être à leurs côtés !

Le général observa un temps de silence, pendant lequel il jaugea son interlocuteur, puis il déclara, fermé :

— Tu es l'officier qui a le plus d'expérience face aux Sombs. Ton expérience du combat est précieuse. Nous ne pouvons pas nous permettre de te perdre. Tu sauveras plus de vies en restant en un seul morceau. Nous enverrons un autre officier.

Uriel lança un regard empreint de morgue à Lodam.

— Tu admets donc qu'envoyer des troupes au sol est du suicide, murmura-t-il, la mort dans l'âme.

Lodam tenta de justifier sa décision.

— Nous n'avons pas d'autre choix possible, répondit le vieil homme sur un ton sévère en posant sa main sur l'épaule du guerrier. Chaque homme ici est prêt à risquer sa vie pour protéger sa famille, ses amis, sa ville. Notre mission est de protéger Moenia, et nous n'y arriverons pas sans un support au sol.

Uriel sentit sa gorge se nouer. Il était las de cette bataille sans fin. Sa vie entière avait été dédiée à la lutte contre ces atrocités, il avait vu tant de personnes mourir sous ses yeux, tant de souffrances, de mutilés, de familles déchirées.

Un immense sentiment d'abattement s'empara soudainement de lui. Cette guerre ne finirait donc jamais ; les Sombs étaient trop forts et persistants, et se multipliaient à folle allure. Ce n'était qu'une question de temps avant qu'ils ne passent la frontière et déciment le royaume entier. Il éprouvait cette douloureuse impression que le combat de sa vie était vain. Mais il devait continuer de se battre. Pour sa fille Cherry, sa femme Alisse et son petit-fils. Pour les préserver de l'horreur et de la mort.

Il appela à son esprit les images du temps passé où les Sombs représentaient une menace maîtrisée. Il se revoyait avec sa femme au regard si doux marcher dans la campagne, amoureux et heureux, accompagnés de leur toute petite fille aux tresses rouges, chassant innocemment les papillons à l'aide d'un filet de pêcheur.

Ce souvenir vague et heureux lui redonna un peu de force. Il se ressaisit, honteux du doute qui venait de l'assaillir et de son insubordination.

— Nous ferons tout pour protéger la grande muraille, répondit Uriel sur un ton solennel à son général.

Lorsque Uriel redescendit de la muraille pour délivrer ses ordres, il fut surpris de retrouver Beolmas, le visage ensanglanté mais résolu, au milieu des troupes en garnison derrière la porte de défense.

Malgré le choc, il s'était réveillé et tenait encore debout. Quand le général croisa son regard brun, il y lut une détermination sans faille. Il savait que le commandant n'était pas en état de combattre. Cependant, il connaissait le gaillard : il n'en démordrait pas.

Beolmas semblait avoir lu dans les pensées d'Uriel et Lodam. Il préparait déjà les troupes pour la défense au sol. Il inspectait les rangs et encourageait ses hommes – leurs visages étaient marqués par l'angoisse. Uriel partit à sa rencontre.

— Beolmas ! l'appela-t-il, la gorge serrée.

Beolmas se mit au garde-à-vous. Son bras semblait le faire souffrir car une mimique de douleur parcourut son visage lorsqu'il leva la main.

— Mon général, lui répondit-il, les yeux brillants.

Uriel remarqua qu'il avait noué ses cheveux bruns bouclés en une queue de cheval, signe qu'il était prêt à se rendre sur le champ de bataille.

— Il ne reste que six vagues d'attaque avant que nous ne soyons à court de munitions, décréta-t-il, la mine assombrie.

Beolmas semblait avoir déjà récupéré les informations.

— Oui, acquiesça-t-il. J'ai fait le point avec les Assassins éclaireurs. Cinq troupes de cavalerie sont en patrouille le long de la muraille pour éviter toute brèche. Un escadron de Tacticiens a été déployé pour amener les dernières munitions auprès des machines de guerre et des archers. En attendant, un bataillon entier a été détaché pour défendre le dépôt sud, il est désormais en sécurité le temps de l'opération de distribution. Nous avons essayé de récupérer ce qui pouvait l'être dans les deux autres dépôts, mais tout a été détruit. Notre stock est limité. Nous n'avons pas d'autre choix que de partir au front.

Uriel resta silencieux, l'émotion faisant trembler ses lèvres. Il savait que Beolmas mourrait dans cette bataille. Il ne pouvait pas être fauché ainsi par la vie, c'était injuste. Uriel aurait dû être à sa place.

Le général ne pouvait qu'admirer son courage et son dévouement. Il était temps pour lui de dire au revoir à celui qu'il considérait comme son propre fils après quinze Rayons d'amitié et d'amour fraternel.

27
FACE-À-FACE AVEC LA MORT

Beolmas avait le cœur serré. Aujourd'hui donc, il affronterait la mort. Il était certain de ne pas réchapper de cette bataille. Jamais encore Leto n'était revenu les affronter en personne. Sa présence singulière laissait présager un dénouement funeste à leur rencontre. Au moins, il mourrait aux côtés de sa bien-aimée Lana, auprès de qui il combattait depuis des années. Cette idée lui fit monter les larmes aux yeux. Pourquoi devait-il voir mourir au front toutes les personnes qui lui étaient chères ?

Avec elle disparaîtraient ses espoirs de fonder une famille. Il avait pourtant insisté pour qu'elle reste derrière la muraille, au camp de base. Joindre le champ de bataille en ce funeste jour revenait à signer son propre arrêt de mort. Mais sa femme, encore plus obstinée que lui, avait tenu à combattre sur le terrain pour honorer son serment de protéger le royaume. Elle était plus que dévouée à sa cause et était prête à lui sacrifier sa vie.

Beolmas eut un sourire triste en pensant à l'opiniâtreté de sa femme. Lana n'avait pas changé, même après toutes ces années. Elle était restée la même jeune femme forte et fière qu'il avait rencontrée ici, à Sperotan.

Les souvenirs de leur première rencontre ressurgirent en ce moment fatidique. Dès son intégration au sein de l'armée régulière, elle s'était avérée être une combattante et une cavalière hors pair. Il se souvint de ses années entières de rivalité qui l'opposait à elle dans la course aux grades. Elle était si brillante et émérite. C'est tout naturellement qu'elle avait réussi à grimper les échelons pour devenir lieutenante et conduire avec passion ses régiments de cavaliers. D'abord, il avait été jaloux de son succès, enviant son ascension rapide et la loyauté que lui vouaient ses hommes. Mais très vite, il ne put que s'incliner devant cette héroïne. Grâce à sa droiture, son altruisme et ses talents au combat, elle inspirait naturellement le dévouement de tous ceux qui croisaient sa route.

Finalement, Beolmas avait bien dû se rendre à l'évidence, il ne pouvait pas lutter contre ce qu'il ressentait pour elle. Il n'avait pu aller contre les sentiments qui l'animaient et s'était laissé porter par cet amour si longtemps retenu.

Au beau milieu d'un assaut mené par les Sombs, entre deux coups d'épée, il lui avait demandé sa main. Et elle avait accepté, évidemment, dans un grand sourire, en crevant le cœur d'un Hurleur.

Beolmas fut arraché à cet heureux souvenir par Lana qui l'appelait doucement par son nom. Il fut ramené à la réalité du champ de bataille.

— Mon amour, je t'aime.

Son regard était empli de tendresse et d'amour. Un sourire d'adieu nostalgique au bord des lèvres, l'épée à la main, elle restait fière même dans l'intimité.

Le commandant avait le cœur brisé. C'était probablement la dernière fois qu'il voyait son si beau visage, son regard si déterminé, ses lèvres roses.

Son cheval blanc piaffait d'impatience, aussi fougueux et sauvage qu'elle. Le temps était venu.

— Je t'aime aussi, Lana. De tout mon être. Que Nhymora veille sur toi.

— Que Nhymora veille sur toi et guide ton épée.

Elle descendit de son cheval. Beolmas embrassa sa femme une dernière fois. Il se serra fort contre elle et respira le parfum de ses cheveux.

Puis, elle remonta sur son canasson et se dirigea vers ses troupes de cavaliers. Le cœur de Beolmas se brisa lorsqu'il vit disparaître la croupe de la monture de son aimée à l'horizon.

Les artilleurs et les archers avaient repoussé toute la nuit des vagues de Sombs qui s'étaient jetés dans leurs flammes meurtrières. Devant Beolmas et son armée, se dressait désormais un cimetière de sang et de cendres, jonché de cadavres de ces abominations.

Les premiers rayons du soleil faisaient leur apparition à l'horizon, loin, très loin, derrière les lignes de guerriers Sombs qui attendaient nerveusement les ordres de leur maître. Ils mouraient d'envie d'attaquer. L'odeur de la mort les excitait. Parfois, leur brutalité était tellement sauvage que Beolmas ne comprenait pas ce qui animait réellement ces créatures.

Le moment fatidique approchait : les humains avaient épuisé presque toutes leurs munitions. Ils avaient gardé juste ce qu'il fallait pour détruire les engins de siège ennemis lorsqu'ils seraient à portée. Laisser les balistes, scorpions et tours approcher trop près de la muraille, et c'en était fini de Moenia. Cette erreur leur serait fatale.

Beolmas faisait l'inventaire rapide des forces présentes. Il restait à Leto encore un tiers de son armée et de ses machines de guerre. Il fallait absolument l'arrêter. Mais à quel prix ? Ils n'étaient pas assez pour remporter la bataille.

Le cœur lourd mais fier, le commandant conduirait ses troupes au combat, car ils étaient désormais le dernier rempart de l'humanité face aux créatures des ténèbres. L'officier tourna la tête en direction de la muraille. Il imaginait Uriel, guettant du haut de Moenia, prêt à donner le signal d'alarme.

L'armée des hommes attendait devant la porte, dessinant des lignes droites parfaitement ordonnées. Beolmas avait positionné ses piquiers en ligne de front. Ces derniers se tenaient prêts à encaisser la charge des Sombs de façon à les embrocher sur leurs longues lances saillantes. Par ailleurs, les créatures seraient forcées d'éviter les nombreux fossés creusés par les Tacticiens durant ces dernières années et seraient obligées de mener leur offensive directement sur les zones les plus renforcées par Beolmas. La stratégie des militaires était de les amener à utiliser des trajets prédéterminés.

Derrière les pertuisaniers se tenaient les équipes de Veilleurs, les spécialistes de la lutte contre les Sombs. Les escouades attendaient calmement, rompues à l'exercice, disposées dans leur fameuse formation losange traditionnelle. Le Guerrier devant, en position défensive, bouclier relevé. À ses côtés, l'Assassin et le Tacticien en renfort, dont le but était d'affaiblir les assaillants et de protéger ses flancs. Le Guérisseur, derrière, était placé en soutien pour aider et guider ses équipiers, prêt à parer les hurlements mentaux des Sombs et soigner les éventuels blessés.

Derrière la ligne de Veilleurs, les fantassins de l'armée régulière attendaient au garde-à-vous. Le commandant avait fait poster les deux compagnies de cavaliers sur les côtés, afin de crever les rangs ennemis une fois que ceux-ci auraient lancé leur charge. Beolmas avait confiance en leurs défenses, mais il savait qu'aujourd'hui, beaucoup de familles pleureraient un parent tombé au combat. Leur nombre ne suffirait pas pour sortir vainqueurs. Ils stopperaient l'attaque, mais ne survivraient pas.

Mais pour le moment, tout était si calme. Trop calme. La nature retenait son souffle. La brise caressait doucement son visage. Beolmas respira une dernière fois l'air encore chargé de soufre en observant le soleil naissant à l'horizon. *C'est une belle journée pour mourir.*

L'instant inévitable se profilait dans la ligne du temps. Le cerf-volant rouge se dressa dans le ciel, virevoltant comme un papillon affolé. Le signal venait d'être lancé.

Beolmas, positionné en cavalerie sur le flanc gauche, leva le poing et fit signe à ses officiers. Les Assassins relayèrent le message dans les rangs des Veilleurs.

Au signal de leur commandant, tous les fantassins commencèrent à taper en chœur sur leurs boucliers et entonnèrent leur cri de guerre comme une prière belliqueuse. La clameur unie des soldats se répandit dans toute la plaine, vibrant dans le cœur de chacun et enflammant le courage de tous. Durant quelques instants, le champ de bataille résonna au rythme des voix des guerriers qui ne formaient plus qu'un et criaient leur dévouement sans faille à la protection de leur royaume. À la fois gonflé par la fierté et brisé par la peine, le cœur de Beolmas battait en cadence avec le grondement exalté de ses hommes et des Veilleurs. Les larmes lui montèrent aux yeux tant l'émotion était forte. C'était un adieu, mais un adieu teinté de courage et d'honneur.

Si vigoureux fussent-ils, les hurlements des soldats humains ne semblaient pas intimider les Sombs qui patientaient toujours, à l'affût des directives de leur maître. Avides de violence et de sang, certains montraient des signes d'impatience, grattant le sol, claquant des mâchoires, provoquant parfois leurs voisins.

Le Seigneur de Guerre ne se fit pas prier bien longtemps. En un hochement de menton, il ordonna l'ultime assaut. Le reste de son armée se déversa dans la vallée avec fureur, dans une course effrénée. Ils n'attendaient plus que cela.

Les Hurleurs furent les premiers à arriver sur la ligne de front. La bave coulait le long de leurs grandes mâchoires rondes, salivant d'avance du festin de mort et de souffrance dont ils allaient se repaître. Beaucoup d'entre eux s'empalèrent de façon aberrante sur les piques des fantassins. D'autres n'évitèrent même pas les fossés, tombèrent dedans et finirent embrochés sur des rondins de bois taillés, solidement ancrés au fond du trou. Ils ne redoutaient ni la mort ni la souffrance.

Quand il ne resta plus aucune lance pour empaler les atrocités, les Hurleurs s'infiltrèrent dans les rangs humains. Ils commencèrent à désorganiser les lignes intérieures, tandis que les Massacreurs tentaient de démolir à grands coups de fléaux la ligne de front soutenue par les Veilleurs.

Beolmas attendit que l'armée des Sombs ait complètement fini sa charge, puis ordonna une percée. À son signal, les cavaliers positionnés sur les flancs perforèrent les lignes ennemies à grands coups d'épée, emportés par leur élan meurtrier.

Sachant sa fin proche, le valeureux commandant jeta un dernier regard plein d'amour et de tristesse à sa femme, avant d'abaisser la visière de son casque. Il chargea en hurlant, l'épée pointée en direction de l'armée apocalyptique. *Adieu mon Amour, mon Soleil, ma Nuit. Ce fut un honneur de combattre à tes côtés. Ce fut un bonheur de me reposer dans tes bras le temps de cette misérable existence.*

Sur le champ de bataille, les cris des Hurleurs résonnaient partout autour de lui, se mêlant aux pleurs de souffrance des guerriers agonisants. Les Guérisseurs tentaient tant bien que mal de contrer les rugissements des Hurleurs. Malheureusement, ils avaient beau souffler dans leurs cors de guerre tout en combattant, ils essuyaient tout de même de violentes décharges mentales. Les Hurleurs survenaient de toutes parts.

Beolmas trancha plusieurs têtes de Massacreurs en chargeant à cheval, mais n'arrivait pas à atteindre les Hurleurs. Ces derniers n'étaient pas à portée de sa lame. Une créature tenta de mordre les jarrets de sa monture et il entendit ses mâchoires se refermer violemment dans le vide dans un claquement sec. Il risquait d'être blessé s'il chutait de son cheval.

Alors, il s'arrêta, mit le pied à terre et renvoya l'animal vers la muraille, puis tira la seconde lame de son fourreau. *Viens là, immonde chien de l'Inframonde.*

Pendant des heures, les escouades de Veilleurs luttèrent avec une telle vaillance que les Sombs peinèrent à atteindre les rangs des soldats de l'armée régulière. On pouvait voir courir çà et là des Hurleurs cavalant sur trois ou cinq pattes, se nourrissant goulûment de la douleur de leurs proies. Les Massacreurs semblaient prendre un malin plaisir à se focaliser sur les Guerriers et les provoquer en duel, mais ces derniers étaient bien protégés par leurs escouades respectives.

Au beau milieu du combat, Beolmas se retrouva soudainement au sol, le souffle coupé. Surpris par un fléau ennemi, le choc sur sa cage thoracique avait été terrible. Il tentait péniblement de se relever. Son armure était cabossée et l'empêchait de respirer correctement. Il crachait du sang régulièrement, mais continuait de se battre avec courage.

Affaibli, subitement en danger immédiat de mort, son instinct de survie prit automatiquement le relais sur le contrôle de son corps. Ses pensées s'arrêtèrent tout à coup pour ne laisser place qu'à la mécanique des mouvements. Plus rien désormais n'existait autour de lui que ses ennemis. Il mobilisait toutes ses forces et sa concentration dans son combat, dans un état de transe animale. Un Hurleur sur la droite. *Esquive. Patte tranchée. Achever, couper la tête. Éviter le fléau. Roulade. Couper les tendons. Briser les os.*

Il ne voyait plus ses amis mourir autour de lui, il ne voyait pas non plus les Sombs gagner du terrain. Il ne voyait pas le bélier avancer dangereusement vers la porte de la muraille. Il n'était plus que l'esclave de ses lames, le bras armé dont l'unique but était de trancher les chairs ennemies des Sombs. *Feinte. Tête tranchée. Éviscérer. Écraser colonne vertébrale. Esquiver dents.*

C'est seulement lorsqu'il entendit le hurlement de sa femme qu'il sortit de son apathie. Cet éclat de voix lui transperça le cœur. Ce fut comme un carreau reçu en pleine poitrine. Ce moment était-il réellement en train d'arriver ?

Il retira son épée, encore figée dans le cœur d'un Somb, avant de se précipiter vers Lana, effondrée au sol à quelques mètres de lui. Elle avait été transpercée par l'épée d'un Massacreur. Du sang coulait hors de sa bouche et ruisselait le long de son torse. Elle vomissait de l'hémoglobine. Son regard n'était plus que douleur. Elle était déjà en train de partir.

— Lana !

Il prit délicatement sa tête entre ses mains. Il voulait lui dire que tout allait bien se passer.

Hélas, elle ouvrit la bouche dans un dernier souffle, sans réussir à prononcer un dernier mot. Elle tendit mollement son bras vers lui, puis s'éteignit dans ses bras.

Il lui ferma les yeux. C'était fini ? Est-ce que c'était bien fini ? Si vite ? Lana venait-elle de mourir ? C'était impossible.

— Tu ne peux pas mourir.

Toute sa vie venait de s'effondrer soudainement devant lui. Lana venait de succomber. Il ne voulait pas y croire. *Elle ne pouvait pas mourir.* L'amour qu'il lui portait était bien trop intense pour qu'elle puisse être atteinte par une simple lame ennemie. Elle *devait* être protégée par la passion, par l'amour, par l'admiration qu'elle suscitait autour d'elle. Comment une personne si lumineuse pouvait disparaître de façon si fugace ?

Beolmas n'arrivait pas à assimiler la réalité de l'événement qui venait de se produire. Il n'arrivait pas à être triste. Une colère sourde commença à gronder en son sein. *Les Sombs. Ces saletés de Sombs. Je vais tous les descendre. Je vais leur faire manger leurs propres entrailles encore palpitantes.*

À cet instant, il entra dans une folie meurtrière. Complètement libéré de la peur de mourir, il voulait utiliser ses derniers instants pour massacrer le plus de Sombs possible. Devenu incontrôlable, il fit tournoyer son épée comme un fauve enragé. Son être entier n'était plus que souffrance et rage sans fond. Les Hurleurs avaient senti la douleur du commandant et affluaient vers lui comme une nuée de charognards ayant reniflé l'odeur du sang. Ils se délectaient d'avance du tourment qui l'animait.

La force du guerrier étant démultipliée par l'adrénaline, il réussit à abattre plusieurs Sombs en à peine quelques minutes. Il hurlait sa peine et sa fureur en les vomissant sur ses ennemis à coups d'injures, les incitant à l'attaquer. Il aurait voulu les étriper jusqu'au dernier et se baigner dans leur sang. Désormais, une vingtaine de Hurleurs l'entourait, telles des hyènes sur une carcasse encore palpitante. Beolmas, fou furieux, leur intima d'attaquer.

— Venez, venez m'achever ! leur hurla-t-il en jetant son bouclier au sol et en sortant sa deuxième épée de son fourreau, bien décidé à en finir.

Possédé par une rage incontrôlable, il tranchait les membres, perçait les organes, coupait les tendons, crevait les yeux. Il cherchait à viser les points faibles tout en parant le plus d'attaques possible. Il tournoyait dans une danse macabre, découpant les chairs tout autour de lui. Toute la haine accumulée contre ses ennemis éclatait en cet instant précis. Il ne contrôlait plus ses gestes, guidé par son expérience du combat et cette rage primale qui consumait ses tripes.

Le guerrier se retrouvait seul, encerclé, au milieu des créatures assoiffées de sa souffrance. Un Hurleur réussit à le blesser en lui infligeant une estafilade profonde le long de la colonne vertébrale, perçant son armure. La douleur de la blessure ne fit que décupler sa ferveur et, dans un cri guerrier, il redoubla d'efforts pour achever le plus de créatures possible.

Son armure et son visage étaient entièrement recouverts de sang, lui donnant l'impression de s'être baigné dans les viscères de ses ennemis. Beolmas combattit ainsi les Sombs durant de longues minutes, assailli de toutes parts par les bêtes de cauchemar, ignorant totalement les limites de son corps et de son esprit.

Alors que l'abattement prenait possession des soldats alentour, ils furent galvanisés par l'ardeur combative soudaine de leur commandant. Ses hurlements de rage aveugle firent renaître en eux une flamme d'espoir. Peu à peu, ils regagnèrent leur vigueur guerrière.

Comme un seul homme, ils volèrent au secours de Beolmas, décimant les Hurleurs qui encerclaient l'officier, pour former un bataillon compact. Bientôt, le combat qui semblait perdu d'avance tourna en faveur des humains. Beolmas avait tué, rien qu'à lui tout seul, une vingtaine de bêtes à six pattes en l'espace de quelques minutes. C'était une véritable prouesse.

Bientôt, ses hommes réussirent à éliminer les derniers Hurleurs qui l'encerclaient. Ils avaient vaincu toutes les créatures sur ce flanc du champ de bataille. Quand Beolmas se retrouva sans ennemi à abattre face à lui, sa rage laissa place à un immense sentiment de vide.

— Où sont-ils ? Revenez ! Revenez vous abreuver de mon sang et laissez-moi vous consumer de l'intérieur !

Il tomba à genoux, et laissa de grosses larmes salées couler sur son visage. *Lana, ils t'ont arrachée si sauvagement à moi. Ma douce Lana…*

Ses soldats l'aidèrent à se relever. Mais il n'avait plus qu'une envie : mourir et disparaître. Son existence n'aurait pas de sens sans sa bien-aimée. Tous ses souvenirs heureux lui revinrent un par un, et une peine immense l'envahit lorsqu'il réalisa que rien ne serait plus comme avant. Il repensait à ses premiers entraînements, où il était entré en concurrence avec Lana. Il se remémora leur premier baiser et les moments où ils se voyaient en cachette pour ne pas être vus de leurs brigades respectives. Il repensa à la droiture et au courage de sa femme, qui n'hésitait jamais à se sacrifier pour sauver la vie de ses soldats. Tout cela était-il donc réellement fini ? Cela *devait* être un cauchemar.

Mais Lana était une guerrière. Si elle avait été encore vivante là, à ce moment même, elle lui aurait ordonné de ne plus être triste. Elle l'aurait forcé à ramasser ses épées, et l'aurait poussé au front. Elle aurait voulu qu'il continue à se battre jusqu'au bout pour sauver le royaume. *Mon aimée, je ne peux pas continuer sans toi.*

Il imaginait sa femme, les sourcils froncés, contrariée. Cet air mécontent qu'elle prenait lorsqu'il sortait du rang. Il ne s'agissait pas que d'elle. Il s'agissait de leurs hommes, il s'agissait du royaume. Le seul mantra qui animait Lana lui revint en tête : *protéger*.

Alors, le visage fermé, Beolmas reprit ses esprits. Il se concentra sur la bataille qui faisait rage. Il prit un peu de hauteur et observa le champ de bataille sous tous les angles. Avec inquiétude, il constata que le bélier et quelques beffrois avaient réussi à percer leurs lignes de défense. Aveuglé par la tristesse, il s'était focalisé sur les créatures qui l'entouraient et il n'avait pas prêté attention aux machines de guerre ennemies. Grossière erreur. Il ordonna alors à ses lieutenants de faire revenir leurs hommes en première ligne, là où les Veilleurs continuaient à lutter contre les forces ennemies.

— En avant ! hurla-t-il en joignant le geste à la parole.

Ils rejoignirent les guerriers d'élite et Beolmas se fraya un chemin vers Aryo, un des capitaines des Veilleurs. Le combat faisait rage, et ses équipiers peinaient à le protéger.

— Aryo ! cria-t-il en montrant de la main la porte. Les engins de siège !

— Oui, je sais ! Mais nous n'arrivons pas à battre en retraite, ils nous prennent à revers !

— Je vais t'envoyer du support, détache tes Tacticiens et tes Assassins, ils doivent faire tomber ces beffrois et le bélier à tout prix ! Je prends le relais, guide tes troupes. Le bélier est notre priorité !

Beolmas souffla plusieurs fois dans son cor, et les soldats survivants de l'armée régulière remontèrent le champ de bataille afin d'aider les Veilleurs en première ligne.

— Allez-y, ordonna Beolmas à Aryo, vous avez une ouverture ! Maintenant !

Il évita de justesse le coup de fléau d'un Massacreur. Sans sourciller, il lui enfonça l'épée dans le cœur. Une décharge de douleur traversa son échine, souvenir douloureux de sa précédente mêlée au milieu des Hurleurs. Il tenta de donner du courage à ses troupes.

— Nous devons protéger les Veilleurs, mes valeureux soldats ! Montrons-leur qui sont les vrais guerriers d'élite !

Galvanisés par leur officier, ils réussirent à contenir les Sombs assez longtemps pour que les Tacticiens en première ligne puissent s'échapper vers leur nouvelle mission.

Uriel trépignait. Il aurait voulu descendre pour protéger ses hommes. Du haut de la muraille, il ne pouvait que les observer se faire massacrer. Il se sentait horriblement inutile et honteux. Sa place était sur le champ de bataille, l'épée à la main, aux côtés d'Aryo, Beolmas, Thyss, Rafel et tous les autres !

Les Sombs avaient pris l'avantage, et s'étaient infiltrés jusque dans l'arrière-garde, semant la discorde dans les rangs. Les troupes étaient complètement désordonnées, les Veilleurs avaient été pris en tenaille par leurs ennemis sous l'ordre de Leto.

Pendant ce temps, les engins de siège approchaient dangereusement de la porte. Il leur restait de quoi les faire brûler à distance depuis la muraille, mais cela exposerait la vie des soldats au sol à un danger mortel.

Lodam et Uriel étaient en désaccord sur cette décision : le général des armées voulait jouer la prudence et les faire brûler dès que possible, au risque de tuer certains de leurs hommes comme dommages collatéraux. Tandis qu'Uriel croyait en ses Tacticiens. Il voulait encore attendre et les laisser saboter les machines de guerre adverses. Il était certain qu'ils y parviendraient. Mais Lodam n'était pas aussi optimiste qu'Uriel. Ils s'étaient donc défini une limite à partir de laquelle Lodam ordonnerait les tirs pyrotechniques. Ils avaient décidé ainsi : lorsque les engins de siège ennemis dépasseraient le dernier fossé de défense, alors ils ordonneraient la mise à feu par les artilleurs.

La situation semblait critique, mais Uriel avait constaté une percée de l'armée régulière. Ils avaient brisé l'attaque en tenaille des Sombs sur les Veilleurs sur le flanc gauche. Il avait bon espoir que ses Tacticiens pourraient détruire les engins de siège sans avoir à sacrifier des hommes avec des attaques pyrotechniques. Il attendait avec angoisse, impuissant. Il ne pouvait que les observer depuis son promontoire.

Mais ses espoirs n'étaient pas vains, car quelques minutes après la trouée de Beolmas, trois grosses explosions se firent entendre. Les beffrois étaient en feu, léchés par de longues colonnes de flammes bleues crépitantes. Les Veilleurs au sol avaient réussi à mettre hors d'usage la majorité des engins de siège que Leto avait envoyés. Un large sourire se dessina sur le visage du vieux Tacticien. *Ce sont bien mes hommes, ça !*

Seul le bélier continuait sa lente progression et s'approchait dangereusement de la porte. Plus qu'une dizaine de mètres, et Uriel serait contraint de donner l'ordre aux artilleurs de faire exploser la machine. Celui-ci était bien trop protégé. Des Massacreurs le manœuvraient, tandis qu'un régiment entier les protégeait. Son optimisme s'affaissa devant la difficulté de la tâche. Mais il voulait y croire.

Le général des Veilleurs saisit une lunette pour observer la lutte au sol. Plusieurs escouades de Veilleurs menées par Aryo, accompagnées de soldats de l'armée régulière, assaillaient les régiments défendant le bélier. Les Hurleurs, positionnés derrière les Massacreurs, tenaient leurs positions et ne cessaient de projeter des jets d'acide pour maintenir les humains à distance, au risque de brûler leurs propres alliés. Mais ce n'était qu'une question de minutes avant qu'ils ne tombent à court de toxines.

Le bélier n'était désormais plus qu'à quelques mètres de la limite imposée par Lodam. Uriel avait la gorge sèche. Il espérait que ses hommes mèneraient à bien leur mission avant qu'il ne soit trop tard.

Les escouades de Veilleurs profitèrent du moment où les Hurleurs se retrouvèrent à court d'acide pour s'immiscer dans leurs rangs et les massacrer. Il aperçut une silhouette escalader l'immense engin de siège. C'était Aryo en personne. Ce dernier glissa sur une des peaux, mais réussit à se retenir. Le cœur d'Uriel battait la chamade à chacun de ses pas. Arrivé au sommet du bélier, le capitaine des Veilleurs préparait désormais son mélange explosif. Malheureusement, un Massacreur le tira soudainement par la jambe.

La machine de démolition avait déjà franchi la ligne, et Uriel ne voulait pas se résoudre à ordonner l'incendie. Il savait qu'Aryo réussirait, même si ce dernier était tombé au sol, au beau milieu de plusieurs Massacreurs. Ses équipiers viendraient l'aider et ils feraient exploser cette carcasse de bois géante. Il allait réussir, il n'avait pas d'autre choix.

Tout à coup, une énorme explosion survint. Le bélier ainsi que tous les êtres vivants qui l'entouraient furent consumés dans une détonation fulgurante. Couplés aux explosifs des Tacticiens, les projectiles des artilleurs avaient fait mouche. L'engin de siège n'était plus qu'un tas de poussière.

Uriel devint blême, et son sang ne fit qu'un tour. Il se tourna vers Lodam dont le visage restait impassible. Il sentit une colère glaciale s'enflammer dans le creux de son ventre.

— Pourquoi avez-vous fait ça, Lodam ? Vieux fou ! hurla-t-il, les traits déformés par l'indignation. Il y avait mes hommes en bas ! Il y avait Aryo ! Vous les avez froidement abattus !

Le vieil homme prit une grande inspiration. Il planta son regard translucide dans les yeux d'Uriel et répliqua :

— C'était la meilleure chose à faire, le bélier était bien trop proche de la porte. Nous nous étions mis d'accord. Le laisser avancer plus aurait été pure folie. N'oublie pas que cette porte est le seul obstacle qui se dresse entre notre peuple et ces créatures.

— Ils étaient à deux doigts de le faire exploser ! Vous les avez sacrifiés en vain ! répliqua Uriel, hors de lui, en saisissant le vieil homme par le col de façon menaçante.

Malgré la force de son interlocuteur, Lodam se dégagea d'un mouvement sec, fronça les sourcils et répondit sur un ton implacable :

— Si le roi Ellyan m'a détaché ici, c'est qu'il a confiance en mes décisions, même si ces dernières sont difficiles à prendre. Le risque était trop important, c'était la chose la plus juste à faire. Je comprends votre colère, mais ne me manquez plus de respect de la sorte. Je suis votre général, et vous me devez obéissance. J'ai besoin de votre soutien, ainsi que de votre sang-froid. Alors, reprenez vos esprits, et mettons un terme à cette bataille.

Ils avaient réussi. Ils avaient repoussé la plus grosse attaque des Sombs connue de ces trente derniers Rayons. Leto avait battu en retraite avec les quelques survivants qui lui servaient d'escorte. Il était reparti aussi stoïquement qu'il était arrivé. Il ne semblait pas être affecté par sa défaite. Son étrange attitude laissait Uriel submergé de doutes.

C'était une victoire douce-amère pour Beolmas. Il était fier de ses hommes : ils avaient réussi à protéger le royaume avec vaillance, mais les pertes étaient nombreuses. Et Lana n'était plus là.

Comment allait-il faire ? Elle laisserait un grand vide dans son cœur. Son visage, ses sourires, ses yeux lui manquaient déjà.

Les soldats nettoyaient désormais le champ de bataille, récupérant les corps mutilés de leurs amis pour leur offrir des funérailles dignes de ce nom. Ils achevaient les Sombs estropiés, et rapatriaient les blessés. Les Tacticiens étaient déjà en train de creuser de nouveaux fossés sous l'ordre de Lodam. Celui-ci anticipait déjà la prochaine attaque. Les Guerriers aidaient les militaires de l'armée régulière à rassembler en un tas de débris les restes des engins de siège et les corps des Sombs.

Au milieu de toute cette agitation, les Guérisseurs s'activaient comme jamais. L'infirmerie était pleine à craquer et emplie de cris de souffrance. Les soigneurs ne savaient plus où donner de la tête, et tentaient tant bien que mal de traiter les cas les plus critiques. Par là, un grand brûlé, de l'autre côté, un amputé. Plus loin, un éborgné. Comment savoir quel cas était le plus urgent ? Cela revenait à classer des vies par ordre d'importance.

Jody tentait de soigner un soldat dont un bras avait été arraché sauvagement par un Somb – il avait réussi à stopper l'hémorragie, mais l'homme avait déjà perdu beaucoup de sang. Le jeune médecin ne savait pas s'il survivrait à ses blessures. C'était désormais entre les mains de la déesse Nhymora. Il referma la plaie, appliqua un onguent désinfectant puis administra un sédatif à son patient.

Il passa au mutilé suivant, un grand brûlé, qui semblait dans un état léthargique, probablement anesthésié par l'intensité de sa douleur. Et tandis qu'il prodiguait les premiers soins, il vit entrer Beolmas dans l'infirmerie. Il eut beaucoup de mal à le reconnaître au premier abord ; le commandant était dans un piteux état. Il semblait s'être soudainement transformé en vieillard.

Il boitait de la jambe gauche et était entièrement recouvert de sang poisseux. On ne voyait même plus la couleur de ses cheveux, collés sous une épaisse couche d'hémoglobine séchée. Il avançait dans les rangs, ayant un mot de réconfort pour chaque blessé. Il fouillait la salle d'un regard hagard, comme s'il cherchait désespérément quelqu'un. Quand il passa devant Jody, le Guérisseur s'aperçut que sa cotte de mailles avait été lacérée dans son dos, laissant entrevoir une longue et profonde entaille encore sanglante.

— Commandant ! Commandant Beolmas ! l'interpella Jody.

Il se tourna vers le jeune Guérisseur, le regard troublé.

— Oui, Guérisseur, puis-je vous aider ?

— Vous ne voulez pas que je vous soigne ? Cette blessure à l'air d'être profonde. Cela ne vous fait-il pas souffrir ?

— Mon dos est la moindre de mes souffrances, mon jeune garçon. Sais-tu si le corps de ma femme se trouve ici ?

Le cœur du Guérisseur se serra face à la peine communicative de Beolmas. Il secoua la tête négativement. C'était bien la première fois qu'il voyait l'officier si vulnérable. La guerre avait ce funeste pouvoir de destruction. En quelques secondes, le plus fier des combattants pouvait se transformer en homme brisé.

Le commandant continua son chemin, et encouragea chaque blessé personnellement. Beaucoup d'entre eux, trop lourdement mutilés, seraient démobilisés. Une fois que l'officier eut fini son tour, Jody le vit ressortir de l'infirmerie en claudiquant, sans même demander un onguent pour sa blessure.

Le soir, les funérailles des soldats tombés au combat eurent lieu. Plus de huit cents hommes avaient trouvé la mort durant cette bataille. Les corps avaient été disposés sur de gigantesques bûchers. Au milieu du monticule de bois, un mât avait été dressé, arborant fièrement un drapeau cousu des quatre insignes des Veilleurs et du symbole de l'armée régulière, représenté par un aigle.

Les soldats étaient disposés au garde-à-vous, en position rectangulaire face aux tertres funéraires. Uriel et Lodam étaient devant, le visage fermé et calme. Beolmas, quant à lui, était dans les rangs au milieu de ses hommes, les yeux humides. Le corps de sa femme reposait sur un des bûchers, il était temps de lui rendre un dernier hommage.

Les Guérisseurs commencèrent à souffler de concert dans leur cor de guerre, donnant naissance à une voix désincarnée, profonde, et grave. Ils firent vibrer leur instrument durant quelques minutes avant que Lodam ne leur fît signe d'arrêter.

Il se présenta face à la foule des soldats. Uriel était situé derrière lui, légèrement en retrait, un aigle aux plumes ocre accroché au poignet. Le général entama son éloge funèbre.

— Ce soir, le royaume d'Alquilon est en deuil. Nous sommes réunis ici pour rendre hommage à ces femmes et à ces hommes qui ont choisi de protéger leurs semblables au prix de leur vie. Ce soir, nous avons perdu plus que des frères d'armes. Ce soir, nous avons perdu des amis et des parents, qui combattaient à nos côtés depuis des années. Dans un seul but : la survie de notre peuple. Grâce à leur sacrifice, Moenia est intacte, et nos cités peuvent dormir en paix, ce soir. Célébrons en cet instant leur courage et leur dévotion sans lesquels nous ne serions pas vivants à l'heure qu'il est. Célébrons leur bravoure et chérissons leur souvenir à tout jamais. Que la déesse Nhymora guide leurs âmes vers la paix.

✦ ✦ ✦

À la fin du discours prononcé par le général, Uriel siffla en lâchant le faucon, qui s'envola dans les airs. Un régiment de Tacticiens en fit de même. Bientôt, une nuée de volatiles survola les bûchers mortuaires et relâcha des sacs remplis de poudre au-dessus des flammes.

Lodam fit un signe, et tous les soldats se mirent au garde-à-vous. Les Assassins bandèrent leurs arcs. Puis, après un second ordre du général, ils lâchèrent des flèches enflammées sur les fagots. Ceux-ci prirent feu immédiatement dans des feux d'artifice colorés.

Les soldats entonnèrent leur litanie guerrière en hommage à leurs frères disparus, tandis que les flammes crépitantes et chatoyantes faisaient disparaître pour toujours les dépouilles de leurs amis défunts.

Quand la cérémonie d'hommage fut terminée, Lodam rejoignit ses quartiers et écrivit une lettre pour le roi, à la lueur de la bougie. Sa main tremblait.

ARCHIVE

Cycle d'Aurifé, 592e Rayon de l'Ère Païenne,

Mon ami, et roi, je vous écris en ce jour pour vous faire part de nouvelles des plus funestes.

Nous avons contenu de justesse l'invasion, nos hommes ont vaillamment combattu durant des journées interminables, mon roi. Nous avons perdu des centaines d'âmes en combattant le Fléau de l'Ouest. Beaucoup de familles pleureront un être aimé, ce soir. Aussi, je vous joins la liste des fiers guerriers qui ont perdu la vie sur le champ de bataille, afin que leur famille soit avertie, leur dette honorée, et leur mémoire glorifiée.

Par un nouveau subterfuge, les Sombs nous ont dupés et ont détruit toutes nos réserves de munitions. Nous sommes désormais sans défense face aux prochaines attaques. L'heure est grave. Jamais auparavant l'Humanité ne fut si vulnérable. Il ne reste qu'un dernier rempart qui se dresse entre nous et le cataclysme qui nous attend : c'est celui de Moenia.

Mais, déjà, notre fière muraille chancèle, à mesure que les âmes de nos guerriers s'éteignent.

L'heure sera au recueillement, ce soir. Mais ce moment devra malheureusement être bref. Plus que jamais, la menace est imminente. Plus que jamais, nous allons avoir besoin de tout le soutien du peuple. Plus que jamais, il faudra rallumer la flamme de l'espoir pour assurer notre survie.

Mais ce n'est pas tout, mon cher Ellyan : le Prince Argenté a refait surface. Et il semble plus déterminé que jamais. Une colère froide et sourde coule dans ses veines. Il veut sa vengeance. Il ira jusqu'au bout pour nous faire payer l'affront qui lui a été fait.

Préparez-vous, mon cher Ellyan, et préparez notre peuple à la bataille la plus importante que l'Alliance des Hommes ait connue ces dernières décennies.

Lettre de Lodam, général de l'armée d'Alquilon au roi Ellyan Omblèze.

A PROPOS

Je suis Lynn FOX. Je suis née le 25 novembre 1989 en région parisienne, et j'appartiens à une fratrie de cinq frères et sœurs.

Depuis ma plus tendre enfance, j'aime m'immerger dans les mondes de l'imaginaire par le biais des contes, les livres de fantasy et de fantastique. Ayant une imagination féconde, j'écris des nouvelles et débute le dessin à l'âge de sept ans pour donner corps aux histoires et personnages qui m'habitent.

En 2014, je gagne un concours de nouvelles présidé par Eliette Abécassis grâce à ma nouvelle Ivresse Sucrée, qui me permet de remporter un voyage en Irlande.

J'ai toujours rêvé d'écrire, de faire vivre des aventures fabuleuses à d'autres personnes à travers les mots. Ce rêve ne m'a pas quitté depuis que j'ai ouvert la première page d'un livre.

Mon leitmotiv est le voyage : à travers les livres, mais aussi dans la vraie vie. Je souhaite découvrir toutes les belles choses de ce monde.

J'essaie de vivre mes valeurs au quotidien : bienveillance, rigueur, discipline, humour, droiture et loyauté, amour de la famille. En contrepartie je suis impatiente, incapable de gérer mon effort, parfois maladroite et réservée.

Je suis passionnée par la plongée, les milieux sous-marins, la randonnée, la nature, les animaux - particulièrement les chats, les loups, les baleines et les requins - les jeux vidéo, les mangas, le sport, le développement personnel et la mythologie. Je tire ma source d'inspiration de ces thèmes qui m'ont accompagnée toute ma vie. Vous pourrez les voir transpirer dans mes écrits !

J'aime mêler fiction, scènes épiques, fantasy, fantastique, amour de la nature, spiritualité, philosophie et mystère dans mes récits.

Mon projet d'écriture s'articule pour le moment autour des axes suivants :

1. Animae : ma saga de fantasy dont les deux premiers tomes sont déjà publiés sur Amazon. Animae propose une aventure d'epic fantasy dans un univers que j'ai élaboré durant des dizaines d'années. La saga Animae sera constituée de 6 tomes.
2. Kindastic : des contes modernes à mi-chemin entre fantastique, philosophie et spiritualité dans un esprit “Feel-Good”.
3. Une saga de fantastique – fantasy sur les dragons dont je dois trouver le nom (trois tomes)
4. Une saga de fantastique – fantasy sur les sirènes (deux ou trois tomes)

Être écrivain n›est pas mon métier : aussi, j›écris le soir et le matin avant et après ma journée de travail. Je me forme constamment en parallèle de mon quotidien pour améliorer mon style et mes compétences. Ainsi, en 2022 je termine la formation Jupiter Phaeton, et en 2023 les MasterClass d'écriture.

Mon plus grand rêve serait de pouvoir un jour vivre de ma plume.

J'espère pouvoir vous faire vivre des aventures inoubliables.

DU MÊME AUTEUR

SAGA ANIMAE :

ANIMAE - Tome 1 : Le Réveil

ANIMAE - Tome 2 : Dernier Espoir

ANIMAE - Tome 3 : Renaissance – Parution prévue en 2023

KINDASTIC :

La jeune fille aux cheveux rouges et l'homme-cravate – Parution prévue en 2023

NOTE

Alors, l'histoire vous a plu ?

Je vous prépare la suite, et vous promets plein d'autres aventures encore plus épiques. Cela n'était que le commencement !

N'hésitez pas à me laisser un commentaire et une note sur Amazon, cela m'aide énormément.

Vous n'avez pas aimé ?

N'hésitez pas à me faire part de toute remarque constructive pour m'aider à m'améliorer. Je suis jeune auteure, je débute et c'est mon premier livre. Je suis preneuse de tout conseil constructif de mes lecteurs !

Vous pouvez me contacter via :

- Instagram : @lynnfoxauteur
- Facebook : Lynn Fox
- Courriel : lynnfoxauteur@gmail.com

Que Nhymora guide vos pas.

Lynn Fox

Cet ouvrage a été composé par : Thibault Beneytou

Printed in France by Amazon
Brétigny-sur-Orge, FR

16815264R00277